DU MÊME AUTEUR

Aux Éditions Gallimard
L'ART FRANÇAIS DE LA GUERRE, 2011, prix Goncourt 2011 (Folio n° 5538).
ÉLUCIDATIONS : 50 ANECDOTES, 2013.
LA NUIT DE WALENHAMMES, 2015.

Aux Éditions Albin Michel
SON VISAGE ET LE TIEN, 2014.
UNE VIE SIMPLE, avec Nathalie Sarthou-Lajus, 2017.

Aux Éditions du Toucan
JOUR DE GUERRE : RELIEFS DE 1914-1918, 2014.

Aux P.U.F.
LE MONDE AU XXIIe SIÈCLE : UTOPIE POUR APRÈS-DEMAIN, 2014.

Aux Éditions La Joie de lire
LA GRAINE ET LE FRUIT, avec Tom Tirabosco, 2017.

LA CONQUÊTE
DES ÎLES DE LA TERRE FERME

ALEXIS JENNI

LA CONQUÊTE
DES ÎLES
DE LA TERRE FERME

roman

nrf

GALLIMARD

Éditions Gallimard, 2017.

AVERTISSEMENT

Ce qui est raconté ici est vrai, mais à la manière d'un roman, qui use du réel comme un tableau use de couleurs en tubes. Tout est vrai donc, sauf les imprécisions, exagérations, condensations et menteries, qui sont dues au principe de débordement qui réside au cœur de tout roman, sinon ce n'est pas la peine de faire des romans, mais aussi aux principes de simplicité et de symétrie dont l'attention du lecteur ne peut se passer. Et quand chroniqueurs, historiographes et historiens n'étaient pas d'accord, produisant diverses versions incompatibles entre elles car tous mentent ou rêvent, il fut décidé sans hésitation que la version la plus romanesque serait la bonne, car, comme rappelé plus haut, il s'agit d'un roman.

La Conquista est le fruit de la hâte.

Pierre CHAUNU

Le Mexique, où un peuple coloré et génial entretient une religion que l'on peut appeler celle de la mort.

Malcolm LOWRY

La dame était endormie, et portait les armes de l'amour : une bouche d'un rouge étincelant, vrai tourment pour les chevaliers. La dame dormait.
— *C'est donc vous, dame Aventure ?*
— *Que voudrais-tu trouver ?*
— *Aventure, pour éprouver ma prouesse et ma hardiesse.*
— *Je ne sais rien de l'aventure, et jamais je n'en ai entendu parler.*

Wolfram VON ESCHENBACH

CHAPITRE I

Pleurer ce que nous désirions

J'ai des terres au Mexique, au pied de montagnes dont je ne sais pas dire correctement le nom, car ma bouche est incapable d'imiter les tremblements de leur langue, mes lèvres s'embrouillent dans ces noms longs comme des phrases qu'ils donnent aux villes et aux montagnes, *Popocatepetl, Iztaccíhuatl, Matlalcueitl, Dame aux jupes vertes, Princesse endormie, Montagne qui fume, Sol qui monte jusqu'au ciel, Ombilic du lac central, Cité du héron blanc*, que sais-je encore, chaque mot contient d'autres mots, tous suggèrent un récit, ils voient partout des signes. Ils distinguent des formes dans les vagues sur le lac, dans le contour des rochers, dans le port des arbres remarquables, et dans les grondements du sol qui tremble : tout ici raconte une histoire que nous n'entendons pas. Et cela faisait rire Elvira quand j'essayais de prononcer le moindre de ces noms, cela faisait rire ma princesse indienne que je trébuche chaque fois que je m'y essayais, omettant des syllabes, inversant celles dont je me souvenais, les déformant toutes ; et ce que je finissais par dire racontait autre chose, qui lui paraissait très drôle. Alors elle riait de son rire éclatant qui me ravissait, elle montrait ses dents si blanches qui étincelaient sur sa peau brune, et elle les cachait de sa main, avec l'élégante pudeur des femmes de son peuple. Ici les princesses portent l'arrogance comme un vêtement de cour, mais Elvira riait de tout, et dans ses yeux très noirs et très brillants ne passait jamais cette méprisante grandeur que l'on enseignait comme un savoir-vivre : ils brillaient d'une insolence qui me la faisait aimer, pour cette liberté que donne la capacité de s'amuser d'un rien. Elle riait souvent, légère et moqueuse, mais c'était avant qu'elle ne s'endorme, avant qu'elle ne s'enfonce dans ce sommeil d'obsidienne où aucun rire n'est plus possible ; et où je ne peux pas la rejoindre.

La pierre d'obsidienne n'existe pas en Espagne, elle pousse sur les flancs des volcans, et les artisans indiens en font des armes et des miroirs. On s'y voit nettement, mais blafard et atténué, comme par une fenêtre qui donnerait sur l'autre monde, comme englouti dans le fantôme d'un paysage où l'on continuerait de marcher quand même, de respirer péniblement, un monde à l'envers où la nuit serait devenue le jour, où l'amour serait devenu le meurtre, et la réalité se traînerait au rythme de rêveries atroces, de plus en plus lente, jusqu'à ce qu'il n'y ait plus personne à tuer. Ce monde nocturne est une cruelle parodie du nôtre, il est peuplé de démons.

Les Indiens adoraient les démons par centaines, leur imagination était sans limites. L'un d'eux porte un miroir d'obsidienne, c'est une petite idole trompeuse et avide de sang, et c'est dans son attribut que je vois Elvira, dans ce miroir fumant qui inverse les valeurs et plonge le monde dans une nuit froide comme du verre, et je distingue son reflet qui semble me regarder mais elle ne me voit pas. Elvira dort. Je me penche chaque jour sur son visage qui ne me reflète pas car je ne peux me lasser d'elle, je ne désire personne d'autre, alors qu'en ces domaines où je suis le maître je n'aurais qu'à désigner l'une ou l'autre pour être aussitôt satisfait. Dans notre chambre je viens sur elle comme la nuit recouvre la terre, son visage impassible entretient mon désir, mon sexe se tend et je ferme les yeux. Je pense aux princesses indiennes qui dansaient devant nous, ornées de plumes et de bijoux d'or, la poitrine nue, une multitude de princesses car l'empereur en avait des centaines en son palais. Il nous les montrait, il nous les donnait pour que nous en fassions nos concubines, et elles dansaient les yeux clos dans les grandes salles maintenant détruites, chaque soir, chaque nuit, pendant toutes ces nuits que nous avons passées sous son toit, où nous étions ses invités et lui notre prisonnier. Derrière mes paupières closes je les vois osciller toutes ensemble au son des tambours, agitant des écharpes de duvet, faisant tinter leurs grelots d'or rose, et leur poitrine était si ferme qu'elle frémissait à peine quand elles dansaient sans fin, leurs lèvres pleines dessinaient un léger sourire, leurs pieds légers effleuraient le sol, je me souviens de tous les détails, et je jouis en elle, petite chose frissonnante qui soupire, en évoquant tout au fond de moi le souvenir de ce qu'elle fut, Elvira, ma princesse moqueuse, mon bijou vivant.

Quand je la couvre comme la nuit refroidit la terre, elle tremble, elle soupire, elle ouvre les yeux au moment où je jouis et me regarde avec effroi. Mais elle ne dit rien, ne bouge pas, ne se retourne pas. Elle rêvait elle aussi de la grande cité de Temistitan, grouillante d'hommes et de femmes vêtus de mantes de coton et de robes brodées, de coiffures de plumes et de peaux de jaguar, peuplée d'hommes au corps cuivré et au port de prince, de femmes à la chevelure d'encre et à la démarche discrètement balancée, peuple innombrable dont chacun connaissait sa place dans la plus vaste, la plus riche et la plus belle ville qui fût jamais en ce monde. Cette ville, nous l'avons prise, nous l'avons vidée comme un poisson mort, et nous avons répandu ses entrailles ; ses décombres sentent maintenant la fosse à merde, la viande faisandée, la poussière d'os.

Quand Elvira ouvre brusquement les yeux elle voit mon visage tout près du sien, sent mon haleine empâtée par la nuit, grimaçant au moment où ma respiration brièvement s'accélère, puis s'éteint dans un soupir ; elle est arrachée à ce rêve qui lui paraissait la vie, et elle sait vivre dans un cauchemar.

À l'aube je suis réveillé en sursaut par le cri d'une poule que l'on écrase. Un grincement qui grelotte déchire l'air livide, le soleil n'est pas encore apparu, j'ai froid, je m'enroule dans la couverture qui nous recouvre, je découvre un peu Elvira, mais elle ne bouge pas. Elle dort sur le dos avec les yeux entrouverts, je ne sais pas ce qu'elle voit, ou pas.

Le hurlement reprend, il vient des arbres du patio qui ont des troncs malingres couverts d'épines. C'est sûrement le chachalaca, et je le vois sur l'une des branches aux feuilles aussi raides que du carton, l'oiseau noir à longue queue qui me regarde de haut, son bec dressé, avec un œil sans expression qui roule par saccades. Et il pousse à nouveau son cri frappa-dingue, comme si on enfilait sans huile, les uns dans les autres, des tubes de fer trop étroits. Son cri achevé, il volette jusqu'au sol, et il s'éloigne à pied en sautillant.

Je hais les oiseaux de ce pays de cauchemar, qui ressemblent à des oiseaux mais sont des démons habités d'une maléficience qui s'exprime en hurlements, en regards fous, en sautillements mécaniques de petits ressorts. Et je hais les arbres qui ressemblent de loin aux arbres honnêtes que l'on trouve en Espagne, mais si on s'approche, ce ne sont qu'épines tendues, écorce comme de l'os, feuillage de cuir séché ; il ne faut pas approcher les arbres de ce pays, car ils mordent. De loin, ce pays ressemble à une Castille dont la chaleur serait supportable, mais de près, c'est autre chose : chaque détail est inquiétant, agressif, démoniaque. La Création n'est pas ici de même nature, Notre-Seigneur a été trompé par la légion de démons qui habitaient là, c'est un pays biaisé où l'homme ne peut vivre en confiance, entouré qu'il est de diables et de monstres, dont la plupart ne se devinent pas tout de suite, et ne se découvrent que quand il est trop tard.

Être réveillé par le hurlement du chachalaca me met dans une colère aigre, qui est la forme que prend l'inquiétude depuis que je vis là : mon cœur cherche à se défendre, il veut échapper à la lame, mais enfermé dans sa cage d'os il n'a nulle part où aller. J'ai peur de ce monde, je le détruis.

Je dois inspecter mes terres, mettre les hommes au travail, mesurer la courbe du ventre des femmes. Je dois entretenir mon domaine qui se délite, en préserver la vie qui lentement se flétrit, à coups de fouet s'il le faut. C'est un oiseau fou qui me réveille chaque matin, il faut que je demande qu'on l'abatte, poster un Indien de confiance avec une fronde dans le patio, toute la nuit, et qu'il le tue au matin d'une pierre ajustée. Mais il n'est pas d'Indien de confiance que je puisse laisser à côté de moi avec une arme pendant que je dors. Alors chaque matin le chachalaca fait brusquement grincer son atroce crécelle, saute au sol, et s'éloigne en sautillant pour bien me rappeler où je suis, et ce que nous avons fait.

Je lace mon plastron de fer, je coiffe une bourguignotte et je ceins mon épée, par principe car il faut leur montrer, et par précaution car elle peut servir. Cette brute d'Aurelio m'accompagne, il porte le fouet et le gourdin, il exécute tous mes jugements à l'instant où je les prononce, il est le bras de ma justice, noueux et velu, toujours renfrogné. Il est la peur en personne qui marche dans mes pas, il est capable de désosser un homme vivant comme on découpe un poulet mort, cela ne lui fait rien de plus, on dirait qu'il n'entend rien, ni la terreur, ni la souffrance. Un homme tel que lui a son utilité dans ce monde biaisé. Pedro et Juan aussi m'accompagnent, ils sont indiens, baptisés, et ils me sont fidèles car ils viennent de Tlaxcala, et haïssent les Mexicas qui peuplent mes terres.

C'est le Marquis de la Vallée qui m'a accordé une ferme au flanc des montagnes, une étendue de terre arrosée de plusieurs ruisseaux, qui porte de grands arbres au tronc droit, des champs de leur blé d'Inde, et deux mille Indiens pour me servir. J'en ai déjà perdu la moitié. Ils m'ont construit une maison de pierre selon mes instructions, une ferme munie d'une tour, aucune fenêtre pour regarder dehors, mais un patio à l'intérieur, sur lequel donnent toutes les pièces. Ma maison est isolée sur une butte, elle domine leur village de maisons basses, je pourrais les voir se rassembler s'il leur venait à l'idée de ne plus m'obéir et de venir s'emparer de moi.

Suivi d'Aurelio comme d'une ombre je monte sur la tour où deux canons sont chargés à mitraille, de façon à faucher la pente par laquelle ils pourraient venir. Alonso et Tomás somnolent appuyés sur le manche de leur pique. Ils montent la garde mais rien n'arrive, ils se relâchent, ils ne devraient pas. Ils m'entendent et sursautent, leur casque est de travers, leur cuirasse mal lacée, ce sont des soldats d'occasion. Alonso en a assez des Indes, il est trop vieux pour gérer une ferme, il était avec nous mais a préféré me servir, il m'a cédé sa part à condition de ne s'occuper de rien. Tomás est trop jeune, et il n'est pas une lumière. Il est trop timide pour survivre, il comprend toujours avec un temps de retard, il se serait fait tuer plusieurs fois pendant notre aventure. À l'époque, il était gamin en Espagne, assez futé pour être berger, pas plus. Je règne sur une armée de bras cassés, et je n'ai pas l'autorité de notre Capitaine, mais heureusement il ne nous est encore rien arrivé de bien terrible.

Il fait beau et doux, éternellement. Le soleil fait vibrer un ciel outremer où l'on voit monter droit la fumée du volcan. Dans les montagnes de Nouvelle-Espagne le soleil ne brûle pas, il tranche, il dissèque, il voit tout. L'air est d'une pureté extraordinaire, il est une loupe par laquelle je peux distinguer la moindre feuille de tous les arbres au flanc des montagnes, et de très loin en reconnaître l'essence.

Le lac scintille à l'horizon, le damier serré des champs est parsemé de villages aux maisons blanches, mais sur ce damier de nuances de vert il y a de plus en plus de cases brunes : les champs disparaissent. Je vois rétrécir l'étendue des terres qui sont les miennes, je vois ces terres dont la vie se retire, comme disparaît l'eau d'un étang par une faille qui en aurait fendu le fond.

Les Mexicas étaient ingénieux comme les gens de Venise : au bord d'un lac aux rives désolées ils avaient planté des pilotis, construit des digues, et une ville éblouissante flottait sur l'eau. Ils ramassaient la boue du fond, l'entassaient entre des nattes, et cela faisait des jardins où poussaient des courges, des piments et des fleurs. Ici la terre n'est que le squelette du pays, la chair en est l'Indien. Eux le savaient, tout était à la mesure de l'homme : l'homme travaille, porte, on le mange, et les dieux se nourrissent de son sang. « Prenez soin de vos Indiens, avait dit le Marquis de la Vallée en nous distribuant des terres, car ce pays est rude, et sec ; il n'a de valeur que si une foule d'hommes l'entretient comme un jardin. Que les hommes disparaissent, et ce pays deviendra un désert peuplé de mouches. Il faut prendre soin des hommes que Dieu a mis là en attendant que nous arrivions. — Vous pensez que Dieu les a mis là pour nous ? — C'est ce qui est arrivé, non ? » Et le Marquis dit ça avec ce sourire charmant qu'il a toujours, qui fait que toujours on le croit, quoi qu'il dise ; et quand il voit l'effet de ses belles paroles, apparaît à travers sa barbe la fine estafilade sous sa lèvre, la cicatrice douce et cruelle qui fait frissonner les femmes, et leur donne au même instant l'envie de fermer les yeux et de l'embrasser. Ma princesse indienne m'embrassait ainsi ; mais elle a cessé.

Nous descendons par la piste poussiéreuse, l'air est léger, piquant, éblouissant, on ne transpire pas, tout effort est aisé tant que l'on ne court pas. J'entre dans le village qui m'appartient, et toute l'ivresse de respirer se dissipe en quelques pas, se mue aussitôt en rancœur amère. Les cabanes se fissurent, l'enduit des murs s'écaille, il n'est plus blanc mais dégueulasse, et eux qui étaient si soigneux ne réparent plus, ne nettoient plus, ils laissent tout aller à sa dégradation naturelle. Eux qui étaient si propres sont sales comme des peignes ; leur seigneur ne se baigne plus ? ils se laissent vivre dans la saleté. Au temps de leur empire, seuls leurs prêtres ne se lavaient pas, alors ils sont tous prêtres maintenant, et leur religion disparue se maintient par la crasse.

Il faut venir les réveiller, les mettre au travail, sinon ils restent prostrés dans leurs cabanes. Il est pourtant ici de très beaux hommes, bien plus proches de l'état où Dieu les a faits que nous ne l'avons jamais été ; les femmes aussi sont belles, bien que la plupart de mes compagnons les trouvent trop sombres, trop petites, le visage trop rond, ou trop peu mobile, ce qui les inquiète. Mais leur étrangeté me les fait trouver merveilleuses, différentes de ces femmes pâles aux traits creusés que j'entrevoyais dans l'ombre du confessionnal, quand elles me murmuraient des choses horribles ou ridicules, d'une voix tremblante que ne traversait jamais aucun rire. Les belles lèvres d'Elvira n'ont jamais laissé passer la moindre de ces ordures que mon état m'avait amené à entendre. C'était bien avant.

Des mouches tournent devant la porte. Dedans ils psalmodient de façon continue, à plusieurs et à mi-voix, cela fait un bourdonnement qui s'entrelace à celui des mouches. L'un est en train de mourir, ou est déjà mort, j'entre, et ils se taisent. Ils sont accroupis dans l'ombre, autour d'une natte où un homme est étendu enveloppé de sa mante de coton, le visage recouvert, il est mort. Ils succombent à des maladies terribles qu'ils prétendent n'avoir jamais vues avant que nous arrivions. Un qui allait vigoureusement à ses affaires s'alite soudain, son corps se couvre de pustules, il tremble, et meurt. Les autres l'entourent pour l'assister, en murmurant des chants sans fin dans leur langue. Je leur ordonne des prières, des absolutions, des actions de grâce, mais ils s'obstinent. Ils préfèrent s'assembler autour du mourant pour murmurer ces chants qui racontent je ne sais quoi, mais rien d'utile car il finit par mourir, et ceux qui s'étaient assemblés autour de lui tombent malades à leur tour, et meurent aussi. Ils disparaissent, et aucun enfant ne naît.

J'ai pourtant pris des mesures, j'ai demandé à Aurelio de les obliger à procréer, d'encourager la fornication, de les forcer un peu s'il le faut, car les Indiens des hautes terres ont un mépris hautain de la chair, pas comme les Indiens de Cuba qui ne pensaient qu'à copuler, avant de disparaître eux aussi ; je lui ai demandé de surveiller le ventre des femmes, de repérer celles qui deviennent grosses et de suivre les progrès de leur maternité. Et malgré cela, malgré la terreur qu'inspire Aurelio, malgré son regard acéré qui remarque tout et n'oublie rien, aucune ne va jusqu'à l'heureux événement que j'attends. Les rares à être engrossées, dès que c'est visible disparaissent quelques jours, et quand elles reviennent leur ventre est résorbé. Cela me met dans la plus grande fureur, car ce sont mes biens qui s'évaporent comme du givre au soleil.

Dans cette maison où un homme est mort, Aurelio me la désigne de son fouet, celle qui aurait pu être mère et qui me l'a refusé. Elle est accroupie parmi les autres, tête baissée comme tous les autres, et sans nous regarder elle moud du maïs sur la tablette de pierre posée devant elle. Les grains éclatent avec un soupir, la pierre grince, et la farine jaune qui s'accumule finit par atténuer tous les bruits. « Juana », ordonne Aurelio, et je la fais saisir par Pedro et Juan, les deux guerriers qui estiment qu'il est d'une grande noblesse de rester impassible en toutes circonstances. Elle se débat sans crier et sans relever les yeux, elle s'agite d'une façon impersonnelle, comme si elle essayait de se dégager d'un poulpe, ou d'un drap mouillé qui l'envelopperait et l'empêcherait de respirer ; et par ces gestes saccadés elle fait tomber le rouleau de pierre qui lui sert de meule, qui heurte l'angle de la tablette couverte de grains broyés, et il casse net. Alors elle se calme aussitôt, s'affaisse, se laisse saisir et emmener. Nous traversons le village en la traînant derrière nous, j'inspecte les travaux des champs une main posée sur la poignée de mon épée, j'exhibe derrière moi l'infanticide, la voleuse de mes biens futurs, et tout le monde sait qu'elle sera punie.

Ce qui frappe dans les villages, c'est le silence. Eux qui ne faisaient jamais rien sans battre un tambour et souffler dans une conque, maintenant ils murmurent, et le plus souvent se taisent ; et ils ne font plus jamais aucune musique. On entend les cris très lointains des vautours, très haut dans le ciel, et le grognement des hordes de cochons que l'on envoie paître au pied des arbres dont ils dénudent les racines. Ils nous regardent passer, ils restent accroupis devant leurs cabanes, enveloppés de leurs mantes usées et salies, ils s'en enveloppent comme d'une couverture et restent à attendre je ne sais quoi. « Vous attendez quoi ? » je hurle. Et Aurelio, sur mon ordre, un simple claquement de doigts et l'index pointé, se saisit de l'un d'eux au hasard, le met debout et le rosse de son gourdin.

Ils finissent par se lever et vaquer lentement à leurs tâches. Ils ont peu d'outils, quelques bâtons à fouir en mauvais état, qui finissent par casser et qu'ils ne changent pas, et ils vont en leur jardin soigner leurs courges, curer les canaux d'irrigation qui s'envasent de boue et d'algues vertes. Ils ont des gestes lents, ne relèvent pas la tête, ne me regardent pas. Ils miment machinalement les mêmes gestes qu'ils font depuis toujours, et cette terre, qui fut riche des soins qu'ils lui donnaient, produit de moins en moins de fruit, se craquelle, s'assèche, se transforme en poussière. Je n'ai pas de prise sur eux ; et j'en éprouve une fureur sans limites.

Le soir, je montre à tous le supplice infligé à celles qui détruisent l'avenir de la Nouvelle-Espagne. Une estrade a été montée au milieu du village, et mes hommes d'armes l'entourent, les Espagnols et les Indiens mêlés, arborant hallebardes et espadons d'obsidienne, casques de métal et coiffes de plumes vertes. Les villageois se sont entassés avec indifférence, ils s'accroupissent et ils attendent le jugement. Devant tous, je l'ai prononcé en latin pour plus de solennité, Aurelio l'a répété dans son nahuatl rugueux qu'il a appris pour se faire obéir. Je l'ai condamnée à brûler vive pour avoir détruit une âme qui m'appartenait.

Revêtue d'une robe de papier où dansent de petits démons peints, elle monte sur les fagots sans une larme, sans un cri, mais cela ne m'étonne pas, jamais on ne les voit exprimer d'émotion devant les malheurs qui les dépassent. Tous ont regardé l'affreux brasier sans un mot. J'aurais voulu qu'ils baissent la tête de contrition, qu'ils pleurent ou même grondent de colère, mais rien, le ronflement des flammes est le seul bruit que l'on peut entendre sur la place du village, et tout au bout, entre les arbres qui encadrent la route, le soleil se couche, rond et rouge, de la couleur exacte d'une goutte de sang, comme s'ils avaient finalement raison, et qu'il s'en nourrisse. Un coup de vent rabat l'ignoble fumée qui brûle les yeux, qui infecte les fosses du nez, et en toussant, larmoyant, plié en deux, je me détourne pour vomir.

Pendant plusieurs jours je n'ai mangé que du pain de maïs à peine cuit, sans y ajouter de viande, tant me répugnaient le contact de la chair, ou même le goût de la galette brûlée. Je ne sais comment diriger ces terres autrement que par la cruauté : elles sont brutales, nous les avons soumises par la violence, et elles nous échappent par leur indifférence. Le soleil brille immobile dans le grand ciel pur, le vent balaie le plateau en soulevant de la poussière, sans que frémissent les grosses feuilles charnues du nopal, les langues épaisses du maguey. Je n'ai personne à qui parler. Ma princesse dort, mes villageois ne sont que des paysans frustes, qui s'assoient sur leurs talons et regardent sans rien dire le soleil traverser le ciel ; et mes guerriers ne parlent qu'entre eux, quand je leur adresse la parole ils ricanent en montrant leurs dents, et ils font ce que je dis sans un mot. Je suis entouré d'Indiens silencieux qu'Aurelio fait lever à coups de fouet pour les mettre au travail, mais dès que le fouet retombe, ils se rassoient, s'enveloppent de leur mante, et recommencent d'attendre. Ils vivent sans vouloir vivre, ils forniquent sur ordre, ils ne souhaitent plus enfanter. Ils attendent patiemment de s'échapper tous, de migrer ensemble vers leur enfer atroce, le monde des décharnés parcouru d'un vent glacial qui ne laisse des morts que les os, la peau envolée comme un vêtement inutile. Bientôt je régnerai sur un peuple de squelettes.

Nous sommes trop peu. Mes compagnons sont morts ou sont repartis à l'aventure pour mourir un peu plus loin. Je regrette le couvent où était une si belle bibliothèque, je regrette l'agitation du port de Séville qui sentait le goudron et la chair, et je regrette même Santiago de Cuba, ce village de cabanes mouillées où nous rêvions de l'aventure, où au moins nous étions riches de nos désirs.

C'est le Marquis de la Vallée qui nous a conduits jusqu'ici, et qui règne sur ce qui en reste. La Couronne lui a donné un titre ronflant et s'efforce de le déposséder de tout, car Charles Quint a des dépenses et des dettes, l'or des Indiens sauve miraculeusement son trône, et ce marquis, qui ne lui a coûté qu'une feuille de vélin et un sceau de cire, ne sera jamais à ses yeux qu'un nobliau d'Estrémadure, qu'il remercie du bout des lèvres.

Je connaissais Hernán Cortés avant qu'il ne soit marquis, avant que nous ne soupçonnions l'existence d'une vallée, et je continue de l'appeler Capitaine, avec respect et camaraderie, comme bien peu d'entre nous peuvent encore le faire. Nous sommes amis autant que l'on peut l'être malgré nos quinze ans d'écart et une grande différence de fortune, nous sommes restés unis à travers l'orage de fer qui a dévasté cette partie du monde. Je vais parfois à Cuernavaca et il m'accueille en son palais fermé, sans fenêtres du côté de la ville. L'intérieur est comme une cave, on y franchit des voûtes de pierre, d'étroits couloirs, et partout des retranchements, des grilles, de petites ouvertures pour faire feu au cœur du bâtiment. Dans la grande salle éclairée de bougies il reçoit entouré des nobles de

Tlaxcala ornés de plumes, arrogants comme des vainqueurs car ils estiment régner avec nous. Et en effet, que serions-nous sans eux, avec ce ressac indien qui vient battre nos murs ?

Autour de lui se massent les nouveaux arrivés d'Espagne que je ne connais pas, bien vêtus, éclatants de rapacité, arborant des armes qui n'ont jamais servi, et ils ont cet air avide et pleutre de conquérants sans risques ni gloire, car ils ne font que prendre, sans jamais mettre leur vie en jeu. Ils s'emparent des villages que les Indiens ne savent plus défendre, ils s'abattent sur un pays qui se vide, comme des corbeaux déguisés en aigles. Les vieux conquérants sont retournés aux petits métiers qu'ils faisaient avant, je suis un des seuls à m'être un peu enrichi, parce que j'écrivais des lettres, des contrats et des actes notariés.

Au nom de notre amitié Cortés accepte que nous dînions seuls, sur le balcon qui ouvre sur l'extérieur de la ville, sur la douce pente boisée qui s'estompe dans l'horizon rose et brumeux. Appuyés à la rambarde, respirant le doux vent du soir, nous voyons dépasser des feuillages le couvent qu'il a fait construire pour les Franciscains. Dans l'ombre qui vient, sa masse brutale apparaît comme une brique, hérissée de créneaux, c'est le bâtiment le plus élevé de la ville. D'en haut on surplombe les maisons indiennes, on peut juger de leurs ressources en voyant le grain sécher sur les toits, et ainsi exiger un juste impôt. C'est un couvent franciscain, et je me demande si le bon François le reconnaîtrait. Notre message d'amour est entouré d'une coquille de lave, plus épaisse, plus impénétrable, plus blessante aux doigts que celle d'une huître. Le couvent est défendu comme une forteresse, sa porte fermée est surmontée d'une croix sculptée, posée sur un crâne soutenu par deux os croisés ; ce qui est sûrement la représentation la plus littérale du Golgotha. Nous sommes en territoire hostile, nous sommes visibles de loin comme des rochers sur une plage, nous craignons chaque jour que la marée ne nous submerge.

Dans ce fortin de la foi, mon ami Andrés attend la mort vêtu de bure, comptant les années qui passent sur les doigts de l'unique main qui lui reste. Sa main droite n'est qu'un moignon, c'est celle qui tenait son épée, elle lui est maintenant le souvenir que toute gloire passe, le rappel que celui qui a régné par l'épée subira son châtiment par l'épée. Il est moine, Andrés, car il se moque des femmes, il se moque des biens, le seul effort qu'il doit faire est celui d'obéir, mais c'est là sa mortification, c'est ce qui donne une dignité à sa retraite. Obéissant, inerme, inoffensif, il attend la mort dans l'ombre de sa cellule, et quand je lui rends visite, cela ne lui arrache pas même un sourire.

« J'ai toujours ta main, tu sais.

— Garde-la. »

Mais il accepte de me voir, il m'écoute me plaindre de ce pays qui se désagrège sous nos yeux alors qu'il était si éclatant quand nous sommes arrivés. Il hausse les épaules, tout cela l'indiffère. La conquête fut de bout en bout injuste et cruelle mais il faut pardonner. « À l'instant même où tu acceptes de vivre, tu plonges dans une violence inextinguible. Voilà pourquoi il y a des moines qui vivent à part des autres, pour confesser ceux qui sont hantés d'affreuses visions. » Il me montre sur le mur blanc la petite croix de bois nu avec laquelle il partage sa vie. « C'est notre seule fin. » Et il me bénit de sa main gauche avant que je parte.

Avec le Marquis nous dînons de pain véritable, de jambon et de vin d'Espagne, ce qui change du pulque glaireux qui écœure autant qu'il enivre. « Emmenez-moi, Capitaine », aimerais-je oser dire, dire ça dans un souffle à peine audible, comme un soupir ; mais qu'est-ce qu'il me répondrait, si j'osais ? Rien, le même soupir inaudible, ou alors il me dirait : « Mais où donc ? Innocent que tu es... Je suis le Marquis de la Vallée, j'habite dans la Vallée, où veux-tu que j'aille ? » Le monde est sans recours. La nuit tombe et nous finissons le vin, nous en demandons encore, les étoiles apparaissent très nettement dans le ciel d'obsidienne, nous ne voyons plus nos visages vieillissants. C'est préférable.

La nuit je surveille l'éruption de pustules sur la peau de ma princesse endormie. Dieu merci elles n'apparaissent pas, sa peau reste douce, élastique, de la couleur du chocolat clair et mousseux qu'elle aimait boire, la maladie ne l'atteint pas. Mais malgré mon obstination, son ventre ne s'arrondit pas. Elle respire calmement, elle dort, le dessin de ses traits est aussi plein et parfait que celui des figures de lave qui ornaient leurs temples. Je n'entends que son souffle régulier, c'est le seul signe qui traverse la distance infinie qui nous sépare, et cela seul me dit qu'elle est encore vivante, et moi vivant pour l'entendre. Je m'étends sur elle et la couvre comme un manteau de nuit, je fais glisser mon sexe avec un peu de salive, et je l'aime encore une fois. Il faut appeler ça aimer, quoi qu'on en pense. Car si nos corps ne se parlent plus, nos fantômes sans doute s'aiment encore, je veux le croire ; et même je ne crois plus qu'à ça : aux fantômes. Mon amour, dis-je, et je murmure son nom qui lui fut donné pour que je puisse le prononcer sans erreur. J'ai un petit spasme, et aussitôt une grande fatigue. J'embrasse sa joue ronde et lisse, je caresse sa peau merveilleuse, elle continue de dormir. Je ne sais pas ce que je lui fais. Je ne sais pas si une femme endormie est féconde, surtout avec si peu de semence. C'est ainsi que s'aiment les fantômes, avec des gestes lents et peu de matière. Il finira bien par se passer quelque chose.

Dans ma chambre est une alcôve que j'ai fermée d'un rideau ; j'y ai bâti un autel. Je suis le seul à m'y rendre, je tire le rideau derrière moi, et j'allume un cierge. Il n'y a pas là de crucifix, ni de statue de la Vierge enveloppée d'un manteau bleu. Il y a un crâne dont les yeux sont des pierres de jade et qui tient une lame de silex entre ses dents. Il ricane en tirant une langue dentelée comme une scie. À côté est une statue de terre cuite qui représente le plus terrifiant de leurs dieux : celui revêtu d'une peau qui n'est pas la sienne. Il l'a enfilée comme un vêtement, l'a nouée dans son dos par des lanières de peau, et les mains vides pendent à ses poignets. Quiconque verrait ça en Espagne mettrait du temps avant de comprendre de quoi il s'agit : un homme vêtu de la peau d'un autre homme ; et puis brusquement, en le comprenant, il serait terrifié ; et il penserait que c'est impossible. Mais cela, je l'ai vu.

J'ai gardé le visage de certains de mes compagnons. Beaucoup sont morts, nous menions une vie dangereuse. J'ai conservé le visage que leur avait ôté le prêtre après leur avoir arraché le cœur. Les restes de ceux qui avaient été capturés jonchaient le sol du Grand Temple devant la statue grimaçante du dieu de la guerre : leurs membres écorchés avaient été débités en tronçons, et leurs peaux vides traînaient par terre comme des vêtements chiffonnés. Je conserve leurs visages derrière ce rideau, tendus sur des boules de bois. À la lumière du cierge que j'allume, l'effet est saisissant. Leur peau a séché, elle a noirci, les coupures qu'a faites le couteau de pierre sont devenues des échardes que je tapote avec l'envie de les enlever, mais tout se déchirerait et tomberait en poussière. Comment enterrer nos morts, quand ils ont été dépecés pour être cuisinés et mangés ? Contempler leur visage et se souvenir de leur nom est un acte de douce piété. Ils n'ont pas d'yeux et pas de dents, ils veillent sur moi sans rien voir, ils me parlent sans rien dire, et dorment éternellement sans jamais dormir. Je les reconnais, je me souviens de chacun, et je murmure leur nom.

Nous étions partis au bord du monde, et nous avons découvert ce que personne n'aurait soupçonné : une part supplémentaire, dont nous nous sommes emparés. Il serait si doux de vivre en ce pays s'il n'était peuplé de tant de morts. Nous avons attrapé du vent. Nous avancions les mains ouvertes, nous croyions sentir quelque chose, nous l'avons saisi. Et quand nous avons rouvert nos mains, il n'y avait qu'un peu de poussière rouge qui s'est envolée. Il n'en reste rien de ce que nous avons vu, que des traces rougeâtres incrustées dans notre peau.

Je tire soigneusement le rideau sur l'autel de mes souvenirs, je vais me recoucher, et les yeux ouverts sur la nuit, j'attends, j'écoute la respiration d'Elvira à côté de moi, j'attends que l'ombre s'éclaircisse, et que retentisse le cri atroce de cet oiseau qui annonce le début d'un nouveau jour.

CHAPITRE II

Tuer des lapins

J'ai été un garçon pénible, cela est venu tout d'un coup quand j'ai eu treize ans. Je vivais avec mon père dans un petit château d'Estrémadure, qui n'était qu'un corps de ferme surmonté d'une tour, et brusquement tout m'a dégoûté : petit, château, mon père, et la plaine d'Estrémadure si vaste que le vent y allait sans encombre. Rien ne va mieux à ce pays que son nom où l'on entend exactement ce qu'il est : extrême, et dur.

À quoi bon dire mon nom ? On me l'a donné mais je n'y réponds plus. Le Marquis de la Vallée m'a appelé Innocent la première fois où nous nous sommes rencontrés, et il ne m'a jamais appelé autrement, et il le disait toujours avec un sourire ironique et doux : « Innocent... » Et quand il m'appelait, je venais. Je l'ai écouté, comme tous ceux qui l'ont suivi vers ce monde que nous ne connaissions pas, qu'il ne connaissait pas mieux que les autres mais dont il a voulu s'emparer résolument, chaque jour relançant les dés de nos vies en misant sur une suite continue de coups gagnants, tous gagnants sinon on meurt, et il était émerveillé de toujours gagner, et il rejouait, et nous l'avons tous suivi pour notre plus grand malheur. Aveuglés que nous étions par sa chance continue, et par son sourire.

Je peux le dire, ce nom qui ne me sert plus, que j'ai posé sur une étagère comme un caillou de forme étrange, comme un fer à cheval tordu que l'on a ramassé sur la route et que l'on garde quand même, parce que en ce monde démuni on garde tout ce qu'on trouve, surtout si c'est en fer. Je m'appelle Juan de Luna, mais le savoir ne servira de rien car je n'y réponds plus depuis que j'ai treize ans. Je me souviens parfaitement du jour où je cessai de répondre, ce jour précis où mon père que j'indifférais se mit à me haïr, ce qui est un sentiment plus noble que l'indifférence, car plus intense, et plus propre à générer des prouesses ; je me souviens du jour où j'ai remarqué que des poils noirs commençaient de traverser ma peau.

Nous mangions tous les deux, comme chaque soir. Nous étions chacun à un bout de la longue table faite de poutres de chêne assemblées, qui peut accueillir vingt convives bien serrés si l'on a des amis, ou deux seulement si l'on ne tient pas à se rapprocher. La salle était en pierre nue, et même l'été elle sentait la cave.

Jorge nous servait à tâtons en faisant glisser ses pieds, il posait une assiette creuse devant moi car j'étais le plus près de la porte, puis il me contournait en se guidant d'un effleurement du doigt, et il posait l'autre assiette devant mon père, vérifiant qu'il soit là en touchant son pourpoint. Nous occupions toujours la même place, chacun à son bout de la grande table cirée de graisse et rayée d'éraflures. Jorge est aveugle et il se fie aux habitudes : si nous avions échangé nos places, il aurait simplement d'abord servi mon père, puis moi, selon le même rite qu'il reproduisait chaque jour, en comptant en silence le nombre de pas qu'il faut avant de poser l'assiette. Jorge est imperturbable et parfait, il marche sans aide dans les couloirs de notre demeure, et s'il oublie parfois d'allumer une chandelle aux premières heures du soir, on ne peut lui en vouloir : cela n'a pour lui aucun sens.

Ce soir-là nous mangions encore du lapin, qui est bien la seule chose que notre domaine fournit sans compter. Il n'est pas grand notre domaine, il est sec, il n'est même pas sûr qu'il nous appartienne vraiment ; mais personne n'irait chercher noise à mon père pour si peu ; arrogant, ombrageux, brutal, il veillait avec susceptibilité sur presque rien. Nous étions pauvres, mais hidalgos ; nous n'allumions le soir qu'une seule chandelle dans la salle où nous dînions, qui est si grande que sa flamme n'en éclairait pas les murs. Nous mangions entourés de nuit, la flamme hésitante faisait briller nos armes familiales, le grand écu d'émail coloré au-dessus de la cheminée, le blason à notre nom, à son histoire, à sa gloire, une cheminée où l'on aurait pu faire brûler un tronc entier si nous avions eu des arbres sur notre domaine, mais nous n'avions que des fagots de broussaille.

Nous mangions nos lapins à mesure qu'ils se reproduisaient, nous les regardions grandir en évaluant la place plus ou moins grande qu'ils tiendraient dans l'assiette, mais la faim l'emportait toujours sur la patience, et ceux que nous mangions étaient toujours petits, laissant beaucoup de place aux légumes que finissaient par nous apporter les villageois morisques, quand mon père les avait suffisamment menacés en allant à cheval et tout armé sur leurs terres sèches, à travers le village dont une part nous appartenait d'une façon un peu confuse, car notre famille semblait s'en être emparée lors du retour de la Basse-Estrémadure à la chrétienté. Et de même il entrait dans l'église, à cheval et l'épée nue, le casque sur la tête, en ouvrant simplement le ventail pour y voir quelque chose dans la pénombre, en baissant la tête parce que les portes sont trop basses dans les églises de village. Il faisait sonner les fers sur les dalles du sol, à la manière de la grande noblesse qu'il n'a pas tout à fait le droit d'imiter, mais ici tout a été conquis sur le Maure par des hommes à poigne, et il faudrait beau voir que l'on nous ordonne quelque chose, que l'on nous empêche de profiter de ce que nous avons conquis, par exploits chevaleresques bien connus qu'il tenait à disposition de qui voulait les entendre, comme preuve, disait-il, car ce que dit un hidalgo vaut comme preuve : personne ne doute de sa parole. Et les villageois finissaient par nous apporter des paniers de légumes, que Jorge évaluait du bout du doigt et du nez, en rejetant ceux trop fripés ou déjà rongés par des points de pourriture, car il ne faut tout de même pas exagérer, notre pauvreté et notre faim peuvent l'emporter sur la patience, pas sur l'honneur.

Chaque soir mon père m'assommait avec des récits de la fin du monde, et d'une fin qui n'était même pas grandiose comme le grand incendie de Troie, mais d'une triste fin, comme l'achèvement d'un maigre repas quand le plat est vide, que l'on a fini de manger et que l'on a encore faim, et que l'on se lève de table pour aller se coucher parce qu'il n'y a plus de bois à brûler, qu'il vaut mieux éteindre la seule chandelle, et qu'il fait trop froid pour rester assis à ne rien faire, en compagnie de gens avec qui on n'a pas grand-chose à se dire. Tout est fini, le monde est clos, mais le temps continue toujours, et on ne sait pas quoi en faire.

Tant que nous mangions, chacun à un bout de la grande table, à deux, toujours à deux, je le regardais, je le scrutais sans vraiment écouter, parce que en lui visiblement quelque chose changeait, se dégradait chaque jour un peu plus, alors que ce qu'il racontait ne variait jamais. Mon père était un homme maigre, non pas uniquement par misère mais par principe. Il était tendu, vif, il se préparait encore à se battre, mais rien ne venait. Ses yeux enfoncés brillaient d'une flamme noire sous ses sourcils qui poussaient en broussaille, son nez étroit et long lui faisait une étrave au-dessus d'une moustache blanche, tombante, toujours un peu humide sous les narines. Quand on est un fils, quand on est assis en silence devant son père qui chaque soir pérore sans jamais se lasser, on ne voit que ça, l'humidité jaunie sous les narines. Ses cheveux tirés en arrière lui faisaient un grand front, et quand il s'agitait ils se balançaient sur sa nuque dans un mouvement d'ailes du plus bel effet. Dans ce qu'il racontait il n'y avait jamais rien de neuf, mais c'était entraînant car il y mettait du sien.

Il se répétait beaucoup car mon père est un chevalier qui piaffe, il était intarissable dès qu'il racontait les chevauchées, les coups d'épée, les Maures tués, l'or raflé. Une armée entière ne lui faisait pas peur, avec ses compagnons il fonçait, « Davantage de Maures ? C'est davantage de butin ! Saint Jacques ! ». Seuls dans notre demeure de pierre froide nous étions hidalgos et vieux chrétiens, riches de récits où nos ancêtres livraient une guerre un peu confuse à un adversaire cruel, dépravé, ennemi de la Vraie Foi et toujours vaincu, car Dieu connaît Ses intérêts et sait bien qui soutenir. Je n'ai jamais su ce qu'il avait fait vraiment.

Il conservait son armure dans sa chambre, une armure de guerre en acier blanc, complète, posée sur un support de bois. Il la voyait dans l'ombre se dresser devant son lit, il s'endormait en la regardant, il la voyait en s'éveillant, fantomatique et simplifiée, il s'éveillait toujours en sursaut et mettait un peu de temps à la reconnaître. Chaque jour il la polissait, il en graissait les attaches de cuir, vérifiait que le gorgerin soit bien fixé à la salade, que les grosses cubitières tournent bien, que les spalières articulées ne gênent pas ses mouvements au cas où il y aurait encore ici ou là quelques Maures à pourfendre, d'autres Maures que ces paysans morisques qui lui fournissaient à contrecœur leurs plus mauvais légumes. Il sortait son épée de son fourreau, en aiguisait le fil, l'essayait sur un flocon de laine. Il aimait me montrer que le tranchant l'entamait simplement en le touchant, et la légère touffe blanche tombait à terre partagée en deux, lentement, et pendant toute sa chute il me regardait droit dans les yeux. Il était prêt, chaque jour il était prêt, il ne laissait à aucun domestique le soin d'entretenir ses armes. Il est vrai qu'il ne possédait pas d'écuyer, et que Jorge était aveugle.

« Ah, nous avions fière allure à parcourir le monde ! Une bande de joyeux compagnons chevauchant dans la poussière des chemins, jamais fatigués, jamais inquiets du lendemain, jamais d'humeur morose, nous rafraîchissant de vin clair que nous partagions fraternellement, que nous faisions gicler dans nos gorges directement de nos gourdes de cuir, nous racontant des histoires qui nous faisaient rire, nos exploits passés et nos exploits à venir. Quand apparaissait un village maure, nous redressions nos bannières, abaissions nos ventailles et nos lances, et nous éperonnions nos bons chevaux en criant "Saint Jacques ! Et l'Espagne !". Les Maures s'égaillaient comme des moineaux terrorisés par la cavalcade, et nous n'avions aucun mal à les rattraper, à les jeter à terre, et les rendre à merci. Ceux qui ne pouvaient se racheter ne se relevaient pas. C'étaient d'autres temps, Juan, où le monde était plus grand, où nous n'en voyions pas la limite, où s'étendaient devant nous de grands espaces à l'air libre, du butin qu'il suffisait de ramasser pour qu'il nous appartienne, nous reprenions aux Maures les poules qu'ils nous avaient volées voilà sept cents ans, et dont les descendantes attendaient leurs sauveurs en picorant, avec la patience de bonnes poules chrétiennes. Et quand nous croisions un parti de cavaliers armés, nous foncions avant qu'ils ne nous criblent de flèches.

« Et puis nos Rois Catholiques décidèrent de chasser d'Espagne tous les hérétiques, tous les adeptes d'idoles, tous les sectateurs de faux dieux. Nous nous sommes arrêtés devant Grenade, et nous avons construit une ville en face de la leur, une ville que nous avons appelée Sainte-Foi, et comme de juste les rues en étaient droites, régulières, elles se coupaient à angles droits comme autant de croix, alors que les rues de Grenade où règnent l'hérésie et le stupre étaient courbes et confuses. Là était rassemblée une grande armée, faite de nobles castillans avec leur suite, d'ordres militaires tous vêtus du même manteau blanc brodé du même signe, de milices des fraternités communales, et d'hidalgos munis de leur seul courage et de leur épée, qu'ils venaient mettre au service de la Reine. Car nous disions *rois*, mais nous ne pensions qu'à la Reine, c'était elle qui régnait sur cette ville parfaite peuplée de chevaliers étincelants de vertu, une femme exceptionnelle de majesté, d'autorité et de clairvoyance, et c'est à elle que nous offrions nos épées.

« J'ai vu Colomb tourner autour de la Reine alors qu'il n'était qu'un aventurier, un homme louche qui traînait dans les ports, qui parlait si bien avec son roucoulement génois, qui a su si bien se faire entendre par celle qui nous gouvernait tous qu'elle a fini par lui accorder trois navires. Il n'avait encore rien découvert, l'animal, on se moquait de ses idées fixes qui ressemblaient plus à une escroquerie qu'à un projet de voyage, et maintenant il se vante d'avoir agrandi le monde, et d'avoir rapporté un pays à la Couronne. Mais quel pays ? Tu sais à quoi ressemble ce prétendu pays, Juan ? Il se croit Amiral de la Mer Océane, il n'est qu'Amiral des Moustiques, gouverneur des plus grands marais du monde, duc de toutes les chiasses répandues à l'ouest des grandes eaux, tu parles d'un empire ! Le monde, nous le connaissons, Juan : c'est ici ! Mais il est fini, hélas. Heureusement, je l'ai connu avant qu'il ne finisse. Il ne me reste plus qu'à attendre. Attendre quoi ? Mais attendre la fin, mon fils. Comme toi un jour tu attendras la fin à ton tour. Il n'y a plus rien, plus d'aventure à notre taille. Notre reine est morte, et avant de mourir elle nous avait confié le souhait que nous poursuivions son œuvre : "Poursuivez-les ! disait-elle, débarquez en Afrique, chassez les Maures, convertissez ceux qui restent" ; mais il n'est plus d'hommes capables de réaliser de telles prouesses. L'humanité diminue. Regarde-toi, Juan : tu es frêle, tu ne manieras pas les armes, tu ne verseras pas le sang, tu ne te marieras pas. Mon nom s'éteindra après moi, il s'éteindra avec toi, petit trognon, et ce n'est pas plus mal comme ça. La fin, Juan, la fin. »

Et il recommençait, avec d'autres histoires de chevauchées et de vols, d'étendards et de victoires, et toutes aboutissaient au sourire de la Reine, au dévoiement vers l'ouest, et au crépuscule de l'Espagne dont le destin était accompli, sans recours puisque ses articulations le faisaient souffrir. Ses histoires devaient m'encourager à me battre, et me dire en même temps que j'en étais incapable ; cela pouvait passer pour une ruse, de me rabaisser pour que je m'élève, ou bien c'était vraiment ce qu'il pensait dans son esprit confus et furieux : le monde devenait flou, il allait s'éteindre, et j'étais incapable de le rallumer. Notre généalogie héroïque s'était arrêtée en un point situé plus ou moins entre nous deux, entre moi qui ne savais rien du monde et lui maintenant désœuvré qui disait tout en savoir. Mon père me barrait la route tout à la fois du passé et de l'avenir, et il régnait en son manoir sur une garenne prolifique.

J'étais son fils unique, je devais hériter de son nom, de son blason, de ses armes, de sa demeure et de ses terres, par ordre d'importance ; et j'aurais dû guerroyer si j'en avais été capable. « Il n'y a plus de Maures ! » criait-il le soir en bout de table, levant son gobelet de terre cuite qu'il remplissait lui-même et vidait d'un trait, coup sur coup, ce qui donnait à ses yeux, dans la lueur de la chandelle, des reflets rougeâtres et mouillés. « Il n'y a plus de Maures ! et ceux qui restent courbent le dos en cultivant la terre qui ne leur appartient plus, et c'est mon petit frère qui est dans les ordres qui maintenant s'en occupe. Un moine ! Un type en robe, qui ne sait plus où il a mis ses couilles. Et il use pour ça de méthodes cruelles et ridicules, qui consistent à les soupçonner, à les confondre, à les convaincre d'abjurer leur fausse religion, et ensuite à les brûler parce qu'on n'est jamais sûr qu'ils abjurent vraiment. Ce sont des chicaneries et des bavardages, qui se terminent en odeur de rôti.

« Des enfantillages ! criait mon père en se resservant de vin, des broutilles ! Qu'un bon coup d'épée résoudrait en un instant, entre hommes ! Mais il n'y a plus d'hommes, plus de coups d'épée, plus rien qui vaille.

« Nous sommes arrivés au bout, Juan. Et maintenant, qu'est-ce qu'on dit ? Allez aux Indes ! Les Indes ! Les Indes ! Il n'y en a plus que pour les Indes alors que depuis vingt ans qu'on les connaît on n'y a rien trouvé, à peine assez d'or pour remplir la paume de la main, et une bande d'hommes qui vivent nus et qui n'ont jamais entendu parler de Notre-

Seigneur, quelle que soit la langue dans laquelle on leur en parle. Colomb est un amiral de papier dont les belles paroles ont troublé notre reine, il nous a ramené des perroquets qui ont de belles plumes, et des sauvages qui décorent leurs cheveux avec ces plumes, mais qu'avions-nous besoin de ça ? Notre reine voulait franchir la mer, la vraie, la Méditerranée qui est devant nous, et chasser les mahométans de leur Afrique. Ah, si elle avait vécu ! Nous aurions pu encore chevaucher en pleine lumière, les poursuivre, donner de bons coups d'épée et nous couvrir de gloire. Mais là-bas… Allons ! Là-bas ! Notre amiral des vermines n'a découvert que des terres de vanité et d'illusion qui sont le tombeau de la noblesse castillane. Là-bas ils meurent des fièvres, ils se noient dans leur merde qu'ils n'arrivent plus à contenir. C'est un marécage, un tombeau rempli de boue, un lit de souffrance mouillé d'excréments et de sueur. Voilà ce qui arrive quand on écoute les belles paroles et qu'on se trompe de direction. L'Ouest, ça ne vaut rien. Le Sud, c'est toujours sec, c'est propre, et ça allait très bien. »

Et ainsi il continuait à chacun des repas que nous prenions à deux, où Jorge impassible nous servait à tâtons des tronçons de lapin noyés dans la même sauce, une sauce épaisse de sang cuit, qu'il fallait pomper avec du pain, et c'était là notre repas de chaque soir.

« Et toi Juan tu feras ci, tu feras ça, et à toi Juan je te donnerai mon épée, et je t'apprendrai à l'aiguiser pour qu'elle tranche bien, que tu la brandisses bien haut, que tu la balances bien fort, et que d'un seul coup la tête roule au sol, car je veux, Juan, que tu portes à ton tour glorieusement notre nom. »

Je ne savais pas si c'était à moi qu'il parlait tant je ressentais de gêne chaque fois qu'il prononçait mon nom. Cela m'envahissait comme l'odeur aigre que l'on sent auprès d'un vieillard, odeur de sueur ammoniaquée, d'urine indélébile, et l'on se contracte pour ne plus sentir, on respire par petits coups pour que l'odeur n'entre plus, on tâche de l'oublier parce que l'on veut rester quand même avec ce vieillard, parce que s'il n'était plus là ce serait pire encore.

Je ne sais pas si c'est le mien, ce nom qu'il prononce comme un refrain, quand il parle tout seul en mangeant du lapin devant moi. Il me l'a donné parce qu'il aimait tant ma mère, qui s'appelait Juana. Dont je ne me souviens pas très bien. Dont je n'ai plus de souvenir clair, tant celui que j'ai je l'ai déformé en y pensant trop. Je me souviens de sa seule présence, ou même pas : je me souviens du soulagement de sa présence, et de l'inquiétude de son absence, et c'est l'inquiétude qui me revient à travers la prononciation très particulière et très étrange de mon nom par mon père, comme un roucoulement qui succombe, vite étranglé par des larmes.

Contrairement aux usages il ne l'appelait pas Madame, mais par son nom, même en public, dans un roulement de gorge huilé dont je ne savais pas la signification mais que je détestais. Je détestais ce petit raclement délicat de la jota qui précédait le *a* bien ouvert, indécent, ses lèvres très écartées comme pour un sourire mimé, un geste que je ne comprenais pas. Et quand elle entendait cela, elle souriait aussi, d'un sourire qui me perçait le cœur d'une pointe de métal chaud. Je ne me souviens que de ça : du son, du son mou de mon cœur qui se crispe, et mon nom me le rappelle comme une chanson connue qui tire des larmes en quelques notes.

Ce soir dont je parle, il pérorait encore. Je déchirai un morceau de pain pour le tremper d'un geste lent dans la sauce, du même geste résigné qui trempait le même pain dans la même sauce tous les soirs de chaque jour, mais ce jour-là, ce jour à partir duquel plus rien ne ressembla à ce qui avait été, je vis brusquement le poil sur mon doigt, le poil unique et noir sur le dos du majeur de ma main droite, épais au milieu du fin duvet, très noir au milieu des poils clairs, le poil unique et rigide qui ressemblait à ceux qui commençaient à pousser sur mon corps caché, que j'étais le seul à connaître. Il était là en évidence, bien dressé, le premier poil à pousser sur mon corps visible, parmi mon duvet blond et doux, il paraissait monstrueux. Il était identique aux poils qui couvraient mon père, ses avant-bras, ses grosses mains, sa poitrine quand je le voyais se laver torse nu dans la cour, en se versant à grands cris, en toutes saisons, des baquets d'eau glacée sur la tête. Je lâchai le pain gonflé de sauce comme s'il avait absorbé les fluides ignobles qui sortent du corps, je me levai, et je m'enfuis.

J'ai dévalé l'escalier de pierre en serrant bien fort le couteau dont je me servais à table, qui est un petit couteau de chasse que j'aiguise chaque jour, mon père y tient, dont la lame est réduite à la largeur du plus petit de mes doigts mais qui coupe comme un rasoir, et pique comme une aiguille. Ce qui est excessif pour défaire la chair molle qui tient à peine aux os du lapin, cette viande qui se dilacère d'un souffle, qui se dissout d'elle-même dans la sauce à force de cuire, mais un couteau doit couper, c'est comme ça, une lame est faite pour ouvrir les chairs sans effort. J'ai traversé la cour, j'ai franchi en courant la porte monumentale, une belle arche de pierre de taille dont les vantaux ne ferment pas, et j'ai couru jusqu'à la garenne.

J'ai sauté par-dessus la palissade de branches tressées, et ils se sont mis aussitôt à frapper le sol de petits chocs brefs, le monticule herbu percé de trous s'est mis à grouiller de lapins affolés. Je savais celle que je cherchais. Je l'ai attrapée facilement car son ventre la gênait pour se glisser dans les trous qui leur servent de refuge, je l'ai attrapée par les oreilles, la grosse femelle qui engendrait nos repas, je l'ai soulevée bien haut, elle a poussé un cri aigu en roulant des yeux, nous nous sommes regardés bien en face et je lui ai tranché la tête d'un seul coup de mon couteau de table dont la lame est toujours prête. Sa tête est restée dans ma main, brusquement très légère, et son corps alourdi de dix lapereaux est tombé au sol avec un choc flasque, le sang a jailli, m'aspergeant le visage et les pieds, il s'est répandu en une flaque noire que la terre sablonneuse a aussitôt absorbée.

Sur un buisson qui ombrageait la garenne j'ai coupé une branche, je l'ai épointée, j'y ai planté la tête et l'ai fichée dans le sol au sommet du monticule grouillant de lapins terrorisés, et je me suis assis à côté. J'étais très soulagé, je respirais mieux, et l'œil vague je regardais la plaine qui s'étendait loin dans la lumière du soir, avec ses prairies sèches, ses villages blancs qui reflétaient le soleil rose, si peu d'arbres, et un vent chaud qui sentait la pierre cuite et l'herbe séchée. C'était immense et sans relief, je percevais un horizon plat au loin, comme paraît-il on le voit quand on contemple la mer.

Mon père m'appelait : « Juan ! Juan ! », il hurlait à tous les vents dans la cour de notre demeure, mais je décidai à partir de ce jour-là de ne plus jamais lui répondre. Avec mon couteau si tranchant j'aurais pu raser ce poil, raser le dessus de chacun de mes doigts, mais la lame était maintenant tachée de sang. Assis sur le monticule criblé de trous d'où les lapins commençaient à prudemment sortir, je l'examinais sans y toucher. Je regardais mon poil grandir. Je me demandais pourquoi je ne l'avais pas remarqué plus tôt. Mais peut-être de telles choses poussent-elles en une seule nuit ; peut-être y est-on aveugle jusqu'à ce qu'on ne puisse plus fermer les yeux. La tête de lapine plantée sur sa branche avait cessé de saigner, ses yeux devenus chassieux ne reflétaient plus rien, ses oreilles pendaient comme des fleurs fanées. Des mouches voletaient autour, se posaient, tétaient les caillots et les larmes séchées, des fourmis commencèrent à monter sur la branche de leur pas hésitant, aller, retour, aller plus loin, revenir et arriver enfin, détacher un petit bout, saisir un peu de viande entre leurs mandibules, et repartir. Le soleil se couchait.

Mon père me trouva ainsi, je n'avais pas bougé, et il me battit comme jamais il ne m'avait battu, en hurlant mon nom comme on crache une morve qui gêne. Puis il attrapa un lapin vivant par les oreilles, un qui passait par là et qui avait cru à un retour au calme, un qui n'avait pas eu la présence d'esprit de replonger dans son trou, mais ces bêtes n'ont guère d'esprit ;

de l'autre main il me saisit l'avant-bras, il me releva brusquement et m'entraîna à sa suite, il tirait sur mon membre comme on tire sur une laisse, il me fit franchir la porte, traverser la cour, entrer brutalement en notre demeure, et il m'emmena aux cuisines, sans lâcher le lapin secoué par les oreilles, qui semblait s'être évanoui.

Nous entrâmes à grand fracas dans la pièce sans fenêtre qui sentait la viande recuite dans la même sauce, où Jorge s'affairait lentement. On n'y voyait rien car il se moque de l'obscurité, il allait par habitude et se repérait par une sensibilité à tout ce que l'on ignore : les bruits, les frottements, les échos, la chaleur que renvoient les corps. Mon père jeta sur la table le lapin, qui en resta étourdi.

« Tue celui-ci, maintenant, hurla-t-il à Jorge, et que celui-là voie tout, tous les détails, sans rien manquer, ajouta-t-il en me désignant d'un doigt tremblant de colère. — Bien Monsieur », répondit Jorge d'une voix calme, de la voix très douce qui lui est habituelle quand il parle, et il contourna la table en se guidant du bout de son auriculaire qui en effleurait le bord. Il se guida sur la fine odeur fauve qui émanait de la bête tremblante, sur ses gémissements assourdis, sur les battements précipités de son cœur qui faisaient résonner le bois, et il l'attrapa d'une main preste avant qu'il n'ait eu le temps de fuir. Le pauvre lapin avait manqué de décision : il avait hésité, il avait tardé, il n'avait pas saisi le moment qui passe, celui-là qui ne repasse pas.

Jorge agissait de façon caressante. Mais ce n'était pas par gentillesse, c'était pour se faire une idée de ce qu'il faisait ; c'était pour voir, en quelque sorte. Moi, je voyais très bien, et je l'ai regretté. Quand on voit certaines choses on ne peut plus jamais les enlever de son esprit.

D'un geste précis il le suspendit à un crochet de fer à travers les tendons de ses pattes arrière. Mon père sacrifia un fagot et fourragea dans le foyer pour que s'élèvent des flammes, de la bonne lumière pour que je voie bien. Un éclair brilla dans la main de Jorge et il plongea une lame dans l'œil du lapin, un jet de sang noir coula dans un bol. L'animal pendu s'agita, puis s'amollit, devint immobile. Il était plus long mort que vivant. Quand il n'y eut plus de sang, quand plus rien ne coula, Jorge fendit les pattes et tira la peau, il la retourna sur toute sa longueur, et l'ôta. Le lapin nu n'était plus une petite boule de poils frémissante, mais un corps délié très reconnaissable, un athlète mince dont tous les muscles étaient visibles, tête en bas, montrant ses dents comme un petit crâne humain. Quand il lui coupa la tête, c'était plus ressemblant encore : plus de dents de rongeur, plus ce crâne allongé avec des yeux sur le côté, plus rien qui fasse lapin, c'était un corps dénudé miniature, dont je pouvais comprendre intimement à quoi servait chacun de ses muscles, j'ai les mêmes cachés sous ma peau.

« Voilà la vie, voilà la mort, voilà la viande. Il n'y a pas de quoi trembler, ni être dégoûté, dit mon père d'une voix calmée, d'une voix attendrie d'où ne perçait plus aucune colère. La vie est comme ça. Tu peux aller dans le monde maintenant. »

Le jour où je vis que des poils poussaient sur mon corps visible, ce fut aussi le jour où mon père par dépit m'accorda ma majorité, après m'avoir violemment battu. À partir de là, je fus comme un homme.

CHAPITRE III

Lire, tant qu'on peut

J'ai été pénible, idiot, inconsolable, inépuisable aussi, pendant tout le temps où des poils noirs envahissaient le dos de mes doigts, jusqu'à les faire ressembler à de ridicules brosses de crin montées à l'envers; et je fis toutes les bêtises que l'on fait à l'âge où l'on n'est rien que l'héritier d'un nom que l'on voudrait ignorer, et d'un domaine vide dont les murs se fendent et le toit prend l'eau.

J'ai cassé ce que j'ai pu, pas grand-chose car il n'y avait pas grand-chose, et sans effort car rien ne tenait debout, j'ai risqué ma vie sans témoins en grimpant aux murs, en m'accrochant aux pierres mal jointoyées jusqu'en haut de la tourelle qui justifiait qu'avec aplomb nous appelions *château* une bâtisse agricole. Je cassais des tuiles, je lançais les tessons à la fronde sur les passants du chemin en contrebas, qui reliait le village aux jardins du rio Ortiga. Les paysans allaient de ce pas lent qui est le leur en portant des couffins de paille, coiffés d'un linge entortillé autour de leur tête, vêtus de longs vêtements flottants, et je les criblais de projectiles, des fragments de tuile, pas de quoi assommer un chien, mais ils sursautaient avec un cri de surprise, ils faisaient un pas de côté, regardaient autour d'eux, en haut, finissaient par me voir perché sur la tourelle ma fronde tournoyante autour de ma tête, et ils me menaçaient, pas trop fort, faisaient de petits sauts pour éviter les projectiles, ils finissaient par s'éloigner, et pour rentrer ils faisaient un détour. On se plaignit à mots couverts, mon père me poursuivit sans pouvoir me rattraper, je me cachai facilement tout le jour; et il me saisit par surprise au moment où j'entrai la nuit dans la cuisine, pour manger quelque chose après l'heure à laquelle il s'endort. Il me corrigea jusqu'à ce que les bras lui en tombent, ses vieux muscles étaient encore durs mais tremblaient quand ils devaient fournir de trop longs efforts. Je le regardai renoncer, bien en face, avec un éclair d'ironie à travers mes larmes, juste avant de m'évanouir.

Je descendis au village pour me lier aux jeunes gens de mon âge. Les petits bergers vêtus de hardes me virent arriver avec étonnement, ils étaient secs et bronzés, ils ressemblaient à des adultes en petit, plus fluets et plus durs. Je pris l'air hautain, et je fus rossé. Ils me jetèrent au sol, me roulèrent dans la poussière, me rouèrent de coups de pied, j'en eus une violente nausée au goût de sang. « Qu'est-ce que tu viens faire ici, Juan de Luna ? — J'en ai assez d'être seul. — Eh bien viens garder les moutons avec nous, ricana l'un. — D'accord. » Ils s'arrêtèrent de frapper. « Vraiment ? — Oui, vraiment. » Ils ricanèrent encore. J'avais mal, tout mon corps endolori de coups, mais la douleur n'a aucune importance, je m'y entraînais chaque jour. « Viens, alors. » Je m'essuyai le nez des sanies rougeâtres qui en avaient coulé, et les suivis.

Je vins, tous les jours. Apprendre à marcher sans chaussures fut douloureux, mais on saigne, on boite, et puis on s'y fait. La peau se répare d'elle-même, elle durcit, elle résiste à tout. J'appris des mots très crus, j'appris à tenir ma place dans les algarades, et je participai à des escarmouches contre d'autres bergers. Un ruisseau à sec pendant l'été marquait la limite avec un autre village, nous nous massions de part et d'autre, nous hurlions des horreurs très graveleuses qui mêlaient leurs mères à des ânes dans des positions impossibles, nous envoyions des pierres à coups de fronde sur les jeunes garçons de ce village qui ne nous appartenait pas.

Celui-ci ne nous appartenait sûrement pas davantage, il n'en était jamais question entre les gamins, c'était un tic de langage de mon père que de dire *notre* village, et il était possible que personne d'autre que lui ne le sache. Mais quand j'y étais, pieds nus, poussiéreux, hilare, une fronde tournoyante au-dessus de la tête, je faisais ce qu'on me disait et nous le faisions ensemble, et par là c'était *notre* village. Le lit du ruisseau regorgeait de cailloux ronds pour des tirs précis, je fus frappé plusieurs fois, je revins chez moi avec des bosses et des hématomes que Jorge soigna à tâtons. J'avais grandi, j'étais devenu sec, bronzé, endurant, mais je ne me souviens pas d'y avoir pris un quelconque plaisir.

Une nuit, nous traversâmes le ruisseau et allâmes incendier leur poulailler, car nous n'avions pas d'autres ennemis en ces lieux peu peuplés. Les poules hurlaient, ça flambait clair, nous bombardions d'œufs ceux qui venaient éteindre l'énorme incendie de paille, le brasier ronflait d'où sortaient les gros oiseaux maladroits en flammes, qui essayaient de disparaître dans la nuit et s'écrasaient au sol dans une affreuse odeur de plumes rôties, mettant le feu à l'herbe sèche, et des pâturages partirent en fumée. On se plaignit, je fus battu.

Mon père jugea qu'il était temps que j'apprenne l'épée ; il me le dit de cette façon, *apprendre l'épée*, comme s'il s'agissait d'un instrument de musique. Il rapporta un porcelet du marché, une carcasse entière avec la peau et la tête, qu'il attacha par les pattes à l'embrasure de la grande porte qui donnait sur la plaine. Il m'emmena, il portait l'épée à sa ceinture, et sous la porte où pendait le petit porc, il la sortit de son fourreau avec un long glissement du fer sur le cuir ; il me la donna avec un geste d'humeur, il en désigna la pointe, puis le tranchant : « Tu vois, petit con : ça, ça perce ; ça, ça tranche ; donc c'est une épée. Comme ton petit couteau, mais en mieux, en grand, en vrai, pas pour couper des lapins, mais pour couper les hommes. Les Maures ont des sabres : c'est pas droit et c'est leur défaut ; ça coupe bien, mais ça fait que ça. Ils doivent faire des grands gestes pour mettre la lame en position, c'est très joli, comme leurs longs bavardages avant de décider quoi que ce soit. Le temps qu'ils se mettent en place pour frapper, toc ! l'estoc. Et avant qu'ils se relèvent, slash ! la taille. Au suivant. Vas-y, sur le porc. Un homme doit savoir pousser sa lame, c'est le minimum pour en être. »

Et j'obéis, je lardai la carcasse de coups jusqu'à ce que la sueur me coule dans les yeux. « Pique ! Coupe ! Pique ! » hurlait-il. La lame entrait aisément lors des estocades, mais j'avais du mal à la ressortir, mes coups de taille détachaient des copeaux de viande qui pendaient sans tomber, je ruisselais de sueur et de gouttelettes de sang, j'étais enivré de l'odeur fade de la chair crue que la chaleur du soleil répandait autour de nous, la mêlant au parfum lourdement épicé de ma sueur. Quand mon père jugea que je n'étais plus ridicule en tenant une épée, il me fit décrocher la carcasse hirsute, me la fit plier dans un linge pour qu'elle se tienne, et m'ordonna de la porter à Jorge pour qu'il la cuisine, et que nous la mangions dès le soir. « Car il ne faut pas perdre la viande de son ennemi, dit-il en riant, et ça, c'est autre chose que du lapin. » J'avais cru voir une lueur d'amitié dans son regard au moment où je poussais la lame dans les chairs, d'une main que je pensais ferme, mais quand il me fit plier le porc dans un linge comme dans un linceul, il ricanait.

Je finis par voler l'armure. Seul dans sa chambre, je décrochai une à une les pièces de son support en essayant de ne pas les faire tinter, j'enfilai les jambières, ajustai le gorgerin, laçai le plastron à la dossière, je mis ma tête dans l'armet, et me rendis compte que tout était à ma taille. Comment était-ce possible, alors que mon père était plus grand et plus large que moi ? Ce fut un mystère que je ne fis aucun effort pour résoudre, comme souvent avec les mystères qui touchent à la génération : on les accepte, sans se rendre compte qu'il s'agit de mystères. Que ce ne soit pas la sienne ne me traversa pas l'esprit, cela pouvait être qu'il avait grandi après avoir cessé de porter les armes, ou que ce soit une armure fée qui s'ajuste à celui qui l'enfile. Cette dernière explication me parut la meilleure. Dans un vacarme de seau en fer-blanc traîné sur le sol, je traversai la demeure vide, puis la cour qui résonna de façon grandiose, j'entrai dans l'écurie où était un seul cheval, qu'il appelait son meilleur cheval, et je le montai. Il me laissa faire, il eut un petit rire de cheval en me voyant ainsi accoutré, il me connaissait, je l'avais souvent nourri et caressé, et il comprit que nous allions faire un tour, il m'aida à le harnacher, me poussait de la tête pour m'aider à le monter. Il faisait chaud, l'armure pesait, et respirer était pénible même avec le ventail ouvert. Au petit trot, je me dirigeai vers les nuages de poussière qui s'élevaient au-dessus de la route de Medellín, comme si une armée s'y était déplacée avec tous ses bagages, sans éclaireurs, sans précautions, sans craindre d'embuscade. Par ce chemin transitaient d'un pâturage à l'autre les immenses foules de moutons qui appartenaient aux couvents hiéronymites ou à l'ordre de Santiago, et à travers la poussière qu'ils soulevaient on voyait le sol grouiller confusément comme la surface d'une fourmilière. Je rabattis le ventail, je brandis l'épée, et je chargeai. « Saint Jacques ! Et l'Espagne ! » Le troupeau s'ouvrit devant moi comme une mer Rouge affolée, je fus pris dans une étouffante odeur de suint, un vacarme affreux de bêlements paniqués, mon cheval broncha, trébucha sur une brebis, je tombai comme une pierre dans un grand bruit de ferraille, et les moutons me passèrent dessus. J'échappai comme je pus aux bergers, heureusement plus occupés à rassembler leurs bêtes qu'à vouloir me rosser, et je rentrai à pied en tenant le cheval par la bride, il boitait et secouait la tête en soufflant. Il tremblait, des frissons lui parcouraient la peau, ses poils étaient détrempés d'une écume malsaine. J'avais cabossé l'armure, faussé une charnière de l'armet, et ébréché le fil de l'épée que j'avais lâchée sur les cailloux du chemin.

Mon père m'attendait. Je vis dans ses yeux l'hésitation qu'il eut de me tuer tout de suite, ou de me faire souffrir d'abord. Je vis la haine brute disputer avec une question plus raisonnable, mais parfaitement désemparée : que faire de moi ? Je remarquai qu'il avait vieilli, ses yeux étaient soulignés de poches flasques, ses mains maigres tremblaient en serrant la ceinture qu'il avait déjà préparée pour ma punition. Je m'arrêtai à quelques pas devant lui, je ne dis rien. J'attendais qu'il vienne, qu'il me frappe encore jusqu'à ce que ses vieux muscles n'en puissent plus, et qu'encore une fois mon jeune corps y survive, et triomphe par une résistance sans mérite de ce qui restait de ses forces.

Je ne répondais plus à mon nom, je ne répondais plus aux coups, je ne répondais plus de rien. Cela ne pouvait pas continuer, il m'emmena au couvent, il aurait voulu m'éduquer pour la guerre mais il n'y avait plus de guerre. Dans le monde qui s'annonçait, acquérir un peu de savoir n'était pas honteux. De guerre lasse, il se résigna à vivre seul avec son armure dans cette demeure où il n'y avait pour seule présence que les pas glissés d'un domestique aveugle. Enclos dans un couvent, confié à son frère, je resterais dans la famille ; et puis ce serait une occupation encore honorable, où je n'abîmerais pas ses affaires, ne souillerais pas son nom, et il n'entendrait plus parler de moi. Ce serait la fin de son lignage, mais pour un nom qui a vécu le couvent est une noble façon de doucement s'éteindre. Il est des rois qui finissent ainsi, et un hidalgo n'est pas différent d'un roi, sauf qu'il ne confie à personne d'autre la défense de ses terres.

Le couvent était à une journée de cheval, dans la montagne boisée au nord de la province, par des sentiers pierreux à travers des buissons aux feuilles dures, où toute la journée les cigales frottaient des cymbales avec une obstination de maniaques. J'y allai à coups de bâton, réellement. Je montais une mule empruntée au village, et mon père me suivait à cheval; et d'une longue perche de coudrier, dont il fallait reconnaître qu'il savait admirablement se servir, il me cinglait les épaules et la nuque au moindre soupir, au moindre ralentissement, au moindre frémissement de ma part qui pouvait indiquer que j'allais faire, dire, ou même penser quelque chose. En pleine chaleur, le dos cuisant, j'avançais en silence, j'avais du mal à rassembler mes idées; mais je ne les rassemblais pas, je n'avais pas besoin de plusieurs idées, je n'en concevais qu'une, une seule, qui m'apparaissait entourée d'une gloire rayonnant d'éclairs comme une apparition de Notre-Dame : m'échapper, dès la première nuit. Et ce ne seraient pas les doux hiéronymites confits en dévotion qui seraient à la hauteur pour me barrer le passage; je les culbuterais, je sauterais de plusieurs étages, je courrais avec mes pieds durcis de berger sur les chemins cailloteux, bien plus vite qu'ils ne le pourraient avec leurs sandales et leurs maigres jambes de prieurs.

Nous avancions entre les champs d'oliviers qui sont les champs les plus désespérants du monde, avec leur herbe cailloteuse et pelée entre des arbres isolés et tordus, chacun seul, pas deux qui se touchent, pas deux qui se ressemblent, et ils attendent en silence je ne sais quoi depuis des siècles, la récolte annuelle, la tempête qui les arrachera, la guerre qui les sciera, la fin ; les oliviers sont l'arbre qui convient à notre famille, et les voir donne envie de partir au loin. Plus haut dans la montagne, les feuilles des chênes devenaient luisantes et pointues, nous allions à pas lents sous un soleil qui nous écrasait, entre les fleurs jaunes des chardons d'Espagne, les feuilles d'acanthe transformées en épines, le parfum des cades, des cistes et des pins, tout emplis de l'affreux vacarme des cigales. « Avance ! » criait mon père, et la longue perche souple, maculée de mon sang, me cinglait le dos. Je fermais les yeux, pressais ma mule, et les images de la fuite héroïque que je projetais en mon for intérieur me rendaient insensible à la douleur.

Mais j'ai aimé le couvent, dès le premier jour. Ce qui explique que j'ai mis des années à m'en enfuir, et pour d'autres raisons aussi, mais dont je ne connaissais alors pas l'existence.

Frère Francisco ressemblait à mon père, ils partageaient le nez étroit, le poil noir et dru, le corps sec fait de cordes nouées, les yeux enfoncés sous des sourcils buissonneux, mais les siens rayonnaient d'une lueur douce que je n'avais jamais vue nulle part. Il me regarda, me sourit, et je me sentis chez moi.

Les deux frères se saluèrent sans beaucoup d'effusions, ils ne parlaient pas au même rythme, mon père toujours trop vite, mon oncle avec un temps de retard, des silences vinrent, qui mitèrent leur conversation, elle s'effondra et ils restèrent face à face, gênés, mon père se dandinant d'une jambe sur l'autre, mon oncle enfouissant ses mains dans les manches de son habit, et penchant doucement la tête d'un air d'écoute universelle.

Dans les couloirs du couvent le soleil ne venait pas, ils étaient immenses, nus et propres, bordés de portes que l'on distinguait à peine dans la pénombre. On m'octroya une cellule aux murs blancs, avec un lit, une petite table, un tabouret, une chambre juste assez grande pour que je m'y étende, éclairée d'une fenêtre si étroite que j'aurais eu du mal à m'y glisser, mais elle donnait sur le ciel. Sur la table était un livre imprimé. Frère Francisco le prit, le feuilleta avec un sourire, et me le tendit. « Tu sais lire ? — On lui a appris un peu de latin, et il sait lire le castillan, grommela mon père. Je l'ai éduqué tout de même… — Tiens, lis ça. — Ça ? Un roman ? Allons, Francisco, tu n'en as pas d'autres ? — D'autres ? J'en ai une bibliothèque entière. Mais tous les livres sont le Verbe, et tous mènent au Livre. Il faut bien qu'il commence ; par celui-là, par un autre, peu importe. »

Mon père me fit la recommandation d'obéir en tout, et il repartit au pas traînant de son cheval, avec derrière lui la mule aux oreilles rabattues, plus lent qu'à l'aller eus-je l'impression, mais peut-être avait-il déjà vieilli, et il cinglait l'air de sa longue badine à coups rageurs. Son dos voûté, les spasmes de son bras, les sifflements de la badine, ce fut la dernière image que j'eus de lui : car quand il se fut enfoncé dans le sentier, entre les buissons devenus noirs au crépuscule, il disparut et je ne le revis jamais.

J'assistai à l'office, on me laissa avec une lampe, et je passai la nuit à lire ce livre que frère Francisco m'avait donné. Il fut un miroir où je me voyais grandi. Quand les cloches appelèrent à l'office de l'aube, je ne l'avais pas fini et j'avais oublié de m'enfuir ; je décidai de rester.

Je suis allé aux Indes sur la foi d'un roman de chevalerie. Pas d'un seul, mais de tous ; j'en ai tant lu. Chaque jour je leur consacrais un peu de temps. C'est Jorge qui m'avait appris à lire, avec les mains. Dans la cuisine il utilisait de petits os de lapin bien droits et bien nettoyés, et en les assemblant il formait des lettres, qu'il vérifiait du doigt et me faisait prononcer. Avec beaucoup d'os nous faisions des phrases entières, que je pouvais lire au doigt et à l'œil. J'en ai gardé un débit un peu haché quand je déchiffre, et l'habitude de suivre du doigt les lignes pendant la lecture. C'est lui qui m'a expliqué que dans les livres on trouve tout. « Si une bibliothèque est assez grande, disait-il, remplie d'une assez grande quantité de livres, tout sera écrit ; toute vie possible, tu la trouveras dans un livre, même la tienne. J'en suis persuadé, mais je suis le seul à ne pas pouvoir le vérifier, car je suis aveugle. » Et il riait tout doucement. C'est comme ça que l'on considère les livres : on croit, ou pas ; et moi, dès cette première nuit, je crus.

Le jour, je m'imprégnais des Saintes Écritures en compagnie de jeunes convers placés là pour un peu apprendre, pour éventuellement prier, le plus souvent pour débarrasser le plancher dans les affaires de succession qui agitaient les pauvres châteaux d'Estrémadure, plus riches en rejetons affamés qu'en terres à pâturer. Fils surnuméraires, bâtards à cacher, garçons à la complexion délicate, nous étions un petit collège des recalés de l'Espagne militaire, nous vivions en vase clos, entre la prière, l'étude et l'ennui, sans nous lier les uns aux autres car nos journées étaient si pleines qu'elles ne laissaient aucune place à la rêverie ou à l'épanchement amical ; nous travaillions, et priions, mais c'était aussi un travail qu'il nous fallait accomplir avec soin. J'ai appris correctement le latin, et à écrire d'une plume lisible et ferme les minutes des actes notariés, j'appris le droit car le monastère possédait des terres, des troupeaux, des villages et les bois qui les entouraient, issus de dons et d'héritages, tous d'un statut si complexe qu'il fallait un lettré pour le débrouiller, et je devins ce lettré qui veillait sur les biens faute de veiller au bien, par goût de la plume, de la formule, et des raisonnements acrobatiques qui justifient l'injustifiable. Le droit est très semblable à la théologie, en plus simple car il ne connaît ni le miracle ni l'au-delà, mais avec le même art raffiné de la mauvaise foi, qui fait reposer des édifices impeccables sur la tête d'épingle d'un détail douteux. J'y excellais, nous étions plusieurs moinillons experts en arguties, les propriétés du monastère étaient défendues par des remparts de papier qui sont les plus solides de notre temps. La nuit dans ma cellule, je sacrifiais le peu de sommeil que m'accordait la règle pour lire les romans que me fournissait mon oncle, quelques pages avant de dodeliner, bâiller, résister trois lignes encore, et m'endormir d'un coup. C'est qu'un jeune moine, quand il regagne sa couche, titube de la fatigue de tout ce qu'il a fait pendant le jour, et il sera réveillé dans la nuit pour un office, et très tôt le matin pour un nouvel office. À ce rythme, ces livres épais me duraient des mois, comme si je parcourais à pied les pays fabuleux que découvraient les chevaliers errants, derrière eux, en portant leur bagage. Dans l'incertitude qui précède le sommeil, je suivais leurs flâneries, je découvrais chaque soir les splendeurs et les merveilles qui se dressaient brusquement au détour d'un chemin et leur donnaient l'occasion de prouesses, que je suivais passionnément.

Il y avait une femme, que l'on appelait Dame à la Guirlande parce que le roi son mari avait tant de plaisir à voir la beauté de ses cheveux qu'il ne lui permettait pas de les couvrir, sinon avec un léger chapelet de fleurs. Et sa sœur, plus belle encore, était appelée de tous la Dévote Perdue, car elle avait refusé toute demande en mariage, de la part de plusieurs princes et grands seigneurs, et c'était un grand gâchis que tant de beauté ne soit pas honorée.

Amadis l'errant avait été accueilli en leur château. Après un agréable dîner où il raconta quelques aventures aux deux sœurs très attentives, il se retira dans une très belle chambre que l'on avait préparée pour lui. Vaincu par le sommeil, il s'endormit. Et il rêva que l'on s'introduisait auprès de lui, que l'on posait une main sur son flanc, et qu'on lui arrachait le cœur ; on le lui montrait tout sanglant, et sous ses yeux effrayés on le jetait par la fenêtre, dans la rivière grondante qui coulait au bas des murs. « Pourquoi faites-vous une telle cruauté ? demandait-il dans son rêve. — Ce n'est rien, répondait celle qui avait fait tout ce mal, car il vous en demeure un autre, qui bat selon mon vouloir, et que je vous ôterai à mon gré. »

De frayeur il s'éveilla, et la demoiselle qui avait ouvert la porte de sa chambre était comme un fantôme dans la clarté de la lune. Il jaillit hors du lit, tira son épée, alla bravement vers elle. Elle était nue, les épaules et le dos couverts de sa longue chevelure. « Qu'est-ce ceci, mon sire ? Vous tirez les armes contre moi qui suis de si petite défense ? » Il posa son arme, couvrit sa nudité d'un manteau, et ils demeurèrent seuls en cette chambre fermée. Après d'amoureux embrassements, une infinité de baisers, et exécution de jouissance, il la contempla et fut avis que toute la beauté du monde était en elle, et il fut trop heureux que Dieu l'ait conduit en une telle aventure.

Amour, rompant les liens de sa sainte et chaste vie, la fit muer de belle fille en très belle femme. Certes, celles qui sont appelées à une vie contemplative doivent se tenir pour bien heureuses, mais il y en a peu ; et bien trop se repentent d'avoir si légèrement, sans savoir ce que c'est, entrepris une chose si malaisée à forcer. La Dévote, dans les bras d'Amadis, n'était plus perdue.

Devisant, ils cheminaient, et ils rencontrèrent un écuyer qui leur proposa d'héberger en la forteresse de son père. Ils le suivirent, et il les guida jusqu'au lieu dont il leur avait parlé, plaisant et fort, entouré d'une eau roide et profonde. Il n'y avait pour tout passage qu'un pont étroit, au bout duquel était une forte tour pour bien le défendre.

Six hallebardiers, vêtus de halecrets et de cabassets, les arrêtèrent à l'entrée du pont, ils ricanèrent qu'un damoisel si jeune soit la seule escorte d'une si belle femme, et ils lui dirent grossièrement qu'elle ferait mieux de venir avec eux.

« Vilains ! Qui vous a commandé de vous adresser ainsi à une demoiselle qui est en ma conduite ? » Et d'un coup d'épée il fendit l'un jusqu'aux dents, d'un autre il détacha l'épaule du tronc, qui tomba au sol en tenant encore son arme d'hast, dont il s'empara pour frapper un autre de biais, lui coupant la taille d'un coup, ses jambes seules restant debout. Les quatre autres s'enfuirent.

« Filez, bandits ! Voilà la mauvaise fortune que trouvent tous ceux qui ont la hardiesse de parler sans respect à une dame. »

Et ses paroles rassurèrent son amie.

Fouillant les entrailles du château, il découvrit les prisons qui étaient fort obscures et remplies de tristes captifs. C'étaient des voûtes de deux cents toises de long, de la largeur d'un homme, sans air ni clarté, et si pleines de malheureux qu'aucun ne pouvait être autrement que debout. Trouvant une lampe, il entra dans la fosse, et les fit sortir. Quand ils sentirent l'air de la cour et la clarté du jour, ils se mirent à genoux et rendirent grâce, qu'un si gentil chevalier soit venu les tirer d'un lieu si désordonné. « Seigneur, nous obéirons à ce qu'il vous plaira de nous ordonner. Mais d'abord, nous direz-vous qui nous fit la grâce d'une heureuse délivrance de cette épouvantable prison ? — Je vous le dirai de bon cœur. Ceux qui me connaissent m'appellent Amadis de Gaule, fils du roi Périon, et j'ai été amené ici par un nain auquel j'avais promis un don. — Racontez-nous, seigneur Amadis. — Bien volontiers. »

Ils s'assirent en cercle autour de lui et il commença de raconter. « Je l'ai rencontré dans la cour d'un château où j'étais entré de bonne foi, où je fus aussitôt malmené par trois chevaliers, qui voulaient me forcer à promettre ce que je ne pouvais accepter. Comment aurais-je pu jurer contre mon vouloir ? J'étais entouré de dix hallebardiers qui m'acculaient de toutes parts en criant : "Jurez, sinon vous êtes mort !" Le nain entra alors dans la cour, tout armé et montant un cheval pas plus haut qu'un grand chien. — Et ?... »

Et ainsi de suite, cela continuait sans jamais finir, il y en avait là bien mille pages ; et cent autres volumes dans la bibliothèque.

Quand sonnaient matines, je revenais brusquement d'ailleurs et tombais dans ma cellule encore obscure de la nuit, emplie du fracas des cloches. L'humidité de ces lieux démentait tout héroïsme, l'odeur de pierre froide qui stagnait en ces murs, l'odeur de vieille paille du matelas qui crissait au moindre mouvement, l'odeur qui nous était devenue indifférente de ces vêtements jamais lavés, imprégnés des sécrétions de nos jeunes corps, tout cela sentait plutôt l'étable, au mieux la crèche si l'on veut donner un tour chrétien aux détails de notre vie.

« Cette atmosphère conviendrait mieux à faire mûrir des fromages ou à conserver du vin, plutôt qu'à éduquer de jeunes hommes dans le but de répandre la Vraie Foi, dont j'ai peur qu'ici elle ne rancisse plus qu'elle ne s'épanouisse. » C'était ce que m'expliquait mon oncle en me donnant discrètement un nouveau roman de chevalerie. Il entrait dans ma cellule, il fermait la porte, et il sortait le volume de ses larges manches, en y faisant disparaître le précédent du même geste d'escamoteur, dès que je lui avais discrètement fait savoir que je l'avais fini. Il avait rougi comme un adolescent quand je lui avais demandé pourquoi il m'apportait autant de ces livres, et pourquoi il se cachait pour me les donner. Je comprenais l'empressement, je comprenais la dissimulation, mais les deux ensemble étaient un mystère. Sur ses traits maigres et ravinés, la rougeur avait mis une tendresse émouvante, et il m'expliqua doctement que Notre-Seigneur est venu parmi nous, qu'il a parcouru la Galilée et accompli les miracles qui sont autant de prouesses ; nous autres hommes de Dieu suivons son exemple, chevaliers errants d'une aventure qui n'est pas militaire, mais spirituelle ; et puis, en feuilletant d'un air rêveur celui que j'avais achevé, qu'il allait replacer dans la part profane de la bibliothèque dont il avait la garde et à laquelle lui seul avait accès, il me demanda d'une voix moins assurée, presque caressante, très tendre : « Il t'a plu, celui-là ? »

Je compris que les romans avaient bien d'autres vertus que d'être des récits, ou d'être simplement moraux, et qu'il y a toutes sortes d'hommes dans les couvents, venus pour toutes sortes de raisons. Je lui racontai le plaisir que j'avais eu à lire les aventures de ce chevalier-là, il en soupira d'aise, il me caressa tendrement la joue, et il me laissa.

Il valait mieux que je ne sache rien de plus, que j'accepte ses livres, et que je les lise, quelques pages à la fois, et qu'ainsi en chacune de mes courtes nuits je puisse aller sur un grand cheval, harnaché d'une armure niellée de fils d'or, ceint d'une épée qui me battrait les cuisses, une valeureuse lame qu'à chaque livre je baptiserais d'un nom nouveau. J'allais chaque nuit à travers des forêts enchantées, en quête d'épreuves à ma mesure, et je m'endormais avant de les trouver, détaillant en mon rêve un château aux murs blancs, un château aussi vaste qu'une ville posé au milieu d'un lac, qui ne serait peuplé que d'une seule princesse aux longs cheveux noirs, sans aucun homme pour la garder, le lac assurant seul la défense de ce trésor. Quand sonnaient laudes, et que je me réveillais brusquement dans l'aube glacée qui s'introduisait par le fenestron, j'étais debout sur une petite barque au milieu du lac, essayant de ramer avec le plat de mon épée pour me rapprocher des murailles blanches qui se reflétaient dans l'eau, et la princesse laissait pendre sa longue chevelure comme une coulée d'encre par la fenêtre à laquelle elle se penchait, elle me parlait, mais de si loin que je ne distinguais rien en ses paroles, comme si elle usait d'une tout autre langue, que je ne comprenais pas.

CHAPITRE IV

Fuir Séville

Jeune, j'ai été beau, très beau même, puisqu'on me le disait, ou que l'on me fixait longuement lorsqu'on me voyait pour la première fois. Je n'en tire aucune fierté, je n'y suis pour rien, je ne me voyais pas. Cela me fut sans doute utile. Maintenant, je ne sais plus, je crois qu'il n'en reste rien. Et puis dans ce monde à l'envers que sont les Indes, j'ai vu tant de visages différents de ce que je croyais être la beauté que je ne sais même plus ce qu'elle veut dire ; après avoir tout vu, je ne sais plus rien.

Mais alors, jeune moine au visage rasé, au crâne tonsuré, j'étais beau ; j'avais la beauté innocente de celui qui vit dans l'exaltation des livres au milieu de ses frères. Pendant cette part paisible de ma vie, mon visage s'était épanoui, épargné des bouffissures de graisse, des blessures, des grimaces qui figent et laissent des plis, mes yeux brillaient d'un feu contenu qui semblait d'autant plus puissant qu'il ne se répandait pas, n'allumait aucun incendie, et pourtant je l'aurais tant souhaité. J'étais un brandon dans une lanterne, et il était certaines femmes qui virent cette lueur comme la promesse d'un grand brasier.

Il n'y avait bien sûr pas plus de femmes que de miroirs dans ce couvent où j'ai vécu, mais nous en sortions souvent et l'on venait nous voir, car nous instruisions, nous célébrions, et nous confessions la noblesse d'Estrémadure, vigoureuse mais inculte, qui avait beaucoup à se faire pardonner. Je fus rapidement ordonné prêtre pour remplir cette fonction, nous étions là pour ça. Le royaume d'Espagne est régi d'une multitude de statuts auxquels sont attachés des règles, des privilèges et des préséances, mais on n'est pas très regardant sur comment on y accède ; il suffit d'en avoir l'air.

La vraie noblesse que je côtoyais n'avait rien à voir avec la misérable hidalguia qui pullule sur les plateaux à moutons. Ceux-ci n'ont que leur épée, leur hargne, et leurs vastes poumons pour respirer le vent qui leur sert de dîner, et pour hurler très fort au moment où ils sortent leur épée et chargent ; ceux-là qui sont les vrais nobles crient moins, se font obéir à mi-voix, n'ont jamais besoin de sortir la fine épée d'apparat qu'ils gardent à leur ceinture. Ils ont des terres, et le nom de lieu qu'ils accolent à leur prénom n'est pas leur lieu de naissance, mais celui de leur domaine. La pauvre hidalguia tient sur le papier qu'a timbré un notaire, rédigé par un lettré, un feuillet jauni usé aux pliures où l'on consigne la lignée selon les dires de trois témoins, preuve que l'on est vieux-chrétien bagarreur de père en fils ; descendre, cela suffit pour être quelqu'un, parce que l'on sait que les paysans se contentent d'être là, apparaissent sans histoires dans leur cabane et disparaissent sans témoins quand il le faut. Quant aux juifs, ils descendent de Salomon, cela suffit. Mais les nobles véritables n'ont besoin d'aucun papier qui dirait qui ils sont, ils le savent, on le sait, ils tiennent à la main la clé de leur vaste demeure. Du temps où le royaume de Castille avait besoin de soldats, on payait un castellano le témoignage, et on savait fabriquer un papier qui avait l'air vieux dès sa sortie de l'atelier. Cela suffisait pour porter l'épée, n'obéir à personne, et prétendre à sa part de butin. Mais nous sommes au bout de l'Espagne, et il faudra maintenant plus qu'un chiffon de papier, même timbré, même au bout d'une lame, pour suivre en sa vie un chemin honorable. Je le sais parce que le couvent m'a sorti de mon trou, et j'ai vu des gens dont sans cela je n'aurais jamais soupçonné l'existence ; et dans la pénombre de mon église ils m'ont ouvert leur cœur, fait le récit de leurs turpitudes, ils m'ont raconté ce qu'ils n'auraient jamais dit à leur mère, jamais avoué à leurs amis, tout ce qu'ils gardaient caché au fond de leur cul, craignant plus que tout qu'on le découvre. Avoir beaucoup lu et beaucoup écouté mène au plus profond des âmes, et ma tonsure derrière la grille de bois du confessionnal faisait de moi un simple miroir, qui avait les vertus rassurantes et exaltantes des miroirs où apparaît le reflet que l'on désire voir.

« Le père Juan, si beau et si tendre, a su trouver les mots pour m'apaiser, des mots toujours très doux et bienveillants qui trouvent le chemin de mon cœur, et j'en ai été enfin consolée. Avec lui, quand je lui raconte mes péchés, j'ai l'impression que je ne pèche pas.
— C'est bien là une ruse du seigneur de ce monde.
— Comment ça ?
— De vous envoyer un confesseur qui ressemble trait pour trait à vos tentations.
— Ou bien est-ce un don de Notre-Seigneur, qui envoie celui qui apaise mon tourment sous les traits exacts de mon tourment ? Le contempler et lui parler me soigne, sans que je pèche pour autant.
— En pensée, si.
— Je me repens, et pour cela je viens lui parler chaque jour.
— Doña Elvira, vous êtes une enfant capricieuse et sensuelle.
— Et mon mari est un cadavre qui respire à peine.
— Vous le revoyez ?
— J'y retourne demain. »

Doña Elvira venait presque chaque jour dans un carrosse de bois doré tiré par quatre chevaux noirs. Elle se déplaçait en grand appareil, jamais sans ses deux demoiselles de compagnie avec qui elle riait en cachant sa bouche derrière sa main, et une duègne vêtue de noir, qui s'endort dès que les balancements du trot la bercent. Deux laquais munis de gourdins voyageaient assis sur la caisse à côté du cocher, moins pour protéger Madame d'éventuels brigands que pour éloigner les bellâtres, mirliflores, coureurs de bonne fortune qui voletaient sans cesse autour de la belle doña Elvira, trésor brûlant de don Alfonso de Tordesilla. Quand elle entrait et s'installait dans l'étroite cabine du confessionnal, cela cessait de sentir le bois de pin dans laquelle elle est faite, l'encens dont elle est imprégnée, la poussière qui s'accumule dans ses recoins : je ne sentais plus que le puissant parfum de sa chevelure. Doña Elvira était brune, à peau très blanche, elle rayonnait d'un tel éclat dans l'ombre que cela excluait toute idée d'ascétisme et de pénitence. J'en tremblais, me disant à part moi que ce n'était là que la peau, que cela ne signifiait rien de l'âme ; comme si l'âme était si loin de la surface, et comme si la peau n'était pas transparente à toutes ses flammes. Allons ! Sa voix rayonnait tout autant que sa peau et ses paroles ne démentaient rien. Sa coiffure était mêlée de fils d'or et de rubans de velours rouge, formant un édifice savant que ses demoiselles devaient mettre une heure pleine à arranger tout en babillant. Ses beaux cheveux noirs relevés dégageaient ses oreilles toutes petites, très délicatement ourlées et arrondies, où oscillaient des pendants d'argent dont la pierre brillait dans l'ombre, autant que ses dents, autant que ses yeux, et sur les lobes délicats les crocs de métal contrastaient violemment avec la délicatesse de sa chair percée. Sur sa nuque voletaient de petits cheveux fins qui faisaient une ombre impalpable sur sa peau qu'elle tâchait de conserver très blanche en la gardant toujours du soleil, et son cou, onctueux comme de la crème, s'écoulait jusqu'à ses épaules nues, et plongeait brusquement dans le velours rouge de sa robe, dont l'ampleur, l'épaisseur et la rigidité cachaient absolument tout à ma vue, et rien à mon imagination.

Quand on écoute les confessions un peu répétitives d'une

dame qui vient chaque jour, on a le temps de contempler ses oreilles, son cou, ses épaules. On connaît la diversité de ses robes, le détail de chacun de ses bijoux. On entend très bien sa respiration, car elle est assise sur le même banc, divisé par une légère claire-voie que l'on briserait d'un doigt, et nos genoux se toucheraient s'ils n'étaient séparés d'une mince cloison qui grince au moindre de nos mouvements. Je suivais le fil de sa respiration, et son parfum lentement s'épanouissait, son odeur de peau, de chair souple, de sueur délicate due à l'émotion du chuchotement, cet alcool volatil du corps qui se répand toujours dès que l'on respire, et dont on ne peut se défendre.

À mi-voix, d'un ton haletant entrecoupé de soupirs, doña Elvira murmurait ses affreux élans qu'elle ne pouvait dire à personne : « Je ne peux rien confier à mon mari, ce vieil homme fatigué par tant de campagnes. Il était en Italie sous les ordres du Grand Capitaine, il a son épée rougie de sang français mais il halète comme un petit chien quand il m'approche, il suffoque dès qu'il m'embrasse, et son cœur manque d'exploser une minute à peine après s'être étendu sur moi. — Auprès de vous, vous voulez dire ? — Non, *sur* moi. C'est ainsi que les hommes et les femmes font quand ils ne sont pas dans les ordres, mais lui est un vieillard, il m'a épousée sur le tard, trop tard pour lui, trop tôt pour moi, dommage pour tout le monde. Il s'étend sur moi, manque de s'évanouir, et après il s'endort. »

Quand doña Elvira murmurait à mon oreille et à toute vitesse ce qu'elle ne pouvait dire clairement ailleurs, ce qu'elle aimerait, mais peut-être pas, ce qu'elle ne savait pas mais voulait quand même, eh bien quand elle le disait, ma chair était parcourue par l'esprit, elle s'exaltait, gonflait, s'allégeait, s'envolait, et le seul contact de ma robe rugueuse était une caresse si intense que mon attention chavirait et que je me noyais dans ses parfums.

Elle murmurait si vite et si bas que je devais approcher l'oreille de la grille de bois, et son souffle faisait frémir le duvet de ma peau. Elle me racontait les lumières qui venaient la visiter quand son mari s'endormait à côté d'elle : « Il est épuisé, il dort bouche ouverte, il ronfle, et moi je ne sens encore aucune fatigue, mon souffle n'a même pas frémi. Les lumières viennent de l'obscurité, elles sont si douces, de plus en plus brillantes, elles parcourent mon ventre, inondent mes cuisses, elles pénètrent au plus profond de moi-même, et là elles s'agitent en de doux sanglots qui me procurent un plaisir infini. Ce sont des lumières et des larmes, je ne fais pas un geste, et mon vieux mari capable de rien dort à côté de moi bouche ouverte. » Elle disait tout ça très vite, encouragée par l'écoute si tendre du père Juan, si jeune, si beau, si inoffensif avec sa tonsure et sa robe, mais le père Juan était presque évanoui, il se détachait de son corps et flottait comme un incube, dans l'odeur maintenant musquée de sa peau répandue dans le confessionnal jusqu'à en faire grincer les boiseries. La cabine où nous étions serrés était une petite barque de bois tiède dans la grande église du monastère, et elle s'élargissait, s'agrandissait, jusqu'à devenir une écurie remplie de suint et de paille, remplie de la vapeur odorante de six cavales du sang le plus pur, qui s'ébrouaient après la course, après une grande chevauchée dans des champs de fleurs qui bordent le rio Guadiana, elles clignaient leurs yeux doux ourlés de cils, agitaient leur crinière. Leurs effluves de poils et de cuir se répandaient, s'accumulaient, devenaient l'air que je respirais, devenaient la totalité de ma chair. Lors des confessions de doña Elvira, qui étaient des confidences circonstanciées dont elle n'omettait aucun détail, je défaillais ; j'aurais voulu que cela ne finisse jamais, et j'étais impatient qu'elle s'en aille pour pouvoir me soulager.

J'ai bien songé à me défaire de cette colonne de chair maléfique ; comme Samson, j'ai pensé la secouer pour la déraciner et l'abattre, qu'elle s'effondre enfin et que le temple de mon corps se brise, me tue et ensevelisse pour toujours mes noirs pensers. Je l'ai mise sur la table, ma pauvre colonne de chair, à la lueur de la chandelle qui éclairait ma cellule, elle tremblait comme un chaton effrayé. Elle se rétractait pour disparaître, elle craignait le pire mais je la maintenais sur la table. Je l'aurais tranchée, j'avais à la main mon couteau que j'avais aiguisé en affirmant ma détermination, et le soir venu, couteau en main, j'ai regardé ma colonne de chair sur la table, et j'ai renoncé. Si Notre-Seigneur, créateur du monde, a mis en moi une part aussi sensible, c'est qu'Il a voulu que je sente ; l'ôter serait me priver d'une part de ce qu'Il m'a donné, et par là Lui faire offense.

Je décidai de quitter mon habit, de quitter cet endroit, et d'aller tout nu là où me guiderait mon deuxième cœur, celui qui bat entre mes cuisses et irrigue mon corps d'un sang plus abondant, plus vif et plus puissant. Cela n'est pas haïssable, il serait absurde et peccamineux de penser que la vie elle-même, en son mouvement le plus intense, est haïssable. Le sexe est le cheval de l'homme ; plutôt que de l'abattre, j'ai décidé de l'enfourcher, et de courir le monde.

Je n'en eus pas l'idée seul. L'homme va tout droit sur son chemin, par distraction, obéissance aux règles, et manque d'imagination ; il lui faut une femme pour qu'il pense à l'infléchir. D'un ton caressant doña Elvira m'annonça qu'elle partait ; elle devait partir. Le Roi avait nommé son horrible mari à la Casa de Contratación pour s'occuper des affaires des Indes, et elle devait le suivre, l'accompagner jusqu'à Séville, cette cruelle Babylone d'Espagne où son âme fragile ne serait plus jamais en sécurité. Dans cette ville ignoble, dit-elle, en mâchonnant ce mot avec un léger dégoût, mais longuement, elle aurait le plus grand besoin d'un chapelain. Cela fut dit comme une caresse, le ton m'en troubla, elle n'ajouta rien. Elle me laissait bouillir.

J'en fis part à mon oncle, et l'autorisation m'en fut refusée dès que j'eus prononcé le nom de doña Elvira, avec un sourire entendu qui semblait dire que l'on se passerait d'explications.

On me renvoya à l'étude d'un petit geste de la main, comme le tapotement sur la croupe qui guide un cheval vers l'écurie, sans qu'il soit besoin de rien lui préciser. Le confessionnal, lieu le plus discret de ce lieu de retraite, servit à préparer la conjuration.

Un moine en voyage ne s'encombre d'aucun bagage : il n'a rien. J'avais ma robe et mes sandales, je gardai le couteau qui était une miniature de l'épée que mon père ne m'avait pas léguée. J'hésitai d'emporter le roman que j'étais en train de lire, mais celui-là ne me plaisait pas davantage qu'un autre, j'en avais tant lu, ils se ressemblaient tous. Il m'aurait encombré, et cela aurait déçu mon oncle que je lui vole ce qu'il empruntait discrètement pour moi ; je le laissai. Muni de moi-même et de peu d'accessoires, je me glissai dans le couloir éclairé par la lune, je n'y rencontrai personne, je sortis par la porte, la petite porte sur la ruelle de derrière qu'un verrou symbolique tenait mal fermée, et que la tradition du couvent laissait à la discrétion de ceux que la règle fait trop souffrir pendant les nuits d'été. Il n'est pas de règle qui tienne sans de brefs échappements, comme des soupirs lâchés pendant l'effort.

Dans la ruelle le carrosse m'attendait. « Ma cousine, je vous présente notre chapelain. » Dans le noir la duègne ne voyait pas grand-chose, ma robe et un reflet sur ma tonsure. « Bénissez-moi, mon père, je suis heureuse que vous nous accompagniez. J'ai grande horreur de devoir plonger dans cette ville. » Elle s'endormit aux premiers cahots. Les deux demoiselles se placèrent entre nous comme un paravent. Dans l'obscurité, je voyais leurs yeux briller, et leurs dents quand elles souriaient. Je sentis la main de doña Elvira se glisser sous ma robe et empoigner ma colonne de chair qui s'était dressée dès que je m'étais assis dans l'ombre à ses côtés. « Mon chapelain », murmura-t-elle en me décalottant. Je soupirai. Puis ce furent ses lèvres sur les miennes, sur mon cou, ma poitrine, et, retroussant ma robe, des baisers dont j'ignorais qu'on puisse les faire ainsi. Mais qui eurent l'immense avantage de ne laisser aucune trace de mon émoi sur les banquettes de cuir fin. La duègne dormait profondément, rassurée, je pense, de ma protection spirituelle. Doña Elvira m'apprit par gestes et murmures à la caresser, j'y fus assidu comme en tout ce que j'entreprends, et cette nuit-là sur la route de Séville je lui donnai plusieurs fois le sacrement d'apaisement, et elle finit par s'endormir, sa tête contre mon épaule.

Toute la nuit les quatre chevaux, de beaux trotteurs, nous emportèrent à travers la plaine agricole dans un roulement continu de sabots. Je voyais défiler par la vitre les peupliers noirs alignés le long des routes, le moutonnement obscur des oliviers, le vide ouvert des champs, les murs fantomatiques de fermes isolées, et les clochers d'églises comme des feux pâles dressés sous la lune, à côté de grands arbres aux feuillages profonds. La duègne ronflait en faisant trembler ses lèvres, les jeunes suivantes dormaient avec des soupirs de petits chiots, les suspensions de cuir grinçaient, les roues cerclées de fer broyaient le gravier du chemin, je somnolais par à-coups ; à chacun de mes brusques réveils la lune avait changé de fenêtre.

Je découvris Séville au matin dans une grande exaltation. Le soleil levant illuminait de cuivre la tour carrée de la cathédrale qui dépassait des toits, un vent léger descendait le Guadalquivir, caressait les arbres penchés sur ses bords, des navires à l'ancre y étaient serrés, leurs voiles repliées, immobiles, et des partis de mouettes à contre-jour s'envolaient en criant dans le ciel teinté de rose. Cela dégageait un parfum de port endormi, la vase de rivière mêlée au goudron chaud. Nous franchîmes les murailles par la porte de la Viande, et nous fûmes jetés dans la ville où on faisait entrer un troupeau de porcs. Notre voiture allait au pas, environnée du grouillement nerveux et fureteur des gros animaux noirs, ils se bousculaient, flairaient, heurtaient nos roues de leurs flancs, se mêlaient aux jambes de nos chevaux, étaient chassés d'un coup de sabot, et se bousculaient encore avec des couinements grinçants. Cela sentait le fauve, le musc, la sueur, même si je ne sais pas si le cochon sue, une forte odeur organique qui m'enivrait. Sur le seuil d'une boucherie un cochon était pendu tête en bas, pattes écartées, ventre offert, un boucher torse nu, ceint d'un long tablier de cuir, passait la lame d'un couteau sur une meule humide qui étincelait de petits éclats dorés. Mes yeux tombèrent dans les siens comme des pierres basculent dans un puits, notre voiture se traînait dans la rue encombrée, nous tournions lentement la tête, nos regards ne se lâchaient pas ; il reconnut ma tonsure, ma robe, fit un lent signe de croix sans me quitter des yeux, et enfonça brutalement sa large lame dans la gorge du cochon pendu. Le sang jaillit en un arc puissant comme l'eau d'une fontaine. Nous avancions quand même, dans l'animation matinale où se bousculaient des artisans qui ouvraient leur boutique, des voyageurs traînant leurs bagages, des mendiants et des troupeaux menés par des paysans, cela sentait le fumier mêlé de paille et la merde de canard, la crasse humaine entassée dans les ruelles encore fraîches de la nuit, la soupe aigre qui chauffe et les braseros où brûlait de la graisse de mouton.

La duègne incommodée tenait un mouchoir contre son nez, et demanda que l'on ferme les fenêtres et que l'on tire les rideaux pour éviter la vue de ces visages déformés et avides qui passaient à notre hauteur, qui se permettaient sans vergogne de scruter l'intérieur de la voiture. Doña Elvira refusa tout net et se pencha au-dehors, flairant l'air avec un air de parfait ravissement. Je partageais son ivresse, d'entrer ici et de la sentir près de moi, et en ces premiers instants à Séville je conçus le bonheur intense de commencer à vivre, que l'on ressent lors de certains débuts, dont la promesse est bien plus forte que tout ce qu'elle semble augurer, et que tout ce qu'elle tiendra ; cela, on ne le sait qu'après, mais cela n'a aucune importance au moment où l'on s'enivre de la joie des débuts, qui est si grande.

Je fus présenté à son mari comme son chapelain, celui qui savait apaiser ses tourments, et qui serait si utile pour vivre dans cette ville de dorures et de stupre. Le petit homme sec, souple et cinglant comme une badine, me scruta d'un air que je ne sus déchiffrer. Il y entrait une part d'ironie, mais j'ai pu me tromper, ses yeux à peine fendus dans un réseau de rides ne révélaient rien de ses pensées. Ses cheveux blancs bouclaient autour de ses oreilles, sa barbiche aiguë tombait autour d'une bouche qui semblait ne jamais sourire. Il me transperça d'un regard de rapace et sous ma robe mes parties honteuses se recroquevillèrent pour disparaître. « Très bien, Madame. Votre salut m'importe, vous le savez. Apaiser vos tourments n'a pas de prix. Je suis heureux que ce jeune homme y parvienne mieux que les autres. » Et il nous laissa là, s'éloignant à pas mécaniques tous égaux, les mains dans le dos, sans un salut ni un regard. On m'offrit une chambre, l'usage d'une chapelle, et des rendez-vous quotidiens avec l'âme tourmentée de doña Elvira, que j'apaisais du mieux que je pouvais par les douceurs expertes de ma langue.

On me logeait, on m'habillait, on me nourrissait ; je ne possédais rien et n'avais besoin de rien, on me demandait simplement d'être assez en forme pour faire mon office, et de parler agréablement des rigueurs morales qu'impose notre religion, et de la douce indulgence de Notre-Seigneur envers tous les pécheurs qui les transgressent. Don Alfonso appréciait gravement mes discours, la tante aimait m'entendre, et Elvira riait en silence, ses jolies lèvres pleines de sève cachées derrière sa main.

Je l'accompagnais à d'édifiants actes de foi, où les hérétiques, apostats et dissimulateurs de toutes sortes disparaissaient dans les flammes. On les sortait du château de Triana qui servait de prison, on les vêtait de san-benitos et de mitres de papier, on les montait sur un chariot pour les traîner en procession, suivie de carrosses, de musique et de curieux, jusqu'à la plaine de Tabalda où une foule énorme se massait autour des bûchers.

Doña Elvira adorait les pompes du jugement, de la rigueur et de la punition, je la sentais trembler contre mon bras, haleter quand un chapelain montait sur les fagots, son crucifix dressé, recueillir un dernier mot de ceux que les bourreaux encagoulés avaient ligotés aux poutres noircies par les flambées successives. On n'entendait rien de ce qu'ils répondaient mais on savait reconnaître à la forme de leur mitre s'ils s'étaient rétractés avant ou après le jugement, ce qui ne changeait rien à leur sort mais tout à leur salut, et aussi l'impénitent aux vêtements de papier ornés de diables et de flammes, dont le sort était ainsi scellé pour l'éternité. Tous disparaissaient dans la fumée épaisse et les cris de la foule enthousiaste. Doña Elvira défaillait sous mes doigts.

Dans la ville de Séville, riche d'amusements et de folies, aucun théâtre ne valait le grand spectacle ecclésiastique. Doña Elvira s'y rendait en l'absence de duègne, de servantes ou de laquais : elle suivait la procession en compagnie de son chapelain. Derrière le grand ostensoir qui oscillait sur les épaules de plusieurs colosses torse nu, où au centre d'un soleil d'argent rayonnait un minuscule copeau d'hostie, venaient les flagellants vêtus de chemises blanches, cagoulés pour qu'on ne les reconnaisse pas, qui se donnaient la discipline jusqu'à ce que le sang vienne. Ils se frappaient au son des tambours et des fifres, un coup, un pas, un coup, un pas, à l'aide de fouets à plusieurs lanières, avec ferrets, rondelles et roquentins d'argent, chef-d'œuvre ouvragé en vue de leur destruction mesurée par une torture consentie. Leur main droite s'empoissait de leur sang et leur dos ruisselait de rouge vif, un même rouge qui les engluait tous et les rassemblait tous, ils étaient confrères de sang, ils croyaient en la douleur comme sanctification, et on ne pouvait que reconnaître leur courage. Tout le petit peuple de Séville les suivait, artisans, domestiques, paysans de passage, hommes à tout faire et hommes de rien, mêlé d'Égyptiens et d'esclaves maures curieux du divertissement, de nègres de Guinée prompts à danser dès que résonnent des tambours. On installait sur des chariots de petits chanteurs à la voix céleste, et d'épouvantables figures articulées qui menaçaient les dévots par les gesticulations de leurs membres de bois et de toile, et à leur passage on défaillait de peur, d'extase et de rire. Nous passions sous des arcs de feuillages où l'on jouait de la musique à grand fracas, sur la place Saint-François on installait un étang véritable, avec de l'eau, des canards, des pêcheurs sur des barques qui pêchaient vraiment, et sur une île au milieu du miroir d'eau, Marie-Madeleine lissait ses longs cheveux noirs et faisait pénitence. Ce qui déclenchait chez doña Elvira un rire inextinguible, puis une humeur câline.

La nuit elle m'ordonnait de me changer, d'enfiler l'habit de page qu'elle m'avait fait tailler dans du velours noir, de coiffer le béret de velours rouge brodé d'or qui cachait ma coiffure injustifiable dans certains lieux, et nous traversions le pont de barques vers les tavernes de Triana. Elle attirait les regards, je lui servais de gardien, bien que ma carrure trop frêle ne nous garantisse de rien. Mais on me prêta une dextérité au maniement de la lame que je n'avais guère, peu importe, cela se répandit et l'on nous laissa en paix. Le premier soir dans l'un de ces mauvais lieux bondés de marins, de marlous, d'Égyptiennes et de prostituées, je sortis vivement mon couteau directement sur la gorge d'un fâcheux qui s'était montré un peu pressant. J'avais gardé l'habitude de l'aiguisage quotidien de son fil, et simplement le poser sur sa gorge suffit à l'estafilade, et cela fit perler un peu de sang. Le sang est un signe universel, et la précision de mon geste, l'indifférence de mon regard effrayèrent le joli cœur et les impressionnèrent tous ; il s'en fut en se tamponnant le cou et en marmonnant de vagues menaces. Cela eut lieu en pleine lumière, dans un instant de silence, puis chacun retourna à ses affaires. J'eus peur ensuite, mais je n'en montrai rien, doña Elvira avait disparu, on m'offrit à boire. J'étais un peu ivre quand elle revint, les yeux brillants et les lèvres rougies, des cheveux follets balayant sa nuque. Je la raccompagnai dans les ruelles obscures en serrant très fort mon couteau.

Cela dura ce que cela put durer, quelques mois peut-être, et elle manqua l'un des rendez-vous, puis d'autres. Ses confessions se faisaient plus générales, ses ardeurs moins acérées, son regard fuyant errait sur mes joues glabres, sur mes yeux inquiets, sur mes épaules étroites sous les tissus fins et doux de l'élégante robe de confesseur mondain qu'elle avait fait confectionner pour moi. Elle prit mes mains dans les siennes, les regarda, les caressa rêveusement. « Tu as les mains si fines, si délicates », disait-elle. Et je compris que ce ton caressant était celui d'un regret.

Je sortais, j'avais grandi à l'écart, la ville populeuse m'enivrait. Hors des murailles l'Arenal allait en pente douce jusqu'au Guadalquivir, cette grève sableuse servait de port. Ce n'était pas très grand, de la taille d'un champ de fèves, le fleuve n'y était pas très large et l'on aurait pu avec un peu d'élan lancer une pierre de l'autre côté. Mais en ce lieu que l'on pouvait embrasser d'un seul regard se tenaient tous les navires revenus des Indes, et ceux qui se préparaient à partir. À voir les eaux vertes que ne troublait aucun courant, bordées d'arbres de rivière penchés sur leur ombre immobile, il était difficile de penser que ce cours d'eau si calme puisse mener tellement ailleurs, on l'imaginait plutôt serpenter, multiplier les méandres jusqu'à s'évaporer au soleil.

J'y allais souvent, je me postais au milieu du pont, scrutant un côté puis l'autre, essayant de distinguer un horizon à travers les brumes du matin ou l'air tremblant de midi, comme si par l'imagination obstinée, plusieurs fois répétée, quelque chose de neuf pouvait apparaître.

Je rôdais autour des navires en réparation que l'on tirait sur la grève et que l'on basculait pour en exposer le ventre. Des algues d'un vert vif recouvraient le bois imprégné d'eau, des coquillages collants et durs rongeaient lentement la coque, qu'il fallait racler avant qu'ils ne la percent. On réparait les mâts, blanchis et désarticulés, et les voiles dont la trame usée se déchirait, leur décor de peinture rouge presque effacé. Je ne savais pas d'où revenaient ces navires, mais il semblait que là-bas tout était pire, la mer, le soleil, les êtres sans forme des profondeurs, tout semblait plus vif, plus intense, plus dévastateur.

J'assistai à un retour des Indes, une rumeur l'avait précédé, on s'était rassemblé sur la rive de boue tassée qui tachait le bas des robes, les sandales et les bottes. Un navire aux flancs bombés apparut entre les arbres, il remontait le fleuve poussé par le vent du soir. Il penchait, oscillait, ne se redressait jamais tout à fait, une de ses vergues effleurait l'eau. Tout le bois dont il était fait avait blanchi et l'une des voiles pendait en lambeaux frémissants. Des marins accrochés au bastingage, aux mâts, aux cordages agitaient les mains avec un enthousiasme qui contrastait avec l'état lamentable du navire près de se disloquer. Pas de quoi être fier d'arriver comme ça, dans une caisse de bois terni, mais ils étaient arrivés, et si leur barcasse s'effondrait maintenant, ils pourraient toujours s'accrocher à une planche et arriver sur le bord en battant des pieds.

Dès qu'ils furent assez proches nous les entendîmes chanter, rire, appeler, ils avaient traversé, et une petite foule de marchands, de marins désœuvrés, de prostituées et de curieux vinrent assister au débarquement. Une caisse cerclée de fer fut emportée sous la garde d'hommes armés, et la foule s'écarta à son passage. Je vis un oiseau au plumage si vif qu'on l'aurait cru peint avec des encres d'enlumineur ; il était tenu par une chaînette, sur l'épaule d'un marin, il regardait autour de lui en tournant le cou de façon saccadée, et brusquement, d'une voix de gorge effrayante, il prononça très distinctement « *Hijo de puta* » en insistant sur le raclement de la jota, du parfait castillan de port qui fit éclater de rire toute l'assistance. Je vis, dans la main d'un marin, de petits grelots d'or, d'un or un peu rose mais très luisant. Il les montra, il fila dans une taverne suivi de plusieurs de ces femmes qui font métier d'éponger sur leur grand corps le surplus des Indes. Je vis trois Indiens nus, le crâne rasé devant pour leur faire un front immense, l'arrière portant des cheveux qui descendaient jusqu'à leurs épaules, aussi noirs que de l'encre, aussi raides que les plumes des corbeaux. Ils avaient la lèvre percée d'un bijou, et le visage peint de traits rouges. Encadrés de soldats, ils traversèrent la foule la tête haute, sans montrer de peur ni de curiosité, entrèrent dans une voiture que l'on ferma, et ils furent emmenés vers la Casa de Contratación, où l'on interrogeait tous les naturels, on consignait leur langage, on complétait des cartes, on essayait de comprendre comment était ce monde précieux, là-bas où naissait l'or.

Au soleil adouci du soir, l'Arenal sentait bon le bois mouillé, les corps pas lavés mais fouettés de soleil et de vent, les ragoûts et les fritures pour nourrir les marins, les vauriens, les profiteurs et les aventuriers grouillant le long de la grande route qui menait de l'autre côté du monde. Je franchis le pont de barques et retournai dans le faubourg de Triana où s'entassait tout ce qui ne tenait pas dans les murs. Séville débordait.

Je mangeais des viandes parfumées qui faisaient mal comme si on passait la langue dans la flamme d'une bougie. Lorsqu'on a senti l'effet de ces nouvelles graines des Indes, manger n'est plus tout à fait la même chose, c'est l'expérience d'une délicieuse épreuve, un vent brûlant qui fait trembler la bouche, qui assèche le corps et le rend plus vif.

Le soir au bord du fleuve, je regardais passer la foule où l'on riait, où l'on criait, où l'on se battait parfois, et un homme brusquement tomba avec un gémissement sourd, et resta allongé en perdant son sang. La foule s'écarta de lui, les malandrins s'éclipsèrent, et ce corps étendu resta seul dans un cercle dégagé, jusqu'à ce que l'alguazil vienne avec quelques hommes, crie un peu, menace, fasse semblant d'interroger ceux qui étaient là, mais tous n'avaient rien vu ; on m'interrogea aussi puisque je ne bougeais pas, mais ce n'était rien qu'un homme tombé sous le coup d'une lame, pas de quoi faire une histoire. Puis ils débarrassèrent le corps, et le sang disparut dans la terre battue mêlée de graisse de friture et de pisse de chien. La vie continuait, les eaux bourbeuses du fleuve reflétaient à peine les flambeaux plantés sur ses rives.

Doña Elvira se fit rare, n'avait plus rien à me confesser, ne vint plus ; je fus convoqué par son mari. Il me reçut dans son bureau orné d'une carapace de tortue de cuir verni, si grande que j'aurais pu m'en faire un lit. « On dit qu'elle avait trois cents ans, dit-il. C'était bien la peine de vivre si longtemps pour finir dans un stupide filet. Hélas, l'âge n'aide pas toujours à comprendre ce qui vous menace ; mais sans âge on ne comprend vraiment rien, mon jeune ami : la jeunesse est un défaut, et vous n'êtes pas assez âgé pour le savoir. »
Je me demandais où il voulait en venir, il jouait avec moi, et je me sentais un peu vert : vigoureux, bien sûr, mais malhabile aux manœuvres.
« Mon épouse m'a fait savoir qu'elle se lassait de vous, qu'elle n'avait plus besoin d'aucun chapelain, et qu'elle me chargeait de vous congédier. »
Mon cœur se rétracta. J'eus l'impression d'être assis sur une chaise trop haute, que mes pieds se balançaient mollement en l'air sans plus toucher le sol.
« Vous saviez ?
— Je sais toujours, jeune homme. Si Sa Majesté me fait confiance à la fonction que j'occupe, c'est que je suis un homme qui sait.
— Et vous laissez faire ?

— Laisser faire... Allons, jeune homme, vous croyiez avoir une quelconque liberté ? Je vois, je contrôle, j'accorde. Et quand Madame soupire, lassée de ce qui n'en vaut pas la peine, je surgis d'un air furieux, l'épée à la main, comme si je découvrais tout. Cela nous amuse beaucoup. Je défie celui qui a cru bafouer mon honneur, qui a cru avoir plus de souffle que moi, qui a souri de ce que lui racontait ma femme à propos de mes siestes et de mes ronflements, et ensuite je le tue.

« Mais je ne vais pas tuer un homme de Dieu, même égaré, ce serait ridicule. On ne tue pas par l'épée un homme qui ne sait pas se servir d'une épée. » Je ne lui dis pas que j'avais déjà embroché bien des carcasses, il n'était pas temps de se vanter. « Vous êtes trop jeune pour que ce soit amusant ; une correction sur vos petites fesses serait mieux adaptée. Il est bien entendu que vous ne pouvez pas rester là. Quand on est possédé par le démon comme vous l'êtes, soit on s'enferme au couvent, soit on s'embarque. C'est la cellule ou le bateau, mon jeune ami : parce qu'à traîner dans Séville avec le diable au corps on finit avec une lame en travers de la gorge. »

Mes pieds ne touchaient toujours pas le sol, mais j'entrevoyais une issue.

« Apparemment le couvent n'a pas suffi. Je vous offre de partir. Choisissez. Votre vie peut prendre deux directions : l'est, ou l'ouest. En Italie, on vous donnera une cuirasse et une pique, vous irez de bataille en bataille, au coude à coude avec d'autres qui portent la même pique, jusqu'à ce que vous mouriez d'un boulet.

« Aux Indes, on ne vous donnera rien, on ne vous demandera rien, si ce n'est de vous établir dans cette nouvelle île que l'on appelle Cuba, et qui manque d'hommes. Vous vivrez nu dans la chaleur et vous mourrez sans doute des fièvres. Mais si vous restez là, votre mort, je m'en occupe. »

Soulagé, j'optai pour les fièvres ; il posa sur la table une petite bourse qui fit un bruit pesant.

« Voilà vingt castellanos. Douze pour le passage et le couvert, et avec le reste achetez-vous une épée convenable et des vêtements d'homme. Des pièces d'or plutôt qu'un coup de pointe : appréciez ! Ça me coûte plus cher que de vous envoyer en Italie, mais j'aurais honte de fournir une recrue qui se fera tuer à la première salve. Le fantôme du Grand Capitaine, qui a été mon ami, viendrait me taquiner lors de mes nuits ; déjà que je dors mal, à mon âge... »

Je me suis demandé si mon père aurait pris l'argent, ou s'il l'aurait jeté au visage de celui qui osait proposer d'acheter mon départ ; il se serait levé en renversant sa chaise, aurait mis la main à son épée, aurait renvoyé ses cheveux en arrière d'un coup de menton, fait trembler sa barbe, fait rayonner ses yeux d'une flamme dont je me souvenais bien mais que j'avais du mal à imiter. D'un autre côté, il ne se serait pas fourré dans un rôle de chapelain lubrique. Les temps changent, les hommes changent, je pris la bourse. Je le saluai avec un certain soulagement, je ne pouvais m'empêcher d'une forme de reconnaissance, et je quittai tout.

Je ne sais pas comment l'appeler, cet homme dont j'avais possédé l'épouse et qui prenait soin de moi en me chassant d'Espagne, qui m'envoyait tellement loin que c'était définitif. La perverse inclination de doña Elvira pour les jeux de déguisement et les faux secrets nous avait liés d'une forme de parenté qui n'avait pas de nom, et dont nous ne pouvions parler ni l'un ni l'autre. Cela pouvait être comme un autre père, un parrain de cul, un co-cocu, quelque chose de profond et de muet qui créait des obligations radicales dont on ne parlerait pas.

Grâce à la licence d'embarquement qu'il signa de sa main, aux pièces d'or qu'il me compta, je pus monter à bord d'une nef. Muni de moi-même et de mon couteau bien aiguisé, j'allais connaître les îles enchantées dont l'écho parvenait jusqu'à Séville par quelques bateaux en ruine qui réussissaient de justesse à en revenir.

CHAPITRE V

Traverser sur de frêles caraques

La nef flottait comme un bouchon sur les eaux vertes du Guadalquivir. On l'avait vidée avant qu'elle ne coule, on avait calfaté au mieux sans changer aucune planche de la coque. On avait laissé les trous, on les avait bourrés d'étoupe, et on avait estimé que les vers qui les avaient creusés étaient morts, noyés dans l'eau douce, empoisonnés par la couche de goudron qui recouvrait tout d'une apparence de neuf, on pouvait l'espérer. On avait redressé les mâts avec des cales enfoncées à coups de maillet, on avait reprisé et recousu les voiles à gros points, et comme une vieille carne que l'on relance avec une claque sur la croupe, on l'avait remise à flot en pensant qu'elle irait bien encore une fois, pour un voyage encore, le retour peut-être, et si elle se désagrégeait en franchissant le tropique, eh bien c'était le risque maritime. Sa construction était amortie depuis longtemps, et quant à ceux qui embarquent, ils savent que c'est dangereux.

J'en aurais préféré une autre, mais c'était la seule qui partait dans la semaine qui suivit ce jour où don Alfonso m'accorda une bourse. J'avais acheté une épée de belle facture, longue et souple, très aiguë, la main protégée d'une garde en tresse d'acier, et puis des vêtements simples et solides qui résisteraient à tout, croyais-je. Je cherchais un navire, il n'y avait que celui-là prêt à partir, qui faisait fortune en vendant aux Indes

des bricoles d'Espagne, dont on s'étonne toujours qu'elles y prennent tant de valeur ; mais là-bas on ne fabrique rien.

Je trouvai le capitaine qui en était le propriétaire, il buvait à l'ombre en surveillant la fin des réparations. Il regarda à peine ma licence d'embarquement, il me demanda en fourrageant dans sa grosse barbe si j'emportais mes vivres et mon eau, ou si je les lui payais. Quand je convertis les cinq semaines en sacs et barriques je préférai payer. Il préféra aussi, et d'un geste avide fit disparaître douze pièces d'or dans une bourse qui pendait sur sa poitrine. Il ne m'en resta qu'une, je la frottai du pouce, elle brilla, c'était mon seul bien, et je la glissai dans ma ceinture. J'étais délesté de presque tout, mais là-bas, dit-on, on trouve de l'or.

Amarré à un embarcadère dont les pilotis étaient plantés dans la vase, les voiles roulées, les vergues pendantes, le nao de trente mètres se laissait remplir par une file de porteurs qui ployaient sous les ballots et les caisses, qui roulaient des tonneaux, et poussaient devant eux des animaux inquiets qu'il fallait diriger d'une badine ferme pour qu'ils ne sautent pas dans l'eau. La coque ventrue s'enfonçait peu à peu, le capitaine, chemise ouverte sur son poitrail velu, un bonnet rouge enfoncé sur ses cheveux bouclés, dirigeait la manœuvre, répartissait les masses, surveillait tout en engueulant tout le monde.

Il me laissa monter, sans autre bagage que mon épée neuve et le couteau glissé dans ma ceinture. L'intérieur du navire puait d'une façon atroce. C'étaient des remugles de vomi, de pisse, de viande abandonnée couverte de salpêtre, d'effluves écœurants de goudron chaud, une grande puanteur enveloppante qui se balançait sur l'eau calme du fleuve, penchant d'un côté ou de l'autre en fonction des caisses de fret que l'on empilait partout où il y avait de la place. En posant un pied sur le pont incrusté de crasse, je sus aussitôt que je détestais la mer, toute forme de navigation ou de commerce océanique. Mais j'avais compris que sous ses dehors de politesse don Alfonso était implacable, et qu'il n'exagérait pas ses promesses.

À l'arrière, sous la cabine du capitaine et la plate-forme d'où l'on manœuvrait le gouvernail, était l'entrepont bas où logeaient l'équipage et quelques passagers. On ne s'y tenait pas debout, et la pénombre y sentait le bois humide et la sueur. Cela ne fermait pas, c'était ouvert sur le pont, nous allions vers des mers chaudes. C'était une grotte en bois, un vague abri, nous allions y passer des semaines.

Je ne pus m'empêcher de sourire en voyant un nain entrer à ma suite, sans même faire mine de baisser la tête en passant sous le plafond bas. Il le remarqua mais il me sourit à son tour, éclairant d'intelligence ses traits massifs. « Le privilège des nains, c'est de ne jamais s'incliner, et en Espagne, où tout le monde marche courbé devant plus prétentieux que lui, c'est la vraie noblesse. Mon nom est Amador de Gibraltar. » Il avait une voix agréable et douce, des bottes d'enfant qui lui montaient au-dessus du genou. Il partait pour les Indes, lassé d'ici ; comme tout le monde. On n'en disait jamais plus.

D'autres passagers se répartirent les lits de toile accrochés dans l'entrepont, un jeune homme arrogant et tendu, tout armé, portant une selle. Un vieil homme franchit la passerelle avec précaution, un autre amena trois cochons, leur construisit un parc de treillis dans la cale, et entassa tout autour des paniers de glands. Plusieurs s'installèrent sur le pont, tendirent des toiles comme auvents, déroulèrent des nattes, et entassèrent autour d'eux des tonnelets et des sacs de toile brute : de quoi s'abriter, dormir, boire et manger pendant la traversée. Ils payaient moins, ils se débrouilleraient, ils avaient droit à un carré de pont pour s'étendre, rien de plus.

Il y avait là un homme maigre et déterminé qui avait l'air d'un bandit en fuite, un gros Basque rond comme un bébé avec une voix douce et de très grandes mains, un brave gaillard de Tolède pas futé mais souriant, qui n'avait que sa chemise déchirée et une culotte tellement rapiécée qu'on ne devinait pas la toile d'origine, et deux beaux jeunes gens qui étaient très ressemblants et ne s'éloignaient l'un de l'autre jamais plus que de la longueur de leur bras, et qui ressemblaient tellement à des morisques qu'on se demandait comment ils avaient obtenu la licence d'embarquer.

Nous n'étions qu'entre hommes, et cela sentait la franche brutalité. « Cela va faire une drôle d'ambiance, souffla Amador, j'en sens déjà l'odeur. » Je m'étais aussitôt entendu avec lui, son œil vif et amusé me plaisait, il était d'une heureuse nature et s'entendait bien avec tous ceux qui ne lui cherchaient pas noise. Ou bien, me dis-je, était-ce simplement un sens aigu de la survie, de la part d'un homme contrefait et sans fortune.

Les marins étaient des sales types de toutes origines, ils vivaient dans cette cabane d'aisance qui allait d'un monde à l'autre, et ils nous méprisaient visiblement. C'est qu'ils en avaient vu de toutes sortes, de toutes tailles, de toutes fortunes, de ces voyageurs entassés plusieurs semaines entre des ballots plus précieux et plus durables qu'eux, ils en avaient vu, de ces cavaliers démontés qui dès la première vague perdaient aussitôt tout honneur, verdissaient, vacillaient, cherchaient à tâtons un cordage pour se rattraper, évitaient maladroitement les souillures du pont en se bouchant le nez. Nul n'est hidalgo pour le marin qui assiste à son voyage, et on ne s'attache pas à des hommes perdus dont la plupart disparaîtront entre ces îles. Nous payions pour monter à bord, nous payions pour manger, nous payions pour dormir à même le pont, ou pour un peu plus cher sur un lit de toile tendu entre deux poutres; nous payions pour une traversée sans retour, et nous allions passer une partie du voyage penchés au bastingage pour vomir dans les vagues, qui au large sont si hautes que leur écume venait laver nos visages douloureux sans que nous ayons à y mettre les mains. Ils nous jetaient alors un seau, une corde, une brosse de crin à long manche, et en titubant nous puisions de l'eau pour laver les flancs du navire que nous avions souillés. Nous le faisions en pliant notre pauvre ventre, en nous concentrant sur notre tâche, et nous vomissions une deuxième fois.

Vingt-deux marins et dix passagers partageaient cette cabane de planches, sans compter les animaux dans la cale, des poules serrées dans une grande cage, si entassées que je ne savais pas combien elles pouvaient être dans cet édredon mouvant d'où émergeaient brusquement des têtes inquiètes, et les trois cochons dans leur parc qui chiaient dans une caisse de sciure tant qu'il y eut de la sciure. Ils avaient une grande valeur, surtout le verrat énorme et suffisant, accompagné de deux truies fiévreuses qui dans l'obscurité lui flairaient sans cesse les génitoires ; enfin, c'est ce que j'ai cru comprendre. Francisco Escobar les emportait aux Indes, et au cours du voyage il me répéta plusieurs fois, d'un air rêveur : « Là-bas, ils se multiplient merveilleusement. Merveilleusement. » Le mot me paraissait étrange en voyant luire les petits yeux durs du verrat perdus dans les plis de sa chair, mais les deux truies, par leur enthousiasme, confirmaient l'aspect merveilleux de la promesse.

Tout ce monde était enfermé dans ce qui était la plus étroite et la plus solide des prisons, bien qu'elle ne comporte pas de chaîne, et aucune porte : il était impossible d'en sortir avant la fin de notre peine, impossible d'échapper à nos compagnons de voyage, il faudrait jusqu'au bout les supporter et accepter leur présence. Tant que nous glissions sur l'eau lisse du Guadalquivir, à travers les prés couverts de fleurs qui vont vers la mer, des prés si incroyablement plats que la rive n'est qu'un trait sous un ciel qui prend toute la place, on aurait pu croire être dans une carriole bien suspendue avançant sur un chemin de sable. Mais après Sanlúcar, Sainte Mère de Dieu ! c'était brusquement l'océan et ses ressacs, ses sursauts et ses fureurs, l'eau irrégulière venait frapper nos flancs comme autant de gifles que nous ressentions d'abord à l'intérieur, comme des coups au foie sans prévenir, avant de voir basculer le pont, le bastingage, les mâts. Nous penchions, nous n'allions plus jamais droit, et nous avons commencé à nous précipiter aux bordages pour vomir, sous les yeux indifférents des marins, qui ne s'occupaient que d'éviter les vomissures que nous n'avions pas eu le temps d'évacuer par-dessus bord. Ils nous les désignaient simplement du doigt pour que nous les nettoyions, et ils grimpaient dans leurs vergues, pieds nus, manipuler leurs voiles.

Il fit très vite une chaleur excessive, écrasante dès que nous n'étions plus à l'ombre des voiles, et cette chaleur, je crois, augmentait à mesure que nous avancions sur la grande étendue d'eau sans repères. Un soir que nous mangions assis en rond sur le pont, toujours la même chose, des biscuits de mer que l'on nous comptait et dont je sentais bien qu'ils allaient durcir jour après jour, avec des lamelles de porc salé qui donnaient soif, et l'eau douce chargée dans des barriques nous était comptée au verre près, pendant un de ces repas que j'avais payés de mes douze castellanos d'or et qui me laissaient affamé, le ventre creux, et la gorge brûlée d'une soif permanente, je demandai à un marin jusqu'à quel point il ferait chaud. Il m'expliqua qu'au-delà d'une certaine ligne, au-delà du tropique que l'on appelle du Cancer, l'océan se met à bouillir. Le bateau avance dans la vapeur, on ne voit rien, mais ça nettoie assez bien la coque. « Dans ces eaux-là, dit-il, le poisson cuit merveilleusement, juste à point, dans un bouillon d'algues bien salé, nous avons à fond de cale des perches munies de cuillères pour pêcher ces mets qui flottent autour de nous. Il suffit de se servir, la nature est généreuse quand on se rapproche des Indes. Mais le pont devient si chaud qu'il faut des sabots à semelles de bois pour y marcher sans douleur. As-tu des sabots ? » Et, inquiet, je lui dis que non, car je n'imaginais pas tant de chaleur. Il me proposa de m'en vendre, et je manquai d'accepter. Je bredouillai un prix, m'apprêtai à marchander en tâtant ma dernière pièce dans ma ceinture, et je vis que tous me regardaient avec des yeux réjouis, en se retenant de rire.

On a le temps de méditer quand on voyage, il n'y a rien à faire quand on est passager, et tous les actes indispensables à la vie prennent un relief saisissant. On pèse le pour et le contre avant d'aller aux latrines, on attend d'y être obligé, de n'en plus pouvoir, et d'être sûr que vraiment aucune terre n'apparaît sur l'horizon. Car elles sont disposées à l'arrière comme un perchoir au-dessus du vide, il faut ouvrir son anus au sillage bouillonnant de la nef, des oiseaux parfois tourbillonnent, autour, au-dessus, au-dessous, on ne sait pas ce que cachent les flots, et les vents chargés d'embruns salés se mêlent sans aucune gêne à notre intimité. Il faut s'accrocher des quatre membres, recommander son âme à Dieu, et laisser avec confiance, ou indifférence, ou aveuglement, son corps à la merci d'éléments bien plus puissants que lui, et dire adieu à jamais à tout ce qui tombe de soi. Jamais de toute ma vie me vider le ventre ne fut une telle aventure. Alors on tâchait de se retenir, et pour pisser, entre deux caisses dans la cale, ou dans l'enclos des cochons, cela suffisait bien. Heureusement, avec le régime de porc salé et de biscuit sec, en petite quantité à cause du rationnement, de l'écœurement, et de la bouche toujours desséchée, mes entrailles pendant le voyage ne produisirent que très peu de choses à évacuer.

La nuit, nous essayions de dormir dans nos lits suspendus qui se balançaient dans l'entrepont ouvert, l'eau claquait sur la coque, et des flammes hésitantes, blanches comme un feu très pâle, brûlaient au bout des mâts et des vergues avec un léger roucoulement, des étoiles crépitantes se posaient et allaient de pointe en pointe comme des oiseaux aux plumes luminescentes. La tête du barreur qui restait debout toute la nuit était parfois entourée de ces lueurs, et c'est présage de grandes choses, me dit Amador qui essayait de dormir à côté de moi.

« La raison de tout ça, elle est cachée derrière la majesté de la nature », me murmura-t-il ; et je m'endormis.

« Quand l'amiral Colomb a découvert ces îles où nous allons, il pensa aborder au Paradis terrestre, que personne n'avait encore trouvé. Car le Paradis est quelque part sur cette Terre, la Bible le dit et Jean de Mandeville le réaffirme dans son *Livre des merveilles du monde*. Le Paradis est un jardin au climat agréable, et rien n'y manque jamais. Il est entouré de murailles de feu dont les flammes touchent au ciel. N'est-ce pas ainsi dans ces îles Fortunées ? Ce sont des jardins peuplés d'hommes nus qui ne connaissent ni le bien ni le mal, qui se nourrissent de fruits si lourds que les arbres ploient leurs branches pour les leur offrir. Et ce lieu de douceur merveilleuse, on ne l'atteint qu'après avoir franchi de très grandes chaleurs, de pire en pire, au point de faire craindre que les navires s'enflamment. Des hommes moins décidés que l'Amiral ont alors fait demi-tour. Ils avaient tort, il fallait continuer de monter.

— De monter ?

— Oui, car c'est l'altitude qui rend supportable la chaleur. Et il est conforme à la raison que le Paradis soit situé au point le plus haut, car la hauteur est la part la plus noble, et il est juste qu'elle accueille le lieu le plus noble. Aristote le démontre : pour que le monde aille, il faut que le lieu soit en harmonie avec ce que l'on y met.

« Et puis c'est conforme à l'expérience, puisqu'il faut monter pour atteindre ces îles, on le sait par la difficulté d'y parvenir, et la plus grande facilité de s'en éloigner car c'est dans le sens de la pente et de l'écoulement des eaux. »

L'argument porta fort bien, et les marins qui écoutaient acquiesçaient ; ce nain-là sait de quoi il parle, pensèrent-ils.

« La Terre n'est donc pas une sphère parfaite, comme le pensaient les anciens Grecs, ce qu'elle serait si elle était purement matérielle, sans l'événement de la Révélation. Un événement aussi éminent nécessite un lieu éminent, ce que l'on ne trouve pas sur une sphère. La Terre a la forme d'une poire, et le Paradis est au sommet du mamelon de cette poire. Ou bien, si l'on veut parler d'un autre fruit, la Terre a la forme d'un sein de femme, et au sommet de son mamelon est le Paradis.

— Je pouvais m'en douter, murmurai-je, assez fort pour faire rire l'assemblée.

— Et vous savez que quatre fleuves sortent du Paradis. Quatre fleuves énormes, car célestes. Vous le savez, n'est-ce pas ? »

Tout le monde acquiesça vaguement, selon ses souvenirs.

« L'amiral Colomb en a découvert un, qui se déversait dans la mer, si gros qu'il soupçonna qu'il ne pouvait être le produit d'une île, et d'un courant si puissant qu'il ne pouvait que dévaler une pente. Il est donc conforme à la raison, à la Bible, et aux auteurs anciens, de penser qu'il s'agit de l'un de ces quatre fleuves du jardin d'Éden, qui s'écoule sur les flancs de la montagne qui le porte. Mais lequel ? Pas le Nil, que nous connaissons déjà, ni le Tigre ni l'Euphrate, dont nous savons où ils sont ; ce doit donc être le Gange, ce qui démontra à l'Amiral qu'il avait bien abordé aux Indes. »

La nuit, d'un lit de toile à l'autre, je lui demandai : « Comment tu sais ça ?

— J'ai lu des livres, où tout cela est raconté.

— J'en ai lu quelques-uns aussi, c'était dans la bibliothèque d'un couvent. Et toi, c'était où ?

— Dans une prison ; une sorte de prison, si tu veux, mais d'où j'ai préféré partir. »

Et il éluda d'un geste vague, il ne souhaitait pas poursuivre.

« Mais tu sais, l'amiral Colomb aussi a navigué dans les livres avant de mettre le pied sur une caravelle. C'est moins cher, plus sûr, et beaucoup plus amusant. Ce que l'on découvre dans les livres ne déçoit jamais. Et quand il a été déçu par ce

qu'il a découvert, par comment tout a tourné, il l'a raconté dans un livre qui ressemblait à ceux qu'il avait lus avant. Comme ça il n'est jamais sorti de ce qu'il rêvait.
— C'est bien, non ?
— Oui, c'est bien. »
Et tranquillement nous nous endormîmes.

Le vent nous poussait, dont on ne sait pas d'où il vient, ni où il va, qui ne s'arrête pas. Les marins n'y font pas attention, ils font l'aller et le retour, ils empruntent les alizés pour l'aller, et le courant océanique pour le retour, mais nous, les passagers hétéroclites, qui étions les surplus d'Espagne partis chacun pour soi, nous allions vers le pays de la chaleur, peuplé de sauvages nus et d'oiseaux qui parlent, là où naissent les grains d'or. « Car, dit Amador, il est connu que l'or naît sous les chaleurs les plus épouvantables. Le grand empereur du Mali, qui est très noir de peau, est tout entier habillé de feuilles d'or, il s'en fait des manteaux et des turbans, il en recouvre aussi son cheval, ses femmes, et même son sexe quand il va connaître ses femmes, d'une feuille très fine et très souple qui brille sur leur peau noire, car ils sont tous du noir le plus sombre dans ces contrées où est son empire, c'est la même chaleur qui lui fait une peau de charbon et qui fait naître des grains d'or dans le sable. Les Portugais traversent l'horizon pour commercer avec lui, et ils rapportent de la Guinée des pépites grosses comme des noix, et même l'une d'elles était grosse comme une pomme, et elle fut offerte au roi Manoel qui l'enferma dans la chambre la plus sûre de son château pour la contempler tout seul. Ils rapportent aussi de la poudre, qui glisse naturellement dans les ruisseaux, car là-bas sous le soleil tous les ruisseaux scintillent, et les Portugais en rapportent assez pour remplir des tonneaux. — Vraiment ? — Au moins des tonnelets. Mais on ne sait pas exactement, car le roi de Portugal est jaloux de ses richesses, et il ordonne de dissimuler les routes qui mènent aux lieux de la récolte. Qui sortirait la moindre carte de son

château de Sagres serait pendu, son corps découpé et brûlé, et son nom effacé. Si les Portugais prennent un navire espagnol à rôder autour de la part d'Afrique qu'ils considèrent comme la leur, ils l'abordent les armes à la main, ils en lacèrent les voiles, coupent les cordages, et tranchent les pieds et les mains des marins qui ont survécu à leur assaut, et ils les laissent couchés sur le dos, alignés sur le pont, à dériver le long des courants, les livrant aux oiseaux de mer, qui sont sous les tropiques des oiseaux de proie, bien plus gros que ceux que l'on voit ici, et plus féroces, leur bec est couleur de sang à force de le plonger dans la chair des malheureux marins, des pêcheurs égarés, ou des sirènes qu'ils arrivent à attraper avant qu'elles ne plongent.
— Vraiment ? » Et tous nous resserrions le cercle autour d'Amador, en surveillant le ciel, inquiets, mais il n'y avait dans le bleu parfait que des nuages blancs aux bords nets. « Les oiseaux des mers chaudes dévorent les hommes quand ils n'ont plus de mains pour se défendre et plus de pieds pour s'enfuir, et ce faisant ils ricanent, et leur ricanement d'oiseaux africains est plus terrible que le petit rire de nos mouettes, cela ressemblerait plutôt au rire d'une hyène, qui aurait des ailes. — Vraiment ? — Vraiment. » Et il imite un ricanement terrible qui fait sursauter tout le monde et fait descendre un frisson glacé dans tous les dos. Amador est un joyeux conteur, il est nain, sa tête arrive à mon ventre, mais il a une voix douce de fascinateur qu'il module à volonté, il lui donne brusquement le volume d'un aboiement, pour revenir aussitôt à un soupir rassurant, et il achève avec un petit rire délicat, il s'amuse, il amuse, il est un compagnon précieux pour une traversée interminable sur une grande barque dont les membrures grincent de façon inquiétante. Amador est tout entier sa voix ; parce que le reste, mon Dieu... « On s'assoirait dessus par mégarde », dit avec un mauvais rire Andrés de la Tovilla, qui allait aux Indes avec son épée à la ceinture, son armure et sa selle dans un sac, seulement équipé de son orgueil et de sa faim. « J'avais un cheval aussi, mais je l'ai vendu pour payer le passage », nous avait-il dit avec

hauteur, avec tout le mépris qu'il éprouve pour l'argent réel, celui de l'échange et de la raison pratique : ce qu'il aime, c'est l'or imaginaire, la parfaite matière, sans poids et sans valeur précise, l'or superlatif dont on fait des bijoux, des croix et des broderies, et la gloire. Je l'ai reconnu aussitôt, nous avons grandi dans la même misère méchante, chacun de ses mots je les ai entendus au plus profond de moi, chacun de ses regards je les ai compris sans qu'il ait quoi que ce soit à expliquer, alors quand il a couvert Amador de son mépris, j'en ai senti le cinglement, tandis qu'Amador n'a rien dit, n'a rien répondu, il sait qu'il doit se faire plus petit encore pour gagner sa place sur ce navire sinon le bravache pourrait en finir d'un seul coup de pointe et le basculer par-dessus bord sous le regard indifférent des marins, qui s'en moquent, et qui riront pendant longtemps d'avoir à déclarer un demi-passager de moins qu'à l'embarquement. Amador sait n'avoir aucune place en ce monde, « Amador de Gibraltar, a encore ironisé le matamore privé d'emploi qui s'ennuyait à l'ombre des voiles, n'est-ce pas là un grand rocher où pullulent de petits singes ? » Il a ri, je me suis levé, je me suis redressé nettement et ai porté la main à mon épée toute neuve, étincelante, qui n'avait jamais encore connu de sang mais que j'aiguisais chaque jour avec un certain savoir-faire à la vue de tous, et je lui ai demandé de modérer ses propos. Il s'est redressé lui aussi, s'est avancé lui aussi, et comme je n'ai pas bougé nous nous sommes fixés de si près qu'il me fallait faire un effort pour ne pas loucher, et nous nous sommes reconnus : deux jeunes gens qui n'ont que leur violence en ce monde, dont tout le monde se fout, qui sont prêts à tirer l'épée et à s'entre-tuer pour un mot déplacé ; et à trouver ça très naturel. Je voyais que ma lame intacte le faisait sourire, mais les gestes répétés ne s'oublient pas. J'attendais qu'il se fende négligemment, croyant me percer du premier coup, et ma parade serait écart, glissement, et coup d'estoc dans la gorge : ça passerait, ou pas, mais je savais tenir une épée. Lui, mieux que moi, mais qu'il croie que je ne sache pas me donnerait un avantage au premier coup ; pas au deuxième. Je jouerais ma vie sur un seul lancer de dés. « Cela vaut-il vraiment la peine de mourir dès le début, avant même le commencement de l'aventure ? » a dit Amador. Mais ce que nous avions appris dans notre jeunesse misérable, l'un et l'autre, c'était que l'on ne cède pas ; l'honneur est notre bien, et l'épée en est le moyen. C'est le vieux Gonzalo Torres qui nous a sortis de là, parce qu'il était vieux. Il était ridé, chenu, mais encore vert, il allait aux Indes comme nous, qui aurions pu être ses petits-enfants, nous lui avions demandé pourquoi. « Pour moi c'est un peu tard, nous a-t-il dit. Mais c'est pour mes enfants. Qu'ils puissent vivre loin de ce royaume où rien n'est possible si on ne possède pas des biens, ou un nom ; je souhaite qu'ils vivent libres, pour eux-mêmes et par eux-mêmes. — Tes enfants ? Tu es venu avec tes enfants ? » Alors il a ri, ce qui a fait s'épanouir toutes ses rides, et il a empoigné sa braguette, il en a soulevé le contenu à pleine main et il a dit : « Je les emporte avec moi bien au chaud, ils sont encore à faire. » Un tel optimisme à son âge nous a tous fait rire.

« Vous n'allez pas vous battre, les gamins, a-t-il dit de sa voix un peu voilée. Nous sommes tous gentilshommes ici, gentilshommes de mauvaise fortune enfermés dans une boîte qui sent mauvais, et qui coulera peut-être avant d'arriver. Ce nain est le meilleur inventeur d'histoires que j'aie jamais entendu de toute ma vie. Prenons soin de lui, écoutons-le en riant, et chaque jour disons-lui merci : il nous sauvera tous. Si nous arrivons à Cuba sans qu'aucun de nous meure d'ennui, ce sera grâce à lui. »

D'un vieillard, on accepte qu'il nous dise quoi faire ; nous nous sommes rassis. Amador a entamé une autre histoire, le vent a continué à nous pousser sur une étendue bleue comme le ciel, où nous avions le sentiment de ne pas avancer.

La nuit on jouait aux cartes derrière les empilements de sacs qui encombraient le pont, la flamme d'une lampe se reflétait sur les auvents de toile. On s'engueulait à mi-voix avec des murmures puis avec des cris, il y eut un glissement, un éclaboussement qui se confondit avec le choc des vagues sur le flanc du navire, et puis rien, la lampe s'éteignit, les marins qui avaient joué se glissèrent dans l'obscurité pour dormir dans l'entrepont. Au matin, le Basque rondouillard et rose empilait d'autres sacs sur les siens, l'homme au visage de fuyard avait disparu. Les morisques restaient silencieux, côte à côte, l'un d'eux blessé au bras. Ce n'est pas de ceux que l'on croit qu'il faut se méfier.

Quand cet affreux soleil plongeait enfin derrière la ligne d'horizon, la chaleur se faisait douce et nous repoussions le moment de nous endormir. Une lune parfaitement ronde calmait la mer. Une brise continue gonflait la voile, faisait avancer le navire sans à-coups, sans le pencher. Les mâts grinçaient doucement, de simples soupirs d'aise, sans faire craindre qu'ils ne tombent. La lune donnait tant de lumière que nous nous voyions tous comme des statues de fer poli, et au-delà du bastingage l'océan était un plateau d'acier terni qui s'étendait sans fin dans toutes les directions. Une nuit où personne ne dormait, j'osai raconter par le menu les péripéties d'un roman de chevalerie, dont le héros découvrait un archipel enchanté où sur chaque île était une princesse endormie par un charme, jeté par la très belle et très puissante sorcière Calafia, qui régnait sur des Amazones vivant dans des grottes. Sur une barque manœuvrée par un moine, il parcourait l'archipel, soumettait les Amazones, réveillait les princesses, et la reine sorcière, séduite par son courage et sa vertu, lui offrait tout l'or de ses îles. Mais lui refusait, et continuait son errance. « Quel con, sourit Amador. — Mais non, c'est mieux comme ça », murmura Andrés.

Au matin, dans un brouillard rose nous crûmes sentir des parfums de fleurs. Nous avions oublié que quelque chose pouvait sentir si bon, et nous vîmes un chapelet d'îles au ras de l'eau, et ces îles bougeaient. Puis l'une s'envola, battit de ses ailes courtes, et retomba dans un éclaboussement énorme dont le bruit nous parvint avec retard. Le Basque nous dit que c'étaient des baleines. Comme des poissons, mais sans écailles, et dont la viande était rouge et ferme comme celle du bœuf. Il parlait d'une façon hésitante, cherchant ses mots en espagnol, les remplaçant par des expressions incompréhensibles. Des baleines. Il avait l'air de savoir de quoi il parlait. Mais c'était une rêverie, cela ne dura pas, la brume se dissipa sous les rayons du soleil qui se levait rouge sur l'horizon plat, et il n'y avait de parfum que celui du sel, du bois mouillé, des algues, et les senteurs musquées de trente messieurs serrés les uns contre les autres depuis des semaines, en compagnie de peut-être cent poules, et de trois cochons.

Le voyage aux Indes est une affaire, une forme de boutique où tout est calculé au plus juste. Quand la première île apparut, nous n'avions plus d'eau. Le flocon de mousse verte s'affirma sur l'horizon, d'abord un fantôme, une illusion, un rêve, et puis vraiment ça, exactement ce que nous attendions, une lisière d'arbres d'un vert franc posée sur le bleu rectiligne. Des oiseaux vinrent danser autour des vergues, plusieurs se posèrent un instant avant de se disputer et de repartir en grinçant. Nous nous sommes tous accoudés au bord, j'ai cru voir une bande de dauphins nous accompagner en sautant de joie, mais j'ai exagéré, ce n'étaient que les vagues du large qui se brisaient sur des récifs à fleur d'eau.

Il était temps que nous arrivions, le porc mal salé, le moins cher des marchés de Séville, dégageait chaque jour une odeur un peu plus forte, qui commençait à devenir gênante pour quelque chose que l'on doit mettre dans sa bouche et mâcher. L'eau rancie dans les tonneaux touchait à sa fin, on raclait le fond quand on en prenait avec la louche, et cela soulevait tous les débris qui s'étaient déposés pendant le voyage. Sur le pont le vent soufflait très amoureusement, la brise nous enveloppait de parfums de forêt, de feuilles fraîches et de sève sucrée, une odeur enivrante de terre noire qui sentait bon la pâte fermentée. Nous doublâmes un cap rocheux et s'ouvrit une grande plage, et les arbres qui la bordaient agitaient leurs palmes.

Nous étions réjouis, sauf le capitaine à côté du barreur qui regardait au loin, il semblait vouloir longer cette côte sans s'en approcher. Il avait l'air soucieux ; absent. Les marins s'affairaient aux voiles, aux drisses, aux élingues, et je crus saisir qu'ils en faisaient un peu trop.

« Hé ! Capitaine ! Abordons !

— Hé ! Capitaine ! Il y a des arbres ! Des fruits ! Des singes ! Il y a de l'eau qui sent bon !

— Hé ! Capitaine ! Nous sommes arrivés aux Indes ! Abordons !

— Hé !

— Ce n'est pas la bonne, dit-il enfin.

— Comment ça ?

— Pas la bonne île. Nous avons dérivé vers le sud.

— Et alors ? Abordons.

— Il y a des Indiens.

— Quelle histoire pour des Indiens… Abordons.

— Ce sont des Caribes. Ils sont cannibales. »

Notre enthousiasme fut douché. Le capitaine scrutait la plage, le bateau avançait mollement, sous un vent trop tendre. À ce train-là, nous manquerions de tout avant d'être arrivés.

Ils apparurent sur le rivage, des silhouettes nues avec des cheveux très noirs, ils brandissaient des arcs en gambadant sur le sable, ils criaient de longues phrases emportées par le vent. Amador, jamais à court d'histoires, nous raconta comment ces Indiens mangeaient les hommes. « Ils chassent dans les îles, ils se battent entre villages, les vaincus sont étourdis d'un coup de gourdin et démembrés, puis rôtis sur un lit de braise et dévorés en bonne compagnie. Les captifs les plus jeunes sont épargnés, castrés, nourris abondamment comme des chapons.

Quand ils ont suffisamment engraissé, ils sont mangés comme des mets de choix. On invite toute la famille pour se les partager. Les Espagnols égarés en ces îles sont mangés de la même façon, déshabillés, dépecés, rôtis. Ils prennent seulement soin de griller la barbe et les poils, comme on le fait d'un quartier de sanglier avant de le cuire. Si nous heurtons un récif, eh bien nous fournirons à ces monstres d'excellents jambons d'Espagne. »

De loin ils tirèrent quelques flèches qui tombèrent dans l'eau. Le vent nous poussait de l'arrière, les grandes voiles carrées nous éloignaient de cette île, et nous n'avions plus d'eau. « Capitaine ! Combien de temps pour retrouver notre route ? — Deux jours, ou trois. À peu près. »

Andrés poussa un rugissement et tira son épée, il embrocha un morceau de porc qui traînait dans une gamelle, monta sur le château arrière et le brandit devant le visage du capitaine, tout près, qu'il le sente bien. La viande grouillait, elle avait des reflets verts, et dedans était la pointe d'une épée.

« Capitaine ! La chaloupe, un tonneau, quatre hommes pour ramer. Je vais chercher de l'eau, et tuer un animal quelconque. Nous mangeons plus de vers que de viande, et je préférerais un rat, s'il était frais. »

Le capitaine voulut écarter la pointe d'un revers de main et elle se posa explicitement sur sa gorge, une pointe aiguisée entourée d'un fourreau de viande verte. Les marins se regroupèrent et saisirent leur couteau. Je sortis mon épée et me mis dos à Andrés, Amador vint nous rejoindre en brandissant une serpette à la forme cruelle qu'il avait tirée de sa petite botte. Il était bien proportionné, les muscles courts et durs, avec des mains d'une taille normale pour un homme plus grand que lui, ce qui les faisait paraître énormes, et puissantes. « Tu es armé, petit homme ? gloussa Andrés. — Armé, d'une lame qui coupe, juste à la hauteur pour châtrer qui voudrait me nuire. » Je crois que cela les réconcilia. « Allons, capitaine... — Ces Indiens sont pires que ce que vous croyez. — On va pas se laisser emmerder par des types à poil : la chaloupe, je vous dis. » Il y eut un moment de gêne, Francisco tremblait pour ses trois porcs qui pouvaient être une solution au problème, Gonzalo se leva avec peine, chercha comment calmer tout le monde, mais ne trouvait pas les mots. Il fut devancé par deux marins qui s'avancèrent : « Capitaine, si cet hidalgo veut aller trouver de l'eau, nous voulons bien ramer. »

Nous débarquâmes sur une autre plage, Andrés avait enfilé sa cuirasse et son chapel de fer, portait à son bras gauche son bouclier de cuir durci. Il sauta de la chaloupe, franchit les derniers mètres avec de l'eau jusqu'à la taille, et aborda la plage tout ruisselant, son épée à la main. Nous le suivions, les marins portant le tonneau vide, moi avec mon épée nue, Francisco tenant au-dessus de sa tête une arbalète tendue. Sous l'eau aussi claire que le bassin d'une fontaine, des rochers froissés et coupants parsemaient le sable, enveloppés d'algues d'un vert vif, d'un rouge sombre, d'un violet profond, qui ondulaient dans le ressac. Dans l'eau qui devenait d'un bleu délicat avec la distance dansaient des poissons colorés comme des coqs, bariolés de tant de couleurs vives qu'ils ne ressemblaient à aucun des nôtres. J'étais là, j'étais vraiment là, la brûlure du sel et l'éblouissement du soleil en attestaient, mais je me demandais où ; et nous nous le demandions tous. Au large, trois baleines nageaient ensemble, l'une sauta et retomba dans un grand jet d'éclaboussures, que je n'entendis qu'après qu'elle eut disparu.

« Juan ! L'eau ! » Je pris pied sur le sable blanc, devant une forêt désordonnée faite d'abord de troncs renversés, de buissons plaqués au sol, tordus comme s'ils luttaient contre des vents violents, et puis d'arbres très hauts et resserrés, si vigoureux que leurs feuilles devenaient noirâtres à force de verdir. La chaleur nous sécha vite, laissant des auréoles de sel sur nos vêtements.

En creusant le sable, il vint un peu d'eau, qui était douce.

Andrés veillait, nous remplîmes le tonneau louche après louche avec ce qui suintait au fond du trou, et Francisco partit dans la forêt avec son arbalète et un des marins. Il craignait tellement pour ses cochons qu'il préférait risquer d'être mangé lui-même pour nous apporter une autre viande, avant que nous ne décidions de manger celle de ses bêtes derrière son dos. Il revint au bout d'une heure avec un étrange sanglier au nez pointu, et un petit singe à face humaine, les yeux ouverts, étonnés, un peu de sang coulant au coin de ses lèvres. Le tonneau était plein.

La première flèche se planta dans le sable à quelques mètres du trou que nous avions fait, puis elles plurent autour de nous, sifflant dans l'air et se fichant dans le sol avec un choc doux, perçant avec un bref impact de marteau le bouclier d'Andrés qui ressembla vite à une pelote d'épingles, glissant sur son chapel avec un crissement d'os sur du fer. Il nous protégeait en reculant, faisait de larges moulinets avec son épée qui abattait les flèches en vol, et nous suions à porter la tonne pleine d'eau précieuse, la mer jusqu'aux cuisses, jusqu'à la chaloupe. Francisco hurla, touché à la hanche, un nuage de sang s'étira dans l'eau claire. Nous pûmes tous embarquer, les marins ramèrent plus vite qu'ils ne l'avaient jamais fait, et nous fûmes hors de portée. Les Indiens se répandirent sur la plage, des plumes rouges et jaunes éclatant sur leurs longs cheveux noirs, leur sexe peint se balançant sur leurs cuisses. Ils nous regardaient partir en nous injuriant probablement, longuement, jusqu'à ce que leurs cris s'estompent et disparaissent dans le choc de la houle sur les plats-bords et la plongée précipitée des quatre avirons.

À bord on pansa Francisco, mais en quelques heures sa hanche gonfla, devint d'une couleur infecte, et dans la soirée il mourut. La pointe de la flèche était engluée d'une résine noirâtre. Nous jetâmes son corps à la mer, et allâmes voir ses cochons. Ils avaient perdu la moitié de leur poids et se serraient les uns contre les autres en tremblant. Les yeux du verrat étaient devenus troubles, très tendres, et les deux truies respiraient très vite, sursautant au moindre bruit, collées l'une à l'autre sans plus s'approcher de lui. Nous les jouâmes aux cartes et c'est Pedro Perron qui les gagna, le gaillard de Tolède qui n'avait à lui que sa culotte déchirée. À la dernière levée, son regard s'éclaira. « Les Indes portent chance ! s'exclama-t-il avec une naïveté sincère. Voilà de quoi commencer ! » Pourquoi pas. Personne n'eut le cœur de le moquer.

Il fallut une semaine pour retrouver Cuba. Une semaine à errer entre ces îles posées sans ordre sur un plateau de lapis brûlant. La gorge nous brûlait, nous n'avions plus rien à vomir, nous ne produisions plus que des spasmes, penchés par-dessus bord. Des collines boisées sortirent enfin de l'eau, la passe apparut, nous nous faufilâmes dans la baie de Santiago, la minable capitale du royaume des moustiques ; mais nous nous en moquions, qu'elle soit toute petite, brûlante et perdue dans les arbres, c'était le but, c'était la fin de ces tourments de la mer, que je me jurai bien de ne plus jamais connaître. On jure sans savoir, quand on est malade.

La chaloupe nous débarqua sur la rive, et je tombai à genoux sur cette terre qui enfin n'oscillait plus. Des hommes assis à l'ombre d'un auvent de palmes nous regardaient sans un mot d'accueil, sans un geste ni un salut. Des baraques, des cabanes et quelques maisons s'étageaient derrière eux. Ils nous regardaient comme regardent les vautours. « Ils veulent savoir si on se relève ou si on reste couchés, murmura Amador ; et là, ils viendront. » L'un des hommes prit un gourdin et se leva pour suivre de loin Pedro Perron qui poussait avec enthousiasme ses trois cochons maigres vers quelque chose de vert. Je fermai les yeux. Si je les fermais, je me sentais partir ; les yeux ouverts, tout restait stable. Alors j'ouvris les yeux. Quand nous leur demandâmes à boire, ils ne bougèrent pas. Puis l'un d'eux, le visage indistinct dans l'ombre rayée que donnait le toit de palmes, nous demanda si nous avions de quoi payer. Je sentis la colère d'Andrés, mais ils avaient vraiment l'air de vautours, avec des becs et des serres coupants, des armes plantées dans le sable autour d'eux, plusieurs épées, deux hallebardes, et une arbalète à l'arc d'acier brillant et à la corde neuve. Je montrai ma dernière pièce de Séville, et on nous lança une outre de peau qui s'écrasa dans le sable avec un choc de viande flasque. Nous bûmes un peu d'eau tiède ; elle sentait le cuir, elle était douce, elle nous lava du voyage. Je me mis debout. J'étais à l'autre bout du monde, je ne possédais rien que des vêtements sales et une épée, j'étais seul, responsable de moi-même ; j'étais au bord de ma propre mort ou bien d'une vie plus grande.

CHAPITRE VI

Vivre dans les îles chaudes

Je ne connaissais d'autre ville que Séville, avec ses deux cent mille âmes serrées dans ses ruelles peintes, grouillantes de splendeurs et de misères, étalant des dorures sur ses plaies, déballant sur les bords de son fleuve des richesses inouïes et des occasions à prendre, baignant dans une odeur de vase où l'on distinguait le musc des promesses d'aventures. Quand on arrive à Santiago de Cuba, on se demande ce que l'on vient faire là. Car, plutôt qu'une ville, ce sont des cabanes de plage écrasées de chaleur, édifiées au plus vite par des naufragés trempés par la pluie, des baraques aux murs de terre et de bois, couvertes de palmes séchées, comme dans un pauvre village des marais d'Andalousie. Ce sont là toutes les Indes rêvées, quand enfin on y arrive.

La lumière en est étrange, écrasant chaque objet, l'épluchant de tous ses détails et n'en laissant que le squelette posé dans l'ignoble chaleur bleue, jusqu'à ce qu'il se dissolve dans l'air tremblant. Autour, trop proches, s'élèvent des collines boisées d'un verdâtre inquiétant, où l'on ne va pas ; et au-dessus volent des oiseaux de proie aux ailes écartées, en cercles lents, très haut, et parfois nous parvient leur cri aigre comme un crissement de dent sur du métal.

« Tout est bleu et vert, soupira Amador, c'est effrayant ;

j'aimerais voir du jaune, du rouge, de vraies couleurs. — Du sang et de l'or ? — C'est ça. »

Après s'être perdu entre les îles à cannibales, notre bateau aborda le dimanche à Santiago, et notre premier geste fut d'assister à la messe que l'on donnait ce matin-là, car il faut bien remercier Dieu de ce qui arrive sans que l'on y puisse rien : Il a voulu que l'on survive pour des raisons qui Lui appartiennent, il convient de Lui rendre grâce sans essayer d'en savoir plus. Don Diego Velázquez était là, conquérant et gouverneur de l'île, fondateur de sa capitale qui n'avait pas trois ans, avec tous les Espagnols, c'est-à-dire pas grand monde, dans une église de bois couverte de feuilles, une cabane un peu grande surmontée d'une croix, dont le sol de terre battue produisait une poussière qui nous poudra jusqu'aux genoux.

« Bois et palmes, dit Amador, et alors ? N'est-ce pas là une église comme on devrait en construire dans toute la chrétienté, au lieu d'élever des tas de pierres qui ressemblent à des tombeaux ? Ici, les murs sont en bois de la Vraie Croix, le toit en palmes des Rameaux, le tout frémit aux courants d'air, tremble dès que le vent forcit, et cela tient par l'opération du Saint-Esprit. Mais si un orage l'emporte, il suffit de trois jours pour la reconstruire : c'est bien la vraie maison de Notre-Seigneur, comme Il l'aurait souhaitée. — Que ce nain est plaisant ! s'exclama le gouverneur. Venez donc me voir cet après-midi. »

Nous nous empressâmes d'obéir et d'aller baiser les mains de don Diego qui nous fit un accueil très affectueux. Il s'entretint familièrement avec Amador qui le fit rire à plusieurs reprises, s'enquit de ma famille, de celle d'Andrés, nous trouva un vague lien de cousinage et nous promit de nous donner les premiers Indiens dont on lui annoncerait la vacance. Nous pourrions les utiliser à des plantations, à trouver de l'or, ou à toute autre tâche dont nous souhaiterions les charger car ils seraient totalement à nous. Il était le gouverneur, et surtout le répartiteur d'Indiens de cette île, mais hélas il en mourait beaucoup, et tous ceux qui vivaient encore étaient déjà employés. Il nous accorda tout de même une cabane dont le propriétaire venait de mourir des fièvres. Nous héritions aussi des serviteurs de sa maison, une vieille femme et un très jeune garçon, pas grand-chose, que nous trouvâmes accroupis dans l'ombre rayée de traits de lumière qui passaient entre les palmes du toit. La vieille ne nous regarda jamais, accomplissant lentement les tâches que nous lui ordonnions en regardant dans le vague, et le jeune garçon, effrayé, sursautait en se protégeant de ses bras au moindre geste que nous faisions. Nous les laissâmes tranquilles, car nous n'avions alors aucun talent pour dresser les hommes.

Parce que je savais écrire, je trouvai à m'employer auprès d'un marchand de biens d'Espagne, vins, tissus, petites perles de verre, éléments d'armures, chaudrons et cuillères, aiguilles à coudre, et hautes bottes de cavalier que personne n'achète car elles sont pénibles à porter dans cette chaleur humide. J'ouvrais les caisses qui venaient par bateau, j'en notais le contenu, je faisais des listes, j'équilibrais les comptes. Des hommes bronzés, dépenaillés, barbus venaient des sierras sauvages avec de petits sacs qu'ils serraient sur leur poitrine, ils achetaient ce qu'ils ne pouvaient fabriquer pour quasiment le même poids de poudre d'or. L'or n'enrichit pas celui qui le découvre, guère plus celui qui le récolte, mais bien davantage celui qui l'achète et le revend.

Amador travailla dans une fabrique de pain de cassave, cette galette amère et molle que l'on mange pour du pain, car le blé est incapable de pousser dans cette île : il grandit sans fin, il verdit, parvient à un beau vert émeraude, et il pourrit sur pied sans donner un seul grain. Mais Amador ne travaillait pas vraiment : il surveillait ceux qui travaillaient. Muni d'une badine il allait parmi ceux qui râpaient la grosse racine que l'on récolte en fouissant la terre, ceux qui la lavaient, ceux qui la pressaient, et sans prévenir il leur cinglait les jambes, ou les épaules quand ils étaient accroupis. Les Indiens qui travaillaient allaient le dos courbé, les jambes et les épaules couvertes de gerçures et de cicatrices. Au début, il avait hésité, car Amador est un homme sans méchanceté, et puis il s'y est fait. Il est étrange ce réflexe que nous avons de ne pas faire souffrir, comme si nous sentions en nous-mêmes la douleur que l'on inflige. C'est peut-être la présence de notre âme immortelle qui nous suggère la douceur, et l'amour pour tout ce qui a deux bras, deux jambes, et un visage. Et il est tout aussi étrange que ce sentiment si commun cède si aisément, dès que les circonstances l'éprouvent un peu, dès que les visages autour de nous ne sont plus ceux que nous avons l'habitude de reconnaître, et alors se révèle en nous une capacité d'infliger une douleur infinie, à n'importe qui, avec la plus grande indifférence, capacité dont on se demande bien où elle était, avant. Peut-être suffit-il que l'autre ait déçu ce désir que l'on a qu'il nous ressemble, et alors tout est possible. C'est inquiétant de sentir l'ogre en soi se réveiller, prêt à mordre, à déchirer les chairs, prêt à considérer n'importe qui comme une viande. C'est comme découvrir que l'on pourrait machinalement se dévorer une main si on n'y prenait garde, et avoir peur de soi-même, et ne pas pouvoir fuir. Alors on tâche de ne penser à rien ; et Amador cinglait sans y penser ces malheureux accroupis devant la chaleur torride de foyers à même le sol, qui cuisaient sur de grandes plaques de métal rougi ce mauvais pain de remplacement.

Andrés, lui, refusa tout travail : son nom le lui imposait, et ce n'était pas parce qu'il était au bout du monde que les règles de l'hidalguia ne s'appliquaient pas. Ou sinon, tout serait bouleversé. Il restait de longues heures dans un lit de corde accroché aux poutres de la cabane, et le soir il allait manier son épée avec quelques jeunes gens qui attendaient que quelque chose se passe qui soit à la hauteur de ce qu'ils pourraient surmonter, des aventures où auraient lieu des prouesses qui rapportent la gloire.

Mais ils pouvaient attendre longtemps, ici il ne se passe rien qui mérite d'être raconté, ni même d'ailleurs qui mériterait d'être accompli. Le jour on traîne, on supporte la chaleur et le vide, le silence profond de ce pays d'avant les hommes où nous sommes venus nous égarer, respirant comme on peut cet air pesant comme une graisse chaude où nous nous engluons. Au matin, le ciel est toujours clair ; dans l'après-midi des nuages viennent du large, s'accumulent sur les collines boisées, et le soir il pleut. Une pluie tiède tire un rideau blanc sur les rues, les cochons courent avec de petits cris avides, elle crépite sur les palmes des toits, et s'écoule en cascade étroite au bout de leurs tiges coupées. Assis à l'abri, on regarde tomber ces filets d'eau claire. Ensuite, il fait nuit.

La grande affaire de presque tous est de partir d'ici. Et beaucoup meurent des fièvres ou de pustules, sans être allés plus loin. Quand vient le soir, un drap noir tombe sur les fenêtres, on se rassemble et on complote. Autour d'un brasero et d'une lampe, on boit, on compte, on rêve. Dans l'ombre, en silence, des Indiennes assez jeunes pour être gardées vivantes servent à manger et à boire sans lever les yeux. On s'échange de fausses nouvelles, des racontars, des espoirs. Nous sommes le plus gros village de l'extrémité du monde, peuplé d'hommes avides, impatients, déçus. Le temps passe très lentement, et au matin le jour se lève, le drap noir de la nuit est violemment arraché, on voit : rien.

Il venait parfois des bateaux, nous passions beaucoup de temps à les attendre. Santiago est au fond d'une baie, et pour les apercevoir nous allions sur le relief qui en ferme la passe, on disait *faire le guet*, cela occupait la journée d'y aller, d'y rester, et de revenir bredouilles en rêvant déjà d'y retourner le lendemain. À l'ombre d'une cabane ouverte sur la mer nous fixions l'étendue plate d'un bleu immobile, rien n'arrivait, rien ne les annonçait, et parfois une voile apparaissait, pas plus grande qu'une mouette au ras de l'horizon, elle approchait en ligne droite. Le bateau venait de San Domingo avec des lettres et des caisses pour le gouverneur, ou bien ramenait des hommes de la Terre Ferme où le climat est ignoble, le sol mou, l'or absent, et tous les Indiens cannibales; rien à en tirer. Mais il venait parfois de Séville, empli de marchandises achetées en Espagne, en Italie, en Flandres, contre de l'or et des perroquets, revendues ici contre davantage d'or et de perroquets, et il repartirait sur le fleuve caché dans l'océan qui emporte les bateaux vers Séville plus vite qu'ils n'en sont venus, et quand un tel bateau arrivait, c'était un événement. Sinon on traînait, on attendait, on bavardait, on rêvait d'affaires à monter. Il n'est qu'ici que l'on soit vraiment hidalgo, fit remarquer Amador, que l'on en suive à la perfection toutes les règles : ne pas travailler, vivre la main sur son épée, ne se devoir qu'à soi. Enfin, on peut le rêver lors des longues siestes que l'on fait dans des lits de corde qui se balancent à l'ombre, mais l'ombre elle-même est brûlante.

À force de désœuvrement, de récits embrouillés, d'attente, une expédition se monta sous le commandement d'Hernández de Córdoba, une centaine d'hommes sur trois navires, décidés à aller voir un peu plus loin ; je faillis en être, je n'en fus pas, bien m'en prit.

C'est par l'obsession des femmes que j'ai échappé à cette expédition désastreuse où je me serais engagé sans y croire, parce que l'ennui est une force puissante ; et c'est par l'obsession des femmes que je rencontrai l'alcade de Santiago, don Hernán Cortés, qui souhaitait avec ce sourire charmeur qu'on l'appelle simplement Hernán, sans ce *don* si cérémonieux, car dans cette chaleur pénible il faut se débarrasser de tout ce qui pèse, non ? L'alcade rendait la justice avec grâce, régissant la petite commune sans dureté, il savait déclencher d'inexplicables attachements auprès des hommes, et il était très ami des femmes. Il devait parfois se battre pour cette raison-là.

Parce que des femmes, ici, il n'y en avait guère, sinon des Indiennes, mais qui vivaient peu donc elles ne comptaient pas.

Les Espagnoles, si rares, étaient gardées mieux encore que les mines d'or par leur mari, leur père, leurs frères, tout homme qui avait sur elles un droit officiel et légitime de propriété. Et nous autres, les messieurs sans femmes ni filles ni sœurs, nous les guettions, nous les rêvions, nous étions prêts à tout pour les apercevoir, pour sentir une bouffée de parfum qui ensemencerait notre chair aride, et nous élaborions de très complexes combines pour les effleurer à peine. Il y eut pour cela des duels à l'épée suivis de morts d'hommes.

Dans ces nuits qui duraient exactement la moitié du jour, sans varier, la chaleur poisseuse cédait un peu, et cela aurait été le moment de se rapprocher tendrement d'une femme, et de l'embrasser sans se répandre aussitôt en sueur. Mais il n'y avait dans cette île que sept villages, pas un de plus, peuplés uniquement d'hommes aux sens exacerbés par la solitude, l'inaction, et le climat émollient qui empêche de respirer durant tout le jour. Dehors, on ne voyait qu'eux, ces hommes hirsutes et fiévreux. Le soleil disparu, sa chape relevée, je me glissais dans l'ombre pour rôder autour des quelques maisons de pierre qui faisaient figure de palais dans notre amas de gourbis, où les plus riches et les plus puissants qui avaient trouvé à se marier enfermaient leur trésor venu d'Espagne, sans lui permettre de jamais sortir. Près de ces maisons qui gardaient les rares objets de mon désir, je rôdais dans les ruelles où allaient les cochons en bandes, cherchant avec de petits grognements à se nourrir dans les tas d'ordures jetés n'importe où. Ce n'était pas une vie, c'était sans but, sans espoir que ça change, et pour cela je voulais m'embarquer encore, vers d'autres îles, plus loin, plus à l'ouest, pour faire quelque chose, pour trouver quelque chose, pour ne pas rester sur le bord abandonné du monde à attendre les fièvres ; il devait y avoir quelque chose, plus loin, la Chine, les îles Fortunées, le royaume des Amazones, quelque chose.

Quelques jours avant de partir, excité en permanence, je traînais encore nuitamment ; il faisait grande lune et je vis, oui, je vis, par la fenêtre à l'étage de la maison de don Pablo Gaviria, possesseur de plusieurs fermes dans l'île, de mines d'or et de centaines d'Indiens, je vis la silhouette d'une femme. Elle passait devant sa lampe, elle était une ombre aux cheveux défaits, princesse brûlante enfermée dans sa tour, prisonnière sûrement, s'ennuyant assurément. Alors enhardi par mon proche départ, me sentant capable de tout, je tâtai les pierres mal jointoyées, et je grimpai, prêt à m'introduire dans cette chambre, à y passer la nuit, à me battre contre qui voudrait m'en empêcher, prêt à me montrer héroïque, bravache, sentimental, inflexible, et puis miséricordieux à celui qui aurait voulu me barrer la route sans aucune chance de succès, et enfin bienveillant envers elle, qui me remercierait de ma bravoure. J'étais prêt, prêt à ce qui défilait dans ma tête pendant les quelques minutes qu'il me fallut pour arriver à la fenêtre en m'agrippant au mur ; et quand je dis dans ma tête, c'est une politesse.

Collé comme une araignée, accroché par mes orteils crispés et le bout de mes doigts douloureux, je me penchai par l'ouverture éclairée, et je la vis. Et je vis ce que son ombre ne me révélait pas du dehors, je vis sa robe retroussée, ses jambes nues, son ventre découvert, sa tête renversée en arrière. Un homme tout habillé, agenouillé devant elle, lui caressait les cuisses de la langue, les yeux clos.

Brusquement, on tambourina à la porte de la chambre. L'homme releva la tête sans hâte, il avait la barbe follette, le regard doux, un sourire amusé. La jeune femme rabattit brusquement sa robe. Il se releva et lui caressa la joue, il était rassurant, il se dirigea vers la fenêtre. Cela tambourinait, « J'arrive ! cria la jeune femme d'une voix dolente. — Ouvrez, Madame ! » hurlait-on derrière.

Je dégringolai la muraille en me râpant les paumes et les genoux, je m'étalai sur le sol, et l'homme de la chambre enjamba la fenêtre, descendit par le même chemin avec plus d'assurance et d'habileté que moi. Dans la chambre il y eut des cris, une voix mâle, des coups, et des pleurs de femme. Une silhouette furieuse enjamba la fenêtre et sauta, brandissant une lame qui brillait dans la nuit comme un reflet rectiligne. Les deux hommes se firent face, il y eut un bref froissement de fer, et d'un geste élégant le premier qui était descendu perça celui qui l'avait suivi. Je me relevai, m'enfuis, et tout contre mon oreille j'entendis le sifflement de la lame quand elle tranche prestement l'air, et j'en sentis aussitôt la pointe posée sur ma nuque. Sans qu'il ait rien eu à dire, je m'arrêtai. La pointe restait posée sur ma nuque, ni plus ni moins, alors je me retournai les mains ouvertes, sans gestes brusques, la pointe glissa sur ma carotide, elle fut sur ma gorge. Un peu de sang la souillait. Il me regardait en souriant ; il me jaugeait, moi, la situation, les causes et les conséquences, les raisons de ma présence et les possibilités que j'offrais. Pendant ces quelques secondes je me suis senti regardé plus que je ne l'ai jamais été de toute ma vie. Il ne cherchait pas mes faiblesses, il mesurait ce que je valais. C'était un jeu, il tenait les bonnes cartes, il allait les poser une par une. Par la fenêtre ouverte, nous entendions la femme sangloter, et l'homme étendu au pied du mur gémissait. « Innocent que tu es, murmura-t-il. Tu regardes dans la chambre des femmes ? — Je préférerais être dedans, avouai-je d'une voix étranglée. — Je te le conseille, sourit-il. Mais la fenêtre n'est pas une entrée, c'est une issue, quand le mari revient. — Vous l'avez tué ? — Peut-être. L'homme qui bat sa femme par dépit ne mérite que l'épée d'un autre homme en travers du corps. » L'autre continuait de gémir, une flaque sombre s'étendait sur la terre sableuse. « Mais cette jolie femme mérite d'être libre, pas d'être veuve ; et puis il me faudrait l'épouser, ou la consoler d'un peu d'or. Et à force, il faudrait que je trouve plus d'or que cette île n'en contient. » Il avait l'air amusé, tout cela n'était pas si grave, la pointe d'acier entamait la peau de ma gorge. « Mais toi ? Que vais-je faire de toi ? Sans toi, personne ne saura jamais rien de cette affaire : elle se taira par intérêt, moi par courtoisie, et lui, s'il survit, par honte. Mais toi ? » Il baissa la pointe, la traîna négligemment sur ma poitrine, il me rappelait qui tenait l'épée. Cette nuit-là, en quelques secondes, au pied d'une maison de pierre d'où sortaient des sanglots, devant un homme gémissant qui perdait son sang, j'ai été jugé, et ce jugement qu'il porta, sans jamais m'en révéler le contenu, changea ma vie ; ce fut mon titre de noblesse, le seul que je crois incontestable.

Sa lame disparut avec un long glissement doux, plus long et plus grave que le chuintement vif qu'elle fait quand elle sort. « Demain, tu viendras me voir. Tu sais qui je suis, tu sauras me trouver. Nous parlerons. » Et il disparut dans la nuit. Je ne lui avais encore jamais parlé, mais Santiago n'est pas si grande, et Hernán Cortés en était l'alcade.

Mon histoire fit rire Amador. « Hernán Cortés ? Ce type a fait fortune dans le ruisseau. L'or naît dans les montagnes, et il descend vers la mer. Ses Indiens lavent l'eau pour le lui trouver. Il est intelligent, ambitieux, habile. Va le voir. — Je veux partir. — Ce ne sont pas ceux qui partent qui font fortune, ce sont ceux qui restent, qui vendent le nécessaire à ceux qui partent. Ton épée est un sabre de bois, bougre d'hidalgo : jamais on ne devient roi en la maniant, mais en intriguant auprès de ceux qui peuvent t'accorder quelque chose. Va le voir. »

Je fis comme dit Amador. Il est le seul nain de Cuba, et il a la sagesse de ceux qui doivent leur survie à cette unique vertu, car il n'en a point d'autres, ni biens, ni carrure, ni naissance. Il comprend très bien le faible, alors que je crois naïvement au fort : en cela il connaît le monde bien mieux que moi, il mériterait de nous diriger tous.

Je renonçai à partir avec Hernández de Córdoba, je vis s'éloigner ses navires avec un peu de regrets, ils disparurent au loin chargés d'hommes en armes et de marchandises à échanger, mais de trop peu d'eau, de trop peu de vivres. J'en ressentis un regret infime, un sentiment de très jeune homme laissé sur la rive par les adultes qui partent, sentiment un peu ridicule qui s'effaça vite quand je devins le familier de Cortés.

« Tu sais écrire, Innocent ? Tu écriras pour moi. Je sais le faire, mais je n'aime pas ça. J'aime parler, j'aime voir celui qui m'écoute céder à mes arguments ; et plus il cède, plus je me sens habité d'une éloquence divine ; comme Notre-Seigneur, qui voit se réaliser ce qu'Il dit au moment où Il le dit. C'est valable pour les femmes, qui m'enchantent quand elles cèdent, et pas seulement la première fois : toutes les fois ; mais cela vaut aussi pour les hommes, surtout s'ils viennent avec l'intention de me tuer : je leur parle, et leur épée s'abaisse sans que j'aie à dresser la mienne. Je continue de leur parler, et ils tireront leur épée en mon nom.

« La parole, Innocent, c'est l'arme la plus terrible ; alors qu'écrire, je n'aime pas ça : c'est lent, c'est seul, le papier ne me répond jamais. Puisque tu sais écrire, Innocent, tu écriras pour moi. »

Pour une raison qui m'échappe et qu'il ne jugea jamais nécessaire de me révéler, je devins son secrétaire. J'écrivais tout ce dont il avait besoin, je signais pour lui, et jamais mon nom n'apparaissait.

Je venais chaque jour, je le suivais partout où il allait, et il me payait pour m'avoir à portée de main, à son service avec plume, encre et papier toujours prêts. Il me présenta son épouse venue d'Espagne, un peu disgracieuse et surtout revêche, que je saluai avec respect. Doña Catalina me regarda avec méfiance, me lâcha quelques mots brefs, et se retira. « Nous nous ennuyons beaucoup, sourit-il. Elle à Cuba, et moi avec elle. Mais viens. » Il m'emmena dans le jardin minuscule au cœur de sa maison, un patio envahi d'un énorme bananier dont les feuilles translucides donnaient une ombre lumineuse. Une très jolie Indienne était assise là, à côté d'une petite fille qui jouait à tresser maladroitement des morceaux de feuilles. La petite se leva en gazouillant, se dirigea vers

Cortés à pas maladroits, il la prit tendrement dans ses bras. « Elle aussi s'appelle Catalina, comme ma mère, en Espagne. — C'est la vôtre ? — Oui. La nôtre, avec Leonor. » Il sourit à la jeune Indienne, que je regardais avec stupeur. « Vous lui avez donné un nom ? — Pourquoi pas ? N'est-ce pas une femme ? Je l'ai baptisée selon notre Sainte Religion, elle peut entrer dans ma maison la tête haute. Je prononce son nom avec tendresse, et elle élève très bien l'enfant que nous avons fait. — Et votre épouse ? — Ça, c'est le mariage, Innocent, il ne faut pas tout mélanger. » Avant de rencontrer Leonor, je n'avais jamais vu, de tout Santiago de Cuba, une seule Indienne souriante.

Construite sur la pente, dominant la baie, la maison du gouverneur est d'une architecture méfiante, les murs épais, les ouvertures étroites, les portes en poutres cloutées. Mais en plus de servir de demeure à don Diego Velázquez, elle est la maison de commerce de Cuba, et aussi la fondation de l'or. On apporte ici la poudre raclée au fond des ruisseaux, qui est fondue dans le four le mieux construit de l'île, le plus chaud, le plus rougeoyant, on y coule des lingots précis, pesés, poinçonnés, et le quint royal en est exactement décompté, un lingot sur cinq envoyé à Séville dans de belles caisses qui feront bonne impression. Personne d'autre que l'intendant du gouverneur ne vérifie les comptes. Don Diego a tous les rôles : il ramasse, il compte, il répartit, et il décide de ce qu'il envoie. Il est avide, il est joyeux, il est maître de l'île ; il est répartiteur des Indiens, organisateur des fêtes publiques, et des nombreuses soirées où l'on vient boire et bavarder dans son patio, autour d'une fontaine murmurante de jardin andalou. Il n'invite que ses amis, mais chacun, pour peu qu'il lui serve ou qu'il l'amuse, peut être son ami. J'en suis, puisque je suis le pique-bœuf de Cortés. Je suis le petit oiseau sur l'échine des taureaux qui paissent dans les prés humides, l'oiseau qui trottine et picore les parasites qui les gênent, logés dans les plis de leur peau ; ces oiseaux sont fragiles, ils ne sont presque rien, mais sans eux les grands taureaux noirs se rouleraient dans la boue et se gratteraient jusqu'au sang.

Nous passions une partie des nuits sous les voûtes de pierre, les pieds au frais sur les carreaux de terre cuite qui luisaient de la flamme des chandelles, nous bavardions, nous supputions, nous comptions les gains possibles en additionnant du vent à du vent : nous attendions avec un peu de fièvre le retour de l'expédition de Córdoba. Velázquez avait payé les trois navires et les avait chargés d'un peu de vivres ; Hernández de Córdoba en avait été désigné comme chef pour sa bonne mine, pour l'argent qu'il accepta d'y investir, et pour son nom qui pouvait faire croire que le Grand Capitaine lui-même dirigeait l'expédition. Car si un Córdoba pouvait vaincre les Français en Italie, un autre pouvait trouver de nouvelles îles, et même le passage qui mène jusqu'en Chine, puisque le nom, le simple nom, porte une charge de désir et de rêve capable de peser sur la réalité, et de la transformer. S'étaient joints à lui ceux qui traînaient sans but dans Santiago, sans maison, sans mines, sans Indiens, ceux qui n'avaient su trouver fortune et qui voulaient tenter leur chance un peu plus à l'ouest, voir s'il n'y avait pas quelque chose à prendre qui rembourse au moins les armes qu'ils avaient achetées avant de s'embarquer, ou qui les enrichisse comme certains avaient pu le faire ; mais très peu si on les comptait. Ceux qui s'étaient enrichis aux Indes étaient arrivés déjà pourvus, sinon de biens, du moins de solides appuis. Mais comme toujours, les petits croient la fortune à portée de main, ils croient pouvoir devenir grands à la seule force de leur courage, de leur obstination, voire de leur abnégation, et on prend garde à ne pas les détromper, car l'espoir fait travailler les petits sans compter, au seul profit des grands.

Dans le patio du gouverneur nous parlions de l'expédition mais nous ne savions rien, nous imaginions le pire, puis le plus banal, puis le plus merveilleux, et nous soupirions en nous versant du vin d'Espagne qui vaut son poids d'or puisque tout vient par bateau. Le temps ne passait pas plus vite. À Cuba le temps se traîne comme du miel, tout est lent, il ne se passe rien, et soudain on se rend compte qu'une année entière s'est écoulée. « Ce n'est pas plus rapide en Espagne, mon garçon. Et ici, on est libre. — Ou bien on est mort. — Mais c'est aussi la liberté, que de choisir où l'on meurt. »

Don Diego eut un large sourire joyeux et cruel, ce qui sur sa large face joufflue, sur ses lèvres charnues et mouillées de vin, lui donnait exactement l'air d'un ogre. « La vie et la mort, elles se trient au sortir du bateau. Tu le vois à la tête de ceux qui arrivent. Ils sont écœurés de chaleur, d'eau croupie et de viande tournée, complètement ahuris de découvrir que les grandes cités des Indes ne sont que des huttes avec des cochons qui grognent ; et que si l'on parle de capitale c'est à cause de quelques maisons de pierre, alignées selon des rues qui n'existent pas encore, des maisons fermées, privées, qui appartiennent à ceux qui ont su profiter de la violence du début, et qui ne laisseront rien à ceux qui viennent ensuite.

« Un certain nombre de ceux qui descendent du bateau le cœur au bord des lèvres, brûlants de fièvres, meurent de déception en quelques jours. Là il faut faire vite, deviner s'ils ont un peu de bien dans leur bagage, et les dépouiller avant qu'ils ne sombrent.

« À quoi ils serviraient, sinon ? Ils ont joué, ils ont perdu. Ils mourront de toute façon, ils disparaîtront dans cette terre qui ne conserve pas les morts, alors au moins qu'ils servent d'engrais au profit de ceux qui survivent. Tu vois, on ne ment pas : dans les îles Fortunées il y a une place pour tous, même pour ceux qui échouent. »

Je me suis souvenu du regard de vautours de ceux qui étaient assis sur la plage, ils nous observaient sans un geste, ils nous regardaient faire nos premiers pas en vacillant : c'étaient vraiment des yeux de charognards, avec des becs et des serres. « Nous l'avons échappé belle, alors ? » Don Diego partit d'un grand rire d'ogre qui secouait son ventre généreux. « C'est possible ! Mais on a dû voir qu'un nain bavard, un gamin qui ressemble à un moinillon et un jeune hidalgo hargneux qui exhibe son épée comme sa queue, s'ils restaient ensemble, avaient quelque chance de survie. Et tu vois, on a l'œil depuis le temps. » Et il me tapa joyeusement sur l'épaule, son visage rougi par le vin et la flamme des chandelles. Dans le patio du gouverneur plein d'hommes à différents stades de l'ivresse, ça rassurait d'être encore en vie ; et ça effrayait de réaliser que l'on était passé si près de succomber, sans même le savoir. Quel piège ignoré, tout proche, était encore là ?

Don Diego est toujours prêt à rire, à boire, à festoyer ; il est plus riche qu'aucun autre parmi les sept villages de Cuba, il est généreux de son vin et de ses viandes rôties, il aime que l'on fasse honneur à ce qu'il offre. Il est notre gouverneur car il est plus expérimenté que tout autre à verser, ou à faire verser, le sang de ce peuple infortuné qui eut le malheur d'être sur notre route, et qui maintenant nous glisse entre les doigts, et s'évapore au soleil.

« Goûte ! C'est de la tortue verte. Tu sais comment ils la pêchent ? Avec des poissons collants qu'ils tiennent en laisse comme des chiens, par-dessus le bord de leur canoë. Les poissons aiment à se mettre à l'ombre, ils vont sous les tortues qui nagent, ils se collent par la ventouse qui est sur leur tête, il suffit de tirer la corde pour avoir la tortue. Comment ils attrapent les poissons ? Ah, ça je ne sais pas. Mange. »

Quand une lune bien ronde fut à la verticale du patio, baignant les visages d'une même lueur d'acier, il se leva d'un air gourmand et nous entraîna à sa suite dans la pièce où étaient enfermées les Indiennes les plus consommables de ses propriétés. « Allez, Messieurs, il faut des hommes à ces femmes, car elles n'en ont pas. Les Indiens, c'est un peuple simple : les mâles sont dans la montagne à nous trouver de l'or, et les femelles nous les gardons avec nous pour qu'elles extraient l'or véritable du vrai mâle, qui est liquide. Il faut bien que nous les aidions à se reproduire : ils ne se rencontrent jamais ;

sinon, ils vont s'éteindre. » Chacun se défit joyeusement, dénoua sa braguette, laissa tomber ses chausses sur ses chevilles. Les Indiennes accroupies par terre se recroquevillèrent encore mais elles ne gémissaient même pas.

« Allez ! hurla Velázquez dénudé des chevilles jusqu'au nombril. Tu as peur des femmes, moinillon ? On ne t'a donc rien appris au couvent ? Laisse-moi te montrer. Voilà la petite porte, et voilà la vraie croix. Et cette petite porte toute resserrée et toute noire, elle mène tout droit au couvent des Sœurs du Bon Accueil. Elle a l'air de rien, cette petite porte dérobée ! Elle ouvre sur un couloir sombre et un peu puant, car il est bien obscur, le trou du culte ! Mais au bout, quelle transfiguration, quelle lumière, quelle grâce ! Quelle extase ! Elles t'attendent au bout, les Sœurs du Bon Accueil et de la Sainte Félicité, tout un couvent, elles sont là pour toi ! »

Et il retourna comme un sac l'Indienne qui tremblait, qui se cachait les yeux de la main, et il l'encula. Elle s'étrangla d'un sanglot.

« À toi, petit, à toi ! Qu'est-ce que tu fais ? — Je ne peux pas coucher avec une femme qui a peur de moi, dis-je piteusement en montrant ma bite molle qui pendait sur ma cuisse. — Et pourquoi donc, gamin ? La peur sous les tropiques, c'est comme le piment dans la cuisine : un échauffant qui permet de manger n'importe quoi. En Espagne, c'est l'homme qui a peur, de ces femmes rigides dans leur emballage de soie ; ici, c'est la femme, car elle est toute nue comme Dieu l'a créée, et l'homme apparaît enfin comme il est : fort ! Profite ! Nous sommes de l'autre côté du monde, où tout est inversé ! Vas-y, petit curaillon de mes deux, lance ton foutre ! »

Il éructa et jouit, il se dégagea, l'Indienne pleurait silencieusement, s'accroupit et se serra contre l'un des murs, la pièce sentait la sueur mêlée de vin, la merde et le sperme, elle était emplie de gémissements confus où l'on ne distinguait pas les soupirs d'aise des soupirs de douleur. Je remontai mes chausses et renouai soigneusement ma braguette, rien ne dépassait plus, je sortis. J'allai m'asseoir dans le patio, j'y restai seul, je me servis un verre et en renversant la tête je regardai la lune qui traversait lentement le carré de nuit délimité par les hauts murs. Je vis le sourire de Cortés flotter dans l'ombre, puis je distinguai ses yeux amusés braqués sur moi. À demi allongé sur un fauteuil de bois, il ne bougeait pas, il attendait que je le découvre. La cacophonie de la baisaille nous parvenait de façon assourdie à travers la porte fermée. « Tu ne baises pas, Innocent ? demanda-t-il enfin. — Pas comme ça. Et vous ? — J'aime obtenir autrement la faveur des femmes. » Il se tut un moment, nous bûmes en silence, nous étions seuls dans le patio.

« La violence ne me fait pas jouir, Innocent. Et à force, il n'y aura plus d'Indiens. Nous ferons quoi, alors ? Mais ce con de Velázquez s'en fout. C'est un homme de l'ivresse, il s'emporte et ne voit pas plus loin que le bout de son ventre. — Vous voyez plus loin ? — Je veux plus. — Quoi, plus ? — Quelque chose qui ne s'attrape pas, ne s'achète pas, ne se prend pas, mais se sait. Comme la gloire. »

Pedro Escudero traversa le patio torse nu, une femme recroquevillée sous chaque bras. Il ne nous remarqua pas et rejoignit les autres dans la pièce où on s'agitait.

« Devant ce type-là, ce n'est pas ma queue que je veux sortir, mais mon épée, murmura Cortés. Il m'a jeté en prison il y a quelques années.

— Vous ?

— Je traînais à épouser Catalina, qui est une cousine de Velázquez.

— Votre femme ?

— Ma femme la plus officielle, Innocent. Qui me coûte fort cher, qui m'a valu cette humiliation, et qui ne m'amuse pas du tout.

— La prison, pour ça ?

— C'est Cuba. Velázquez est le maître, Escudero est son

alguazil, et je me suis échappé, parce que les prisons ne sont pas très sûres.

— Et ?

— Je me suis réfugié dans l'église. Escudero m'attendait dehors, il n'est pas entré, il y a des règles quand même. C'est Velázquez qui est venu me chercher. Il a été arrangeant, j'ai été humble et modeste, j'ai épousé Catalina. Il est parrain de la petite, l'autre Catalina, qui est à moitié indienne, on n'allait pas compliquer les choses. Il m'appelle son serviteur, et je reste amical en toutes circonstances.

« J'attends, Innocent. Et ce que j'attends, cela viendra bien. »

Il se tut longtemps, la lune disparut au-delà des murs, l'ombre épaisse envahit le patio, nous ne voyions plus rien ; derrière la porte fermée l'agitation s'épuisait.

« Tu sais, dit-il à mi-voix, depuis que j'ai ton âge, je connais mon avenir : je crois que je dînerai au son des trompettes, ou bien je mourrai sur l'échafaud. J'y pense souvent. »

Dans l'ombre où l'on ne distinguait plus rien, je devinais son sourire.

CHAPITRE VII
Chercher la terre ferme

Le retour de Córdoba fut piteux. Il descendit de la chaloupe en boitant, il s'aidait d'une béquille taillée dans une branche encore munie de ses feuilles, il s'appuyait sur l'épaule d'Antón Alaminos qui le soutenait et l'accompagnait à pas lents. Curieux, nous les suivions de loin, ils montaient vers la maison de Velázquez, Córdoba s'arrêtait souvent pour reprendre son souffle. Les trois bateaux étaient criblés de pointes de pierre noire fichées dans le bois du bordage, les voiles étaient percées de grandes déchirures, il manquait des hommes, beaucoup d'hommes, la moitié quand on eut compté, et ceux qui revenaient traînaient des membres rompus, serraient dans des linges souillés de longues estafilades dont on ne voyait pas ce qui avait pu les causer, sinon des sabres tels qu'en ont les Turcs. Ils revenaient avec l'air dépité de chiens que l'on a chassés de la cuisine à coups de savate.

Nous les examinions de loin avec stupeur, personne n'avait connu de désastre de ce genre : les naufrages dus aux tempêtes, oui ; les fièvres dues aux forêts marécageuses, aussi ; et les volées de flèches empoisonnées dans une embuscade sur la plage, cela arrive ; mais jamais autant de pertes et de blessures infligées à une troupe de soldats armés, jamais tant de dégâts sur des navires qui avaient visiblement été attaqués, et n'avaient dû leur salut qu'à la fuite.

Córdoba, le visage tuméfié d'un hématome qui lui fermait un œil, perclus d'une douzaine de blessures, posa sa misérable béquille à l'entrée de la maison de Velázquez ; en boitant, il vint présenter ses hommages et ses excuses au gouverneur, qui l'accueillit froidement. Don Diego n'aime pas l'échec, il n'aime pas perdre quand il joue des bateaux qu'il a payés, il n'aime pas quand ça ne se passe pas comme il l'a souhaité : ça le met en colère.

« Córdoba ! Qu'est-ce que tu m'apportes ? Des blessures, des hommes abîmés, des vaisseaux percés de trous, et même pas assez d'or pour me rembourser ce que j'ai risqué sur toi. Je t'ai fait confiance, Córdoba, je t'ai délégué mes pouvoirs, je t'ai demandé de me ramener des Indiens pour remplacer ceux qui nous manquent, je t'ai demandé d'explorer de nouvelles îles, et tu ne fais même pas le tour d'une seule.

— Ce n'est pas une île », souffla Alaminos, qui était pilote et ne portait qu'une blessure légère ; mais un pilote reste sur son navire, toujours au large des volées de flèches.

« C'en est une ! J'ai délégation d'explorer les îles, j'ai une lettre royale pour ça, c'est donc une île ! Tu devais me rapporter des richesses, et quoi ? Rien. Des blessures, du sang, du pus, des hommes qui manquent, et les autres avec des airs de chiens battus. »

Velázquez vire au rouge quand il s'emporte, il respire fort, le ton monte vite ; il avait quitté son fauteuil et il arpentait la pièce pour mieux crier devant Córdoba qui vacillait sur ses jambes. Le malheureux bredouillait des explications, il s'embrouillait dans un récit confus auquel personne ne comprenait rien, et puis il renonça à se faire entendre. « Quelle pénible chose que d'aller découvrir des terres nouvelles », soupira-t-il ; mais dans sa situation, on ne devrait pas soupirer, ça aggrave les choses.

« Des Indiens, tu dis ? Vous vous êtes fait rosser par des Indiens ? En bataille rangée, face à face ? Comment veux-tu que je te croie ? Je connais les Indiens, Córdoba, j'ai conquis cette île avec cinquante hommes, j'aurais pu le faire avec dix, et toi, je t'accorde cent soldats pour faire bêtement du commerce, et tu reviens la queue entre les jambes ! Vingt-cinq ans que les Indiens fuient au premier coup d'arquebuse, qu'un carreau d'arbalète en tue trois d'un coup, et toi, avec cent types armés, tu reviens en clopinant !

— Ceux-là sont différents.

— Quoi, différents ?

— Ils sont nombreux.

— Et alors ? Tu en tues la moitié, et ils sont déjà moins nombreux.

— Ils étaient rangés en ordre de bataille. Ils avaient des enseignes qu'ils agitaient pour diriger leurs régiments. Ils avaient des épées, des armures, des boucliers décorés de monstres, des capitaines avec de grandes coiffures pour qu'on les reconnaisse, et pour qu'on suive leurs ordres, ils les transmettaient par des tambours et des trompes.

— Des régiments ! Des épées ! Des armures ! Tu inventes pour que je ne te tue pas sur place, Córdoba ! Qui a déjà vu une épée dans la main d'un Indien ? Sinon pour nous la ramasser et nous la rendre quand on l'a fait tomber parce qu'on est trop ivre pour la tenir ? Et une armure... Ils n'avaient jamais vu de fer avant qu'on leur montre un clou. Les Indiens lancent des flèches et ils vont nus, rien de plus, ne me raconte pas d'histoires. Tu t'es égaré dans les marécages, Córdoba, tu y as pris les fièvres. Qu'est-ce que tu inventes pour te justifier ? des romans ! Et à qui tu veux les faire croire ? à moi ! Qui connaît mieux que moi ces îles et leurs habitants ? J'en ai tué assez de ma main pour savoir comment ils se battent et comment ils se défendent : mal. Dans un combat, ils meurent. Épées, armures ! Et tu veux que je te croie ?

— Il y a sur ces terres de grands royaumes, don Diego.

— Eh bien je les conquerrai moi-même. Sans toi. Disparais. »

Córdoba eut beau protester, se plaindre, gémir, en appeler

à la justice royale, qui malheureusement est quelque part au-delà de l'océan, il fut chassé de la maison du gouverneur et il disparut dans les ruelles boueuses en s'appuyant sur sa béquille de bois vert. Il se réfugia dans la propriété qu'il avait au village de Sancti Spíritus, il n'en sortit plus, ses blessures s'infectèrent, et en quelques jours il mourut.

« De toute façon, je ne lui aurais plus rien confié », gronda Velázquez, qui effaça son souvenir d'un haussement d'épaules. On répara les bateaux car ils sont rares, chaque soldat de l'expédition s'en fut de son côté et soigna ses blessures comme il put, certains furent amputés car ils avaient des plaies profondes qui ne se refermaient pas. Ils avaient perdu ce qu'ils avaient investi, et perdu la moitié d'entre eux : c'est ce qui arrive en ces terres nouvelles, à ceux qui font métier de les découvrir.

Cortés fut chargé d'entreprendre un marin grec qui avait pris part à l'expédition. Depuis son retour il s'occupait à boire dans les tavernes de Santiago en attendant que l'on ait besoin de lui. Pourquoi celui-là ? Parce qu'il était marin, et grec ; parce que les marins ne font que passer, ne s'établissent nulle part et se moquent de ceux qu'ils transportent ; et parce que les Grecs n'ont plus de terres, ils courent les mers du monde sans se faire d'amis. Nous voulions entendre de ce voyage autre chose que des justifications ou des rêveries, car les unes comme les autres passent l'essentiel sous silence. Dans la taverne de planches ouverte sur la grève, trois murs et un toit, quelques bancs taillés dans des troncs de bois rouge et des tables d'un joli mobilier d'Espagne rongés de vers tropicaux, le marin grec s'ennuyait devant son gobelet. Cortés l'aborda, lui en offrit un autre, et l'invita à notre soirée dans le patio. Cortés est ainsi, il sait y faire avec les hommes autant qu'avec les femmes, il sourit, il parle d'une voix douce sans être suave, une voix ferme mais agréable, et celui à qui il a souri devient irrésistiblement son ami.

Il nous ramena le marin revenu de l'île malencontreuse, et le gouverneur se leva à son arrivée, l'accueillit avec chaleur et l'embrassa. « Amador, mon mignon, installe tout le monde », cria-t-il joyeusement. Car il avait adopté mon ami le nain comme une sorte de bouffon familier, pour son esprit, sa repartie, son talent à raconter des histoires dont personne ne savait s'il les avait lues, entendues, ou inventées, mais tout le monde s'en moquait tant on s'amusait à l'écouter. Une table avait été dressée au milieu du patio, Amador désigna les places, et tous nous nous serrâmes autour du marin ébahi, mais le gouverneur lui-même, très affable, emplissait son verre et l'encourageait à le vider.

Autour de cette table étaient regroupés les hommes les plus aventureux de Cuba, les hommes entreprenants que n'avait pas épuisés ce climat infect, car ceux qui n'avaient pas cette grande santé étaient déjà morts. Il faut que je les présente, puisque c'est d'eux que dépendit la suite de notre histoire, le destin d'un empire, et l'entrée de la moitié du monde dans les coffres de l'Espagne.

Il y avait là Juan de Grijalva, beau et charmant, facile à reconnaître car le seul glabre de toute une île peuplée de barbus, qui se répartissaient entre barbus hirsutes et barbus soignés. Il se faisait raser chaque matin par un Indien à qui il confiait un rasoir et présentait sa gorge, cela lui faisait les joues roses et lui donnait un air de gentillesse qui inspirait confiance, ou qui agaçait. Il écoutait et répondait poliment, il obéissait à tout avec un sourire de jeune homme, il était le neveu du gouverneur.

Pedro de Alvarado était tout aussi beau mais d'une autre façon, impulsif jusqu'à la cruauté, mais c'était de l'enthousiasme brouillon. Dans la lueur des chandelles posées sur la table, on le voyait rayonner parmi tous ces hommes au poil sombre car il portait une barbe d'un blond lumineux, d'où son sourire à pleines dents jaillissait à tout propos. Il n'y avait pas meilleur compagnon que lui, bavard, indiscret, résistant à tout sauf à lui-même. Il portait des bagues à ses doigts, de bon goût malgré leur nombre, et sur sa poitrine un collier d'or qui devait valoir le prix d'un brigantin, mais c'était là sa seule fortune, exhibée en permanence.

Francisco de Montejo, lui, gardait en toutes circonstances l'élégance d'un courtisan, au point que l'on s'est tous demandé ce qu'il venait faire ici, aussi loin de tout raffinement. Bien qu'il soit excellent cavalier, il préférait les fêtes à la guerre. Monter était pour lui un plaisir de gambades, de virevoltes et de galop, plaisir gâché s'il devait le faire en brandissant une arme. D'autres aimaient ça ? Eh bien il trouverait à les employer, car c'était un excellent homme d'affaires.

Cristóbal de Olid, on l'avait mis en bout de table, loin du marin, car il impressionnait trop par sa carrure, surtout dans l'ombre : quand on était près de lui on croyait le mur proche et on se sentait oppressé. Avec son teint rouge et ses lèvres gercées qui paraissaient fendues, il avait toujours l'air de sortir d'un combat singulier où il aurait vaincu d'un coup de poing sans déplorer d'autre blessure qu'un coup au visage. Excellent soldat, il ne fallait rien lui confier de plus compliqué que des têtes à fendre ; mais si on lui donnait des ordres clairs, il les suivait jusqu'au bout.

Alonso de Ávila lui aussi était un brutal, mais irascible, turbulent quand il buvait, et il devenait alors d'une franchise excessive, à crier des vérités abruptes qui sont amusantes à dire mais désagréables à entendre. Il pensait être né pour commander, il était jaloux de tous, ne supportait pas l'Espagne remplie d'hommes autoritaires, et était venu au bout du monde pour n'obéir à personne et ne décider que par lui-même.

Diego de Ordaz, au regard tout à la fois rêveur et curieux, en imposait par son beau visage romain tant qu'il ne disait rien : il était bègue, montait mal à cheval, et n'était venu que pour fuir la pauvreté de son coin d'Espagne où il survivait avec peine, obsédé par les dettes. On racontait que son frère l'avait abandonné dans un marécage de la Terre Ferme, et que depuis, par une étrange mutation, il vouait une fidélité sans bornes au gouverneur, dont il pensait qu'il l'avait adopté.

Antón Alaminos soignait sa blessure et tâchait de ne pas trop se faire remarquer ; ridé de soleil et de sel, il était un pilote habile capable de lire les vents et les courants invisibles, et c'était lui qui connaissait l'emplacement de la terre nouvelle dont on avait rapporté le nom de Yucatán, et lui qui avait découvert le courant irrésistible qui ramène en Espagne plus vite qu'on n'en vient.

Cortés était là, j'étais debout derrière lui, Amador à côté perché sur un tabouret ; et derrière le gouverneur se tenaient les deux administrateurs qui s'occupaient de tout ; car si le gouverneur décide, projette, mange, boit, vitupère, pète et rote, s'approprie tout, parle à tout le monde, tape sur l'épaule, rigole sans malice, il n'administre pas ; ces deux-là étaient toujours présents, ils faisaient passer l'essentiel des affaires de l'île entre leurs mains. L'un était Amador de Lares, petit homme dégarni, replet et bavard, qui exerçait la fonction de comptable en étant parfaitement analphabète, ce qui semble étrange, mais il était d'une grande mémoire, malin et excessivement loquace, il nous assommait avec les histoires du temps où il était régisseur de Gonzalo Hernández de Córdoba. « Hernández de Córdoba ? Comme ce maladroit qui est revenu en boitant de l'île d'à côté ? — Non ! Je parle du Grand Capitaine qui battait les Français, pas du petit capitaine que les Indiens ont maltraité ; le Grand, celui qui restait impavide devant les plus beaux cavaliers d'Europe, brisait leurs charges, et les renvoyait chez eux à coups de pique. » Et il enchaînait les anecdotes, les histoires interminables à rebondissements, jamais les mêmes, qui devaient être fausses pour la plupart car personne dans la durée d'une vie humaine n'aurait le temps de les vivre toutes. Après un temps de politesse, on s'éloignait de cet Amador-là, raconteur d'histoires assommantes, on préférait l'autre Amador, le nain, qui ne se cachait pas d'inventer beaucoup, mais avec style ; sauf Cortés, qui pouvait l'écouter une soirée entière, et rire de bon cœur, s'extasier de chaque version nouvelle d'une anecdote déjà servie dans d'autres sauces. Cela ne laissait pas de m'étonner qu'il soit le fidèle auditeur d'un homme que l'on fuyait tous, et je lui ai demandé si cela l'intéressait vraiment, ces récits répétitifs, et il m'a dit « Oui », avec un geste vague. « Tu sais, Innocent, à ton âge, j'ai hésité entre l'Italie et les Indes, j'aurais pu plonger dans la fureur des batailles, et je me retrouve à ramasser un peu d'or en poudre, à battre des Indiens, et à être l'alcade d'un village de cabanes ; alors je l'écoute, c'est le récit de mon autre vie qu'il me fait. » Jamais loin du bavard se tenait Andrés de Duero, secrétaire du gouverneur, qui était tout le contraire de son intendant : un petit homme sec et silencieux dont la présence sur terre semblait réduite à ses yeux intenses et à ses longs doigts habiles. Il était, lui, exclusivement alphabète, au point de rarement décrocher un mot, mais il remarquait tout, notait tout, et il écrivait des contrats parfaits dont on ne savait pas immédiatement à qui ils profitaient, mais lui savait : ils étaient sans failles. Il restait à côté de Lares, écoutait ses forfanteries, et avec Cortés ils éclataient de rire ensemble à ses plus belles saillies, comme s'ils donnaient un spectacle à trois, rodé chaque jour.

Le marin grec parlait lentement. Il cherchait ses mots, la langue embarrassée par le vin qu'il engloutissait sans mesure, et gêné par sa pauvre connaissance du castillan, qu'il mêlait de portugais, de catalan et de génois ; il faisait des phrases simples, bonnes pour la manœuvre, un peu pénibles par leur pauvreté, mais nous le comprenions.

« Ce n'est pas une île, dit-il avec l'air pénétré de celui qui connaît la mer et la navigation.

— Mais ça ne va pas recommencer ! rugit le gouverneur. Alaminos, dis-lui ! C'est toi le pilote !

— Une île, don Diego.

— Nous n'avons pas pu en faire le tour, murmura le marin. »

Cortés lui remplit à nouveau son verre d'un air conciliant.
« C'est qu'elle était grande. Parle-nous de ce que tu as vu sur le rivage. La mer, on s'en fout. »
Le marin haussa les épaules, il ne fut plus question d'île. Nous l'écoutions avec attention, mais nous bouillions d'impatience. Il avait entrevu ce dont nous rêvions, et c'était à quelques jours de bateau d'ici.
« Qu'as-tu vu, vraiment ? » demanda Velázquez d'un air doucereux. Parce que c'est ça, notre gouverneur : joyeux compagnon, bonne pâte si on sait le prendre, mais quand il veut être bienveillant il n'est que doucereux. Il ne pouvait se retenir, il ne savait pas attendre : il voulait savoir.
« Les hommes là-bas sont vêtus, dit le marin grec.
— Vêtus ? »
On s'exclama, on resta un moment en silence ; s'ils étaient vêtus, ces Indiens-là étaient en effet d'une autre nature. Velázquez eut un geste d'agacement :
« Laissez-le parler ! Continue.
— Ils portent des manteaux attachés sur l'épaule, comme des capes, et ils cachent leur nudité avec une bande de coton, joliment nouée. Ils portent des sandales. »
Chaque détail était accueilli de soupirs et d'exclamations étouffées, parce que cacher leur nudité, les Indiens des îles ne le faisaient pas, ou bien sous la menace.
« Les premiers sont venus à notre rencontre sur des canoës. Ils ont demandé d'où nous venions. Nous avons montré l'est, et ils n'avaient pas l'air surpris, ils semblaient comprendre : ils montraient l'est à leur tour et ils disaient "Castilla ! Castilla !". Ils nous ont invités à descendre sur la rive, et nous ont entraînés dans un de leurs temples, voir leur idole. Elle avait mauvais genre, dans une petite pièce très sale, au sommet d'une tour en pierre. Elle était bizarrement sculptée dans un bloc carré, on ne comprenait rien, et puis on a vu qu'elles étaient plusieurs, plusieurs figures les unes sur les autres ;

frère Díaz nous a assuré qu'elles se livraient à des actes sodomites. »

Lares alla chercher la figurine de poterie qu'avait rapportée le frère hiéronymite, et il la fit passer en rigolant de main en main, une statuette noire vernie, très lisse et très douce, très obscure, où l'on finissait par distinguer deux personnages emmêlés qui semblaient se livrer à des actes abominables, en souriant bêtement.

« Les prêtres sont partis sans nous parler, nous sommes restés seuls. Des statuettes étaient posées à côté d'un brasero qui sentait la viande brûlée, nous n'osions pas les approcher. Frère Díaz s'est décidé d'un coup, il en a pris une et l'a cachée dans la manche de sa robe. Il est sorti du temple en rougissant. Il nous a expliqué que jamais personne ne nous croirait si nous n'en rapportions pas une.

— C'est en effet assez loin de notre Sainte Religion, dit Amador, pensif, la statuette dans la main, caressant ses courbes confuses mais agréables au toucher, ce qui fit rire tout le monde.

— Les Indiens nous ont demandé de partir, et ils ont rassemblé des bataillons d'hommes de guerre pour nous impressionner. Quand ils se battent, ils font peur. Ils ont une tête ronde avec des yeux fendus, et déjà on ne comprend pas ce qu'ils pensent; mais quand ils se préparent pour la guerre, ils se peignent la figure de blanc et de noir, et ça leur donne un aspect horrible; en plus, ils froncent les sourcils, ils roulent des yeux, ils crient et font de grands gestes en agitant leurs armes, ils battent des tambours et soufflent dans des conques. Ils portent des vêtements de plumes et ils hurlent tous ensemble, ça fait comme une volière pleine d'oiseaux de proie. Ils ont lancé des pierres de fronde, une grêle, et puis une vraie pluie de flèches, et ils se sont élancés tous en même temps en tenant devant eux des boucliers décorés de monstres, ils brandissaient des armes en pierre. Nous avons eu le plus grand mal à rega-

gner les navires, nous avons laissé des morts sur la plage, et ils les ont emportés.
— Ce qu'il faut, c'est ne pas bouger. »
Cortés avait parlé doucement, et tout le monde s'était tu. Dans la pénombre du patio on se retourna vers lui, en se demandant ce qu'il voulait dire. « Pas bouger, demanda enfin Alvarado, tu veux dire : rien faire ?
— Pas exactement. Se retenir. Savoir attendre. Ne pas se disperser, et ne pas fuir. Ne pas trembler et ne pas foncer non plus, attendre qu'ils viennent en restant comme on est. Serrer les rangs, ne pas baisser la tête. Piques en avant, épées tendues, boucliers serrés.
— Se retenir ? » Cela fit rire Alvarado, et cela fit rire tout le monde que cela le fasse rire : on le connaissait. Aucun de ceux présents ce soir-là n'imaginait avoir peur des Indiens : ils les avaient vus, ces pauvres hommes nus avec leurs couronnes de plumes et leurs armes en bois.
« Ils sont aussi nombreux que le dit ce con de Córdoba ?
— Plus encore ; la plage pleine.
— Plus ? Et alors ? Ils foutent la trouille ? Exprès ? Eh bien il ne faut pas avoir la trouille, c'est tout. Qu'est-ce que tu en penses, Hernán ?
— Il y a quelque chose.
— Ils ont des villes ; en pierre, dit le marin. »
Le silence fut absolu, troublé de grenouilles lointaines ; le marin le laissa un peu durer.
« J'ai connu Rhodes fortifiée par les Hospitaliers, j'ai vu Constantinople repeuplée par le Grand Turc, et aussi Alexandrie, la grande ville qu'ont les mahométans ; eh bien sur cette terre j'ai vu une ville toute pareille, en pierre blanche, avec des monuments aussi hauts que ceux de Barcelone, des maisons à tourelles, des rues bien droites, des maisons si nombreuses et si serrées que nous ne pouvions pas les compter, et les gens se pressaient en foule sur la plage à nous regarder passer. Et nous étions tous penchés au bastingage pour voir

cette ville, et ces gens qui se serraient pour nous voir agitaient de grandes bannières blanches à notre passage. J'ai cru à une ville d'Égypte, on m'a fait confiance pour ça, et nous l'avons appelée le Grand Caire. Nous avons poursuivi notre chemin, elle a disparu derrière nous, et c'était à nouveau la forêt.

— Une ville, murmura Cortés, une ville blanche, toute en pierre. » Et il ferma les yeux.

Je comprenais bien ce qu'il voyait.

« Frère Díaz, s'amusa Cortés, cette statuette... tu as choisi la pire, ou elles étaient toutes comme ça ? — Je ne sais pas, je ne voyais rien, souffla-t-il en rougissant. — C'est sûr que les doigts savent ce que l'œil ignore ! » s'esclaffa Cortés, ce qui lui valut un regard furieux, presque haineux, car frère Díaz n'aime pas ces sujets-là, sur lesquels tout le monde ici le taquine. C'était un jeune hiéronymite ardent, toujours vêtu de sa robe à capuche serrée d'une cordelière ; maigre et vif, il parlait bien, mais nous ne nous sommes jamais adressé la parole, ni même regardés en face. Car sans doute ce qui nous unissait nous séparait instinctivement. Nerveux, parfois l'œil fou, il se calmait en prêchant et accomplissait avec une intensité extraordinaire les gestes de sa fonction. Il croyait à l'observance, moi à la fuite, et nous nous retrouvions au même endroit, dans la même île et le même abandon, cherchant l'apaisement en poursuivant nos routes divergentes. Chacun sans se l'avouer s'agaçait de la seule présence de l'autre, que nous feignions de ne pas remarquer en dehors de nos obligations, lui de prêtre, moi de secrétaire. C'était mieux comme ça.

Après quelques jours, Velázquez fit venir les deux Indiens que Córdoba avait ramenés de force et qui peu à peu apprenaient le castillan. Mais l'un, que l'on avait baptisé Melchiorejo, n'était qu'un pêcheur raflé au hasard, il parlait à peine, il cherchait ses mots même en sa langue. L'autre, à qui on avait donné le nom de Juanillo, avait l'air un peu plus dégourdi mais il ne répondait que par des soupirs, des regards tristes, et passait son temps à dormir, comme habité d'une grande mélancolie. Le dialogue fut laborieux, fait de mots isolés et de gestes. Amador fut mis à contribution car il mimait merveilleusement, et arracha même quelques ébauches de sourires à l'Indien triste. L'autre, loucheur, avait plus de mal à comprendre ce qu'on lui demandait.

« Il nous a ramené les débiles du village, souffla le gouverneur. — Ceux assez bêtes pour se faire prendre, s'amusa Amador, ou assez naïfs pour accepter de monter sur le bateau. »

« Il y a des mines d'or dans votre pays ? » demanda Velázquez. Ce ne fut pas facile de le figurer avec des gestes. « Oui, oui », répondirent-ils après beaucoup de contorsions. Velázquez ouvrit une bourse pleine de poudre d'or, la secoua d'un air interrogateur. « Et ça, il y en a ? — Oui, oui, beaucoup. »

Don Diego rosit de plaisir. Des hommes vêtus, des cités de pierre, des temples ! Enfin l'or des Indes était là, il suffisait d'aller le prendre. Il fit venir son comptable.

Pendant des semaines notre gouverneur fut un jeune homme. Il oubliait son embonpoint d'homme mûr, il sautillait sans raison, il riait au moindre bon mot, il se frottait les mains à tout propos. Il paya quatre bateaux et nomma quatre capitaines ; chacun d'eux eut la charge de les remplir à ses frais de pains de cassave et de porc salé, ainsi que de perles de verre, d'aiguilles, d'épingles, de ciseaux et de miroirs, toutes choses que les Indiens aiment car ils n'en fabriquent pas. Ils n'en ont jamais vu, il faut leur en expliquer l'usage mais ensuite ils ne peuvent s'en passer, et ils donnent de l'or pour en avoir. Il nomma Grijalva à la tête de l'expédition, qui était le plus jeune des capitaines, le moins aventureux sans doute, mais c'était son neveu et il obéissait. Il fournit des arquebuses, des arbalètes, des fauconneaux sur chaque navire, pour disperser les hordes emplumées qui voudraient empêcher le commerce. C'était son expédition, ce serait son trésor.

Et tout le temps où Velázquez s'agita, pendant ces semaines où la rive résonnait du marteau des charpentiers qui réparaient les navires, où dans les forges on arrangeait des cuirasses, des casques, des piques à partir de morceaux de fer venus d'Espagne, où devant les plaques à cuire la cassave on fouaillait encore plus les Indiens pour qu'ils préparent encore plus de ces infâmes galettes, pendant ce temps où toute Santiago murmurait, négociait, empruntait pour s'armer, où chacun rêvait tout haut de ce qu'il allait trouver, et de ce qu'il allait en faire, pendant tout ce temps, Cortés restait pensif.

« Des cités... des royaumes peut-être. Tu t'imagines, Innocent ?

— Je l'imagine parfaitement, je l'ai lu mille fois.

— Je ne te parle pas de tes romans, je te parle de ce qu'il y a derrière l'horizon. Nous y sommes.

— Et vous n'y allez pas ?

— Je suis l'alcade de cette ville, Innocent. Il faut bien que quelqu'un reste, quand les autres sont en voyage.

— C'est bien la première fois que vous en parlez sans rire.

— Tu as raison. Je reste, parce que c'est l'expédition de Juan ; et donc de don Diego. Pourquoi risquer ma vie à commander un seul navire ? Pour rapporter sa part à ce satrape, qui m'appelle son ami et se contente d'ouvrir ses coffres pour y mettre ce que l'on ramasse pour lui ? Il n'est pas encore temps. Et puis ce qu'ils ont rapporté, ce n'était rien, et ce qu'ils ont vu c'était peu. Il n'y a peut-être rien de plus. Voilà vingt-cinq ans que l'on ne trouve que des cabanes dans la forêt et des hommes nus : et là, à portée de main, il y aurait un royaume enchanté qui serait resté caché ? Allons... Ce sont des inventions comme dans les romans que tu aimes lire, des enfantillages. Ou alors si c'est vrai, on le saura quand ils rentreront. De toute façon, avec quatre bateaux commandés par le gentil Juan, ils ne vont pas leur faire beaucoup de mal à ces grands royaumes ; s'ils existent. Si c'est un rêve, eh bien à leur retour je ne serai pas plus riche mais pas moins non plus, et je serai toujours l'alcade de la dernière ville au bord du monde. »

Ils partirent en janvier, à plus de deux cents.

L'attente dura.

CHAPITRE VIII

Rêver tout un monde

Velázquez tout joyeux supporta les premières semaines de l'attente, puis son humeur s'altéra. Il devint triste et pensif, il se promenait sur la rive, il ne disait rien, il fixait l'eau comme si les bateaux allaient brusquement réapparaître, et même Amador ne parvenait pas à le faire sourire. Il mâchonnait des chiffres, il recomptait ce que ça lui avait coûté, estimait ce que ç'aurait dû lui rapporter, mais les chiffres sans poids s'envolaient, il devenait empereur de Chine couvert de brocart, et brusquement ses rêveries éclataient d'être devenues trop grandes, et il n'en restait rien, lui tout seul devant la mer vide d'où ses bateaux ne revenaient pas. Amador s'éloignait prudemment car à cet instant précis il pouvait prendre un coup de pied sous le plus infime prétexte. Le gouverneur attendait. Il envoya tous les jours un guetteur à l'entrée de la baie, et chaque soir, après que la nuit était tombée, il revenait lui faire son rapport. Rien. La mer accablante, d'un bleu uniforme.

Alvarado rentra avec un seul navire. Dès qu'il aperçut le point blanc de la voile le guetteur dévala la pente, courut d'une traite les deux lieues qui le séparaient de Santiago, et annonça, hors d'haleine, cherchant ses mots, en s'y reprenant à plusieurs fois : « Ça y est ! » Il ne précisa rien d'autre et on se précipita sur la colline où s'ouvrait l'horizon, le navire était seul dans l'immensité, il approchait de la côte. Ce fut très long. Le temps qu'il grossisse, qu'il se glisse dans la passe, qu'il traverse la baie pendant que nous dévalions le sentier, qu'il jette l'ancre et que les hommes débarquent sur le ponton de bois, pendant tout ce temps nous crûmes qu'il était le dernier, le survivant d'affreuses batailles où tous auraient été criblés de flèches, le crâne brisé de jets de pierres, et leurs corps nus alignés sur une plage pour être dépecés et rôtis, pendant qu'au large les navires attaqués de canots géants brûlaient et sombraient.

Mais ils revenaient, et nous voyions les têtes alignées par-dessus le bastingage, et je reconnus la barbe blonde d'Alvarado qui resplendissait autour de son visage hilare. Il agitait quelque chose de brillant au-dessus de sa tête, et la fièvre de l'or nous parcourut tous, elle fouettait les cœurs, accélérait nos pas, je la sentis comme les autres, un frisson qui vibrait au creux de mon ventre entre l'estomac et le sexe : hors d'haleine, ruisselants, agitant les bras pour les accueillir, nous courûmes vers le ponton où ils abordaient.

Alvarado était radieux. Il tenait un masque d'or contre son visage et il nous salua avec des révérences bouffonnes, prenant une petite voix douce qui s'accordait avec le fin sourire immobile et les yeux réduits à deux fentes. Les autres le suivaient sans béquilles, sans boiter, ils portaient des piles d'étoffes pliées de couleurs vives, et des paniers remplis de petits objets brillants, d'un travail délicat, d'un or d'une assez grande pureté. « Tu vois, tu vois », disait Velázquez surexcité en tirant la manche de Cortés qui ne répondait pas. Quelques malades et blessés descendirent à leur tour, dans une totale indifférence.

Tout le monde voulait voir, une foule s'était massée sur le ponton, débordait sur le rivage. Alvarado continuait de faire l'âne derrière son masque et Velázquez rouge d'excitation le serra dans ses bras, l'embrassa longuement. Cortés lui tapa amicalement sur l'épaule, et prit dans un panier un petit poisson d'or qu'il considéra avec des attentions de joaillier. On déplia les grands draps, très fins et très doux, décorés de motifs étranges mais très soignés, dont on nous dit qu'ils leur servaient de manteaux, et dont ils offraient des piles entières. On admirait les objets précieux, de petits grelots, de petits animaux, de petites figurines qui semblaient monstrueuses, mais on se rendait compte à bien les regarder qu'elles étaient humaines. Le brouhaha était joyeux, le ponton grinçait sous tout ce monde venu voir, on s'interpellait, on se montrait l'or, on commentait tout, on se répétait beaucoup, au point qu'en quelques jours on raconta que le navire avait rapporté un tel trésor qu'il flottait à peine. Mais que le comptable royal en avait fait disparaître la plus grande partie.

Alvarado, beau comme jamais, jubilait dans cette agitation dont il était le centre, et deux hommes apportèrent un coffre très lourd qu'ils posèrent à ses pieds. Il fit taire, on se tut, on se pencha, et il ouvrit le coffre avec un sourire gourmand ; la fièvre de l'or retomba d'un coup. Dans le coffre étaient rangées des haches d'un métal jaune qui ne brillait pas, marbré de traînées vertes.

« Du cuivre, murmura Amador. Du cuivre ! » Et il se mit à rire, en répétant : « Du cuivre ! Du cuivre ! »

Alvarado dégrisé referma le coffre d'un geste d'humeur. « Nous en avons six cents comme ça, grommela-t-il. Au soleil, ça brillait comme des pièces neuves.

— Avec deux ou trois gamelles d'étain, on pourrait en faire assez de bronze pour une grande cloche : une cloche de six cents haches et trois gamelles. Ce sera la cloche de San Pedro, patron des chercheurs d'or ! »

Alvarado essaya de le faire taire, mais Amador savait se moquer en évitant les coups : quand on doit sa survie à sa vivacité, on est vif. « Cesse, Amador ! » Velázquez prit familièrement Alvarado par le bras et l'emmena dans sa maison pour boire, fêter la bonne nouvelle, et qu'il lui raconte tout dans le moindre détail. Les cités d'or n'étaient pas loin, il suffirait d'y retourner.

On activa le four et on y jeta les petites figurines, elles disparurent en une lave visqueuse qui fut coulée en lingots tous identiques, certains furent marqués du poinçon royal et mis de côté, d'autres rangés dans le trésor de Velázquez, un seul remis à Alvarado. On ne s'occupa pas des babioles qu'avaient pu négocier les hommes, on les leur laissa mais ils devaient être discrets. On déploya des manteaux contre les murs, leurs dessins colorés étaient un peu monstrueux mais d'un assez bel effet. On festoya dans le patio dès que la nuit fut tombée, vin d'Espagne et cochon rôti, Velázquez hilare avait fait asseoir Alvarado à côté de lui, il lui mettait le bras sur l'épaule au moindre prétexte comme à un ami cher, il levait son verre en hurlant : « Aux Indes, aux Indes ! », imité par tous. Alvarado riait, savourait son triomphe, il ne boudait jamais son plaisir.

« Et pourquoi vous n'en avez pas rapporté plus ? lui glissa-t-il tout de même à l'oreille, l'élocution un peu pâteuse, mais le ton décidé.

— C'est votre neveu, don Diego.

— Mon neveu ? Juan ?

— Vous lui avez dit de commercer, alors il a commercé. Pas plus. Nous voulions peupler, nous établir, conquérir, mais avec lui, pas question : mon oncle m'a autorisé à commercer, alors je commerce. On a fini par l'appeler "Tonton m'a dit".

— Quel benêt ! Mais quel benêt ! Il est jeune et beau, mais ce n'est pas un Alexandre.

— Mais au moins le commerce marche bien : ils nous achètent des billes de verre pour leur poids d'or. Ils n'en ont jamais vu, et les miroirs encore moins, ils valent très cher pour eux. C'est comme si l'or ne valait rien. Avec, ils font de petits objets ridicules : des animaux, des poupées, beaucoup de grelots comme en portent les fous, ils les échangent sans hésitation, et tu vas rire : contre rien. Ils donnent de l'or contre un peigne de corne, une aiguille de fer, une perle colorée. Ils essayaient aussi de nous proposer des plumes, mais nous refusions, et nous ne cédions pas : de l'or. Ils semblaient ne pas comprendre la différence, et ils insistaient avec leurs plumes, très jolies, habilement arrangées, mais c'étaient des plumes ; donc c'était non. C'est comme si pour eux les belles couleurs étaient plus précieuses que l'or, ou bien que le geste d'échanger suffisait ; ce sont des enfants. Ils aiment les jolies choses et ils jouent à la marchande. »

Dans le vacarme du patio, tout le monde était ivre et riait de la bêtise des Indiens. Nous les connaissions, avec leurs cabanes de branches, leurs lances en bois et leurs couilles à l'air, mais visiblement, là-bas, malgré quelques manteaux décorés et des maisons en pierre, ils étaient tout aussi naïfs et enfantins, des hommes du début du monde, peut-être plus proches du Paradis que nous ne le sommes, comme l'avait pensé l'amiral Colomb, mais ils étaient encore très loin de la raison.

« Tu aurais vu Juan, tout habillé d'or !

« Nous avions trouvé un fleuve qui envoyait de l'eau douce jusqu'au large, le premier fleuve que nous voyions dans cette île, et nous avons commencé à le remonter. Des Indiens sont venus à notre rencontre, sur un canoë à vingt rameurs, tous bien rangés, torse nu, beaux comme ils peuvent l'être, ramant d'une façon exacte, ils plongeaient tous ensemble leurs pagaies sans faire aucun bruit. À l'avant il y avait un homme debout, bras croisés, dans un très beau manteau blanc et une grande couronne de plumes qui descendait sur ses épaules, il ne bougeait pas, il avançait, c'était comme s'il marchait sur l'eau.

« Il nous a parlé, nous n'avons rien compris, mais il a continué à parler, et par gestes il a invité Juan à le rejoindre dans son canot. Comme Juan ne pense jamais à mal, il est descendu, seul. Nous avions chargé les arquebuses, parce que tout avait été dit par gestes et nous n'étions pas sûrs d'avoir bien compris. Ils l'ont déshabillé, il s'est laissé faire, je ne sais toujours pas s'il est très courageux ou un peu bête, et puis ils l'ont habillé d'une cuirasse d'or, de bracelets d'or, de sandales en dentelle d'or, et ils l'ont coiffé d'une couronne de feuilles d'or, fines comme des plumes. Il est resté comme ça, sur le canot au milieu du fleuve, le cul à l'air et tout doré, sa couronne frémissait au vent et brillait autour de sa tête comme un nuage de lucioles. C'était très étrange et très beau, au milieu de la forêt et des vols d'oiseaux blancs qui filaient sur l'eau.

« En échange, Juan a fait descendre un pourpoint de velours vert et un béret, avec des bas roses, que le chef a enfilés. Et puis notre Juanillo a enfin servi à quelque chose. Ils se sont parlé, mais il nous a expliqué qu'il comprenait mal, une histoire d'accent. Ils nous souhaitaient la bienvenue, voulaient bien commercer, nous invitaient à descendre à terre. Le chef habillé en pourpoint a demandé son nom à notre Juan tout habillé d'or, et il s'est montré lui-même en s'appelant Grijalva, et il a donné à Juan son propre nom, que j'ai oublié. Ensuite il a proposé d'acheter Juanillo pour son poids de bijoux et de babioles ; ce n'est pas lourd un Indien, mais ça fait quand même pas mal d'or, je ne sais pas si Juanillo a bien traduit, il s'agissait de lui et il a peut-être exagéré pour faire monter sa valeur, ou pour rester avec nous ; mais Juan a refusé, parce qu'un interprète ça vaut plus que ça. Il n'a pas eu tort. On a échangé quelques cadeaux, et il est remonté à bord. S'ils proposent autant d'or pour un type sans intérêt c'est qu'ils doivent avoir un sacré trésor. Ce n'est pas un mauvais gars, Juan, mais il est trop prudent, trop poli, trop respectueux de tout le monde, même des Indiens. Il faut qu'on soit plus énergiques. On ne va pas éternellement faire du petit commerce. »

Je crois que cette conclusion d'Alvarado déclencha tout. Je sentis Cortés devenir rêveur, il gardait le silence, et dans ce silence il fit le pari de tout jouer sur un seul coup. Tout. Jouer quinze ans de sa vie passée, et toute sa vie future.

« Pedro, pourquoi tu ne commanderais pas une expédition ? dit-il doucement.

— Moi ? Les gens sont trop lents, ils m'agacent. Commander, c'est rassembler, n'oublier personne, et moi je veux aller devant, je ne veux pas attendre. Commande, Hernán, tu as la patience, tu sauras faire. Si tu commandes, je viens avec toi. »

Ça, il ne le dit que d'une voix si basse que seul Cortés l'entendit, et moi, qui ne suis jamais loin.

Velázquez surexcité décida une nouvelle expédition, cette fois une grosse. Il envoya Montejo à San Domingo pour demander aux hiéronymites la permission d'explorer et de commercer avec la grande île de l'Ouest. Ils siègent au nom du Roi, ils ne comprennent rien mais on les aime pour ça, ils autorisent tout tant qu'on le demande un peu fermement. Il rapporta une belle lettre calligraphiée, avec paraphe et sceau de la Couronne, qui donnait le pouvoir de faire le commerce qu'on voulait sur ces terres, à condition d'envoyer à Séville le cinquième des échanges, découvertes, et rapines. On signait sans difficulté, jamais du papier n'avait tant rapporté.

Il envisagea de financer quelques bateaux, il chercha quelqu'un pour payer le reste, et quelqu'un pour commander ; parce qu'il ne comptait pas y aller lui-même, cinquante ans, dont vingt de bonne chère et de climat émollient, cela faisait beaucoup, il passait la main, il préférait déléguer. Il chercha parmi ses familiers, mais comme il les avait déjà pourvus d'Indiens, de fermes et de mines, ils n'allaient pas risquer ça pour une île de plus, pleine de naturels agressifs, où l'on trouverait, peut-être, quelques grelots d'or. Poliment, ils déclinèrent. Sauf Porcallo, qui voulait bien parce qu'il était avide et violent, ce qui en aurait fait un bon conquérant, mais pour cela même, dans un sursaut de sagesse, don Diego préféra ne pas confier sa bourse à quelqu'un qui aurait de plus grandes dents que lui.

Cortés ne demandait rien. Le soir il jouait aux cartes avec Lares et Duero. Leurs parties duraient tard dans la nuit et il ne fallait pas les déranger, ils bavardaient gaiement, ils parlaient affaires, ragots, bêtises, ils abattaient leurs cartes pour rire mais ils misaient de l'or vrai et parfois des Indiens. Cortés jouait avec panache, risquait tout, perdait souvent. Il en frémissait au moment où l'on retournait les cartes, il préférait jouer ainsi ; Lares bluffait avec art, mais le sourire en coin qu'il essayait de retenir finissait toujours par le trahir, et c'est Duero, toujours impassible et sans éclat, qui gagnait, car le jeu est une méthode, disait-il, on y gagne pas après pas, comme on monte un escalier. « Mais quel intérêt de jouer, alors ? » maugréait Lares en lui comptant ses gains.

Un soir, pendant ces semaines de fièvre où l'on préparait l'expédition, Cortés sur un jeu douteux risqua une belle poignée de castellanos, une petite somme quand même, toute en or.

« Tu risques tout, Hernán, ricana Lares.

— Je risque, répondit-il en le fixant tranquillement.

— Tu dis ça d'un ton qui laisse croire que c'est une vérité générale.

— C'en est une.

— Et que tu parles d'autre chose que de cette poignée de pièces que tu joues sur une carte, dont je sais bien qu'elle n'est pas sûre, et tu sais bien que je le sais.

— Je parle d'autre chose. »

Lares posa alors ses cartes, à l'envers car il est prudent ; et Duero les posa aussi, en laissant sa main dessus. Ils attendirent.

« Vous voulez risquer avec moi ? » demanda Cortés avec un sourire cruel et désarmant, son sourire qui fait frissonner et que pourtant on suit toujours, un sourire qui faisait que sa question n'en était pas une. Ils savaient à quoi il pensait.

Comme Lares s'occupait de tout, il avait la confiance de Velázquez. Quand il le vit tourmenté de ne trouver personne pour diriger l'expédition, l'air de rien, pour rendre service, il suggéra Cortés. Pas de la famille, mais justement : il n'aurait d'autre appui que la confiance du gouverneur. Et puis arrangeant ; et sachant parler aux hommes ; et avec l'expérience de la gestion d'un domaine. Et prêt à supporter une partie des frais.

« Amador, tu as toujours de bonnes idées. »

En privé, Velázquez consulta Duero, toujours si mesuré, qui lui fit l'éloge de Cortés en d'autres mots, comme s'il avait déjà son idée. Si deux hommes de confiance interrogés séparément font confiance au même homme, pourquoi ne pas lui accorder sa confiance ? Il convoqua Cortés.

Celui-ci vint l'air étonné, il eut l'air surpris de la proposition, puis l'air inquiet de toutes ces responsabilités, puis l'air doucement enthousiaste, davantage de la confiance qui lui était faite que de la charge qui lui était accordée, disait-il, en lui embrassant les mains.

Velázquez, ravi, ordonna que l'on fasse un contrat où tout serait dit, et Duero le rédigea de sa belle plume, avec une rapidité qui aurait été suspecte si le plaisir d'avoir fait un si bon choix n'avait brouillé les sens du gouverneur.

L'expédition, disait le contrat, avait pour but de révéler notre Sainte Religion aux peuples qui n'en avaient pas entendu parler. Cela fut l'objet du premier article, puisque la première place est celle de Dieu. C'était fait.

Nous devions bien nous tenir, nous abstenir du jeu, et du commerce avec les femmes indigènes, qu'il soit ou non voulu par les deux parties. Nous devions rester ensemble. Nous devions informer les Indiens, par la lecture intégrale et à voix haute d'un texte clair, qu'ils étaient dorénavant sujets du roi d'Espagne, lecture à laquelle veillerait scrupuleusement un notaire. Je serais ce notaire.

Nous devions découvrir ce qui était arrivé au malheureux Grijalva qui n'était toujours pas revenu. Nous devions retrouver les chrétiens prisonniers en ces îles, s'il en était, et les libérer. Nous devions nous excuser auprès des naturels des batailles malheureuses livrées par Córdoba, et nous renseigner sur la foi des peuples que nous rencontrerions, leur expliquer combien ils se trompaient, et combien nous pouvions les aider à obtenir leur salut.

Nous pouvions découvrir, sans peupler. Nous pouvions

échanger avec les Indiens, mais tout serait compté par un trésorier, qui en prélèverait un cinquième pour l'envoyer au roi d'Espagne. Une part égale serait prélevée par le gouverneur, après remboursement de ses dépenses. Bien sûr.

Nous ne devions pas dormir à terre. Nous devions recenser les arbres, les cultures, et trouver le lieu où naît l'or, précisément. Nous devions nous renseigner sur la localisation exacte du royaume des Amazones, et l'atteindre si cela était possible ; un royaume peuplé de femmes serait le bienvenu pour notre île qui n'était peuplée que d'hommes. Nous devions vérifier qu'il existait, comme le décrivent les auteurs anciens, des gens à grandes oreilles et à visage de chien, qui se nourrissaient de l'odeur des fruits, et qui devaient être établis un peu plus à l'ouest, car jusqu'à présent personne ne les avait encore trouvés.

Tout cela, et bien d'autres articles, fut signé par tous les contractants, et aurait valeur de loi pour la durée de l'expédition. Au nom de Dieu et du Roi. Ce fut clos d'un paraphe admirable, et scellé à la cire.

La première chose que fit Cortés fut de s'habiller mieux. Il mit sur son chapeau un panache de plumes, autour de son cou un médaillon d'or retenu d'une chaîne d'or, et sur son manteau de velours noir il fit poser des torsades d'or du plus bel effet.

Il était surtout riche de dettes, mais personne ne le savait, sauf moi qui tenais ses comptes et n'en dirais rien ; et aussi ses deux compères, qui avaient eux tout l'argent qu'il fallait, et qui le lui prêtèrent discrètement en échange d'une promesse de partager tous les gains en trois parts égales.

Deux négociants, le voyant capitaine et prospère, lui prêtèrent chacun quatre mille piastres, et des marchandises pour armer ses navires, à payer à son retour.

« Tu vois, Innocent, avoir l'air riche rend riche, c'est tout ce qu'il faut savoir pour le devenir. »

Il vendit ce qu'il avait, il emprunta ce qu'il pouvait, il acheta toutes les arquebuses et les arbalètes qu'il trouva à Santiago, il acheta la nourriture habituelle que l'on emporte sur les navires, du porc salé et du pain de cassave, en quantité suffisante pour n'avoir pas à descendre à terre, pour ne pas dépendre des Indiens, pour ne pas avoir à se battre pour se nourrir.

Il fit crier dans les sept villes de Cuba que ceux qui viendraient avec lui à la découverte des terres nouvelles seraient nourris à ses frais, n'auraient que leurs armes à fournir, et qu'ils auraient leur part de tout l'or qu'on y gagnerait, et un domaine avec des Indiens une fois la pacification faite. La nouvelle se répandit, et on se pressa à Santiago pour partir avec lui. Installé à une petite table devant la porte de sa demeure, j'inscrivis chacun, et chacun signa un contrat où il s'engageait à suivre le Capitaine, à lui obéir en tout, et à ne pas l'abandonner sous peine de mort ; et je précisai en toutes lettres que chacun aurait une part de ce qui serait pris, après prélèvement du quint royal, de la part du Capitaine, de la part du gouverneur, et apurement de toutes les dettes. Je proposai aussi des prêts pour que chacun s'équipe. Personne n'hésitait, tout le monde signait.

Cortés se fit faire un bel étendard brodé, en ajoutant aux armes royales une devise en latin : *Amici, sequamur crucem et, si nos fidem habemus, vere in hoc signo vincemus.*

« C'est pas un peu long ? remarqua Alvarado qui bouillait d'impatience d'y retourner. Ça veut dire quoi ? — "Amis, suivons cette croix et, si nous avons la foi, avec ce symbole nous vaincrons." » Cela le fit éclater de rire. « Tu ne crois pas que "En avant !" ça aurait suffi ? Parce que dans une bataille, toute ta phrase, c'est un peu long à dire. »

Trois cents hommes nous rejoignirent, de conditions diverses, beaucoup ne possédant que leurs vêtements, et une fois qu'ils eurent signé et revêtu les armes qu'ils avaient pu acheter avec ce qu'on leur avait prêté, ils furent trois cents soldats dont pas deux ne se ressemblaient. J'en fus un, j'avais mon épée de Séville, qui n'avait jamais servi qu'à des duels pour rire avec Andrés où je perdais toujours. Avec l'argent que me prêta Cortés j'achetai un bouclier de cuir bouilli bordé de clous, et un plastron de fer, un peu lourd, mais dont le poids disparaissait quand je le posais sur ma poitrine tant il s'emboîtait bien; et puis une bourguignotte, pour ma tête. Je partais, enfin. Là où nous allions ne pourrait être pire que ce cul-de-sac où nous moisissions. Je ne savais pas que je manquais simplement d'imagination. Mais c'était bien un cul-de-sac, là où nous étions, peuplé de cochons noirs, d'Indiens malades, et de types énervés qui ne savaient quoi faire de leur épée, sinon la fourbir tous les jours pour éviter qu'elle ne rouille dans cette affreuse humidité. Nous ne savions même pas si le monde continuait au-delà de la prochaine île; peut-être trouverait-on la Chine, peut-être ne trouverait-on rien. Peut-être un océan chaud qui s'étendrait à l'infini, ou bien qui tomberait au bout d'un moment; et puis si le monde est rond comme on le dit, peut-être s'égouttait-il par-dessous, et il serait sage de rester sur le dessus. Mais c'étaient des idées abstraites, qui ne nous préoccupaient pas beaucoup.

Les préparatifs allaient si bon train que Velázquez s'en inquiéta. Il avait pris l'habitude de venir au port chaque matin, de marcher sur le rivage avec quelques-uns de ses familiers pour juger de l'avancement des travaux. Il y avait là sept bateaux, tout ce que pouvait offrir Cuba, trois qu'il avait financés, et quatre autres payés par Cortés, à la stupéfaction de Velázquez qui ne voyait pas d'où son charmant second sortait tout cet argent.

« Sept ? lui avais-je dit, ce n'est pas beaucoup pour conquérir un royaume.

— Tu sais combien ça coûte, Innocent ? Tous les navires de l'île sont là. Ceux qui restent, ce sont des barcasses. »

Ceux qui avaient décliné l'offre de commandement commençaient à le regretter. Ils voyaient l'excitation gagner Santiago, les forgerons travailler d'arrache-pied, les magasins de provisions se faire dévaliser : tout le monde rejoignait le séduisant hâbleur à panache de plumes, que tous aimaient bien sans l'avoir jamais pris au sérieux, et ils regrettaient de n'être pas à sa place. On murmura à l'oreille de Velázquez, on chercha à empêcher que l'on vende des provisions, du vin, des vêtements, on tâcha de convaincre les marins de ne pas accepter d'engagement. Mais une fortune miraculeuse coulait sans retenue des mains de Cortés et emportait toutes les hésitations. Santiago était agitée de fièvre, l'or réel que Cortés distribuait était la preuve de l'or rêvé des Indiens, celui qu'avait rapporté Alvarado et dont on oubliait qu'il ne s'agissait que de quelques petits poissons dans un petit panier, multipliés par la rumeur en un flot inépuisable dont la bourse de Cortés était la preuve. On vint de toute l'île. On croyait en la multiplication des poissons d'or.

Les parents du gouverneur tournaient autour de lui comme de grosses mouches attirées par la bonne odeur d'abondance que dégageait l'entreprise ; Cortés venait chaque jour lui rendre des hommages appuyés pour les tenir à distance ; Duero l'informait discrètement de toutes les intrigues. Le dimanche, Cortés se tenait respectueusement aux côtés de don Diego à la messe célébrée dans l'église de planches, et de voir sa grosse médaille briller sur sa poitrine les emplissait tous d'une rage qu'ils devaient garder discrète, car la plupart de ceux alignés dans l'église partaient avec nous.

Le 14 novembre on fit appel à Amador pour ses taquineries. Au sortir de la messe il gambadait sur ses petites jambes autour de son maître. « Diego ! Diego ! Quel est ce capitaine emplumé que tu as choisi là ? J'ai peur qu'il ne t'échappe et qu'il ne s'envole avec toute la flotte que tu as payée, car il est expert en affaires louches. Après avoir discrètement baisé vos femmes, il baisera vos bourses. »

Duero, animé de la colère froide des méthodiques, le poursuivait en lui calottant l'arrière de la tête. « Tais-toi, petit ivrogne ! Tu es payé par les jaloux. » Et Amador lui échappait en riant, continuant d'ironiser sur la trop grande efficacité de ce capitaine.

Le lendemain il vint nous voir. « Je pars avec vous. — Après ce que tu as dit ? » Il posa une petite bourse, l'ouvrit, dedans scintillaient des castellanos. « Comment veux-tu que je paye mon équipement et mes armes sinon en vendant mes bêtises ? » Cela fit rire Cortés. Il fut inscrit. J'étais heureux qu'il vienne.

Juan Suárez, beau-frère de Cortés, qui avait toujours été distant avec celui qui se souciait si peu de sa sœur, nous apporta une lettre écrite de la main du gouverneur. Il transférait le commandement de l'expédition à Luis de Medina, un de ses obligés qui avait un domaine à Baracoa, et lui demandait de venir rapidement à Santiago.

« Comment tu as eu ça ? — Un messager l'emportait vers Medina. — Il te l'a donnée ? — Non. Je l'ai prise. Medina n'en saura rien, ni Velázquez pendant quelques jours. J'ai jeté le corps dans un ravin sur la route de Baracoa. Il doit déjà avoir été dévoré. » Il nous dit ça comme si l'autre avait perdu sa lettre. « Et je viens avec vous », ajouta Suárez. Je l'inscrivis à son tour sur la liste.

Le temps pressait.

Avec Olid et quelques hommes, j'allai voir Fernando Alonso qui possédait l'abattoir de la ville, et je proposai de tout acheter, toute la viande. Il hésita, Olid ne prit pas le temps d'attendre qu'il se décide, il le repoussa brutalement, ouvrit les portes, indiqua ce qu'il fallait prendre : tout. La carrure d'Olid donne du poids à ses décisions. Le soir même Alonso vint se plaindre à Cortés : il avait pour mission de nourrir la ville, il devait fournir de la viande sous peine d'être mis à l'amende. Cortés ôta la chaîne d'or qui brillait sur sa poitrine et la lui donna. Nous raclions le fond des coffres, je le savais ; mais ce beau geste parut celui d'un grand seigneur.

Tout n'était pas prêt mais il fallait filer. Le 17 novembre de l'année 1518, Duero rédigea le document permettant aux navires de partir, et contrefit la signature du gouverneur ; on fit passer le mot d'embarquer au soir, et tout le monde s'entassa dans les entreponts et les cales pour passer la nuit à bord. Au petit matin du 18 novembre, quand l'aube eut assez pâli pour y voir quelque chose, une brise légère commença de souffler et les voiles furent déroulées, sept voiles blanches d'un coup se déployèrent devant Santiago, et les bateaux tirèrent sur leur ancre avec des grincements de bois. Velázquez réveillé en sursaut dévala les ruelles qui menaient au port, entouré de domestiques, de parents, d'obligés, un petit groupe ébouriffé et furieux qui s'engagea sur le ponton à sa suite ; il fit de grands gestes. Cortés approcha en chaloupe, accompagné de quelques hommes qui portaient leurs armes. Les arquebuses étaient chargées et leurs mèches fumaient. Quand il fut à portée de voix, la chaloupe fut arrêtée.

« Comment se fait-il que vous partiez de la sorte ? Est-ce une façon de prendre congé ?

— Pardonnez-moi, mais tout est prêt, et il faut y aller. Quels sont vos ordres pour aujourd'hui ? »

Velázquez ne répondit pas. Alors dans l'église de planches la cloche tinta, la cloche de bronze fondue avec le cuivre des haches et trois gamelles d'étain ; les premières notes de l'angélus s'échappèrent, glissèrent comme des oiseaux qui se suivent à tire-d'aile au ras de l'eau, et disparaissent. Cortés salua en enlevant son chapeau et la chaloupe fit demi-tour. Nous appareillâmes et les sept navires se glissèrent un par un dans la passe qui permettait d'aller au large. L'air était vif, je le respirais pleinement, il me remplissait d'une grande exaltation. Nous nous éloignions de Santiago, nous suivions de loin la côte, elle n'était plus qu'un bourrelet vert entre le ciel et la mer.

Il nous fallait encore de l'eau et des vivres. Nous fîmes escale à Trinidad où l'alcade avait reçu une lettre du gouverneur, qui lui demandait de retarder l'expédition le temps qu'arrive Porcallo, à qui il avait finalement accordé le commandement. Il fallut un quart d'heure d'entrevue pour que l'officier municipal accepte de vendre tout ce que l'on voulait. Pedro Laso, l'homme de confiance à qui on avait confié la lettre, qui avait crevé deux chevaux sous lui pour la porter à temps, s'engagea avec nous. Diego de Ordaz reçut la même lettre, en tant qu'homme de confiance, et avec ironie il la déchira. « Je suis déjà pirate, hélas ! dit-il, trop tard pour changer. » Il venait de dévaliser un navire entier chargé de pain et de porc, qui passait au large pour ravitailler la Terre Ferme. Il l'avait abordé avec une dizaine des nôtres, qui n'eurent à proférer aucune menace. Cela n'avait pas été violent, le propriétaire s'appelait Juan Sedano, il était un marchand de Madrid qui venait s'établir aux Indes avec un cheval, et il comptait sur sa cargaison pour se lancer. Il vint avec nous. Cela fit un navire de plus.

À San Cristóbal de La Habana, nous retrouvâmes Grijalva qui nous reçut dans sa maison de pierre. Il était arrivé depuis une semaine avec ses trois bateaux, mais il ne souhaitait pas repartir. « Restez ici autant que vous voulez, mais j'en ai assez vu comme ça. » Il montra des objets d'or, des figurines curieuses qu'il n'avait pas fondues en lingots, et puis une jolie Indienne à la tête toute ronde, souriante, qui restait assise à côté de lui pendant que nous parlions. Sur sa peau brune, les bijoux dont elle était parée luisaient comme des yeux de chat.

Le soir, il nous raconta autre chose. Ils avaient abordé une île proche de la côte, et là ils avaient trouvé dans la forêt une pyramide de pierre, énorme, haute comme une cathédrale, et on pouvait la gravir avec un escalier très raide. Au sommet était un tout petit oratoire, et devant il y avait un tigre de pierre avec toutes les dents sorties, les yeux exorbités, la langue pendante au-dessus d'une écuelle grande comme la vasque d'une fontaine, mais pleine de sang séché. Du sang, il y en avait partout, sur les escaliers, sur le sol, et sur les murs. « Dans l'ombre qui puait la charogne, nous avons vu des cadavres avec la poitrine ouverte, ils étaient quatre. Et des ossements rangés le long des murs, des crânes empilés qui nous regardaient passer la porte. Il y avait une grande idole qui avait un nom très long, quelque chose comme Tezcatepuca. Quatre Indiens se tenaient là, en robes noires avec des capuches comme des chanoines, mais ils avaient les cheveux longs, collés de sang, ils puaient horriblement, des mouches les entouraient et ils ne les chassaient pas. Ils n'ont rien dit, ils nous ont encensés avec une résine qui faisait une fumée blanche, comme ils le faisaient avec leurs idoles. Nous ne sommes pas restés.

— Tu le sais que les Indiens sont cannibales.

— Dans les îles, oui. Ils mangent ceux qu'ils attrapent, comme les loups. C'est contre la loi divine, mais ça se comprend. Mais là-bas, c'est autre chose : ils tuent des gens pour plaire à des idoles. C'est sinistre, Hernán. J'ai vu la porte des enfers. L'amiral Colomb a pensé découvrir le Paradis terrestre, eh bien moi j'ai découvert les enfers, c'était un peu plus loin. Alors je ne vais pas risquer davantage, je ne vais pas tenter le diable, j'ai ce qu'il faut ici. Je n'en bouge plus. »

Cortés planta sa bannière devant la maison de Grijalva, il fit savoir qu'il recrutait pour une grande expédition dans les royaumes de l'or, et on vint encore se joindre à nous. Il retrouva Hernández Portocarrero, un ami d'enfance qui ne savait pas parler sans jurer, qui n'avait rien, sauf son épée ; Cortés lui offrit un cheval, qu'il paya en arrachant les torsades d'or de son manteau.

Montejo et Ávila voulurent repartir avec nous. Juan Velázquez de León arriva de Santiago et nous donna des nouvelles de son cousin le gouverneur, qui ne se pardonnait pas d'avoir confié le commandement à Cortés. Il en était accablé, mais plus personne ne lui obéissait. Ils avaient passé tous les deux une triste soirée, où il s'était emporté, s'était plaint, était resté longuement muet sans même penser à remplir son verre vide, et il lui avait finalement conseillé de partir lui aussi s'il voulait faire fortune, car il savait l'avidité de son cousin de León, ce goût naïf pour l'épate qu'ils avaient familialement en partage, et il lui avait prêté quarante ducats pour s'équiper dans une boutique qui lui appartenait, où tout était deux fois plus cher qu'ailleurs.

Mario Botello se déclara médecin, ce qui était une bonne chose car nous n'en avions pas. Il montra comme preuve quelques ouvrages écrits en italien que personne ne savait lire ; mais il avait aussi des outils, des bandages et quelques potions, qui nous persuadèrent facilement. Martín López se présenta comme charpentier, venu dans ces îles parce qu'il pensait pouvoir toujours travailler. Mais à Cuba, rien. Personne ne construit de meubles, ni de portes, même pas de barques. À Cuba on ne s'installe pas, on attend, et les lits de corde que l'on accroche aux arbres, on les prend aux Indiens. Sûrement, dans une expédition, il pouvait servir, on lui accorda deux parts. Mauricio Ortiz était un gaillard ventru, qui parlait fort en riant toujours, ce qui faisait qu'on ne le comprenait pas bien ; il se disait musicien, possédait un cheval solide pour porter sa grande carcasse, et il traînait un sac d'instruments à vent et à cordes dont il jouait fort bien ; il était venu dans les îles pour commercer, il pensait voyager sur son cheval et vendre des instruments, mais il vendit son cheval, et garda ses vihuelas et ses flûtes pour lui car personne d'autre n'en voulait. Juan de Masa, qui avait été artilleur aux guerres d'Italie, fut missionné pour nettoyer avec du vinaigre les dix pièces de bronze que nous avions, et ensuite toutes les faire tirer, afin de mesurer la distance où elles lançaient leur boulet. On m'envoya avec trois hommes essayer les arquebuses et arbalètes, et je notai avec soin leur puissance et leur portée après que l'on eut tiré avec chacune dans une planche plantée sur la plage. On venait assister à nos exercices, on leur trouvait de la méthode, et de retour devant la maison de Grijalva on venait s'engager avec nous. Juan de Escalante, qui était l'excellent alguazil de cette ville, vit qu'il n'y aurait plus personne à gouverner ; il vint avec nous. On lui offrit aussitôt le commandement d'un navire. Les forgerons fabriquaient des armes pour tous, et quand ils n'eurent plus de métal à forger, ils vinrent avec nous.

« Tu vois que la bannière, c'était un bon choix. Tout le monde la reconnaît, et tout le monde vient.

— Je te parlais de bataille, ne me parle pas de boutique.

— C'est la boutique qui permet de gagner la bataille.

— Quel ennui !

— C'est pour ça que c'est moi le chef de l'expédition, Pedro. »

Nous embarquâmes enfin, nous étions plus de cinq cents, seize chevaux, douze chiens, des serviteurs indiens, la plus grande armée qui ait jamais été rassemblée ici. Mais il ne fallait pas y regarder de trop près : il y avait là des artisans, des paysans, des hidalgos sans rien, des commerçants, des bergers, toute une foule de gens dont le seul point commun était d'avoir moins que ce qu'ils désiraient, et d'en concevoir assez de hargne pour aller le prendre. Bien sûr, n'avoir presque rien, c'est vague, cela allait de vraiment rien, pour la plupart, jusqu'à manquer de pas grand-chose si ce n'est de gloire, comme notre Capitaine.

Mais il ne restait plus rien à Cortés. L'argent qu'il avait, il l'avait dépensé, et l'argent qu'il avait emprunté, il l'avait prêté à d'autres pour qu'ils s'équipent et viennent avec lui. J'avais tout noté, en partant nous avions tous quelque chose à lui rembourser. Les Indiens y pourvoiraient.

Je dis *nous*, par exaltation. Cortés, en se coiffant d'un panache de plumes, en brodant son étendard d'une phrase ronflante, avait déclenché dans l'île une vague qui nous emporta tous, mêlés les uns aux autres qui que nous soyons. Nous allions du même pas, et avions chacun le sentiment d'avoir la force de cinquante hommes. Quand la côte disparut, quand nous fûmes au large, entourés de vagues couronnées d'écume, Cortés jeta dans la mer le panache de plumes dont il n'avait plus besoin. Il s'était dépouillé de tout ce qui brillait, et il regardait au large, là où nous allions. Il ne lui restait que son épée accrochée à sa ceinture, il s'appuyait élégamment sur la poignée très simple, sans dorures ni ornements. Je portais la même, ma bonne épée de Séville qui n'avait encore jamais rien coupé, dont je n'avais jamais raconté à personne comment je l'avais obtenue. En cette année 1519 de l'Incarnation de Notre-Seigneur, nous partîmes tout armés vers des terres qu'Il avait créées, sans avoir jugé bon jusque-là de nous le révéler.

Les voiles se gonflaient d'un vent régulier, les navires penchés fendaient les vagues avec de grands éclaboussements, de grands chocs qui secouaient les hommes serrés sur le pont, les chevaux attachés par des sangles qui frappaient les planches du sabot, inquiétaient les chiens qui grognaient, et que leur maître, le seul homme dont ils acceptaient le contact, calmait en leur tapotant la tête. Les drisses tendues faisaient grincer leurs nœuds, le bord des voiles claquait avec un bruit d'envol, nous partions, plus loin que nous n'imaginions ; et bien peu d'entre nous y survivraient, et bien moins encore y trouveraient la richesse qu'ils étaient partis chercher.

CHAPITRE IX
Partir enfin

Nous avions appareillé en février, mais février ici ne veut rien dire, car nulle neige ne tombe jamais en cette île, en quelque mois que l'on soit : il n'est ici qu'un seul mois, qui dure toute l'année, un peu plus sec, un peu plus humide, jamais froid, le froid ayant pour toujours disparu de cette partie de la Terre. Nous faisions voile vers le sud, vers l'île découverte par Grijalva, dont Melchiorejo avait expliqué qu'elle s'appelait île des Hirondelles, ce qui donnait en espagnol prononçable le nom de Cozumel.

Les navires étaient chargés de tout ce que l'on avait pu trouver d'armes et de provisions, les cales pleines, cinquante hommes par bateau avec leur pauvre bagage et dix marins pour la manœuvre, les chevaux, les chiens : il n'y avait plus de place libre, nous étions assis épaule contre épaule, adossés au bastingage, nos épées en travers des genoux. Nous ne voyions rien de la mer, seulement le pont basculer lentement, les mâts osciller, et les marins qui se déplaçaient pour la manœuvre nous enjambaient avec un air agacé, nous gênions. Mais eux ils étaient payés pour venir ; alors qu'ils le gagnent, leur salaire. Certains se levaient en bousculant tout le monde, et allaient vomir par-dessus bord.

Nous étions partis bien en ligne, les onze navires avec des instructions strictes, et en quelques heures, avant même la première nuit, nous fûmes dispersés. Ce n'était pas la flotte du roi d'Espagne mais une flottille de fortune, rassemblée au hasard, sauvée des tarets, retapée avec des planches de palmier et de grosses coutures, ne tenant que par l'ingéniosité des réparations et la chance de chaque jour. Les caravelles filaient en tranchant les vagues, les brigantins étaient à la peine car gréés de trop peu de toile et trop chargés ; les deux naos, usés d'avoir fait tant de traversées, et qui devaient avoir connu l'amiral Colomb lui-même, craquaient de toutes leurs membrures fendillées, décolorées par le sel. Alvarado, qui commandait le meilleur navire, partit devant et disparut.

Les nuages s'accumulèrent dans l'après-midi, d'abord blancs et dispersés, puis agglomérés en une barre continue suspendue au-dessus de la mer, d'une horrible couleur de plomb qui laissait deviner l'énorme quantité d'eau tiède qu'ils contenaient ; et nous allions droit dessus. Cortés avait prévu un point de rendez-vous et fixé une lanterne à sa poupe. Mais la mer se froissa violemment : les vagues se firent plus hautes que les bastingages, on ne voyait plus les autres, personne ne se pencha pour regarder. Il commença à pleuvoir et dans les navires bondés il n'était aucun abri, l'eau crépitait sur les casques, ruisselait sur nos visages, nous courbions la tête et serrions nos genoux entre nos bras. Quand la nuit tomba, des trombes d'eau balayaient le pont. Nous tendîmes des toiles pour nous abriter, trop petites pour tout le monde, vite gorgées d'eau, lourdes et inutiles, produisant de brusques cascades. Dans le noir, des nappes d'eau illuminées d'éclairs coulaient sur le pont, d'un côté et de l'autre, selon la pente alternée du roulis. Dormir sous une pluie battante, dans le tangage brusque et le claquement des voiles, nécessite d'être stoïque, patient, sourd peut-être ; nous ne dormions pas. Épaule contre épaule, les yeux clos sous le ruissellement tiède, nous attendions que ça passe. Les marins faisaient ce qu'ils devaient faire, il faut le leur reconnaître, le gouvernail était tenu d'une main ferme et pas une voile ne s'envola. Au matin la pluie avait cessé, l'air était d'une teinte azurine, pur comme un regard d'enfant, et la moitié des navires avaient disparu.

Les vêtements, les voiles, le bois du pont séchèrent dans une brume diffuse, puis il fit très chaud ; des oiseaux en ligne volaient au-dessus de l'eau bleue, nous retrouvâmes les bateaux un par un, et quand nous arrivâmes à l'île de Cozumel, le *San Sebastián* que commandait Alvarado y était ancré près du rivage, ses voiles roulées aux vergues. Une lumière de plage écrasait des maisons couvertes de chaume, rassemblées en un petit village éblouissant, comme figé dans un bloc de verre. Il n'y avait personne, aucun Indien, seulement les nôtres assis à l'ombre des toits, en petits groupes sous les palmiers qui penchaient vers la mer. Tout ici était incroyablement plat, sans montagnes, sans collines, sans relief, comme si nous abordions un trait dessiné sur une feuille de papier. À quelques lieues était la bordure verte de l'île de Yucatán, car tout n'était qu'îles posées sur la mer, de pauvres fils de laine écrasés entre deux plaques de tôle surchauffées. L'eau était d'un bleu rayonnant, turquoise dilué, si tiède que l'on ne la sentait pas en plongeant dedans, si transparente que l'on voyait parfaitement ses pieds en marchant avec de l'eau jusqu'à la taille. La plage était lumineuse, faite d'une poudre de coquillages blancs qui craquaient sous les semelles de nos sandales. Nous arrivions ruisselants, et séchions aussitôt.

Cortés aborda sans un mot, furieux ; chacun s'était laissé porter par les vents, avait abordé à sa guise, et traînait maintenant sur la plage sans rien faire. Il traversa le village d'un pas vif, je le suivais comme je pouvais, et nous trouvâmes Alvarado suspendu en l'air, souriant. Il se balançait en nous regardant venir, couché dans un filet de coton à grosses mailles attaché par les deux bouts aux piliers d'un abri de chaume.

« Où sont les Indiens ? — Tous disparus dès qu'ils nous ont vus. Dans la forêt, je crois. Mais comme c'est impénétrable, on les laisse. Regarde, on a trouvé ça. »

Dans une calebasse posée par terre il désigna une petite poignée d'objets d'or, quelques chapelets et médaillons tirant sur le rose, d'un or bas mêlé de cuivre qui ne valait pas grand-chose.

« Trouvé où ? — Dans les maisons, et puis il y a une sorte de chapelle où ils avaient posé des offrandes. Il n'y a rien de plus dans ce village, des vieilles étoffes et des poules. Heureusement qu'il y avait les poules, nous les avons prises aussi. »

Les hommes se rassemblaient autour de nous avec une mollesse de badauds. Furieux, Cortés tira son épée, ce qui pétrifia tout le monde, il la brandit au-dessus d'Alvarado, et d'un moulinet net il trancha la corde qui retenait son lit de coton, au ras de ses pieds. Surpris mais vif, Alvarado se rétablit de justesse, réussit à ne pas tomber, voulut protester, mais Cortés, l'épée pointée comme un doigt de professeur, ne lui en laissa pas le temps.

« Il y a des ordres, et vous ne les suivez pas. Et puis il y a des façons de faire. Vous vous comportez comme des voleurs, pas mieux que des sauterelles. Nous n'avons pas rassemblé une armée pour voler des piécettes. Alors vous remettez tout où vous l'avez trouvé, l'or, les tissus, les poules.

— Pas les poules, Hernán, dit Alvarado d'un air penaud.

— Pourquoi, pas les poules ?

— Nous les avons déjà mangées. »

Dans une maison à l'écart, plus vaste et mieux construite que les autres, une femme était restée. Je fus chargé d'aller lui rendre l'or, accompagné du seul Melchiorejo. Il fallait se baisser pour passer la porte, et dans une pièce fraîche et ombreuse, doucement éclairée de son enduit de chaux, était assise la femme, vêtue d'une robe brodée de fil rouge. Un petit enfant nu dormait sur ses genoux, un autre était assis à côté d'elle, et un troisième jouait avec un petit chariot de terre cuite qu'il faisait rouler sur la natte très serrée qui couvrait le sol. Elle ne dit rien, ne bougea pas, ses yeux brillaient dans l'ombre, je ne lui voyais aucune expression, et je ne savais quelle posture adopter. Deux hommes âgés étaient accroupis derrière elle, tout aussi silencieux, dans une attitude qui me paraissait être du respect. Je m'accroupis de la même façon et formulai de longues excuses que je demandai à Melchiorejo de traduire. Elle m'écouta, écouta Melchiorejo avec la même froide dignité, et ne répondit rien. Cette femme pourrait être andalouse, pensai-je. Par son regard, sans un mot, elle me faisait sentir que j'étais de trop. Montait en moi une gêne qui m'empourprait les joues, et je me dandinais bêtement. Je lui rendis l'or, les tissus, joignis des perles, une robe, une paire de ciseaux et un miroir. Elle regarda les cadeaux disparates devant elle puis leva les yeux vers moi, et me répondit d'une voix haute et impérieuse. « Elle dit être sous la protection de la Dame de l'Arc-en-ciel dont le temple est dans la forêt, qu'elle en est la servante et qu'elle veille sur le village. Elle nous demande de partir. »

Les deux hommes derrière elle se balançaient lentement sans rien dire. Sur ses genoux l'enfant dormait toujours, l'autre me regardait fixement, et le troisième continuait de jouer en murmurant de petits bruits entre ses lèvres serrées. Après un temps de silence éprouvant, je me levai, prononçai encore de longues excuses cérémonieuses, et m'en allai par cette petite porte basse qui me força encore à me baisser. « Tu sais vraiment parler aux femmes ! » s'esclaffa Amador quand je lui eus raconté ma gêne dans cette pièce silencieuse où on ne voulait pas de moi.

Camacho de Triana, le pilote du *San Sebastián*, fut jugé et mis aux fers dans l'une des cales. Il traversa la plage encadré par quatre hommes pique sur l'épaule pour qu'on le voie bien, mais les quatre qui l'escortaient n'en menaient pas large non plus. Nous nous étions librement engagés, mais il fallait maintenant obéir.

Au matin Cortés nous rassembla tous, avec nos armes, et il nous rangea par taille, chaque groupe derrière un capitaine, nos armes nettoyées sans un grain de rouille, les arquebusiers la mèche allumée, les arbalétriers leur arme à l'épaule, les canons disposés entre les compagnies, et un étendard flottant au-dessus de chacune. Dans le jour qui se levait, dans la lumière encore fraîche qui faisait briller d'une lueur rose chaque pièce de métal, nous avions bon air, nos équipements hétéroclites luisaient d'une même façon, les hommes de toutes corpulences, rangés, droits, attentifs, semblèrent un instant faire corps, chaque capitaine avait fière allure, le bronze astiqué des canons paraissait neuf.

Cortés passa lentement, il nous compta à voix haute, que nous sachions combien nous étions ; cela était utile, et de nous voir ainsi nous donna confiance, confiance en nous-mêmes, ce qui est la principale force des armées. Nous avions laissé les chevaux et les chiens à bord, les Indiens n'avaient pas besoin de tout savoir.

Ils revinrent dans leur village le lendemain, des hommes de petite taille à la peau brune, vêtus d'un foulard de coton noué autour des hanches, des femmes en robe blanche aux longs cheveux noirs, et des enfants nus, qui couraient en criant comme tous les enfants. Ils se réinstallèrent dans leurs maisons et recommencèrent de vivre comme si nous n'étions pas là, nous évitant s'ils le pouvaient, ne nous regardant pas s'ils nous croisaient, et quand nous venions voir leurs caciques, ils nous offraient de bon cœur du poisson, du miel, et du pain de maïs plat, d'un joli jaune d'or, que les femmes à genoux cuisaient sur une pierre chaude juste avant de le manger.

Leur visage était rond et lisse, les lèvres bien dessinées, les yeux étirés, et ils semblaient être d'une humeur toujours égale, leur figure comme endormie ne laissant filtrer aucune émotion reconnaissable, si ce n'est de temps à autre un sourire qui montrait leurs dents très blanches. Mais jamais un rire, seulement un sourire désarmant de politesse, qui dénotait un humour retenu dont nous nous sentions souvent la cible. Les caciques s'adressaient à Cortés avec des gestes cérémonieux, en de longs discours auxquels nous ne comprenions rien; Melchiorejo ne traduisait que des mots isolés, séparés de longs silences, mais il ne comprenait peut-être pas très bien non plus. Alors nous acquiescions gravement, et mordions dans les petits pains fades que les femmes nous tendaient, trempés dans une sauce verte et brûlante qui nous ravageait la langue.

Ce n'était qu'un village, dans une petite île sans ruisseaux ni rivières, dont toute l'eau venait d'un puits; le principal travail des Indiens était d'élever des abeilles dans des troncs d'arbres creux. La vie était calme, des jardins de maïs s'épanouissaient dans une lumière immobile sans que l'on ait l'air d'en prendre soin, et ils pêchaient au large dans des canoës creusés dans un seul tronc, si légers sur l'eau transparente qu'ils semblaient voler. Ils pagayaient dans un bel ensemble, avec joie semblait-il, et devenaient des oiseaux de mer aux ailes puissantes, leurs larges pagaies rangées comme des plumes. Nous les regardions faire, nous pêchions pour épargner nos provisions en laissant traîner des lignes aux flancs des navires, et nous attendions, sur cette mer plate écrasée par le rouleau d'or du soleil, que des poissons de passage veuillent bien s'y laisser prendre. Cela réussissait peu, les marins seuls excellaient à ce jeu, cela exaspérait Andrés d'attendre que de stupides poissons veuillent bien confondre son appât avec une proie. Andrés s'ennuyait vite, il n'avait pas l'âme d'un pêcheur à la ligne, il n'aimait pas faire passer le temps. Sans l'aide de Melchiorejo dont il trouvait la traduction trop hésitante, il alla voir des pêcheurs sur la plage et il leur expliqua par gestes qu'il voulait monter avec eux, sur le canoë qu'ils poussaient à l'eau. Cela sembla les amuser, ils acceptèrent de bon cœur, et Andrés partit torse nu, coiffé d'un bonnet de palmes tressées, brandissant une longue guisarme à la pointe hérissée de crochets, de ces armes cruelles que l'on utilise dans la bataille pour crocher les cavaliers, et les égorger à travers les fentes de leur armure ; cela irait bien pour de gros poissons.

Rassemblés sur la plage, nous le regardions faire. Debout, sa silhouette marchait sur l'eau, dans cette brume bleutée qui s'accumule tout le jour et noie les lointains. Nous le vîmes jeter des appâts sanglants, attendre, lever sa guisarme et la plonger vivement, s'arc-bouter, et retirer avec l'aide des Indiens une masse frémissante d'un gris d'acier bien plus grosse que lui.

Ils revinrent et jetèrent un requin sur le sable, une bête affreuse, lourde comme deux porcs, sa bouche ouverte débordante de dents triangulaires aussi tranchantes que des couteaux affûtés. Andrés, les épaules cloquées par le soleil, prit la pose à côté de l'horrible bête, ce qui fit rire les Indiens, qui l'imitèrent avec bonhomie, et finirent par lui expliquer que, sans le vif coup de masse que l'un d'eux lui avait appliqué sur les ouïes pour le tuer, jamais il n'aurait pu le hisser à bord.

La chair du requin est ferme, un peu craquante, et excellente grillée sur un lit de braise. On l'éventra pour le vider, ses entrailles se répandirent sur le sable blanc, et de l'estomac fendu tomba un soulier de cuir. Il y eut un moment de stupeur, Cortés écarta la petite foule qui s'était agglutinée autour du monstre. « Continue », dit-il à Iribarne qui avait été pêcheur sur la côte de Biscaye, qui maniait avec habileté un couteau très tranchant et savait découper les thons. Les mains couvertes d'un sang glaireux, il sortit trois souliers espagnols de types différents, une assiette d'étain tordue d'un coup de mâchoire, et au moins trente morceaux de lard et de fromage très reconnaissables, pas encore digérés. Il y eut des murmures de dégoût et d'effroi, de voir ainsi les pauvres restes d'un naufrage qui aurait pu être le nôtre sortir des entrailles d'une bête qui avait tant de dents, et si grandes qu'elle ne pouvait totalement fermer la bouche.

« Eh bien, nous sommes chez nous dans ces îles ! lança

Amador d'un ton qui nous fit frémir, et sourire tout à la fois. Nous servons de nourriture aux poissons comme tout le monde. » Du bout de son épée, Cortés tournait et retournait les souliers maculés d'humeurs rougeâtres, l'air pensif. Il y avait beaucoup d'Espagnols dans ces terres nouvelles, et nous ne les connaissions pas tous.

Le soir, il fit venir Bernal Díaz qui avait participé à l'expédition de Córdoba, il lui demanda ce qu'il pensait des cris que leur avaient adressés les Indiens quand ils leur avaient désigné l'est : « Castilla ! Castilla ! » Díaz, qui raconte bien, ne se fit pas prier pour lui en redonner tous les détails, et c'était troublant. « J'ai beaucoup réfléchi à tout ça, conclut-il, et je pense qu'il y a des Espagnols perdus dans ce pays. » Cortés hocha longuement la tête.

Nous retournâmes voir les caciques dans le grand abri où ils se réunissaient, un préau de palmes tendu de tissus blancs, qui flottaient à la brise du large et où dansaient des taches de lumière. Après le long silence qui suivit l'explication laborieuse de Melchiorejo, le plus vieux des caciques nous dit que bien sûr il y avait des Espagnols. Et comme nous nous étonnions qu'ils ne nous l'aient pas dit, il répondit que nous ne l'avions pas demandé. Ils étaient dans l'île de Yucatán, chez un cacique qui les possédait comme esclaves. Des commerçants, qui allaient sur la côte trafiquer du miel et des plumes, les avaient vus quelques jours auparavant.

« Eh bien voilà, s'exclama Cortés radieux, il suffit de demander. Ils y sont depuis longtemps ? — Plusieurs années. — Peut-on envoyer un messager pour leur dire que nous sommes là ? » Le cacique secoua la tête, échangea quelques mots avec les autres, et tous secouèrent la tête en soupirant. « Bien sûr que non. Si nous envoyons un messager, il sera mangé. — Vraiment ?... — Évidemment. Mais vous pouvez demander à les racheter, en offrant ces objets que vous avez avec vous. Une poignée de perles de couleur, et un miroir pour chacun. »

Ordaz et cinquante hommes franchirent le bras de mer sur deux brigantins, avec une délégation d'Indiens qui portaient nos présents, et une lettre qui expliquait que nous étions à Cozumel, et que nous attendrions huit jours. Les messagers revinrent sans qu'aucun ait été mangé. « S'ils portent suffisamment de cadeaux, cela ne se fait pas », nous avait-on expliqué, sans que nous arrivions à comprendre la quantité exacte que signifiait *suffisamment*, mais pour eux cela avait l'air clair.

Les hommes d'Ordaz restèrent aux aguets, et sur Cozumel nous attendîmes une semaine, désœuvrés, déjà prêts à partir. Les Indiens étaient paisibles, mais nous respections le contrat, nous n'entretenions aucun commerce de chair avec eux, nous ne dormions pas à terre, chaque soir nous remontions dans les bateaux, nous nous installions comme nous pouvions sous ce ciel étrange où les étoiles étaient plus rares qu'en Espagne, où je ne reconnaissais pas ces dessins que l'on s'amuse à faire en les reliant d'un trait imaginaire. Un sommeil paisible nous emportait, bercés par une houle qui faisait à peine grincer les mâts. Au loin, nous entendions le grondement étouffé de leurs tambours dont ils jouaient une partie de la nuit, autour de feux qui brillaient ici et là dans la profondeur de la forêt. Nous ne savions pas exactement ce qu'ils faisaient.

J'en avais plus qu'assez de ce paysage idiot où tout se ressemblait, où l'on ne savait jamais où l'on était, sable blanc, mer bleue, ciel bleu ou blanc selon l'heure, jamais rien d'autre, d'une immobilité au bord de l'évanouissement, avec comme seul événement des pélicans qui volent en ligne avec application, l'air buté, traînant leur gros bec, jusqu'à ralentir, se cabrer, et brusquement plonger et disparaître, émerger enfin en se secouant la gorge pour faire glisser le poisson qu'ils ont attrapé, et rester ainsi, accroupis sur l'eau, jamais satisfaits, l'air de toujours faire la gueule, secoués par les vaguelettes. La mer était chaude, en montait une odeur pisseuse de sel, d'algues et de coquillages ouverts ; y plonger était nager dans une soupe. Il était temps de trouver autre chose. Les Indiens nous accueillaient gentiment mais il n'y avait rien à en tirer, pas d'or, pas d'eau, pas de terres.

Dans la journée, de grands canots venaient de l'île de Yucatán, traversant le bras de mer poudreux de soleil. Ils nous évitaient, abordaient presque hors de vue, et on nous expliqua qu'ils pérégrinaient auprès de la Dame de l'Arc-en-ciel, qui accordait de nombreux enfants à ceux qui venaient en faire la demande. Nous n'avions pas vu son temple, que l'on nous avait dit se trouver dans la forêt.

Il n'y avait pas grand-chose à faire sur cette terre plate, au bord d'une mer plate. « On va voir ? » demandai-je à Cortés ; et avec Amador, Olid, et une vingtaine d'hommes bien armés pour faire bon poids, nous allâmes jusqu'au temple. Une jungle d'arbres bas et entrelacés commençait tout près du village, nous nous attendions à des buissons impénétrables mais ce fut facile : en nous approchant de la lisière, en écartant les premières branches, nous découvrîmes une route pavée de calcaire blanc qui luisait dans l'ombre verte. C'était une vraie route, un peu surélevée, bien sèche, bien maçonnée, et de chaque côté s'étalait le méli-mélo marécageux de ces affreuses sylves, glauques et confuses, où des arbres maigrichons à feuilles dures plongeaient leurs racines dans un sol de boue, recouvert d'un voile verdâtre, parsemé de flaques où des animaux à demi immergés nous regardaient passer. Dans les mares pendaient des lianes verticales ; des nuages devenus gris passaient lentement dans ce miroir sans le rayer. Les arbres morts tenaient encore debout, leurs os blanchis dépassant des feuillages verts, leurs troncs séchés restaient longtemps accrochés aux vivants. Nous avancions en file, serrant nos armes, marchant facilement sans voir où nous allions. Dans ce pays tristement plat, dès que l'on entre dans la forêt l'horizon n'existe pas : il n'est que des troncs si l'on marche entre les arbres, ou une lisière si on a coupé les arbres ; mais ceux-ci repoussent aussitôt, la clairière se referme, et on est à nouveau entre les troncs, on ne voit qu'à quelques mètres. On ne sait pas où l'on est, tout est pareil, il faut pour vivre là une riche vie intérieure. La route, heureusement, nous guidait. Amador allait en trottinant sans difficulté, nous n'avions jamais vu dans toutes les Indes d'ouvrage si bien construit.

La forêt s'interrompit d'un coup, et dans une clairière d'herbe rase, dans cette chaleur grésillante qui sentait l'haleine des plantes et l'eau qui stagne, apparurent de grandes bâtisses de pierre, sans fenêtres, à la porte étroite ouvrant sur une ombre opaque. Au milieu était une pyramide trapue sur laquelle on montait par des marches extérieures, surmontée d'une chapelle peinte de couleurs vives. Sous de grands préaux couverts de chaume, ils étaient là, une foule murmurante d'Indiennes et d'Indiens qui nous tournaient le dos, regardant la pyramide où brûlait de l'encens dans de petites coupes, autour d'une idole de pierre qui montrait les dents, roulait des yeux, tenait de ses bras courts des objets difficiles à identifier, mais je crois qu'il s'agissait d'épis de maïs, et de crânes. En haut des marches, un vieil homme vêtu d'une longue chasuble blanche prêchait d'une voix tremblante mais forte, et la foule répondait par des murmures rythmés, comme des vagues qui viendraient régulièrement heurter un quai de pierre.

Une brume montait de la jungle, le soleil brûlait comme au travers d'une loupe, il n'y avait plus l'air de la côte et nous transpirions sous nos vêtements, nos cuirasses, nos casques, mal à l'aise, aux aguets, personne ne faisait attention à notre présence. Cortés se fit traduire par Melchiorejo les grandes lignes du prêche, il y était question de sang, d'offrandes vitales, de souffrances agréables, d'horribles choses. Et quand il eut fini, le vieil homme attrapa une petite caille dans une cage, lui arracha la tête d'un coup sec. Une caille ce n'est pas grand-chose, et nous en avions vu d'autres, mais voir arracher une tête d'un seul geste me fit frémir, me contracta brusquement le ventre d'une façon désagréable. Il jeta la dépouille d'où gouttait un peu de sang sur un braséro, cela grésilla, fuma, encensant l'affreuse statue d'une odeur de plumes et de chair brûlées. Il y eut un grand son de conques, un murmure dans la foule, et nous vîmes que beaucoup portaient de petites cages où glougloutaient des cailles. Il se fit alors un grand massacre de petits oiseaux, et je voyais autour de moi tous mes compagnons contracter leur cou, et leurs jointures blanchir autour de la poignée de leur arme.

Cortés attendit que la cérémonie se termine puis il alla voir les caciques qui étaient au pied des marches, les doigts tachés de sang où étaient engluées de petites plumes. Il leur fit dire que ces horreurs emporteraient leur âme en enfer. Je ne sais pas comment Melchiorejo traduisit âme, ni enfer, mais Cortés, patiemment, essaya de leur faire entendre quelques saintes et salutaires vérités. Les caciques, eux, tentèrent de lui faire comprendre que leurs idoles étaient adorées parce qu'elles étaient bonnes ; et que si nous faisions cesser les sacrifices, nous péririons en mer, et eux mourraient de faim, le maïs grillerait sur pied et les femmes n'engendreraient plus d'enfants.

La discussion pouvait durer.

« Olid ! Renverse-moi ça. — Le monstre en pierre ? — Celui-là. »

Olid qui ne doute jamais de rien monta les marches avec trois hommes, ils s'appuyèrent sur la statue qui vacilla, bascula, tomba en se brisant. Il repoussa du pied les morceaux sur les marches, ils roulèrent jusqu'en bas et s'écrasèrent dans l'herbe, un bras tenant un crâne, le sourire bordé de dents, une demi-tête à l'œil exorbité, les morceaux dispersés ne bougeaient plus. Rassemblés, nous pointions nos piques, serrant leur hampe à nous faire mal aux doigts, mais les Indiens ne protestaient pas. Ils regardaient les fragments de la statue, parlaient entre eux comme on suppute un oracle, ils ne paraissaient ni scandalisés ni furieux. Quand Cortés leur fit comprendre que nous allions installer ici même un autel à Notre-Dame virginale, ils demandèrent simplement si nous avions une statue. Un peu surpris, Cortés répondit que oui, et ils parurent satisfaits. Nous retournâmes aux vaisseaux sans qu'ait eu lieu aucun incident. Si ça, ce n'est pas une preuve de l'évidence universelle de la Révélation, je me demande bien ce que c'est.

Il y avait dans ce village de la chaux, elle leur servait à recouvrir leurs maisons, dedans et dehors, comme en Espagne. Cortés demanda que l'on repeigne d'un blanc immaculé cette chapelle dégoûtante, toute souillée de croûte et de suie. Il fit construire un autel très simple par des maçons indiens, et fit assembler par López, le charpentier qui était parmi nous, deux poutres de palmier en une croix qui était haute comme un homme. On plaça là une statuette de Notre-Dame en manteau bleu, si douce et si humaine, ses mains pressant son cœur battant, ses yeux chastement levés au ciel, à la place de ces monstres avides de sang qui régnaient par la terreur qu'ils inspiraient. Frère Díaz dit la messe, que nous entendîmes avec un peu d'exagération, nous agenouillant avec empressement et marmonnant tête bien baissée, plus peut-être qu'il n'aurait fallu, mais les Indiens suivaient toute la cérémonie avec attention, commentant entre eux chaque geste, ébauchant des imitations comme quand on apprend à danser. Cortés expliqua ensuite aux caciques ce qu'il faudrait faire quand nous serions partis, il leur demanda de garder l'autel propre et garni de fleurs. Ils acquiescèrent sans hésitation.

Après les huit jours, Ordaz revint, personne n'était venu au rendez-vous. Cortés donna l'ordre de partir, fit des recommandations expresses de ne pas se disperser, libéra le pilote d'Alvarado de ses fers, mais il confisqua l'une de ses voiles, qu'il n'aille pas de nouveau à l'aventure. Nous n'étions pas partis depuis une demi-journée que c'est du bateau d'Escalante que partirent un coup de canon, puis des signaux et des cris. Il faisait eau, et c'était lui qui transportait dans ses cales

les provisions de cassave : il fallait revenir. Cela prit quatre jours pour vider le navire de tout ce qu'il contenait, le rapprocher du rivage du mieux que l'on pouvait, et rapiécer sa coque rongée par les tarets.

Nous retournâmes dans la clairière voir le temple de la Dame de l'Arc-en-ciel, et à notre grande satisfaction tout était dans l'état où nous l'avions laissé, très propre, bien balayé, et même mieux arrangé car abondamment garni de fleurs. Ils aimaient les fleurs et en décoraient leurs idoles, et là ils en avaient tant mis que de la Vierge que nous leur avions laissée ne dépassait que la tête. Avec ses yeux levés au ciel, les fleurs jaune vif et une rouge ardent tout autour de ses joues, au ras des narines, cela lui donnait un air inquiet de noyée, ou l'air enamouré d'une femme enivrée de parfums. Frère Díaz s'approcha comme pour la sauver, et vit en écartant les fleurs qu'on l'avait vêtue d'une petite robe de coton blanc, peinte de motifs colorés où l'on reconnaissait du maïs, des masques et des ossements. Il voulut tout balayer, mais Cortés le retint.

« Laisse-les l'honorer comme ils le souhaitent. — Ils en font un peu trop. — Ils apprendront quand ils comprendront notre langue. Ils ont une foi intense, ils ne se trompent que de but. Cela vaut bien de les laisser trop aimer les fleurs. »

Je remarquai de petites taches de sang frais dissimulées sous la robe, mais je n'en fis pas état, puisque Cortés avait décidé de ne pas insister ; mais je n'étais pas sûr qu'ils fassent exactement ce que nous croyions qu'ils faisaient.

Au quatrième jour des réparations, alors que nous rechargions le navire d'Escalante, un canoë à six rameurs traversa le bras de mer, droit sur nous, aborda la plage sous nos yeux, sans cette indifférence polie que nous montraient d'habitude les Indiens. Cortés m'envoya voir, avec Ordaz et plusieurs soldats qui allumèrent la mèche de leur arquebuse pour parer à tout. Les Indiens vinrent vers nous sans hésitation, c'était étrange, l'un d'eux marchait devant les autres et il nous regardait fixement, il avait les cheveux coupés très court et portait sa rame sur son épaule, tandis que les autres avaient leurs longs cheveux remontés en chignon et portaient un arc et une poignée de flèches. J'ordonnai aux arquebusiers de les mettre en joue et je tirai mon épée. Ils ne s'approchèrent pas plus, sauf celui aux cheveux d'esclave qui continua, il redressa sa rame, je m'attendis au pire, mais il la jeta par terre. Il s'avança jusqu'à moi, titubant et intimidé, tremblant et mou comme si on lui avait ôté le squelette, s'approcha jusqu'à me toucher, en me regardant avec des yeux larmoyants. Il bredouilla des mots confus, comme s'il les mâchait : « Mon Dieu ! Sainte Marie ! Séville ! » Et puis il me demanda quelque chose que je dus lui faire répéter plusieurs fois avant que je comprenne qu'il parlait vraiment castillan, mais en le prononçant très mal : « Êtes-vous chrétiens ? De qui êtes-vous les sujets ?

— Du roi d'Espagne », murmurai-je enfin, et il me tomba dans les bras, en larmes. Un des arquebusiers se précipita pour prévenir Cortés que nous avions retrouvé le naufragé.

« Gerónimo de Aguilar, articula-t-il en retrouvant peu à peu son vocabulaire, d'Écija en Andalousie. Huit ans ! Huit ans de jungle, sans jamais parler une langue honnête où l'on puisse exprimer des sentiments élevés et de saintes vérités. Huit ans à obéir, à subir, tête basse, à craindre d'être désigné, sacrifié, tué, dévoré par les hommes qui m'entouraient et me parlaient comme à un chien. »

Un flot de paroles sortait maintenant de lui, bourbeux, difficilement compréhensible, comme une vieille canalisation qui se débouche. Il ne pouvait plus s'arrêter. Nous l'emmenâmes aux vaisseaux, Cortés attendait, impatient.

« Il est où, l'Espagnol ? demanda-t-il. — Mais là ! »

Cortés regarda avec stupeur l'homme qu'il n'avait pas su discerner de n'importe quel Indien pouilleux, vêtu d'une mauvaise cape de coton effrangée et d'une bande de coton très sale nouée autour de sa taille. De cette pauvre ceinture il tira un livre, un petit livre d'heures tout usé qu'il montra à Cortés, feuilletant les pages où étaient disposés des prières, des psaumes et des enluminures.

« D'Espagne je n'ai gardé que ça, et on peut dire que je l'ai lu, si je l'avais perdu je serais mort. Pendant huit ans je l'ai ouvert et lu chaque jour pour me souvenir que ce n'était qu'une épreuve, pour préserver mon âme de ce pays de cannibalisme et de fornication. Et je suis maintenant sauvé. — Vous n'étiez pas plusieurs ? — Tous sacrifiés et mangés, devant moi. Un autre est vivant, mais il ne veut pas venir. Il est comme eux maintenant, tatoué sur le visage, les oreilles et les lèvres percées ; il a épousé une Indienne et lui a fait des enfants. Il a goûté la chair humaine. »

Cortés le fit vêtir à l'espagnole, mais il refusa les chaussures, préféra garder ses sandales indiennes. « Tu parles leur langue ? — Je n'ai entendu et parlé que ça pendant huit ans. — Parfait, parfait. Frère Díaz va leur faire une belle homélie que tu leur traduiras point par point ; parce que je ne suis pas sûr qu'ils comprennent tout ce qu'on leur dit. Et puis tu me parleras de ce pays. — Je n'en connais presque rien, Capitaine. — Après huit ans ? — J'ai appris à couper du bois avec une hache en pierre, à porter de l'eau dans des outres, parce que ici il n'y a que des puits. On a voulu me faire porter une charge comme un homme de bât, et en deux heures j'étais épuisé, alors on m'a laissé au village gratter la terre pour le maïs. Je sais comment on cultive le maïs, mais je ne connais aucun autre village que celui où j'étais. Et aucune ville, comme il paraît qu'il y en a. Vous en avez vu ? »

Je vis la déception dans l'œil de Cortés. Mais il lui sourit, lui tapota gentiment l'épaule, lui assura que ce n'était pas grave. Il ne lui parla plus de la journée. Après la messe, nous embarquâmes pour contourner la grande île de Yucatán, et voir ce qu'il y avait de l'autre côté.

CHAPITRE X

Survivre à une grêle de pierres

Alaminos connaissait son métier. Il nous guidait, il était venu déjà deux fois, et nous contournâmes l'île de Yucatán avec les onze navires bien en ligne. Celui de Cortés était en tête, pas un n'osant dévier, doubler, ou traîner. Nous suivions une côte plate qui dépassait à peine des vagues, la laissant toujours à gauche, sans jamais la perdre de vue. Il faisait bon, la mer était calme, nous n'approchions pas. Parfois le fil de laine verte posé sur l'horizon était interrompu de constructions blanches, des bâtiments de pierre que nous distinguions mal, et ensuite la forêt continuait encore.

« Nous n'allons pas voir ? — Non. » Je ne cherchais pas à en savoir plus.

Les hommes s'agitaient, ils suivaient du regard le vol des oiseaux, personne n'osait demander où nous allions. Díaz reconnut la ville de Champotón, là où Córdoba avait pris sa déculottée. Il désigna l'éclat du soleil sur de grandes bâtisses, la plage qui grouillait de silhouettes confuses. Sans qu'aucun ordre soit donné chacun revêtit ce qu'il avait comme armure, et l'on se rangea en armes sur le pont, face au château arrière où était Cortés, à côté d'Alaminos qui tenait la barre. « Qu'est-ce que vous faites ? — Nous sommes prêts... — Mais à quoi ? — À leur montrer. » Aguilar, qui ne quittait pas Cortés pour faire oublier son ignorance, lui susurra qu'il y avait là un peu d'or, et qu'il pourrait nous guider. Cortés le regarda, regarda les hommes alignés sur le pont, il éclata de rire : « Un peu d'or ! Nous n'allons pas débarquer pour ça ! Et que voulez-vous que je leur montre ? Messieurs, je sers Dieu et le Roi ! » Et il redoubla de rire, devant nous tous un peu gênés, Aguilar vexé, personne n'osant rire avec lui car nous ne savions pas ce qu'il voulait dire, si c'était de la noblesse, du détachement, de l'ironie, ou bien la simple moquerie de ce pauvre Aguilar, qui était resté huit ans en Sauvagerie sans rien apprendre que porter de l'eau et couper du bois avec une hache en pierre, vierge et pieux comme au premier jour. C'est Alaminos, en surveillant les voiles, qui trancha : avec les vents qui tournaient, si nous abordions il nous faudrait huit jours pour repartir. Alors tant pis.

Nous arrivâmes enfin au but, qui était le fleuve de Grijalva. L'eau changea de couleur, une longue traînée de boue s'enfonçait de plusieurs lieues dans la mer. Nous n'en voyions pas les bords mais l'eau était lisse, douce, et il y flottait des troncs entourés de feuillages avec leurs racines en l'air, et sur l'un d'eux un petit singe assis regardait autour de lui avec inquiétude ; des radeaux d'herbes d'un vert vif suivaient le courant, leurs feuilles épaisses étaient en forme de cœur et leurs tiges gonflées d'air les maintenaient à flot.

Les rives se rapprochèrent, le courant se faisait plus vif. Alaminos prudent sonda le fond puis il fit mettre en panne. Il n'y avait pas plus de quatre mètres d'eau, les gros navires qui portaient les chevaux et les provisions n'iraient pas plus loin. C'est là que les Indiens avaient offert un vêtement d'or à Grijalva, nous venions chercher le reste.

Une centaine d'hommes s'entassèrent sur les trois brigantins capables de remonter une rivière, une autre centaine dans les chaloupes des caravelles. Une brume tiède stagnait à la surface, qui rendait la respiration difficile, imprégnée de l'odeur fade de l'eau douce et des feuilles mouillées. Les arbres de la rive lançaient de longues racines grêles, des pattes de gerris qui permettent d'avancer sur l'eau et de refermer la forêt. Des grues inquiètes s'envolaient à notre passage, d'un vol si puissant et si lointain qu'il en paraissait lent, elles étaient blanches et vives dans ce paysage trouble, et en quelques gestes élégants elles allaient se poser un peu plus loin.

Entre les mangliers qui bordaient la rive, nous vîmes les Indiens. À main gauche ils nous suivaient comme des fantômes, le visage peint de blanc et de noir, des ornements de plumes autour de leur tête comme des auréoles un peu floues. Ils se glissaient entre les troncs, faisaient des signes difficiles à comprendre, on ne voyait pas combien ils étaient. Des dizaines peut-être, ou plus, dans ce paysage sale et verdâtre, ils étaient avec les oiseaux les seules formes claires et mobiles. Les brigantins remontaient le courant avec peine, leurs voiles gonflées, les chaloupes suivaient en tirant sur les rames, nous n'allions pas plus vite que les hommes à pied qui nous suivaient sur les rives.

Apparut une ville au bord de l'eau. Les maisons aux murs blancs étaient couvertes de chaume, alignées en rues régulières autour d'une pyramide de pierre, de celles qui servent de temple, où l'on trouve un peu d'or. Tout était entouré d'une palissade de pieux, sauf une plage boueuse où s'alignaient des canoës tirés au sec. Les Indiens s'y rassemblaient en silence, de plus en plus nombreux, ils nous regardaient approcher. Quand nous fûmes à portée de voix les brigantins furent mis à l'ancre, les chaloupes s'y amarrèrent, et brutalement les tambours roulèrent. Cela fit un tonnerre continu, déchiré de rugissements de conques. L'air tremblait. À bord nous baissions la tête en serrant nos armes, rajustant nos casques comme sous un orage.

Un long canoë approcha, propulsé par vingt rameurs, portant un cacique debout, très majestueux, enveloppé d'un manteau de plumes qui faisait autour de lui une aura frémissante. « Aguilar, mets-toi debout. Reste près de moi et traduis tout ce que je dis. » Cortés s'adressa au cacique d'un ton pompeux, en s'interrompant après chaque phrase. Il lui demanda l'autorisation de remonter le fleuve, d'aborder, d'entrer dans leur ville, de prendre de l'eau, de commercer avec eux ; il lui annonça qu'ils étaient désormais sous la protection du roi d'Espagne, le plus grand roi de l'univers, et que nul ne pourrait leur faire du mal sans offenser gravement ce grand seigneur ; et puis il leur demanda d'entendre quelques saintes vérités, qui leur feraient découvrir la Vraie Foi qui serait désormais la leur. Je ne sais pas si Aguilar savait leur traduire tous les mots, car roi, vérité, foi peut-être n'existent pas dans cette partie des Indes dont nous ne connaissons rien, et il faut que la chose existe pour qu'un mot la désigne. Mais peut-être certaines choses font-elles exception, celles-là, justement.

Le cacique sur le canot tint à son tour un grand discours d'une voix forte, il gardait les bras croisés, restait impassible comme s'il prononçait des vérités qui se suffisaient à elles-mêmes, et régulièrement les Indiens sur la rive levaient les mains vers le ciel en poussant une grande clameur joyeuse.

Aguilar essayait de suivre, mais il y avait beaucoup de rhétorique dans ce discours, les paroles étaient rythmées, les mêmes sons revenaient comme des rimes, et les Indiens criaient tous en chœur à ce moment-là. Le sens lui échappait, mais Cortés, devant leur enthousiasme, semblait satisfait. « Ils ont l'air de comprendre ce que je leur ai dit, non ? Nous allons descendre. »

Melchiorejo, qui avait tout suivi, pâlit et se mit à trembler. « Il faut partir, Capitaine, vite. Ils vont nous tuer. — Qu'est-ce qu'il dit ? — Il explique comment ils vont nous manger. Les peintures, ce sont les peintures pour la guerre. — Eh bien heureusement qu'on a un interprète », fit Amador qui avait coiffé un casque qui lui descendait un peu sur les yeux et enfilé une brigantine de cuir clouté car il n'avait pas trouvé de cuirasse à sa taille. La première volée de flèches se déploya dans le ciel avec un vrombissement de guêpes et se perdit dans l'eau ; nous répondîmes par une arquebusade dont le vacarme interrompit le son des tambours quelques instants ; mais ils se reprirent, le martèlement se fit énorme, accompagné du terrible déchirement des conques. Les flèches mieux ajustées se plantèrent dans les bordages, glissèrent sur nos boucliers, et firent quelques blessés, percèrent des épaules et des cuisses. « On y va. » Cortés enjamba le plat-bord du brigantin et se laissa glisser dans la rivière, l'épée à la main je le suivis, je me retrouvai dans l'eau jusqu'à la poitrine, les chevilles engluées dans la vase. Amador resta à bord car il aurait été englouti, il s'occupa du fauconneau. Des pierres de fronde grêlaient autour de nous, elles sifflaient en l'air et frappaient l'eau d'une brève éclaboussure, je me protégeais de mon bouclier tenu haut et je sentais chaque impact sur mon bras comme un coup de marteau qui me frappait l'épaule. C'était la première fois que l'on me tirait dessus, la première fois que je sortais mon épée dans l'intention de tuer ceux qui se précipiteraient sur moi, qui seraient sur mon chemin, je serrais la poignée pour que la sueur de mes paumes ne la fasse pas glisser. Et la plupart autour de moi, empêtrés jusqu'à la taille dans l'eau lente du fleuve, avançaient avec des gestes d'une maladresse indécise, et je voyais sur leur visage la terreur de la première fois. Il n'y aurait eu que nous, ce ramassis de hasards, cette bande d'amateurs ayant acheté une arme chez un forgeron de Cuba, nous aurions fini flottant à plat ventre, les membres brisés de pierres, percés de flèches, nos corps à la dérive dans l'eau brune entre des radeaux d'herbes vives ; mais heureusement il en était quelques-uns qui savaient l'art de la guerre, et Andrés fit merveille. Furieux comme le Campeador, il avançait à pas lourds, à peine gêné par le courant, pointant son épée droit sur les Indiens massés sur le rivage, hurlant des ordres, des indications, et toutes les insanités qui lui passaient par la tête. Nous fîmes ce qu'il fallait faire : nous avançâmes sans perdre personne, ployés sous nos boucliers et nos chapels de fer où rebondissaient les traits, avançant épaule contre épaule, pas à pas, arrachant nos pieds à la boue si profonde et si collante qu'il fallait forcer pour en sortir sa jambe, mais nous tenions debout et nous prîmes pied sur la plage. Cortés était devant moi, il avait perdu l'une de ses sandales, on remarque des choses idiotes au mauvais moment, l'esprit affolé se concentre sur ce qu'il peut, nous fûmes face à ces hommes au visage blanc barré de noir, serrés et hurlants, agitant des lances et des masses d'armes, et toutes les pièces que portaient nos bateaux firent feu en même temps.

Les pierres de fronde ne sont que des pierres lancées à la main, on les voit venir, on comprend ce qu'elles font, elles s'envolent et elles frappent ; mais les boulets, on ne les voit pas, il y a un vacarme, un souffle, et plusieurs Indiens ne tinrent plus sur leurs membres brisés, ils s'effondrèrent en éclaboussant de leur sang ceux qui restaient debout. Il y eut un fléchissement dans leurs rangs, et nous nous précipitâmes, pointant nos piques, piquant de nos épées, et les canons tirèrent à nouveau avec leur tonnerre confus et leurs effets inexplicables. Les Indiens refluèrent derrière leur palissade de pieux. Nous les suivîmes, nous enfonçâmes la palissade de pieux, nous combattîmes dans les rues serrés les uns contre les autres, occupant l'espace, nos boucliers devant nous, une forêt de piques dressées les empêchant d'approcher, nous les repoussions, le combat consistait à pointer nos armes, à les entrechoquer, les menacer, avancer, ils se retiraient sans jamais nous tourner le dos. Puis ils s'enfuirent, Cortés nous ordonna de ne pas les poursuivre. La ville était à nous. Autour étaient des prés marécageux coupés de rideaux de palmiers, où leurs petites silhouettes s'éloignaient et disparaissaient.

Nous ne trouvâmes rien de précieux dans les maisons, ni aucune femme ni aucun enfant, ils avaient tout vidé, tout le monde était parti. Nous nous sommes rassemblés sur une place centrale où était un très grand arbre, un fromager au tronc lisse et à l'énorme feuillage, qui donnait une si grande ombre que nous pouvions y tenir tous. Il avait des lignes si simples qu'il ressemblait à la première idée que l'on a d'un arbre quand on prononce le mot. Cortés leva haut son épée, et frappa trois fois le tronc, il l'entailla et il en coula un peu de sève, chaque coup résonna dans les ruelles, dans l'air et par le sol, comme une cloche assourdie. Il déclara à haute voix prendre possession de cette ville, pour lui-même et au nom de Sa Majesté. « Et s'il se présente quelqu'un pour me contredire, je défendrai mon droit par cette épée. » Il la brandit à nouveau, et tous nous l'acclamâmes, et nous déclarâmes tout haut, tous ensemble, dans un grand vacarme de voix exaltées, que nous courrions à son aide si quelqu'un prétendait le contraire. Je rédigeai un acte, où tout fut noté, le geste, la déclaration, et les acclamations.

Nous étions fatigués et soulagés d'avoir vaincu, une quinzaine d'entre nous étaient blessés, un membre percé de flèches ou l'os brisé d'une pierre, mais tout le monde était là. Sauf Melchiorejo qui avait disparu. Certains l'avaient vu quitter ses vêtements espagnols, plonger et gagner le canot du cacique où il avait été accueilli comme l'un des leurs. Une dizaine d'Indiens restaient étendus sur la rive, eux étaient morts du fait des canons et des arquebuses. Nous passâmes la nuit dans leurs maisons vides, organisant une bonne garde où les sentinelles se remplacèrent toutes les deux heures.

Nous fîmes débarquer les chevaux. Après plusieurs jours de mer ils vacillaient sur leurs jambes et n'osaient pas courir ; et aussi les chiens, qui s'égaillèrent en jappant, se roulaient dans l'herbe, se comportant pendant quelques heures comme des chiots. Et puis ils redevinrent ce qu'ils étaient : des montures vigoureuses capables de galop et de virevoltes, et des bêtes de guerre méfiantes, qui n'acceptaient rien que de la main de leur maître.

La jument de Sedano, soulagée de sentir le sol, mit bas d'un poulain. Il se releva en flageolant, et prit d'heure en heure plus d'assurance ; le lendemain il trottinait autour de sa mère, ce qui était bon présage car il était le premier cheval à naître sur l'île de Yucatán.

Vers midi, Francisco de Lugo revint d'une patrouille avec huit blessés, blessé lui-même, et deux morts qu'ils avaient ramenés avec difficulté. Son gros chien restait près de lui et léchait ses blessures avec de petits gémissements. « Toute l'armée des Indiens est là ; ils sont plus nombreux que ce que nous avons vu. »

Les deux morts étaient couchés sur le sol, nous étions en cercle autour d'eux ; les blessés étaient pâles, verdâtres, inquiets, leur vêtement déchiré et sanglant là où ils avaient été frappés, leurs membres atteints d'estafilades et d'hématomes. « C'est une fourmilière, dit Lugo en ruisselant de mauvaise sueur, nous avons mis le pied dans une fourmilière. »

« Frère Díaz, dis-nous la messe. » Nous nous rangeâmes et il dit les mots que nous connaissions tous. Nous répétions après lui, tête baissée, notre casque posé à terre, notre épée plantée dans le sol. Suivre la messe avec ses armes nous faisait nous sentir hidalgos alors que bien peu l'étaient, cela nous faisait paladins, ce que nous n'étions pas du tout. En nous relevant, nous l'étions tous.

Les seize cavaliers revêtirent leur armure, ils garnirent le poitrail de leurs chevaux de chaînes et de grelots, ils faisaient en marchant un grand vacarme métallique. Ils prirent en file un chemin le long du fleuve et disparurent. Nous sortîmes de la ville rangés en compagnies, chacune autour d'un capitaine comme une vraie armée. Faire semblant, à force, c'est faire.

Le paysage était inconsistant, une étendue molle de champs détrempés, parsemés de touffes d'herbes dures, coupés de fossés où dans une eau immobile se reflétaient les nuages, où de fragiles échassiers posés sur leur reflet nous regardaient passer en balançant leur cou. Nous avancions lentement, chacun de nos pas faisait le bruit de succion d'une éponge que l'on écrase ; des palmiers maigres se découpaient sur le ciel, des buissons confus nous bouchaient la vue, et nous fîmes près d'une lieue avant de les voir. Nous avions entendu leur rumeur et nous ne savions pas d'où ça venait, dans le vrombissement continu des insectes volant autour de nos yeux, de nos bouches, de nos oreilles, qui se posaient pour boire la sueur sur nos visages, cela pouvait venir des buissons, de l'herbe vibrante de sauterelles, de l'air troublé d'humidité, et derrière un rideau d'arbres, sur un vaste pré, ils étaient là, tous leurs bataillons d'hommes de guerre bien rangés, peints et emplumés, et ils acclamèrent notre apparition, ils firent d'horribles grimaces que leurs peintures ne rendaient pas très claires. « Sainte Mère de Dieu ! Mais combien sont-ils ? » Il en sortait comme des grenouilles de la seconde plaie d'Égypte, ils jaillissaient des hautes herbes de la prairie, il en venait de nouveaux, encore et encore, vociférant, hululant, ensemble ou chacun pour soi, je n'en sais rien, des injures, des menaces, des malédictions, agitant des bannières, brandissant des armes, les faisant tournoyer et nous pointant du doigt, battant des tambours sans discontinuer, soufflant dans des conques, s'avançant de quelques pas, s'arrêtant et soufflant encore pour nous montrer combien ils pouvaient souffler fort et nous terrifier du vacarme, dansant, hurlant des choses qu'Aguilar ne traduisait plus. Il se serrait contre notre Capitaine, essayait de se glisser derrière son bouclier, car il savait, lui, ce qui allait se passer, il l'avait déjà vu, il avait déjà senti l'odeur de la chair humaine que l'on cuit avant de la manger, il a déjà vu les banquets où l'on dévore les gens. Heureusement que nous ne comprenions rien. Mes pieds s'enfonçaient dans le sol flasque, les insectes vibrionnaient autour de moi, je transpirais sous mon casque. La poignée de mon épée glissait dans ma main. Dans cette prairie molle, il n'était même pas possible de fuir.

Au milieu du vacarme des tambours, un homme peint s'avança sur le champ libre entre nous, il était enveloppé de longues plumes qui luisaient de reflets comme un verre que l'on tournerait au soleil, et il dansait en agitant dans une main un bouclier orné d'une trogne de serpent, et dans l'autre un couteau de pierre noire orné de plumes rouges. Il se baissait, se redressait, tournait sur lui-même. « Qu'est-ce que c'est que cette façon de faire la guerre ? grogna Cortés. Amador, descends-le. »

Amador maniait l'arbalète avec beaucoup de précision. Ses muscles durs la tendaient prestement, et il visait sans trembler. Cela le faisait rire cruellement, de ficher droit dans la cible ces carreaux pas plus longs qu'un pied : « Petite flèche, mais fatale ! Méfiez-vous des nains... » Le carreau partit en vibrant, traversa le bouclier de plumes, perça l'armure de coton d'où jaillit une brève fleur de sang, le danseur bondit en arrière comme frappé d'un coup de masse, tomba par terre et ne bougea plus.

Alors un frondeur s'avança, posa dans sa lanière une pierre ronde, tourna son bras ; le casque de Pedro Gomez sonna comme une cloche, il chancela, il mit un genou à terre en portant la main à sa tête, il s'effondra ; nous levâmes tous nos boucliers ; ils nous envoyèrent une grêle de traits, et se précipitèrent tous. Ils couraient à l'assaut en maniant de grosses épées à deux mains comme les espadons de lansquenets, ils les brandissaient et frappaient, cela faisait un choc sourd ; je piquai ma lame et sentis au bout de mon bras l'acier vibrant se figer soudain, planté dans la masse solide d'un corps, il tomba, je ne vis rien de lui, il disparut dans les jambes des autres qui nous frappaient de leur arme pesante, le bord de pierre noire tranchait net, faisait de profondes estafilades dans toute chair qu'elle touchait, mais la pierre s'effritait comme du verre en cognant sur du métal ; et les moulinets nécessaires pour soulever cette arme, pour frapper d'une ample courbe, étaient lents. Il fallait se protéger, tenir droit sur ses jambes, s'abriter derrière le bouclier, absorber d'un bras ferme le grand coup qui sonnait avec un crissement affreux, et quand il relevait les deux mains pour porter un nouveau coup, découvrant ainsi son ventre, son torse, sa gorge, planter un coup d'estoc droit devant, sans hésiter car toute la force du coup est dans la décision, et la lame d'acier entrait comme s'ils étaient nus. L'armure de coton était faite pour les chocs, pour les gourdins et les pierres lancées de loin, pas pour nos pointes. La lame entrait dans la chair dans un brusque épanchement de sang, et il s'effondrait. Nous restions serrés, courbés, tendus, eux faisaient grands bruits et grands gestes mais ils tombaient. Il fallait être vif, précis, ne jamais relâcher l'attention, à la moindre distraction on prenait un sale coup, toute chair découverte était entamée. Ils commencèrent à joncher le sol, et nous nous en tirions avec des blessures.

Ce n'est pas si difficile de tuer un homme ; surtout s'il est peint, grimaçant, le visage entouré de plumes, rien qui soit reconnaissable, seulement menaçant. Un coup et il est à terre, rien de grave ; après ça devient un point technique : tenir l'épée, repérer la faille, pousser la pointe ; la retirer sans rien casser, se tenir prêt, recommencer. L'épée n'est qu'une aiguille, et combattre c'est coudre la chair humaine.

Je vis d'étranges choses pendant ce combat, je les vis nous frapper aux membres bien plus qu'à la tête, je les vis nous empoigner à mains nues plutôt que nous porter un coup fatal, j'en vis s'empaler sur nos épées en voulant s'emparer de ceux qui les tenaient, j'en vis s'avancer seuls, et ceux qui les suivaient les laissaient faire, comme par politesse, par hommage à leur courage, et ils se faisaient tuer d'une brève estocade qui durait moins d'une seconde. Je devinai qu'ils avaient pour usage de blesser et de saisir plutôt que de tuer ; cela nous fut utile, cela nous sauvait, car nous les tuions net avant qu'ils ne se rendent compte que nous ne suivions pas de règles car nous n'étions pas là pour ça. Nous voulions survivre à la bataille, nous voulions simplement vaincre.

Cela dura une heure, ou deux, je ne sais pas, nos muscles se tétanisaient de fatigue, nous ruisselions de sueur dans l'haleine tiède des herbages où nous pataugions, les Indiens étaient inépuisables, encouragés par les tambours qui roulaient sans fléchir, par les trompes qui hurlaient pour les relancer à l'assaut, et des dizaines d'entre nous étaient à terre, hâves et sanglants, les autres serraient les rangs, nous devions former une muraille, les empêcher de passer, isolés nous serions morts. Cortés s'activait comme Roland, la voix rauque, transpirant et brave, il ferraillait en criant des ordres. Il fallait être au plus près d'eux, nos coups d'estoc leur faisaient grand mal, il fallait avancer, les coller, gêner leurs grands gestes, les empêcher de nous cribler de pierres et de traits. Les arquebuses faisaient merveille, mais lentes, si peu nombreuses, et plusieurs arquebusiers étaient blessés de flèches. La bataille était indécise, mortelle pour beaucoup d'entre eux, mais ils étaient sans peur, et hardis, et dangereux, ils nous auraient rongés et réduits si cela avait duré jusqu'au soir, et nous serions tous morts dans ce champ marécageux si le tonnerre ne s'était fait entendre, un roulement continu qui ébranla le sol, accompagné d'un terrible secouement de ferraille. Les cavaliers avaient mis le temps, ils s'étaient perdus entre les haies, les buissons et les fossés pleins d'eau, mais ils arrivaient.

Seize chevaux, c'est peu, mais tous ensemble au galop c'est un séisme continu, un martèlement terrible que l'on sent par les pieds, par la poitrine, par un tremblement des dents, un grondement qui s'approche avec un cliquetis de sonnailles, seize hommes vêtus de fer et dépourvus de visage, pointant chacun une lance, statues terribles plus hautes que deux hommes l'un sur l'autre, rapides comme une crue, puissants comme une avalanche, et le moindre coup qu'ils portaient renversait un homme, le projetait en arrière, et quand il retombait pantelant ils étaient déjà plus loin. Notre soulagement fut tel que certains virent saint Jacques Matamore à la tête des cavaliers, sur un cheval que personne ne reconnut, sous une armure que personne n'avait vue, enveloppé d'un manteau blanc qu'ici personne ne portait; mais je ne suis sûr de rien, pêcheur comme je suis je ne risque pas de voir de telles merveilles. À Cortés, nous demandâmes qui était ce cavalier qui les guidait tous, il dit : « Qui ? » Et puis : « C'est Dieu qui est avec nous. En avant ! » Faut-il rendre hommage à saint Jacques, ou bien à la présence d'esprit de notre Capitaine ? La charge grondante interrompit les tambours, ils tournèrent le dos et s'enfuirent, ils furent poursuivis à cheval, ce qui fut fatal à beaucoup, car ils présentaient leur dos à des cavaliers porteurs de lances qui couraient plus vite qu'eux.

Pour la plupart nous avions vécu le baptême du sang. Cela provoqua un étrange abattement, une fatigue des membres et du cœur qui ne pouvaient supporter rien de plus. Il n'y avait qu'Andrés à trouver ça excitant, et il arpentait le pré en marmottant, décapitant de brefs moulinets des touffes d'herbes et des fleurs, marchant à grands pas pour dissiper ce qui restait de son inépuisable énergie guerrière. Certains qui avaient déjà connu l'atroce mêlée nettoyaient leurs armes avec indifférence, j'essayai aussi mais ne pus le faire, tous mes membres tremblaient au point que je dus m'asseoir pour reprendre mon souffle. Les blessés se pansaient tout seuls en déchirant leur chemise, car nous n'avions pas d'autre linge. Alvarado tenait son cheval par la bride et traversa le champ jonché de morts, son cheval boitait d'une plaie profonde à la jambe avant et il le menait avec douceur. Il chercha, tête baissée, il hésita, allait d'un cadavre à l'autre, puis il se pencha sur un Indien un peu replet couché sur le dos, son visage inexpressif sous la peinture blanche. Il dénoua la pièce de linge qui lui ceignait la taille, et d'un geste habile de son poignard il lui fendit la peau des hanches. Cela ne fit aucun bruit et il ne saigna pas, comme s'il fendait une boule de pâte à pain pour y plonger sa main. Il en sortit deux poignées de graisse gélatineuse, jaunâtre, qu'il étala sur le linge et il en pansa son cheval. L'animal se calma, secoua sa crinière et baissa la tête, vint souffler dans le cou de son cavalier ; il était calmé, et épuisé. Plusieurs chevaux étaient sérieusement blessés, et après une longue hésitation où rien ne fut dit, ils furent tous pansés de la même façon, avec la même graisse d'homme puisque tout autre onguent manquait.

Alvarado tapota l'encolure de son cheval avec une affection fatiguée, et s'éloigna sans rien dire, sans regarder personne. Les blessés allèrent entre les cadavres, dénouèrent les linges qui dissimulaient la nudité des Indiens morts, et ils s'en servirent pour refermer leurs plaies dont certaines béaient jusqu'à voir l'os blanc au fond du velours rouge de la chair tranchée. Chacun se soignait comme il pouvait, on s'aidait un peu, pas tellement, chacun s'occupait de lui, personne n'était très fier d'être là. Amador ramassait tranquillement les carreaux d'arbalète fichés dans les corps, et en essuyait soigneusement le fer avant de les ranger dans l'étui qu'il portait à sa ceinture.

« Capitaine, les Indiens. »

Ils étaient une quinzaine qui arrivaient à petits pas, serrés les uns contre les autres et les épaules voûtées, cheveux ras, vêtus de linges douteux, la figure et les mains salies de poussière et de boue. Ils portaient quelques poules, et des pains de maïs, dont la bordure racornie était un peu sèche. Cortés en souriant s'avança avec les mains ouvertes, mais Aguilar le retint par le bras et passa vivement devant lui. « Laissez, Capitaine. » Il se planta devant eux et les engueula en leur langue. Il avait les poings sur les hanches, l'air furieux, il leur posa des questions méprisantes auxquelles ils ne répondaient pas, les yeux baissés. Cortés surpris laissait faire, il y eut un grand silence, ils avaient l'air piteux.

« Qu'est-ce que tu leur dis ?

— Je leur demande comment ils osent se présenter devant nous habillés comme ça, et si sales surtout. Je leur demande s'ils viennent pour nous humilier, et si vraiment ils croient pouvoir passer pour des émissaires avec les cadeaux qu'ils apportent.

— Ce ne sont pas des émissaires ?

— Bien sûr que non, Capitaine. Ils ont les cheveux des esclaves, et ils se sont salis pour nous faire honte. Ils nous apportent des galettes de maïs de la veille, comme on en jette

aux animaux. Ils veulent savoir si nous méritons de discuter : si nous accueillons une ambassade aussi minable, c'est que nous ne valons rien ; et la guerre reprend. C'est du théâtre, Capitaine.
— Il faut que j'en fasse décapiter un ?
— Renvoyez-les avec des cadeaux. C'est celui qui donne les plus beaux cadeaux qui a le dessus. »
Cela amusa Cortés, les coutumes de ce pays. Il leur donna des perles vertes et des diamants de verre bleu dans un petit sac de beau velours, et il leur fit traduire de douces paroles pleines de flatteries, mais il refusa les poules trop petites, les pains de maïs trop secs, il les rendit aux Indiens en leur disant que, sales et misérables comme ils étaient, ils en auraient plus besoin que lui. Aguilar acquiesçait. « C'est parfait, Capitaine. »

« Du théâtre, tu dis ? » Cela lui plaisait. Il s'entretint avec Masa qui chargea le plus gros canon d'une bonne quantité de poudre et d'un gros boulet. Il le plaça sous le fromager, visant haut. Et il demanda à Ortiz de harnacher son cheval de chaînes et de sonnailles, avec son caparaçon de cuir et le chanfrein de fer muni d'une pointe, ce qui lui donnait, avec ses yeux fous d'étalon, un air de licorne inquiétante. Puis il demanda à Sedano d'installer sa jument dans une maison qui donnait sur la place.
Ils vinrent vers le soir, dans la lumière qui tirait sur le rose, trente Indiens vêtus de manteaux éclatants, leurs longs cheveux relevés en coiffures tressées de plumes. Ils avançaient la tête haute, dignes et lents comme une cour royale qui traverse la foule de son peuple. « Ce sont eux, les émissaires », souffla Aguilar. Cortés les reçut sous le grand fromager, j'étais juste derrière lui, les capitaines autour, les hommes rangés en ligne. Nos pièces de métal étincelaient au soleil du soir. Cortés était assis sur des coussins de vannerie que nous avions trouvés dans les maisons, et empilés sous un manteau pour lui donner la bonne hauteur. L'équilibre était instable, il ne

fallait pas qu'il bouge, je le sentais crispé, mais cela lui donnait la dignité nécessaire. Les deux émissaires qui avaient les plus belles coiffes vinrent l'encenser, puis les autres posèrent devant lui des poules dodues, des poissons à l'œil vif qui sentaient la mer, et des pains de maïs enveloppés de feuilles qui fumaient encore quand on les ouvrait.

Il remercia avec un peu de hauteur, il apprenait vite, et assura qu'il voulait les Indiens pour frères. Aguilar traduisit. Nous voulions parler, commercer, et eux portaient toute la faute de cette malheureuse bataille. Ils demandèrent pardon. Ils demandèrent la permission de ramasser et de brûler leurs morts étendus dans la plaine, avant qu'ils ne soient dévorés par les bêtes. C'étaient des hommes pas très grands, la tête ronde, le visage lisse et immobile où leur bouche épaisse s'épanouissait comme une fleur. Ils parlaient abondamment mais chacun à son tour, et tous leurs gestes étaient empreints d'une noble réserve qui serait chez nous celle d'un cardinal plutôt que d'un hidalgo de cour. Aguilar continuait de traduire, il hésitait parfois, laissait tomber des périodes entières en grommelant que c'était de la rhétorique. Ils disaient avoir été entraînés à la guerre par les hommes de Champotón, qui les avaient moqués de façon méprisante, car eux s'étaient battus contre les hommes de Córdoba, alors qu'ici sur le fleuve ils avaient offert des parures d'or à Grijalva sans montrer leur force. Cette fois, ils avaient voulu montrer leur force.

« Votre force ? Vous mériteriez que nous lâchions sur vous nos instruments et nos animaux, ils sont pleins de rancune contre vous. » Cortés attendit la fin de la traduction, fit un signe. Le canon fut mis à feu, un tonnerre brutal fit trembler le grand arbre, le boulet bourdonna au-dessus des toits, au-dessus des feuillages, hors de la ville, et abattit une grosse branche qui s'effondra dans un fracas de bois déchiré. Ils sursautèrent, mais leur visage resta d'une impassibilité parfaite. Notre Capitaine précisa qu'il avait demandé au boulet de ne pas leur faire de mal. Puis on fit venir l'étalon d'Ortiz, très nerveux, qui hennissait. Le cheval tirait sur sa longe, tapait du pied, secouait l'encolure en soufflant, il regardait les Indiens en roulant des yeux, pointant vers eux ses naseaux fumants et relevant sa corne de fer. Il frappait sourdement le sol, semblait vouloir s'approcher d'eux, tout cliquetant de sonnailles. Les effluves de la jument l'excitaient beaucoup. Cortés se leva, lui parla à l'oreille, et demanda qu'on l'éloigne. « Je lui ai demandé de ne vous faire aucun mal. Lui aussi vous gardait rancune. Mais c'est fini maintenant. » Ils acquiescèrent en s'inclinant légèrement. La nuit tomba rapidement, dissimulant notre petit nombre.

Les Indiens revinrent habiter leur ville, nous couchâmes à bord dans nos navires. Ils nous offrirent de petites figurines d'or, des lézards, des chiens, des canards, des masques humains à grosses lèvres et même deux sandales, en tout point identiques à celles qu'ils portaient, mais en or. Il était étrange qu'ils fassent tant de choses avec de l'or, des babioles, des jouets, comme s'ils n'en savaient pas la valeur. Ils ne possédaient pas de monnaie.

Ils nous offrirent vingt femmes pour faire le pain. Ils vinrent en délégation avec cet étrange cadeau qui leur semblait tout naturel, l'un des chefs précisa que nous n'étions que des hommes, loin de chez nous, et il nous fallait des femmes pour moudre le maïs et cuire chaque jour le pain doré qui se mange chaud. Nous les acceptâmes avec joie. C'étaient de très jeunes filles lisses comme des noyaux de fruits, vêtues d'une robe blanche du plus bel effet sur la nuance de terre cuite de leur peau. Quand elles souriaient elles montraient des dents très blanches et détournaient aussitôt le regard.

Aguilar fut chargé de leur parler de la Vraie Foi, adressée au seul Dieu véritable. Il leur fit voir une image de Notre-Dame portant son Précieux Fils dans ses bras, ce qui ne clarifiait pas son affirmation d'un Dieu unique, mais en huit ans il avait eu le temps de réfléchir à comment prêcher dans leur langue obscure. Ils ne s'en formalisèrent pas, ils trouvèrent cette grande dame très respectable de s'occuper ainsi de son fils, et ils demandèrent d'en posséder une image dans leur ville, pour l'honorer quand nous serions partis. Frère Díaz baptisa les vingt femmes, on leur donna des noms chrétiens dont nous pouvions nous souvenir. Ce furent les premières chrétiennes de cette nouvelle partie du monde. Cortés les répartit entre les capitaines, chacune alla à son tour vers celui qu'il leur désignait, elles portaient toutes un petit rouleau de pierre, une tablette de lave dont les pores étaient incrustés de farine, et un trépied de terre cuite qui allait sur le feu. Mais ceux qui les obtenaient se moquaient bien de leurs talents de cuisinières, et ceux qui ne les auraient pas rêvaient de bien autre chose que de galettes, même dorées, même chaudes. Pour ma part, je n'eus rien.

La fleur, le chant
Chronique de la Grande Cité
Sise à l'ombilic de la lune.
Treizaine Fleur de l'année Un-Roseau

Les bruits se répandaient sur toute la côte, la nouvelle que quelque chose d'encore jamais vu venait de la mer, et cela fut fidèlement rapporté au Grand Empereur. Un coureur monta à travers la forêt de brouillard jusqu'à déboucher sous le ciel. Il courait vite et respirait lentement, il avait une mémoire infaillible des mots qu'on lui confiait, il courait depuis l'enfance. C'est dans les écoles qu'on les repérait, les petits garçons impatients aux muscles durs, ceux qui ne tiennent pas en place, ceux qui trépignent dès qu'on leur demande de s'asseoir, ceux qui ne se fatiguent jamais. On lui avait noué un ruban bleu aux chevilles et il avait appris à courir jour et nuit avec les coureurs rattachés à la Maison des Chevaliers de l'Aigle, jusqu'à vomir, s'évanouir, pleurer à petits sanglots d'enfant, jusqu'à quémander un dernier souffle à son corps et croire mourir. Devenus jeunes gens, les coureurs avaient un torse puissant qui se nourrissait aussi bien de l'air humide de la côte que de l'air cristallin de la vallée sous le ciel, et une mémoire parfaite. Ils disent les nouvelles, ils disent les ordres, ils sont les phrases du Grand Orateur, celles qu'il prononce, celles qu'il entend, ils sont les phrases de sa parole qui fuse à travers tout son empire. Ils transmettent, et on obéit.

Il remonta de la côte pour dire ce qui arrivait, il courut jusqu'à la ville au milieu du lac, qui contient le centre du Monde Unique. Il franchit les cercles des canaux et des murs, il attendit devant chacune des portes fermées, agenouillé, humble, patient, il attendait qu'elles s'ouvrent enfin, il franchit encore une enceinte, il attendit encore, l'approche était sans fin ; et puis la dernière salle s'ouvrit, il vint se jeter aux pieds de l'Orateur Vénéré, il traversa toute la salle remplie de reflets verts, de reflets dorés, de reflets pourpres sans le regarder, et tête baissée, à voix basse, tout près de lui, il lui murmura les phrases qu'il avait tournées et retournées sous sa langue pendant plusieurs jours de course au petit trot. Cela avait été écrit comme un poème, rythmé pour qu'il s'en souvienne pendant la course, joliment dit pour être agréable, car rien dans le monde n'est juste s'il n'est beau. On donne cet enseignement à ceux qui doivent gérer les affaires de l'Empire.

Les peuples mayas, dans leurs forêts, bruissaient d'une étrange histoire. Des maisons de bois surmontées de nuages avaient été vues sur l'eau-du-ciel, elles y glissaient, elles allaient comme un canoë poussé par cent rameurs, mais il n'y avait pas de rameurs, et pas de rames.

« Nous savons déjà, murmura l'Empereur. Des signes sont apparus. »

Le messager fut congédié d'un geste, il sortit à reculons sans relever la tête, sans avoir vu le visage de celui à qui il avait parlé de si près.

Un homme était venu, sans oreilles, sans pouces, sans gros orteils, il s'était rendu au palais. Il venait de la côte, d'une ville nommée Mictlancuauhtla, que personne ne connaissait mais dont le nom semblait à tous familier. Il disait avoir vu, en se promenant le long de l'eau, une chose si admirable et si épouvantable que seul le Grand Empereur pouvait l'entendre. Il n'en avait parlé à personne, il était venu jusqu'au bord du lac pour la lui confier.

« *Parle.*

— *J'ai vu comme une montagne ronde qui flottait, glissait sans effort sur les vagues. Et quand elle s'arrêtait, il en sortait des hommes. Ils étaient blafards du visage et des mains comme le sont les morts, avec des barbes fournies, des yeux fous, ils portaient des vêtements de couleur selon des accords incohérents qui les couvraient tout entiers. Les couleurs des dieux étaient mêlées sans aucune règle.* »

On le fit garder, on envoya des messagers, qui ne virent rien. Quand on voulut l'interroger à nouveau, la chambre où on l'avait laissé était vide et sentait une affreuse odeur de soufre telle qu'en dégagent les volcans, et une odeur de charogne qui imprégnait les murs, qu'il fallut gratter et repasser à la chaux. Un devin, appelé pour ce mystère, déclara que la ville d'où il prétendait venir était Mictlan, le séjour des morts : il venait prévenir de son ouverture. Le signe était puissant, personne ne l'avait perçu, et l'aveuglement de tous était un signe supplémentaire.

Quelques semaines auparavant, des pêcheurs étaient venus montrer au Grand Empereur ce qu'ils avaient capturé sur le lac : une grue, qui s'était prise dans leurs filets. Elle portait sur sa tête un miroir rond, un miroir d'obsidienne où l'on voyait parfaitement les étoiles, et au centre était la constellation des Gémeaux. C'était effrayant, vertigineux, de voir en cet oiseau le ciel nocturne, toutes les étoiles, et les reconnaître. Et quand Montezuma regarda une deuxième fois dans le miroir, il vit des gens qui venaient en courant de tous côtés comme s'ils se précipitaient pour la guerre, et ils étaient montés sur des chevreuils qui leur obéissaient en tout. Il appela les devins, mais ils ne virent rien car l'oiseau mourut, son cou flexible ne pouvait supporter le poids du miroir. Le ciel nocturne s'éteignit.

Dans l'obscurité totale des nuits sans étoiles, on entendait souvent gémir une femme au bord du lac : « *Mes chers enfants,* disait-elle, *mes chers enfants, voici déjà notre départ! Et où vous emmènerai-je, mes très chers enfants?* » Elle fut entendue par beaucoup mais personne ne put la voir, même en sortant toute la nuit avec des *torches, en explorant les rives, en fouillant les roseaux. On ne la trouvait pas. Comme si un rêve avait été fait en même temps par un grand nombre d'hommes, ce qui est le signe de la vérité.*

Mais le pire fut que les montagnes, la terre, les dieux se manifestèrent à leur tour, le pire des signes fut celui du monument qui refusa d'être installé. Une meule de pierre avait été taillée dans la montagne pour être la plus vaste jamais sculptée, et être installée dans l'enceinte du Grand Temple, destinée aux sacrifices par le combat. Trente artisans la gravèrent d'une image du soleil, et de scènes de ce qui s'y accomplirait, où l'on voyait un prisonnier lié d'une corde à la cheville se défendre avec une badine de bois tendre contre quatre guerriers armés, et mourir. La grande pierre fut achevée, elle fut encensée, couverte de papier décoré d'emblèmes, aspergée du sang des cailles, distraite par des bouffons et des jongleurs pour lui faire accepter son départ ; des corvées vinrent de partout avec des cordages, dix mille hommes tentèrent de la traîner. Elle ne bougea pas, les cordages se rompirent plusieurs fois. Une voix sortit de la pierre et articula très nettement : « Pourquoi vous obstinez-vous, malheureux ? Je ne souhaite pas aller à la ville de Mexico. Il n'est plus temps. Vos efforts sont vains. » L'Empereur envoya des renforts, on finit par l'emporter, mais en franchissant le pont de bois à l'entrée de la ville elle brisa les poutres, disparut dans le lac. Des plongeurs essayèrent de la retrouver mais il n'y avait au fond qu'un trou qui s'enfonçait dans les entrailles de la Terre. Et le lendemain, on la retrouva à l'endroit où elle avait été extraite.

Tout avait été consigné, l'Empereur savait car tout dans l'Empire vient à lui. Les marchands aussi lui rapportaient des rumeurs, ils vont loin, ils voient tout, ils sont les yeux discrets qui restent mi-clos, qui voient sans avoir l'air de voir. Ils répétèrent les rumeurs qui couraient à propos des grandes îles, à l'est, qui sont peu accessibles et ont peu de ressources, mais depuis des années leurs peuples semblaient rongés d'une affreuse maladie, dont on ne savait rien. Ils semblaient avoir disparu de la surface de la Terre. Et un jour, deux marchands, accompagnés de porteurs et de dix chevaliers-jaguars, remontèrent de la côte avec un coffre en bois. On l'avait trouvé sur une plage, sans autres débris, sans corps, sans traces de pas sur le sable. Il était venu de lui-même. Il y avait à l'intérieur des vêtements faits de toile grossière, d'un contact rugueux, des liens d'un cuir très épais et très solide, dont on pouvait se demander quel animal avait pu le fournir. Et puis des bijoux maladroits, une lame coupante d'une matière inconnue qui serait comme de l'or mais grise, qui serait comme le cuivre des haches du Michoacán, mais plus tranchante. Le coffre fut refermé et confié au temple de Tezcatlipoca où on l'enfouit dans le sol, sous une dalle que l'on scella du sang d'un captif.

« Les êtres venus de l'eau céleste / sont poussés par les nuages / ils maîtrisent le tonnerre et la foudre », avait dit le messager. Mais le Grand Empereur était prêt. Dès les premiers signes, il avait commandé que l'on fabrique de grandes parures de plumes et de somptueux joyaux, pour les offrir dès qu'ils toucheraient terre à ceux qui viennent par des montagnes flottantes. Quand on reçoit de tels cadeaux, sans réciprocité possible, on repart.

CHAPITRE XI

Échanger des malentendus

Martín López se fit aider de six artisans indiens qui vinrent avec leurs outils, herminettes et ciseaux faits d'une pierre aiguisée, ligaturée à un manche de bois. Accroupis sur leurs talons dans l'ombre du grand fromager, ils discutèrent longuement des outils d'acier, ils se les passaient, les soupesaient, posaient de longues questions à López qui ne savait pas quoi répondre. Ils eurent l'air de conclure que l'acier était plus léger et tranchait mieux, mais ils étaient nombreux et ils avaient le temps. Ils sculptèrent tous ensemble une croix dans le tronc de l'arbre, pour qu'elle reste toujours, même quand l'écorce aura repoussé. Quand ce fut achevé, ils vinrent tous, les caciques, les gens de distinction que nous reconnaissions à leurs bijoux, aux motifs éclatants de leurs manteaux, avec leurs femmes et leurs enfants, tenant des rameaux à la main comme Aguilar le leur avait expliqué. Nous marchâmes en procession derrière frère Díaz qui chantait un peu faux mais d'une voix forte, et nous vînmes l'un après l'autre, sous les yeux attentifs des Indiens qui suivaient chacun de nos gestes, baiser la croix gravée dans le bois tendre suintant d'une sève qui collait aux lèvres, dont nous nous essuyions discrètement avant de nous relever.

Au soir nous embarquâmes tous, les hommes, les canons, les chiens, nous installâmes les femmes indiennes dans l'entrepont, les chevaux attachés dans leur stalle, et autant de nourriture que nous pouvions en entasser dans les cales. L'or que nous avions acquis tenait dans un panier.

Au matin, poussés par une brise de terre qui sentait la forêt humide, nous fîmes voile vers San Juan de Ulúa en suivant la côte. Le temps était clair, le vent régulier, la mer bleue moutonnait sans heurts, les voiles blanches se tendaient sans un pli et nous glissions dans la brise comme de légères bulles de savon. Je m'étais assis à l'avant sur un rouleau de cordage en compagnie d'Amador et nous regardions le pays changer, le paysage toujours vert venir à notre rencontre, d'un vert de forêts épaisses d'où jaillissaient maintenant des rochers et des escarpements, des montagnes qui s'élevaient en lignes successives, bleutées par l'horizon, et au loin flottait un pic triangulaire couvert de neige. « De la neige ! souffla Amador. J'ai cru à un reflet... Tu imagines ? Dans un pays si chaud... » Ceux qui étaient venus avec Grijalva se massaient au bastingage, se montraient les détails qu'ils reconnaissaient, des villes indiennes au-dessus d'une plage dont chacune avait reçu un nom, Saint-Lazare, Saint-Sauveur, Sainte-Croix, la Roche Fendue qui est un grand rocher qui avance dans la mer, l'île Blanche et l'île Verte l'une en face de l'autre, le Tourbillon Obscur qui est un récif autour duquel vole inlassablement le même cercle d'oiseaux, l'île des Sacrifices où sont les temples démoniaques, tout ici avait pris un nom chevaleresque. Amador se mit à chanter d'une belle voix profonde, qui surprenait pour une si petite poitrine. Rêveusement, il brodait sur les chansons de geste dont tout le monde connaissait plus ou moins des fragments.

> *Voilà la France, Montesinos*
> *Vois Paris la grande ville*
> *Vois par où les eaux du Duero*
> *Débouchent à la mer.*
> *Que Dieu donne chance à nos armes*
> *Comme au paladin Roland et à ses preux...*

Alvarado coupa court en faisant tonner la couleuvrine de son navire. Debout sur le pont il faisait des signes. Cortés inquiet fit approcher, nous voguâmes parallèlement pour être à portée de voix, et Alvarado hilare, agitant ses grands bras, hurlait : « Le fleuve ! Le fleuve ! C'est le mien ! Le fleuve, là, c'est le rio Alvarado que j'ai trouvé ! » Nous traversions une embouchure qui mêlait ses tourbillons bruns aux vagues d'eau claire. Alvarado montrait du doigt l'échancrure dans la côte en roulant des yeux, désignant sa poitrine, cela le faisait beaucoup rire. Il était aussi large que le rio Grijalva, et l'année précédente il avait fait tout seul un grand détour jusqu'à en trouver un auquel donner son nom. « Quel con », soupira Cortés. Il fit s'éloigner son navire, autant amusé qu'exaspéré.

Allongés dans les entreponts, pâles et verdâtres, les hommes mouraient de leurs blessures reçues lors de la bataille. Leurs plaies bouillonnaient, ils prenaient les fièvres et ils s'éteignaient brusquement dans un spasme, les yeux exorbités, comme une flamme soufflée. Nous n'avions rien pour les soulager, nous les jetions par-dessus bord, un ou deux chaque jour. La mort est partout en cette terre, elle vient, tôt ou tard. C'est vrai ailleurs, mais là on le sait en permanence car tout est fait pour qu'on ne l'oublie pas.

Le Jeudi saint, Alaminos nous fit mouiller à San Juan de Ulúa qu'il avait reconnu avec Grijalva, derrière une île rocheuse où nous étions à l'abri des vents. Le matin du vendredi nous débarquâmes les chevaux et l'artillerie sur les amas de sable qui formaient le rivage. Masa disposa les canons en cercle, la messe fut dite, et nous partîmes par trois dans les bosquets qui poussaient comme ils pouvaient dans le sol mou. L'un veillait avec une arbalète tendue, écartant de gestes agacés les vols de moustiques et de moucherons qui le harcelaient, pendant que les deux autres, en sueur, coupaient des branches et des palmes pour construire des cabanes, assez pour nous abriter tous, les hommes, les chevaux, les provisions.

Les Indiens arrivèrent au dimanche de Pâques, une longue procession qui traversa la plage dans notre direction, menée par un homme majestueux auréolé de plumes vertes. Il se drapait dans un manteau blanc avec une dignité romaine, et avec beaucoup de naturel il nous regardait de haut. Quatre colosses le suivaient, couverts d'un vêtement de plumes bleues qui moulait leur torse. Ils portaient un casque en tête d'aigle, leur visage apparaissait par le bec ouvert, ils tenaient à la main un long espadon comme ceux que nous avions vus dans la bataille, mais plus long, plus lourd, le tranchant de pierre plus saillant. D'autres, cela aurait été carnavalesque, mais pas d'eux, leurs muscles qui roulaient sous les plumes et leur visage de lave polie faisaient peur.
  Derrière eux venaient à petits pas une très longue suite d'hommes et de femmes courbés sous de gros ballots, une colonne de porteurs de paniers qui sortaient de la forêt et se rangeaient sur la plage, cela n'en finissait pas, ils étaient bien plus nombreux que nous, à partir d'une centaine je renonçai à les compter. Ils apportaient à manger, des poules, du pain de maïs, des fruits que nous n'avions jamais vus, des poissons séchés serrés dans des paniers de palmes. Tout fut posé sur le sable comme dans un marché, chaque porteur debout devant sa charge attendant les ordres.
  Pour plus de majesté, Cortés avait fait dresser une tente, il avait planté sa bannière dans le sable, ouvert l'auvent, et s'était installé sur un fauteuil de bois entouré des capitaines. Tous avaient arrangé leur tenue et arboraient ce qui pouvait briller, bijoux, armes frottées, chapeaux de velours, ils avaient amené quelques-unes des Indiennes reçues en partage, pour ressembler un peu à une cour qui recevrait une ambassade. J'étais derrière le Capitaine car je suis toujours dans son ombre, les sens en éveil, l'écritoire à portée, prêt à tout voir, entendre, me souvenir de tout, et je sentais tout près de moi la présence des femmes. Je les regardais toujours avec fascination et envie, ces

femmes à la beauté étrange de statues basaltiques, leurs cheveux noirs remontés en nœuds brillants, leur robe immaculée qu'elles lavaient souvent, leurs yeux luisants et durs comme cette pierre dont on fait les lames d'épée, et là elles étaient toutes proches, immobiles, et à travers l'odeur de cuir et de barbe que dégageaient les capitaines, je tentais de sentir leur parfum de fleurs. Sous l'étrangeté, je pressentais un monde qui me faisait battre le cœur, je rêvais que l'une d'elles m'ouvre ses bras pour que j'en aie le cœur net, surtout celle qui était échue à Portocarrero, qui avait un très beau visage, un port très noble, un regard intelligent et posé dont on ne savait pas le contenu, mais qui troublait. Au point que Portocarrero en sa présence ne jurait presque plus, et s'excusait en la regardant quand cela lui échappait. On l'avait baptisée Marina. Deux rangs d'hommes munis de piques étaient massés derrière la tente. Les mèches des arquebuses étaient allumées, et Olid veillait.

Celui qui dirigeait la foule d'Indiens, dont on devinait le pouvoir absolu au moindre geste, s'avança vers Cortés qui était le seul assis. Il se baissa, ramassa un peu de sable qu'il porta à ses lèvres, et il fit une longue déclaration. Cortés se tourna vers Aguilar. Il y eut un silence. « Alors ? — Je ne comprends rien. » Cortés soupira. Aguilar parla, l'autre le regardait patiemment, poliment, visiblement sans comprendre. Il désigna nos cabanes et poussa un cri bref, et aussitôt une centaine d'hommes prirent dans leurs ballots des rouleaux de tissus qu'ils déployèrent avec des claquements de drapeaux et ils coururent vers nous en les faisant flotter derrière eux comme un envol de cerfs-volants multicolores. Olid le méfiant hurla, une forêt de piques s'abattit dans un froissement métallique, et ils s'arrêtèrent tous, les tissus éclatants se dégonflèrent et retombèrent autour d'eux. Le chef dit à nouveau quelque chose, sur un ton d'insistance. « Aguilar ? — Mais j'en sais rien ! C'est une autre langue ! — Ils ont plusieurs langues ? — Va savoir. En huit ans je ne suis pas sorti de mon village. »

Alors, sans demander son avis à Portocarrero, Marina s'avança vers Aguilar, lui dit quelques mots, et son visage s'éclaircit. « Elle dit que ce sont des Mexicas, Capitaine, un autre peuple. Ils veulent couvrir nos cabanes pour nous protéger du soleil, et aussi nous nourrir. — Elle comprend ? — Ça a l'air. — Restez tous les deux près de moi. » Cortés ne s'étonne jamais de la chance, il réagit aussitôt, il a la vivacité d'un joueur de dés.

L'ambassadeur s'appelait Tendile. Il gouvernait la région au nom de son empereur qui vivait loin à l'intérieur des terres. Il était le plus grand seigneur du monde et se nommait Montezuma. Marina traduisait dans la langue que connaissait Aguilar, qui répétait en espagnol. Cortés expliqua que nous étions les sujets du plus grand seigneur qui soit, l'empereur don Carlos, qui régnait au-delà des mers. Et qu'il souhaitait en son nom rencontrer son maître. Tendile parla à son tour, et Cortés, et Tendile encore, la discussion était laborieuse, il fallait traduire par deux intermédiaires, les trois langues ne se ressemblaient en rien. Tendile parlait beaucoup, plus longuement que ce qu'Aguilar répétait en espagnol. Cortés s'en inquiéta et Marina expliqua par le truchement hésitant d'Aguilar que l'homme était un grand personnage, et qu'il parlait avec beaucoup de cérémonie, il se répétait souvent pour donner plus d'harmonie à son discours, et en utilisant d'étranges comparaisons, de belles formules ronflantes avec de nombreuses répétitions, car c'est par la beauté que dans son peuple on jugeait les discours honorables et véridiques.

Cortés insista de nouveau : il n'avait voulu rien d'autre, en abordant sur ces côtes, que de rendre visite à cet empereur dont on lui avait parlé, pour lui porter l'hommage de son propre maître. Tendile s'étonna qu'il insiste alors que nous arrivions à peine, alors que nous n'avions pas encore vu les cadeaux qu'il nous offrait. Son étonnement semblait teinté d'un peu de réprobation. Il fit déposer sur le sable des objets en or, et des manteaux de coton blanc brodés de plumes vertes.

Il aligna aux pieds de Cortés quatre vêtements complets, manteau, linge de hanches, coiffe et sandales, et pour chacun un masque de mosaïque et des objets luxueux mais difficiles à identifier, comme des sceptres, des bâtons de pouvoir, quelque chose à brandir. Chacun de ces ensembles était dans une gamme de couleurs différentes, à dominante noire, rouge, verte, bleue. « Le seigneur Tendile voudrait vous offrir ces parures dignes des dieux. Il voudrait que vous en mettiez une en signe d'amitié. — Laquelle ? » Aguilar demanda, Marina demanda, Tendile répondit de quelques mots, Marina répondit, Aguilar répondit. « Celle qui va. — Il a dit ça ? — Je crois. » Toutes étaient d'un travail minutieux, très belles, les couleurs éclatantes d'une harmonie violente mais juste. Tendile suivait les gestes de Cortés avec beaucoup d'attention. Il s'arrêta devant la tenue verte, et plusieurs serviteurs vinrent l'aider à la mettre, ils le déshabillèrent maladroitement, peu familiers du genre de nœuds que nous utilisions. Les capitaines autour de moi étaient partagés entre la nervosité et l'amusement, gardaient la main sur leur épée en ayant du mal à réprimer un sourire. Le Capitaine apparut nu, musclé et bien proportionné, sa peau très pâle faisant contraste avec son visage et ses mains tannés par le soleil, son sexe bien formé légèrement penché sur la gauche. On noua le pagne, le manteau et les sandales, on ajusta la coiffe, on lui donna les attributs de cette tenue, ce qui semblait être un éventail de plumes et un épi de maïs en or, et on posa le masque de mosaïque verte sur son visage. Cela le fit plus grand, il était très impressionnant vêtu d'émeraude, et s'il avait pointé son épi de maïs sur quelque chose, cela aurait sûrement provoqué un trait de feu, un grondement terrible et une brusque explosion.

Cortés ôta le masque, et avec des compliments alambiqués il donna à Tendile des torsades de fausses perles fabriquées en Castille, des pierres de marcassite rayée enveloppées de velours parfumé de musc pour que cela sente bon, un bonnet de velours rouge orné d'une médaille en or, où un tout petit saint Georges terrassait d'un coup de lance un tout petit dragon, et un fauteuil de bois sculpté, qu'il recommanda d'apporter au plus vite à son empereur, qu'il puisse s'y asseoir quand il viendrait lui parler. Il lui donna une chemise en lin de Hollande, très fine, avec un jabot et des poignets de dentelle, qu'il lui demanda à son tour de porter, en signe d'amitié. Tendile posa son manteau et enfila la chemise avec maladresse, embarrassé par le col, les manches, l'étroitesse d'un vêtement qu'il n'avait jamais vu. Déguisés l'un en face de l'autre, ils se regardèrent, et Cortés ne put s'empêcher de rire, entraînant un fin sourire sur le visage austère de Tendile, ce qui est le maximum que ces gens d'une extrême politesse se permettent en public. Et puis il l'invita à déjeuner, autour des tables où nous avions déposé de nos provisions, du lard un peu ranci, du pain de cassave tout sec, des poissons pris lors de la traversée. Les porteurs indiens vinrent heureusement compléter ce que nous offrions, que cela ressemble à un banquet.

Alvarado était discrètement posté dans la forêt, Olid était prêt, il m'envoya prévenir le Capitaine. Je me penchai à son oreille et lui murmurai : « Capitaine, la marée s'est retirée, le sable est dur. — Vas-y. » Je me redressai, déployai brusquement une bannière que j'avais tenue enroulée autour d'un manche de pique, un tonnerre brutal fit branler la table, deux bombardes bourrées jusqu'à la gueule tirèrent en même temps, deux boulets sifflèrent et une partie de la forêt sembla disparaître dans un nuage de feuilles envolées, de bois haché et de poussière, de grosses branches s'effondrèrent. Une onde de panique parcourut la foule des porteurs, notre hôte se crispa, ses hommes de guerre se disposèrent autour de lui comme un rempart, ceux-là n'avaient peur de rien. J'agitai ma bannière rouge, qu'elle claque autour de moi. Une cinquantaine d'hommes bien rangés, qui s'étaient équipés de ce que nous avions de plus métallique et de plus brillant, rajoutant toutes les chaînes que nous avions pu trouver pour que cela soit le plus bruyant possible, hurlèrent « Saint Jacques ! » d'une seule voix virile et ils coururent bien en ligne sur la plage en pointant leurs piques et leurs hallebardes. Olid courait devant, furieux comme un dieu Mars, hurlant et pointant son épée, coiffé d'un casque à dorures extravagantes qui brillaient au soleil. À son ordre, ils s'arrêtèrent tous, sur trois rangs, pique en terre comme un roncier de fer. Et Alvarado déboucha de la forêt avec huit cavaliers, il chargea lance baissée, les chevaux harnachés de grelots pour plus de vacarme ; ils galopèrent à grand bruit sur la plage à la rencontre du bataillon impénétrable, presque à les toucher ils firent une brusque volte, le cheval d'Alvarado se cabra, et tous arrêtèrent net. C'était en effet impressionnant.

À Tendile qui continuait de manger à petites bouchées élégantes, et qui s'efforçait de ne rien laisser paraître, bien qu'il ne puisse tout à fait contrôler le tremblement de ses doigts, Cortés présenta ce tableau vivant d'un geste large, comme on dévoile une statue, comme on fait admirer la belle perspective d'un jardin. « Notre seigneur don Carlos est le plus grand seigneur de l'univers, dit-il d'une voix douce. J'aimerais en son nom rencontrer votre souverain. » La petite troupe se dispersa, tout le monde alla s'éponger de la sueur qui coulait sous les casques et les cuirasses, la conversation continua.

« Votre seigneur possède-t-il de l'or en son royaume ? — Beaucoup. Et assez de plumes pour recouvrir la terre qui lui appartient, et assez de peaux de jaguar pour vêtir ses guerriers, et assez de pierres bleues pour couvrir les murs de ses temples, et aussi du coton pour habiller son peuple, du maïs pour le nourrir, de l'obsidienne pour le défendre. — C'est l'or que nous aimons, dit Cortés. Nous avons une maladie de cœur, ce qui explique notre peau blanche, que nous cachons par nos vêtements. Il n'y a qu'une seule façon de nous soigner, qui est de manger de l'or. »

La traduction fut assez longue. Tendile perplexe quitta un instant son quant-à-soi majestueux pour demander qu'on lui répète ; ce que l'on fit. Il n'avait jamais entendu ça. Personne, d'ailleurs.

Il désigna sur la tête d'Olid le casque aux dorures fatiguées. Il fit comprendre qu'il le voulait. « Il veut le montrer aux prêtres de sa religion, précisa Aguilar, pour le comparer au casque de l'un de ses dieux. Il lui ressemble beaucoup. — Donne ton casque, Cristóbal. Nous vous le donnons avec plaisir pour que votre seigneur et vos prêtres l'examinent. Mais nous aimerions que vous le rapportiez plein de l'or de votre pays, que nous le comparions à celui de nos mines, que nous sachions si nous avons enfin trouvé le médicament qui nous sauvera. »

Pendant la traduction que faisait Aguilar, puis celle que faisait doña Marina, nous retenions notre souffle. Il osait tout. L'Indien ne se départit pas d'une noblesse polie, il ne montra aucune surprise. Il acquiesça et dit qu'il rapporterait tout dans quelques jours. Il nous laissa, avec près de deux mille serviteurs, porteurs, esclaves et femmes, qui travaillèrent tant qu'ils purent à nous nourrir, de poissons et de fruits, de pain de maïs cuit chaque jour.

La fleur, le chant
Chronique de la Grande Cité
Sise à l'ombilic de la lune.
Treizaine Jaguar de l'année Un-Roseau

Ils revinrent, les envoyés, les émissaires, les espions ; ils revinrent, les dessinateurs minutieux, les mémoristes qui se souviennent absolument de tout, les physionomistes habiles à décrire les visages, tous ceux qui avaient été mêlés à la foule des porteurs ; ils revinrent à marche forcée, jour et nuit, avec les quelques cadeaux qu'ils avaient reçus, et qu'un seul porteur suffisait à transporter, ils revinrent chargés des dessins et de mille détails notés avec soin, ils revinrent au Centre du Monde Unique, dans le palais du Grand Empereur, ils revinrent jusqu'à la Maison des Chevaliers de l'Aigle où il les attendait, parmi les prêtres, les érudits, les vieillards, les capitaines, les marchands, les gouverneurs des cités soumises, les rois de cités amies, tous assis sur la banquette de pierre teinte en rouge, sculptée d'une procession de guerriers pratiquant l'offrande de sang avec des aiguilles de maguey, pratiquant la lutte et la capture dans d'honorables combats, tous enveloppés de leur manteau de coton blanc brodé des signes de leur fonction ; ils attendaient.

On n'entreprend une guerre qu'en connaissant son ennemi mieux qu'il ne se connaît lui-même, on ne commence une guerre qu'en interrogeant le sens, les traces, les signes. Montezuma est le plus sage des souverains, son nom est « Celui qui se fâche en seigneur », sa colère est retenue comme on retient un jaguar en laisse, sa colère est terrible comme des claquements de mâchoire et de langue, il dispose d'une armée d'hommes-fauves menée par des aigles, mais avant de les lancer sur les routes, de les lancer comme des colonnes de fourmis furieuses à travers la forêt, qui détruiront tout sur leur passage, qui démembrent les peuples pour les ramener en pièces dans les salles de son trésor, il écoute et il apprend.

Il est assis sur son trône de vannerie, enveloppé d'un manteau de plumes bleues dont les reflets changent quand il fait un geste; à chacun de ses gestes la lumière varie sur le trône, et plonge ses conseillers dans un instant d'humble stupeur; mais ses gestes sont rares, il ne bouge presque pas. Le roi de Tacuba et le roi de Texcoco sont assis à ses côtés pour le soutenir, le conseiller, mais lui obéir, car ainsi est la vérité de la Triple Alliance : trois qui parlent à leur tour, mais un seul qui décide.

Deux prisonniers au corps poudré de blanc sont sacrifiés au retour des émissaires. Le prêtre de Huitzilopochtli leur ôte le cœur de son couteau de silex, et avant que le sang ait fini de jaillir, il les démembre; de ses mains noires de sang séché, rouges de sang frais, il distribue les pièces de viande d'où émane la sainte puanteur à ses acolytes, ils les cuisent avec des piments. Cela est servi à chacun, chacun mange en silence; quand tous ont mangé, le conseil commence.

« Venez, vaillants jaguars, venez ! » Les émissaires sont aspergés de sang frais pour célébrer leur arrivée, pour renforcer leur mémoire, pour sanctifier leurs paroles. Ils s'avancent la tête courbée, ils posent leur main au sol, la portent à leurs lèvres, ils font le signe de manger la poussière. Ils ont quitté leur vêtement et ont revêtu avant d'entrer un pauvre manteau usé, ils parlent sans regarder la face du Grand Empereur. Tous réunis, dans la Maison des Chevaliers de l'Aigle, ils écoutent les bruits qui remontent de la mer.

« Ces hommes sont étranges et l'on n'en a jamais vu de tels. Leur corps est entièrement recouvert de vêtements qui ne laissent rien voir de leur peau, sauf le visage, qui est mangé de barbe ; leurs yeux sont

comme de la craie. Ils montent sur de grands chevreuils, ils commandent à des chiens énormes qui ont des mâchoires de jaguar, une langue rouge qui pend, et qui aboient. Des trompettes à feu éclatent sur leur ordre. — À quel dieu sacrifient-ils ? — Nous ne l'avons pas compris. »

Les cadeaux sont montrés. *Des pierres vert pâle, un peu jaunes, comme celles mises dans la bouche des morts, mais plus transparentes. Un vêtement joliment ouvragé mais très embarrassant. Une coiffe d'un beau rouge, mais une seule. Une médaille au motif très grossier, comme gravé par un enfant. Cela ne s'est jamais vu, mais cela est très modeste.* « *Ils semblaient heureux de nous les offrir, alors nous avons pris l'air émerveillés pour que leur pauvreté ne les humilie pas. — Est-ce qu'ils mangent des nourritures connues ? — Leur nourriture est blanche et douceâtre, comme de la chair humaine laissée longtemps dans l'eau.* » Un biscuit rigide, plus épais qu'une galette de maïs, est montré : « *Cela, ils le mangent.* » C'est goûté par un des bossus de l'Empereur, puis par ses conseillers ; c'est amer, pas très bon, trop salé. « *Ils sont très avides de la nourriture que nous leur apportons.* »

On montre le casque doré ; le prêtre de Huitzilopochtli cherche les ressemblances avec le casque du Colibri gaucher, il suit les gravures du doigt pour leur trouver un sens. Il doute que ce soit de la même origine, que cela provienne du même quartier du monde. On montre les dessins, tracés avec soin pour garder les détails en mémoire, colorés selon les règles, entourés des pictogrammes mnémotechniques qui permettent de se souvenir de tout. « *Voilà l'homme qui commande ceux qui chevauchent les chevreuils, il a la chevelure éclatante comme le soleil et il s'agite beaucoup, il rit en public. Voici la femme qui parle notre langue, c'est l'une d'entre nous, et elle parle devant les hommes, sans honte, leur chef l'écoute, c'est à elle qu'il parle, et elle lui répond sans baisser les yeux. Voilà leur maître à qui ils obéissent en tout, mais ce n'est pas leur roi, il se dit envoyé d'un grand roi, très lointain et très puissant. Voici celui qui est dans l'ombre de leur maître, il est jeune et discret mais il observe tout, et quand son maître ordonne, il écrit.* »

L'ambassadeur hésite, il bredouille, puis finit par dire à mi-voix que cet homme étrange qui les commande, qui se dit puissant sans en avoir l'air, qui n'a aucun sens de la discrétion et de la splendeur du pouvoir, exige de voir le Grand Empereur. « Il l'a répété plusieurs fois », souffle l'ambassadeur terrifié de dire une telle grossièreté. Il y a un silence gêné ; personne, jamais, n'a entendu que l'on ose émettre une telle demande. L'ambassadeur est souillé de l'avoir rapportée, et il souille tous ceux qui l'entendent. Mais le Grand Empereur fait un geste d'apaisement enveloppé de plumes bleues. « Ces hommes ne savent rien de ce qui est bon. » L'ambassadeur soupire, sa faute lui est ôtée.

Tous sont consultés : les marchands, qui connaissent l'étendue du monde, les déserts et les forêts qui le bordent, et les hommes les plus étranges qui le peuplent ; les capitaines, qui connaissent les vertus de la force, et la façon de la montrer ; les gouverneurs, qui connaissent l'âme des peuples domestiqués ; les prêtres, qui connaissent les récits par lesquels se font connaître les dieux ; les magiciens, qui savent distinguer la réalité parmi les reflets qui tremblent dans les miroirs d'obsidienne.

« Avant toute chose il faut savoir quel dieu les guide.

— Le casque pourrait être celui de Huitzilopochtli, qui revient pour réclamer son bien. Il est notre guide, notre Grand Temple est son temple. Leur bannière est bleue, c'est bien la couleur de Huitzilopochtli. Peut-être le dieu est-il lassé de nos offrandes, et guide-t-il jusqu'à nous un autre peuple pour nous remplacer.

— Quand on lui a demandé de s'habiller, il a choisi la tenue verte, c'est la couleur de Quetzalcóatl vieillissant. Et ils viennent de la mer de l'Est, qui est sa direction, et ils portent une barbe, presque tous, comme lui : ils honorent Quetzalcóatl.

— Quetzalcóatl est un dieu doux.

— Mais il a été chassé ignominieusement par son frère Tezcatlipoca, il a été chassé car il refusait de sacrifier, il refusait de donner du sang aux dieux, il revient et veut maintenant la vengeance. Les Mayas disent que ces hommes ne sacrifient pas, et prennent beaucoup de temps à expliquer qu'il ne faut pas le faire.

— Si Huitzilopochtli les guide, il sera difficile de leur résister ; mais si Quetzalcóatl les guide, nous pouvons les tromper, les humilier, et qu'ils s'en aillent. »

Le Grand Empereur a écouté, puis il prend la parole pour décider. Tout le monde se tait, tend l'oreille, le Grand Empereur parle tout doucement en remuant à peine les lèvres, et il faut faire taire son propre cœur, en éteindre presque les battements pour arriver à l'entendre.

« Ils mangent un pain qui ressemble au pain des morts, une nourriture qui ne sait rien du soleil, ils viennent sûrement d'un monde souterrain où personne ne pouvait les voir, c'est pour ça que personne ne les connaît. Ils sont venus l'année Un-Roseau, qui est l'année où doit apparaître notre seigneur Quetzalcóatl. Il a choisi sans hésiter cette tenue verte pour nous avertir de qui il est. Les signes sont clairs.

Les rois de Texcoco et de Tacuba acquiescent en silence, ils n'auraient pas mieux dit.

« Comment allons-nous agir pour qu'ils repartent ?

— Quand Tezcatlipoca voulut chasser Quetzalcóatl, il le fit boire. Il lui livra une femme qui était sa sœur, et après la nuit maudite où le dieu enivré brisa toutes ses promesses, renonça à toute dignité, il lui présenta un miroir ; de se voir déchu, Quetzalcóatl pleura et s'enfuit. Le dieu trompeur était seul maître avec son miroir fumant. Envoyons-lui un miroir. Le visage de leur maître ressemble à celui de l'un de nos nobles parents, celui qui est gardien de la Maison de l'Obscurité. Envoyons-le, qu'ils se rencontrent, que son visage soit miroir du sien, qu'il se voie dans le miroir de mon parent. Se découvrant tel qu'il est, pâle, envahi de poils, avec les yeux morts, il fuira.

« Envoyons des signes trompeurs. Envoyons-leur toutes sortes d'inhumains, des enchanteurs, des nécromanciens, des hommes-hiboux qui rôderont la nuit autour de leur campement, pour qu'ils dorment mal et qu'ils soient envahis de signes inquiétants qui les poussent à partir. Envoyons-leur des présages néfastes auxquels ils obéiront par la fuite.

« Mais aussi, cherchez davantage, apprenez précisément ce qu'ils sont, cherchez dans les chroniques de l'Empire tout événement et tout signe qui annonce ce qui arrive maintenant, car il n'est jamais rien de nouveau, il n'est que des retours, tout est annoncé.

« *Tirez le meilleur de nos trésors. Amenez-leur des prisonniers de guerre bien préparés au cas où ils boiraient le sang. Offrez-leur les manteaux que personne ne peut porter, ceux qui me sont destinés : offrez celui qui est brodé d'un soleil, celui qui porte un nœud de turquoises, celui orné de plumes d'aigle, celui qui porte le bijou du vent, et celui qui porte un fuseau d'eau. Mais laissez celui qui porte un miroir fumant, c'est celui du dieu qui nous inspire pour les vaincre, je le porterai quand vous serez repartis.*

« *Offrons le grand soleil d'or et la grande lune d'argent qui sont prêts depuis que les premiers signes sont apparus. Ils sont si chargés de charmes, de travail et de vertus, qu'aucun autre cadeau ne peut les égaler. Ils sont peu nombreux, ils sont pauvres et démunis, ils errent sur des rivages qui ne sont pas les leurs. Ils ne sauraient être à la hauteur de nos cadeaux, ils ne pourraient que s'humilier en nous offrant un présent. Honteux, troublés, répétant jusqu'à en perdre le souffle des remerciements, incapables de combler une telle dette, ils partiront. Ou ils s'offriront d'eux-mêmes en sacrifice.* »

Tous acquiescent. Jamais plan de guerre ne fut plus habile, plus complet, plus profond ; jamais ennemi n'avait subi une attaque aussi subtile : cernés sur leur plage, déroutés en leurs rêves, humiliés de munificence, le sol se déroberait sous leurs pieds. Ils ne pourraient que repartir, ou vouloir mourir. Le Grand Empereur est le Grand Orateur. Il a dans sa sagesse des moyens plus efficaces que les armes. Les capitaines frémissent de crainte et s'inclinent.

Le plan de guerre était dévastateur.

CHAPITRE XII

Donner du verre et recevoir de l'or

Ils revinrent plus nombreux, avec plus de cérémonial, et une suite interminable de porteurs. Le fauteuil pour asseoir Cortés fut rapidement transformé en trône en jetant dessus un drap de brocart doré, car les Indiens nous apportaient des cadeaux prodigieux. Des manteaux ouvragés de broderies de plumes, comme toujours, mais surtout deux roues. L'une toute en or grande comme une roue de charrette, l'autre était plus petite et en argent. Nous n'avions jamais vu tant d'or à la fois, si finement ouvragé de mille détails, peut-être dans la cathédrale de Séville où était un grand retable de bois doré qui occupait tout un mur. Mais ici c'était de l'or, du métal, une masse considérable qui représentait le soleil et la lune. Quand ils dévoilèrent les deux objets il y eut un silence ébahi. Et Cortés sourit, de ce même sourire qu'il avait dans la maison de Velázquez quand le soir il jouait aux cartes : il avait misé, il gagnait, on lui offrait tout. Il était dans les cités d'or.

Ils nous amenèrent des gens entravés d'un collier de cuir au bout de longues perches, une dizaine de jeunes hommes en bonne santé, lavés, peignés, qui sentaient bon, qui se tenaient tout raides comme endormis debout, le visage dépourvu de toute expression. Ils nous proposèrent de les sacrifier et de nous asperger de leur sang, ainsi que la nourriture que nous allions partager, des poules, du maïs, des œufs et des fruits qui débordaient des paniers portés par les serviteurs silencieux. Nous crûmes avoir mal compris, Cortés fit répéter, retraduire, mais c'est bien ça qu'ils voulaient : égorger ou éventrer ces jeunes gens en notre honneur, et asperger nos aliments de leur sang avant de les manger, et les jeunes gens écoutaient l'annonce de leur mort sans que bouge un muscle de leur visage. Cortés refusa. Nous mangeâmes des avocats, des feuilles de cactus, des caroubes, et aussi, mais avec un peu de méfiance, de la viande cuite avec du maïs et du piment.

Tendile était revenu accompagné d'un autre dignitaire aussi bien vêtu que lui, d'un port aussi noble, et qui ressemblait de façon frappante à notre Capitaine. C'était troublant. Il se nommait Quintlibor, il accompagnait Tendile en tout, et lors des conversations fastidieuses en trois langues, il se mettait en face de Cortés et le fixait en silence, en écarquillant les yeux pour attirer son attention, imitant ses gestes et ses mimiques, répétant les mots espagnols qu'il pouvait saisir. On aurait pu croire qu'il se prenait pour un miroir, cela produisait sur Cortés un vague malaise, qu'il écartait de gestes brusques comme s'il était harcelé de ces nuages de moucherons que l'on voit du coin de l'œil, une présence envahissante dont on ne sait jamais où elle est, mais qui revient toujours, jamais loin. Il sortait épuisé de ces conversations ; pendant ces moments-là, les hommes venaient jeter discrètement un œil et repartaient en riant tant la ressemblance était étrange.

Tendile nous annonça que l'Empereur ne pouvait venir car il préparait la cérémonie du balayage des routes ; quant à venir jusqu'à lui, il ne fallait pas y penser : le chemin était long, à peine franchissable, à travers les déserts et les montagnes, emplis d'ennemis. Nous mourrions de soif, de froid, et dévorés.

Le temps passa, l'or vint à nous, nous fîmes commerce avec la multitude qui s'était établie sur la plage, où nous voyions bien qu'il n'y avait pas que des envoyés, des esclaves et des serviteurs, mais des marchands, des hommes de haute condition, des délégations des villages voisins, des curieux qui apportaient avec eux de petites figurines, des anneaux, des grains d'or contenus dans la tige creuse de plumes, et ils venaient les échanger contre des babioles d'Espagne, miroirs, aiguilles, perles de verre, qui valaient une fraction de ce qu'ils nous donnaient, mais ils repartaient avec l'air narquois de celui qui a fait une bonne affaire avec un imbécile, et nous avions le même air, et nous nous demandions pourquoi ils l'avaient.

Comme tout le monde j'avais apporté de ces bricoles à échanger, il me suffit de faire quelques pas dans le campement indien, de montrer une simple aiguille, et plusieurs me firent signe de m'accroupir avec eux sur le sable, ils sortirent leurs objets d'or de petits sacs de coton brodé. Ils tinrent de longs discours, j'en tins d'autres, nous ne comprenions rien mais l'échange se faisait avec les doigts, désignant ceci ou cela, comptant et recomptant, ajoutant et retirant un élément des petits tas posés par terre, et puis nous tombions d'accord avec un acquiescement, un sourire, et chacun s'emparait très vite de ce qu'il avait acheté, avant que l'autre ne change d'avis.

Tout aurait dû être fait au nom de l'expédition, compté et enregistré, la part royale et la part du gouverneur prélevées, mais sur la plage transformée en ville bourdonnante, dans les ruelles entre les cabanes qui l'avaient couverte, au milieu des milliers d'Indiens qui allaient et venaient en transportant vivres et marchandises, chacun échangeait pour son compte ce qu'il avait apporté de Cuba. Cortés laissait faire.

Montejo qui avait le sens des affaires s'inquiéta que tout se disperse, que les dûs ne soient pas prélevés, que personne ne s'occupe de compter ce qui s'acquérait. Il avait des parts dans l'expédition, et il les voyait s'échapper ; il alla protester auprès du Capitaine, furieux et sûr de son droit. « Ce n'est pas ça, le contrat que nous avons signé. — Comment veux-tu contrôler quoi que ce soit ? Et puis il faut que tout le monde profite. » Il le dit avec une indifférence un peu accablée où je sentais une touche d'ironie. Montejo discuta, mais il ne trouvait aucune prise. Je sentais sous ma chemise la petite bourse pleine de grains d'or qui avaient pris la température de ma peau.

Sur cette plage on dormait mal. Je m'allongeais sur le sable à l'abri d'une frêle cabane, et j'entendais la présence des milliers d'Indiens autour de nous, et plus encore peut-être dans la forêt qui commençait pas très loin ; dès que je fermais les yeux, je me réveillais en sursaut comme si des pas approchaient. Des moustiques zonzonnaient en permanence, de petits insectes cruels qui s'acharnaient sur la peau découverte, occasionnaient des démangeaisons terribles ; je les claquais sans les voir et je me recouvrais de mon propre sang. Dans ces nuits chaudes et urticantes, sur une couche dure d'où remontait un froid humide, je faisais d'affreux cauchemars. J'y voyais une plante comme je n'en avais jamais vu, un bouquet d'énormes langues bleuâtres plantées dans le sol, chacune terminée d'une pointe aiguë. Cette plante affreuse, une grande plaine désertique en était couverte, l'étendue était vertigineuse, dans une atmosphère cristalline qui permettait de voir très loin comme si tout était proche, et c'était terrifiant d'être si près d'autant de pointes. Des Indiens aux cheveux sales cueillaient des épines et s'approchaient de moi, ils essayaient de me les planter dans les oreilles, les poignets, la poitrine, l'extrémité du sexe. Je les chassais de gestes maladroits et les épines acérées pliaient au contact de ma peau, je ne sentais rien. Les Indiens murmuraient entre eux d'un air dépité, certains avaient une tête de hibou qui tournait brusquement à angle droit en roulant des yeux, je me réveillais en sueur, entouré de moustiques, c'était encore la pleine nuit et les Indiens s'activaient autour de nous comme s'il n'y avait pour eux ni jour ni nuit. J'essayais de me rendormir. À l'aube j'étais épuisé.

Ils partirent brusquement, sans que rien l'annonce, sans que personne s'en aperçoive. Au matin, leur campement était vide, sur la plage il n'y avait plus que nous. Ils n'avaient laissé que des foyers tièdes, quelques objets endommagés, des bris de poteries, quelques sandales aux lanières rompues, une multitude de traces confuses, mais aucune nourriture.

« Cette plage est sinistre, grogna Alvarado. Je me gratte toute la nuit, et puis je fais des cauchemars, moi qui ne rêve jamais. — Tu ne rêves jamais, Pedro ? — Je n'ai pas besoin de rêver, je fais ; et quand j'ai envie, je prends. Mais là… » Et il se grattait jusqu'au sang, partait en courant sur la plage pour semer les moustiques, et en riant il plongeait dans les vagues tièdes pour leur échapper.

Cortés l'envoya avec une centaine d'hommes à la recherche de maïs. Ils trouvèrent plusieurs villages désertés par leurs habitants, des cadavres sacrifiés dans les chapelles au sommet de leurs temples, le sang encore frais, les couteaux souillés abandonnés à côté des corps. Ils s'emparèrent de la nourriture laissée dans les maisons, qu'ils portèrent eux-mêmes puisqu'ils n'avaient trouvé aucun Indien à rafler. Le pays avait été vidé.

« Ils en ont fini avec les cadeaux, ils vont revenir pour nous livrer bataille ; et j'ai peur que ces Indiens-là soient pires que tout ce que nous avons rencontré jusqu'à maintenant. »

Les réserves de pain de cassave commençaient à moisir, nous achetions aux marins à prix d'or du poisson qu'ils allaient pêcher au large. Montejo proposa que l'on rentre. « Où ? — À Cuba. Nous n'avons plus rien à faire ici. Nous avons trouvé de l'or, nous avons commercé, nous pouvons rentrer. » Ordaz était d'accord. « Nous avons fait ce que le contrat nous permettait de faire. Rentrons. — Tout le monde fait n'importe quoi », grognait Escudero.

« Frère Díaz ? » Lui ne se remettait pas de ce qu'on avait trouvé dans les villages, il s'emporta et déclama d'une voix tremblante, comme s'il était en chaire : « Il n'est pas d'autres royaumes sur terre où de tels crimes soient infligés à la face de Notre-Seigneur, aucun royaume où l'on honore si bien le diable. Les Maures ont une fois dévié, mais ils n'acceptent pas tous les crimes. » Je connaissais le contrat, et je savais bien que si nous le suivions nous devions rentrer, mais je savais aussi que chacun avait ses raisons, qui n'étaient pas d'obéir à un chiffon de papier que personne n'avait lu : Velázquez de León parce qu'il était parent du gouverneur, qui voyait bien qu'ici tout lui échappait, Montejo qui préférait s'occuper du commerce de l'or à Santiago plutôt que d'aller le chercher lui-même, Ordaz qui était maladivement fidèle à Velázquez dont toute parole lui paraissait aussi sûre que l'Évangile, Escudero qui était le chien obéissant du maître qui le nourrissait, et frère Díaz qui était dépassé par les événements, et avait peur. Cortés hésitait ; c'est-à-dire qu'il montrait qu'il hésitait, et j'ai appris que ce qu'il montre, c'est ce qu'il veut montrer. Il ne prit aucune décision, et ça aussi je savais que c'en était une.

« Hé ! Juan de Luna ! Réveille-toi ! » Et il enchaîna d'énormes grossièretés où la Sainte Mère de Dieu n'était pas plus vierge qu'une lapine, et qu'elle pouvait en remontrer à Marie-Madeleine, et à la femme adultère, et à la femme de Putiphar, et à toutes les prostituées de Triana, les belles, les borgnes, les pas regardantes. Je fus heureux de la brusque intrusion de ses grossièretés, elles me sauvèrent de mon rêve atroce, je reconnus les jurons de Portocarrero car aucun Indien, même sorcier, même dans le plus fou des rêves, ne saurait les inventer. Ils étaient trois accroupis dans ma cabane, il faisait nuit, les autres dormaient. Portocarrero me secouait en me grommelant à l'oreille, je reconnus cette brute d'Ávila, et l'avisé Escalante. Ces trois-là à la fois ? La raison de me réveiller devait être grave.
    Je les suivis dehors, la lune éclairait la mer comme une plaque de fer, les vaguelettes venaient heurter le rivage à coups mollassons de torchon mouillé. Nous nous assîmes derrière une dune, le sable était froid, les moustiques nous avaient suivis et nous parlions à mi-voix en nous donnant des claques.
    « Beaucoup veulent rentrer. — Je sais. — Si nous rentrons,

l'or sera pour Velázquez. — Eh oui. — Et qu'est-ce qu'il nous restera ? — Rien. — Nous nous sommes endettés pour venir, et il nous jettera une poignée de pièces, nous serons plus pauvres qu'avant. — Ici Velázquez a des amis, ils reprochent à Cortés de permettre que chacun traficote pour son compte. Ils veulent que l'on rassemble tout, pour que soit prélevée la part du Roi. Mais si tout est rassemblé, ce qui restera après le Roi, ce sera la part de Velázquez. — Vous venez me réveiller pour me dire ça ? Tout le monde le sait. — Si nous rentrons, nous perdons tout. Est-ce que c'est possible de rester ? Cortés nous a promis plus de richesses que ça. » Cortés avait promis des royaumes pour tous, mais Cortés dit tout et son contraire tant qu'il voit briller les yeux de ceux à qui il fait des promesses. « Juan, est-ce que nous avons le droit de conquérir ce pays ? — Non. » Ils avaient besoin d'une réponse claire, je la leur avais donnée. Ils m'avaient réveillé pour ça : j'étais lettré, j'avais lu le contrat, je connaissais les règles et les lois, j'avais rédigé les appels lus dans les rues de Santiago pour recruter l'expédition. Je mentais et j'inventais comme Cortés, comme tout le monde, mais je sais toujours quand j'invente et quand je dis vrai.

« L'expédition est celle de Velázquez, expliquai-je, c'est lui qui a délégation de la Couronne pour commercer dans les îles. Cortés n'en est que le Capitaine, et il n'a le droit que de commercer, pas de s'établir. — C'est sûr ? — C'est écrit. — Comment faire pour rester alors ? » Je réfléchis un peu. L'idée m'était venue aussitôt mais j'hésitai à la dire. « Il faudrait fonder une ville. » Il y eut un silence. Ils ne voyaient pas bien l'idée. « Sur les terres de conquête, en Nouvelle-Castille ou en Estrémadure, les villes ne dépendent que du Roi. Une ville se gouverne par elle-même, c'est le droit d'Espagne ; elle peut suspendre les lois qui menaceraient sa prospérité. Soyons une ville. »

Escalante hocha la tête. Il détestait Velázquez, qui à Cuba lui avait accordé de mauvais Indiens, et trop peu. « Vous voyez, c'est bien lui qu'il fallait venir voir. » Portocarrero et Ávila se regardaient, perplexes. L'un était ami d'enfance de Cortés, et l'autre, irascible, s'était brouillé pour un rien avec le gouverneur. Chacun avait ses raisons. « Et ça nous aide ? On ne va pas faire une foutue ville sur cette putain de plage, il n'y a pas une seule pierre dans tout ce sable pour monter le premier mur. » Agacé, Escalante leur fit signe de se taire. « Et Cortés, il est prêt à le faire ? — Cortés est toujours prêt à tout. — Très bien, explique ça à ceux que tu connais, ceux qui veulent rester, ceux à qui tu peux faire confiance. » Ils disparurent dans la nuit, je me glissai dans la cabane, m'endormis sans rêve. Les projets ont toujours un effet apaisant.

Cortés adora l'idée. Il éclata de rire et m'ébouriffa la tignasse comme à un jeune chien. « Innocent, il n'y a que toi pour penser que le papier est plus vrai que la réalité. Mais tu as raison. Et ça va marcher. » Et il envoya un navire reconnaître la côte plus au nord pour trouver un lieu moins inhospitalier, il confia le commandement à Montejo et Escudero. « Et Ordaz ? — Aucune importance, il est bègue. »

Sur la plage nous avons fondé une ville de vent, une ville aux murs de papier peuplée du bourdonnement des moustiques. Rien n'était réel, mais c'était plus solide que les pierres car c'était une ville de notaire. Je tenais la plume, j'en écrivis les fondations, et de telles fondations obligent. Cortés en avait trouvé le nom, qu'il nous dit en détachant bien les mots : Villa Rica de la Vera Cruz. « Tu choisis toujours des noms trop longs, soupira Alvarado. — Il faut dire tout ce qu'il y a à dire. Et puis elle n'a que son nom, autant qu'il soit marquant. »
Cortés était assis sur le fauteuil qui servait aux réunions cérémonieuses, sous un auvent de palmes. J'étais assis à la table avec le nécessaire d'écriture, et face à nous, assis sur la plage, sans ordre, étaient les cinq cents citoyens de la première ville espagnole en ces terres inconnues. Nos partisans

s'agitaient beaucoup, tout fut accepté par acclamations, ceux qui voulaient rentrer à Cuba furent pris au dépourvu, ils se comptaient du regard, se trouvèrent bien peu, et ils ne surent pas quoi dire, Ordaz cherchait ses mots, mais il ne les trouvait pas dans l'ordre et ne pouvait intervenir efficacement, Velázquez de León se retrouva seul à protester, mais sa parenté avec le gouverneur jetait un doute sur ses arguments. Le conseil municipal fut élu. On me demanda d'examiner le contrat de l'expédition. Je pris mon temps, fis comme si je pesais chaque mot, et j'en conclus gravement que l'expédition n'existait plus, car tous ici étaient citoyens de la nouvelle municipalité. Le conseil municipal mit fin à la mission de Cortés, devenue sans objet. Il se leva de son siège, et salua. Puis le conseil le nomma premier magistrat, et capitaine des armées royales de Villa Rica de la Vera Cruz. Il salua et se rassit, le siège du pouvoir était encore tiède de ses propres fesses. Alvarado fut nommé capitaine général des Incursions dans l'Arrière-pays. C'était ronflant et cela le ravit. De toute façon il aurait fait sans ça.

Montejo revint, il avait trouvé un port agréable, sans marécage et sans moustiques, à l'abri d'une falaise. « Eh bien nous allons établir notre municipalité de papier dans une forteresse de pierre. » Quand il apprit qu'en son absence l'expédition s'était transformée en ville, il s'étonna qu'on ne l'ait pas attendu, il protesta, il s'emporta, eut des mots injurieux et il fut mis aux fers par Escalante qui était devenu alguazil. Il faut du papier bien sûr, mais aussi un peu de fermeté.

Alors qu'avec Andrés j'étais de garde sur une dune, nous vîmes cinq Indiens venir par la plage, qui marchaient très dignement sur l'estran durci. Ils vinrent jusqu'à nous sans hâte, nous saluèrent en portant un peu de sable à leur bouche, et immobiles devant nous, respectueux, ils entreprirent de nous parler. Les voir parler était un peu effrayant car un labret de turquoise perçait leur lèvre, la tirant vers le bas, et montrait leurs dents en permanence, comme leurs statues dont on ne sait pas si elles sourient tout le temps ou si elles vont mordre. Ils ne ressemblaient pas aux Mexicas, ni aux Mayas, c'est incroyable le nombre de peuples que l'on trouve dans ces îles, tous différents, tous nombreux, tous bâtisseurs de villes et chacun pourvu d'un langage incompréhensible. Ceux-là portaient de longues plumes vertes à reflets mordorés, et des bandes brodées de couleurs vives autour de leurs bras, de petits cylindres de turquoise perçaient leurs oreilles, leur nez et leurs lèvres. Nous ne les comprenions pas.

Andrés les tint en respect et je courus chercher les interprètes. Je trouvai facilement Aguilar qui dormait à l'ombre d'une cabane, inoccupé comme toujours car il ne servait qu'à traduire, n'étant bon à pas grand-chose d'autre, comme les Mayas s'en étaient aperçus ; le reste du temps il ne faisait rien de visible, prier, disait-il, mais on le voyait surtout dormir. Je trouvai Portocarrero qui errait sans but, l'air contrarié, comme toujours.

« Elle est où, ton Indienne ? — Avec notre queutard de Capitaine ; il faut qu'elle sache le castillan, alors il lui apprend avec sa putain de langue. » Mais il le disait sans colère ni emportement, il parlait toujours comme ça, Cortés est son ami d'enfance, et ça ne lui faisait rien de plus que d'avoir perdu aux cartes. Je filai jusqu'à la cabane de Cortés, devenue une jolie tente fermée, recouverte des étoffes offertes par les Indiens. « Capitaine ! » Il mit du temps à répondre, il sortit torse nu, s'essuyant la poitrine avec un grand mouchoir, ébouriffé et l'œil vif ; Marina sortit derrière lui, belle comme jamais, le teint de chocolat doux, les yeux effilés d'un noir intense, lissant machinalement sa simple robe blanche qui faisait luire sa peau comme de l'or sombre. Il y eut un silence, qui me troubla. « Des Indiens, Capitaine ! » « D'autres Indiens », ajoutai-je un ton au-dessous, en m'excusant presque.

Ceux-là s'appelaient Totonaques, ils parlaient une langue que Marina ne comprenait pas, mais ils avaient des interprètes qui parlaient la langue des Mexicas. Il fallait trois personnes avant d'entendre ce qu'ils disaient en bon castillan. C'était long, fastidieux, comme nettoyer un vieux tableau avec un tout petit chiffon ; mais peu à peu l'image se révéla : ils étaient un grand peuple, riches de plumes et de cacao, habitant une ville splendide, mais ils avaient été vaincus par les Mexicas ; ils leur payaient tribut, ils les détestaient. Ils savaient que nous avions livré bataille, ils savaient que nous étions de grands guerriers, ils avaient attendu que les Mexicas repartent et ils venaient nous inviter dans leur grande ville de Cempoala.

Au fur et à mesure que Marina se risquait à quelques phrases simples en castillan, qu'Aguilar complétait quand elle ne savait comment dire, le visage de Cortés s'éclairait comme à l'annonce d'une bonne nouvelle. « Dis-leur que nous serons heureux de visiter leur ville, et de les compter parmi nos amis. »

« Des ennemis, murmurait-il. Les Mexicas ont des ennemis. » Et cela le réjouissait. « Tu connais la guerre des Gaules, Innocent ? César vient, César voit, et César vainc : il vainc parce qu'il voit, et parce qu'il est déterminé, il vainc parce qu'ils sont soudés, et eux, la grande multitude qui aurait dû les engloutir, ils se détestent tous. » Il était enthousiaste.

Nous levâmes le camp. L'artillerie et l'or furent chargés sur les navires qui suivirent la côte, et nous allâmes à pied le long du rivage. Alvarado à la tête d'un parti de cavaliers battait la campagne, ils traversaient des villages désertés où ils volaient un peu de maïs et toutes les poules qu'ils pouvaient attraper. Ils ouvraient la route, et protégeaient nos flancs.

Nous allions en file, avec autant d'ordre que nous le pouvions, mais cinq cents hommes de toutes tailles et de toutes corpulences, sans habitude de marcher en armes, ça se traînait, et nous nous étirions trop au goût d'Ávila, qui allait et venait le long de la colonne en hurlant de ne pas lambiner, de rester ensemble, de ne pas nous disperser dans ce pays maléfique, et du haut de son cheval il tapait du plat de sa lance ceux qui ralentissaient, il en vint à blesser plusieurs hommes à l'épaule et au bras, trop abrutis de marche, de fatigue et de faim pour protester. Mais quand nous entendîmes le tonnerre d'un galop, quand nous vîmes un cavalier penché sur l'encolure de son cheval revenir vers nous dans une course affolée, nous pensâmes aussitôt au pire, et dans un sursaut de discipline nous formâmes un carré hérissé de piques ; les arbalétriers tendirent leurs armes et les arquebusiers allumèrent leurs mèches. Le cavalier fit une brusque volte dans un jet de sable, cabra son cheval, s'arrêta haletant. « La ville ! Ses remparts sont en argent ! Et ses tours aussi ! Elle est bâtie en argent ! » Nous le savions ! Cela créa un brusque enthousiasme dans la troupe, nous reprîmes notre marche mais il n'en savait guère plus, non il ne s'était pas approché, non il n'avait touché aucun mur, mais il avait vu des tours briller au soleil comme du métal précieux. On en vint à douter. Quand elles apparurent enfin, nous n'y croyions déjà plus. Cette cité était tellement plantée d'arbres que l'on aurait cru un grand parc, et au-dessus de leur feuillage se dressaient des tours d'un blanc métallique éblouissant, aux formes soulignées de décorations en bleu vif. L'éclaireur qui nous avait annoncé la cité d'argent grommelait qu'il y avait cru, pourtant, mais c'étaient des constructions de pierre couvertes d'un plâtre merveilleusement appliqué, lisse et brillant sous le soleil comme le métal de marmites neuves.

Un roi énorme nous accueillit à la porte de son palais. Il n'allait jamais plus loin car ses jambes le portaient mal, toujours soutenu par deux hommes vigoureux qui haletaient à l'effort de le tenir debout, le moindre de ses mouvements faisait trembloter l'outre de son ventre, et il se couvrait aussitôt d'une nappe de sueur.

Dans l'une des pièces de son palais, étendu sur des coussins, cela allait mieux. Il était entouré d'hommes richement habillés de broderies, portant des bijoux de turquoise et d'or dans des trous faits dans leur visage. Il nous raconta qu'il détestait les Mexicas, qu'il ne leur obéissait que par crainte, car leurs guerriers étaient nombreux, aguerris, féroces. Il se plaignit des exigences du Grand Empereur, auquel il fallait porter chaque année des peaux de jaguar et de chevreuil, du maïs, du tissu de coton, des bijoux d'or et des plumes, en longues files de porteurs à travers les affreuses montagnes sèches et glacées qui sont leurs terres, et aussi fournir des hommes pour travailler dans les champs de l'Empereur, et des femmes pour filer le coton de l'Empereur, et moudre le maïs de l'Empereur, tout ça pour rien, ni salaire, ni rétribution. Il se plaignait amèrement d'une voix tremblante, qui faisait frémir la graisse de ses joues qui pendaient jusque sur ses épaules, il se plaignit à mi-voix de l'affreux tribut de jeunes gens et de jeunes filles qu'il fallait engraisser et envoyer à la ville de Mexico, les jeunes gens les plus beaux et les plus forts choisis chaque année pour qu'ils soient sacrifiés.

Et il nous les décrivit par le menu, des jeunes gens en larmes attachés par le cou comme des bêtes, trébuchant sur les sentiers, marchant en file à travers les montagnes désolées dont nous avions vu au loin les sommets couverts de neige, pour se faire arracher le cœur et manger les membres ; nous compatissions, nous commencions à le plaindre, mais le roi de Cempoala continuait son récit, que l'un de ses nobles courtisans répétait en langue mexica, que Marina et Aguilar traduisaient lentement. Il se plaignit avec des tremblements dans la voix que ces jeunes gens qui étaient une si belle offrande étaient offerts en pure perte car sacrifiés aux dieux sanguinaires du Grand Temple de Mexico, alors qu'ils auraient fait plus de profit à être offerts aux dieux du cacao et du poisson de mer, qui auraient assuré de belles récoltes et de belles pêches à Cempoala, ce qu'ils ne faisaient pas car ils étaient mécontents de ne se voir offrir que des victimes de second choix. Bref, les Mexicas ruinaient les Totonaques. Et ils nous offrirent de la boisson de cacao, mousseuse et amère, violemment épicée, qui agit comme du vin sur ceux qui en prirent, mais de façon plus nette, répandant en tous nos membres une vivacité intense, comme si nous étions parcourus de fureurs et de désirs.

Cortés assura que don Carlos notre roi nous envoyait pour redresser les torts; et que Notre-Seigneur, ce Dieu unique, empêchait que l'on sacrifie des êtres humains. Après le temps de traduction le gros roi hocha gravement la tête, ce qui mobilisa sa poitrine et ses épaules, jusqu'à son ventre où la peau ondulait comme une houle. Il était prêt à tout entendre, et à tout promettre.

Il nous accompagna jusqu'au port trouvé par Montejo, sur un escarpement proche était la ville de Quiahuiztlán qui lui était vassale. Il se fit conduire dans une litière de grosses poutres portée par vingt hommes vigoureux, qui furent à la peine dans les étroits sentiers qui montaient jusqu'à la cité fortifiée, faite de ruelles abruptes, de maisons cubiques d'un blanc éclatant, entourée d'une muraille de pierre bien ajustée. Plus haut se dressait un piton rocheux inaccessible, un doigt de pierre gainé de buissons accrochés au-dessus du vide, pointé droit sur le ciel blanchi à force de lumière, et autour de lui volaient des vautours aux ailes écartées, à peine visibles, mais on entendait leur crissement aigu comme la pointe d'un couteau sur de l'os. De la ville on voyait la mer en contrebas, la ligne courbe de la plage, les nuages nets posés sur l'horizon bleu, et tous nos navires à l'ancre.

Les habitants vinrent saluer leur roi avec ces démonstrations excessives qui nous gênaient un peu, ils baissaient la tête, ils baisaient le sol, parlant à mi-voix sans le regarder. Nous comprenions qu'un gentilhomme doive saluer son seigneur avec respect, mais il est tenu de conserver cette courtoisie hautaine qui montre que ce seigneur-là est digne de recevoir son hommage. Ils nous saluèrent aussi, et nous apportèrent la nourriture dont nous avions besoin.

Tout de suite ils recommencèrent de se plaindre des Mexicas qui prenaient ce qu'ils voulaient, humiliant les jeunes gens, outrageant les jeunes femmes, volant le travail de tous, qui ne profitait plus à personne. Et pendant l'exposé de ces plaintes, alors que Cortés affichait un air bienveillant tout le temps des traductions successives, on vint prévenir les caciques que les percepteurs du Grand Empereur étaient arrivés, qui venaient recenser les biens de cette ville pour en calculer le tribut. Ils prirent tous des mines consternées que je trouvai un peu fausses, roulant des yeux effrayés vers Cortés comme s'ils quémandaient sa protection. Le roi de Cempoala ne sembla pas surpris, du moins par le peu que l'on pouvait lire sur sa face de lune. S'il était monté de sa capitale par des sentiers qui lui étaient impraticables, peut-être n'était-ce pas seulement pour gentiment nous guider.

Dans une ambiance d'affolement une salle fut décorée avec des nattes immaculées et des fleurs, et une grande quantité de boisson de cacao fut préparée.

Cinq nobles personnages arrivèrent, suivis de domestiques qui les aéraient par des émouchoirs de plumes; ils marchaient lentement d'un air d'arrogance affectée, s'arrêtaient pour admirer le paysage, respirant avec une douce indifférence une rose épanouie que chacun portait à la main. Leurs cheveux étaient relevés et tressés de plumes, ils étaient vêtus d'un manteau dont le nœud même était un chef-d'œuvre, et ils s'appuyaient chacun sur un bâton décoré de fils rouges et d'un cabochon d'or. Ils passèrent devant nous en nous ignorant de façon méprisante, ils entrèrent sans saluer personne dans la salle décorée à leur intention, et ils mangèrent et burent en silence, les chefs totonaques debout autour d'eux en silence, les yeux baissés et l'air penaud. Quand ils eurent fini, ils convoquèrent le roi d'un geste, qui approcha en vacillant, et resta debout sans soutien. J'étais sur le seuil avec

Cortés, plusieurs des capitaines et des hommes parmi les plus hardis de notre compagnie, les interprètes nous murmuraient le contenu des échanges.

Les Mexicas invectivaient les Totonaques qui s'étaient mis à genoux, ils leur reprochaient de nous avoir accueillis sans permission, et ils leur demandèrent vingt jeunes gens supplémentaires pour les sacrifier à leur dieu de la guerre, pour l'apaiser, pour se faire pardonner, assurer la victoire éternelle des guerriers mexicas sur tous ceux qui fouleraient les terres de leur Empire sans y être invités, et sans payer tribut. Et ils buvaient leur boisson de cacao, grignotaient quelques fruits d'un air dégoûté, respiraient leur rose comme pour se protéger des miasmes émis par le gros roi qui transpirait devant eux.

« Les Totonaques sont morts de peur, pas un ne relève la tête, murmura Cortés entre ses dents. Pedro, Cristóbal, dix hommes ; attrapez-moi ces pénibles. »

Alvarado, Olid et dix autres se précipitèrent, ils renversèrent les bols de chocolat, firent rouler les corbeilles de fruits, plaquèrent les Mexicas au sol, leurs manteaux si bien drapés se dénouèrent, leur chevelure se défit, ils hurlaient dans leur langue et Marina ouvrit la bouche pour traduire, mais Cortés la coupa : « Laisse, Marina, nous n'avons pas besoin de savoir. » Les cinq percepteurs avaient leur visage congestionné de colère, écrasé sur les nattes par nos hommes assis sur eux, aucun de leurs serviteurs n'avait osé leur porter secours, Alvarado et Olid, l'épée nue, les défiaient tous, le gros roi tremblait de toute sa graisse, ça l'entourait de vagues, il en paraissait flou. « Mais que faites-vous ? » fit-il dire à Marina, qui le dit à Aguilar, qui le dit à Cortés. « Ce que vous n'avez jamais osé faire », renvoya Cortés par la même voie. On ligota les percepteurs sur des perches en bois qui leur interdisaient tout mouvement. « Sacrifions-les, dit alors le roi. Mais à nos dieux, qu'ils aient enfin leur dû de sang de qualité, et qu'ils nous protègent. »

« Nous ne sacrifions pas. » Ils ne comprirent pas. « Nous

vous protégerons nous-mêmes, si vous reconnaissez don Carlos comme votre seigneur. » Ils acceptèrent tout. Ils envoyèrent des messagers en toutes leurs villes pour dire que l'on ne versait plus le tribut au Grand Empereur. Les cinq percepteurs furent portés à bord du vaisseau amiral ancré au large.

La nuit, Cortés les fit détacher, amener dans sa cabine, et il dîna avec eux. Il leur parlait bien en face, ils n'en comprenaient pas un mot mais le ton était souriant, amical. Marina et Aguilar traduisaient avec un peu de retard, et les cinq prisonniers piteux retrouvèrent un peu d'assurance. Il leur dit qu'il regrettait cette brutalité, mais qu'il avait été mal conseillé par les Totonaques, maintenant il savait qu'il avait devant lui les représentants du Grand Empereur, à qui il souhaitait plus que tout rendre hommage. Il leur donna des perles vertes à chacun, et une chaloupe les débarqua loin des terres totonaques, qu'ils puissent rentrer à Mexico sans encombre.

« Ils se sont échappés, annonça Cortés au matin.

— Comment, échappés ?

— Vous ne m'avez fourni ni prison, ni gardiens, vous les avez ligotés avec de ridicules liens de paille ! Quand on garde mal des prisonniers, ils filent ! »

Le roi se mit à trembler de toute sa graisse ; c'était son corps qui montrait les expressions que son visage n'affichait pas. « L'Empereur va savoir ce que nous avons fait. Sa grande armée va descendre des montagnes, nous allons être sacrifiés.

— Nous sommes là », glissa Cortés avec un sourire rassurant. En une journée, tous les chefs totonaques jurèrent fidélité à Sa Majesté le roi d'Espagne, ce que je consignai en un bel acte authentique, que je lus ensuite à haute et intelligible voix, après un long roulement de tambour qui en marquait le sérieux. Les Indiens rassemblés ne comprenaient pas un mot de ce texte qui en leur nom jurait obéissance à qui nous obéissions si peu, on ne leur traduisit rien, mais le tambour, la bannière et ma voix lente et posée montraient que c'était important, une cérémonie qui les engageait, qui nous engageait, qui engageait tous ceux qui voulaient y croire.

Comme Villa Rica de la Vera Cruz n'existait qu'en tant que calligraphie, nous commençâmes à la construire en pierre sur une savane semée de palmiers, proche de la plage au large de laquelle étaient ancrés nos vaisseaux. Les soldats, les capitaines, Cortés, tout le monde creusa, porta des pierres, remua de la terre, cloua des charpentes, cuisit des briques et des tuiles. Tous les métiers étaient présents dans cette compagnie, on y comptait bien plus de charpentiers et de maçons que de soldats : ils n'étaient devenus soldats que par espoir de gain, et quand ils avaient un marteau à la main ils retrouvaient vite les gestes de leurs métiers, ils en maniaient les outils bien mieux que la pique ou l'épée. Pendant des semaines nous travaillâmes sans cesse dans un nuage de poussière dont nous nous rincions le soir en plongeant dans les vagues molles et tièdes de la mer. Les Indiens, quand ils virent s'élever les murs d'une forteresse, vinrent nous aider avec empressement.

Bientôt fut tracée une place bordée de quelques maisons, on construisit une église, un hôtel de ville où pouvait siéger le conseil municipal et une cour de justice, et derrière fut élevé un pilori en troncs de palmier pour que les sentences puissent être exécutées sans retard. En surplomb se dressait lentement la forteresse aux pierres bien ajustées, qui ne s'ouvrait que de fines meurtrières, et dont les créneaux laissaient dépasser les canons les plus lourds, ceux qu'il était impossible de transporter faute d'attelages.

Plutôt que la grande armée de l'Empereur, nous vîmes venir quatre vieillards au pas lent, chacun suivi d'un serviteur qui essayait de leur donner un peu d'ombre avec un parasol de palmes. Ils s'appuyaient sur un bâton décoré de plumes vertes, et quand ils levaient ce bâton, tous écoutaient. Ils parlaient comme de vieux ecclésiastiques, polis et menaçants, sans élever la voix et sans jamais dévier de ce qu'ils estimaient être l'ordre des choses. Des hommes avaient posé le pied sur l'Empire, sans s'annoncer ; les Totonaques ne voulaient plus payer le tribut de l'année. Cortés reconnut tout, et se plaignit que les émissaires de l'Empereur l'aient abandonné à San Juan de Ulúa, sans prévenir, sans lui en parler, le laissant sans nourriture dans ce pays que nous ne connaissions pas ; nous avions dû venir à Cempoala où nous avions été si bien reçus, et par reconnaissance nous leur avions accordé la protection de don Carlos notre maître. Si les Totonaques ne payaient plus, eh bien c'est qu'ils ne pouvaient servir deux maîtres à la fois : ils s'étaient mis au service du roi d'Espagne. Il ne fallait pas que Montezuma en prenne ombrage, nous ne tarderions pas à venir lui rendre hommage, et à lui expliquer tout ce qui l'intéresserait de savoir sur la puissance de notre grand seigneur.

Tout cela leur fut lentement traduit, et ils repartirent après de longues salutations. Les Totonaques reprenaient confiance.

« Nous avons entendu le tonnerre que vous déclenchez. Nous vous avons vus courir ensemble, et vous arrêter ensemble, et baisser ensemble vos longues armes. Nous avons vu vos chevaux, nous avons vu leurs yeux fous et leurs cris, nous les avons vus vous obéir, courir quand il le fallait, s'arrêter quand il le fallait, se lever sur leurs jambes arrière et devenir terrifiants quand vous l'ordonniez.

« Vous montriez ça aux émissaires pour les impressionner et qu'ils le racontent à leur maître, pour qu'ils dessinent, mémorisent, et rapportent. Nous l'avons vu. Nos envoyés ne voulaient pas se montrer, ils ne voulaient pas croiser ceux du Grand Empereur, car il en aurait été furieux, et il nous aurait aussitôt foudroyés. Alors ils ont attendu dans la forêt sans allumer de feu, ils ont mangé les provisions de maïs et de poisson sec qu'ils avaient apportées, toujours un veillait, les autres dormant, et quand les envoyés du Grand Empereur sont repartis avec leurs porteurs et leurs marchandises, les nôtres ont mis leurs bijoux de turquoise, noué leur manteau, et sont venus vous voir. Celui-là était de garde, et il nous a vus le premier. »

Ils me désignèrent, je fus troublé qu'ils me reconnaissent, ils continuèrent leur long discours. Ils parlaient toujours ainsi, avec des détours et des retours comme s'ils tissaient patiemment une grande toile, et quand on avait tout suivi, le motif apparaissait sans qu'ils l'aient vraiment décrit. Cela ressemblait aux poèmes allusifs que font nos poètes amoureux, qui tournent autour de leur désir sans vraiment le dire, pour faire la roue et exhiber leurs plumes. Mais là, appliqué à la diplomatie, c'était bien plus long qu'un sonnet, il s'agissait de décider de la guerre et de l'avenir d'une cité. Il fallait être patient, écouter encore, avec un sourire bienveillant et des gestes d'acquiescement, pour savoir où ils voulaient en venir.

« Nous savons que vous êtes des guerriers, meilleurs encore que ceux du Grand Empereur, mais ceux-là sont nombreux. Ses terres sont étendues et ses guerriers poussent comme du maïs dans ses champs, déjà féroces et tout armés dès leur naissance, guidés par des aigles et des jaguars. Nous les craignons. Mais vous êtes là.

« Dans la ville de Cingapacinga est une garnison de guerriers mexicas, qui détruisent les récoltes, attaquent les habitants et les maltraitent.

— Je cois que nous avons vraiment la réputation d'être valeureux dans ce pays, sourit Cortés. Nous vous aiderons à protéger vos villes et à rétablir la justice. »

Il envoya Heredia le Basque, qui était un vieux soldat des guerres d'Italie, d'apparence terrible et vraiment très laid : une barbe longue et hirsute, le crâne pelé, une cicatrice en travers de la joue et un œil blanc ; il boitait.

Il partit en avant avec de grands guerriers totonaques

harnachés pour annoncer la guerre, qui marchaient en dansant au son de tambours battus par des prêtres, et leurs chevilles entourées de grelots faisaient comme le grignotement continu d'une colonne de termites dévorant la forêt et la transformant en brindilles. Heredia allait du même pas qu'eux, coiffé du casque à dorure qui ressemblait à celui d'un dieu, il lançait sa jambe folle sur le côté et pivotait de tout son poids, cela pouvait passer pour un pas de danse, et régulièrement il tirait en l'air un coup d'escopette, ce qui décapitait un arbre, faisait tomber des débris de feuilles, provoquait l'envol de nuages d'oiseaux braillards. Derrière marchaient quatre mille Indiens armés, et puis derrière encore deux cents de nos hommes. Ils allèrent ainsi une journée entière, la rumeur se répandit dans les villages qu'une armée de grands guerriers accompagnait un dieu de la guerre pour anéantir une cité.

Quand ils furent en vue des temples dépassant des arbres, une délégation de caciques et de prêtres vint supplier qu'on les épargne, se prosternant jusqu'à baiser le sol, proposant de magnifiques manteaux brodés de plumes pendant qu'Heredia roulait un œil furieux et tirait en l'air. Agenouillés, pleurants, ils laissèrent aller dans leur ville toute l'armée des Totonaques. Les vainqueurs se répandirent, ils entrèrent dans les maisons avec des hululements de joie et ils pillèrent la nourriture, les étoffes et les animaux. Quand nos hommes bien en rang arrivèrent enfin, nos alliés repartaient déjà, chargés de butin, traînant derrière eux des hommes et des femmes garrottés d'un collier de cuir. Et l'on apprit que les Mexicas étaient partis depuis longtemps. Cingapacinga, vieille rivale de Cempoala, était sans défense, et avait été anéantie sans qu'elle puisse opposer de résistance.

C'est l'air réjoui du gros roi qui mit Cortés en colère. Être dupe cela arrive, se faire manipuler c'est pénible, mais être pris pour un imbécile c'est dangereux pour l'avenir. Il réunit cinquante soldats, demanda au roi et aux caciques de le suivre, et nous montâmes avec peine les marches raides de leur plus gros temple. Le roi ne devait jamais s'y rendre, il fut tiré, traîné, porté, il suait, devenait difficile à saisir, glissant et geignard, nous eûmes du mal mais nous arrivâmes en haut.

Dans le sanctuaire qui abritait leur dieu, les prêtres nous virent arriver avec cet air de réprobation qu'ils ont en toutes circonstances, mais nous, nous étions cinquante, armés et furieux, le roi tremblotait comme une masse de chair fondue. Les saints hommes étaient d'un aspect atroce, leurs cheveux emmêlés et durcis de sang, les oreilles déchiquetées au point d'en être réduites ou même absentes, tout leur corps d'une saleté ignoble dégageant une odeur soufrée de viande morte. Ils vivaient sans femmes, restaient entre eux en s'adonnant à une vie sûrement vicieuse, tout en priant chaque jour et en jeûnant fréquemment. Ils étaient infiniment respectés pour leur savoir, leur puissance et leur vie admirable de sacrifice, tous issus d'excellentes familles.

Nous les bousculâmes sans égard, ils étaient maigres et fragiles comme des miséreux, et nous précipitâmes au bas des marches leurs idoles de pierre qui se brisèrent dans leur chute, des dragons épouvantables grands comme des veaux, où des corps d'hommes se mêlaient à ceux de chiens, enroulés de serpents, encroûtés de sang.

Les caciques ne savaient que faire, les prêtres agenouillés parlaient avec douceur aux morceaux de leurs dieux, leur expliquant qu'ils n'étaient pas coupables, que le sacrilège venait des étrangers, et qu'ils ne pouvaient s'y opposer sans crainte d'être livrés aux Mexicas. Une foule de guerriers s'était assemblée et grondait, prête à se ruer à l'assaut de la pyramide d'où nous les dominions tous, mais nous montrions bien que les caciques et leur roi étaient en notre pouvoir. Cortés exigea que ce temple soit désormais le nôtre. Le roi gémit, les prêtres ne dirent rien, cela valait pour une acceptation.

On enleva la couche de sang qui recouvrait le sanctuaire, et tout fut repassé à la chaux. Nous apportâmes des roses et des branchages verts, et Aguilar ordonna de tenir le temple propre et balayé. Quatre prêtres furent choisis, on leur coupa les cheveux et on les revêtit de manteaux blancs. Ils devaient veiller sur la sainte image de Notre-Dame que nous avions placée au milieu de toutes ces fleurs. Ils obéirent parfaitement. Ils avaient de nombreux dieux, ils pensaient le nôtre très puissant, ils se mettaient sous sa protection comme ils se mettaient sous celle de don Carlos. De longues explications ne purent tout à fait leur faire comprendre que notre Dieu était le seul. Il faut dire que nous leur parlions d'un dieu et de son fils, tout en leur offrant l'image d'une femme à honorer. Nous renonçâmes aux explications, attendant qu'un jour ils sachent un peu plus de castillan.

Il fallait rendre compte à Sa Majesté qu'elle possédait une ville, dans cette partie du monde qui lui était inconnue et que nous explorions en son nom. Dans la maison municipale dont la charpente découverte laissait voir les étoiles avait été installée une salle de délibération, avec pour l'alcade le fauteuil de bois sculpté qui avait servi à recevoir les ambassadeurs, et un cercle de chaises pour les autres membres du conseil. Sur une table à écrire étaient disposés l'encre et le papier, tout l'attirail de notaire nécessaire à une expédition sérieuse, car si l'épée permet de conquérir et de prendre, c'est la plume qui permet d'attribuer, et prendre n'est rien si on n'a pas les moyens de garder.

Je vins une nuit avec Cortés et des bougies de cire, lui s'installa sur le fauteuil, et moi devant la table à écrire. « C'est presque une salle du trône, s'amusa-t-il, et presque un trône, et je suis presque le roi de ces terres presque inconnues. Et toi, Innocent, tu es presque chroniqueur d'une aventure dont nous ne savons pas la fin. » Nous étions seuls dans la nuit, avec les étoiles qui ne formaient pas de constellations connues entre les barres sombres des poutres dépourvues de tuiles, une bougie éclairait la feuille de papier devant moi, et lançait à chaque tremblement de sa flamme des lueurs brusques sur le visage de Cortés, assis sur ce qui était presque un trône ; et je ne savais pas s'il fallait insister sur *presque* ou sur *trône*.

« J'ai été envoyé ici comme serviteur de ce goinfre de Diego Velázquez, et je tiens à y rester en mon nom. Il faut montrer à Sa Majesté que nous sommes ici pour Dieu et la Couronne, et qu'elle a meilleur compte de recevoir l'hommage d'une ville établie sur la côte du pays de l'or, et qui lui est dévouée, plutôt que de confier le ramassage de ses richesses à des bandits qui vont d'île en île, n'en font qu'à leur tête, et en gardent la plus grande part pour eux.

« C'est ce que tu vas écrire, Innocent. Je vais te raconter ce que je raconterais au Roi s'il était assis à ta place, et toi tu l'écriras d'une façon si convaincante qu'on croira que tout cela est vrai. J'ai l'imagination, et toi tu as le talent, petit moine. »

Et nous fîmes ainsi : il parla et j'écrivis, l'aube vint, nous avions conçu en bavardant une belle lettre bien tournée, bien paraphée, bien respectueuse, où nous disions être quatre cent cinquante soldats en grand péril, au milieu de tant de villes si fortes, de tant d'habitants belliqueux et de redoutables guerriers, si peu et si seuls parmi un peuple innombrable et idolâtre, tuant et sacrifiant ses propres enfants, mangeant de la chair humaine et se livrant à des vices honteux. Nous avions fondé une ville avec sa cour de justice, estimant qu'il serait utile au nom et aux intérêts de Son Altesse qu'elle possède la seigneurie de ces terres comme son propre domaine. Et notre première offrande, sans rien réserver pour nous, montrait notre dévouement. Nous étions là au service de Dieu et du Roi, nous étions prêts à mourir pour que ces peuples féroces et chargés d'or rendent hommage à Sa Majesté et aux lumières de la Vraie Foi : quand cela serait fait, notre devoir serait accompli ; sinon nous mourrions, sur les champs de bataille ou entre les mains de leurs prêtres sodomites et cannibales. Et nous priions Sa Majesté de ne rien accorder en ces contrées à Diego Velázquez, ni charge ni gouvernement, et si par hasard quelque chose lui avait été accordé, de l'en révoquer immédiatement.

« C'est très chevaleresque, soupira Cortés. Et d'un esprit très pratique. » Notre dernière bougie s'éteignit, ayant fait bon usage, la lueur de l'aube faisait luire d'un gris terne la salle sans toit, dans notre ville de quelques maisons.

La lettre devait être municipale, et tout le monde la signa. Portocarrero et Montejo, l'un pour surveiller l'autre, furent désignés pour la porter jusqu'en Espagne, dans un navire que nous entreprîmes de charger des plus grands trésors que nous avions pu récolter : la grande roue d'or ornée d'un terrible soleil grimaçant et de mille scènes difficiles à reconnaître, la lune d'argent plus petite et qui souriait d'un air tout aussi cruel, des tissus brodés et des coiffures de plumes dont Sa Majesté n'aurait sûrement que faire, et de ces livres qu'ils plient comme des draps dans une armoire, ornés d'une multitude de dessins qui intéresseraient peut-être quelque érudit dans la bibliothèque d'un couvent ; en sus, quatre Indiens que nous avions retirés de cages en bois où ils avaient été mis à l'engrais avant leur sacrifice, et qui semblaient soulagés de quitter Cempoala et de monter dans notre navire, ne sachant maintenant où aller. Et aussi le plus d'or que nous pouvions. Montejo et Portocarrero allèrent voir les hommes, leur expliquant que l'hommage que nous rendions au Roi nous libérerait du gouverneur de Cuba, trop avide et ingrat, et que cela nous permettrait d'obtenir plus d'or, bien plus, toute la richesse de ce pays dont nous nous emparerons pour notre compte. La plupart donnèrent ce qu'ils avaient troqué et j'en notai le montant sur une liste que je rédigeai avec soin, le nom de chacun bien lisible avec en face la valeur précise de ce qu'il cédait.

Quand le bateau chargé d'un trésor et d'une lettre disparut

à l'horizon, Cortés déclara qu'il serait bien que nous allions voir ce qu'était ce grand Montezuma.

Dans la salle municipale sans toit, assez grande pour nous contenir tous, les capitaines assis et tous les autres debout serrés contre les murs, cela déclencha des discussions violentes. Ceux qui étaient liés à Velázquez se dirent stupéfaits que l'on songe à s'enfoncer dans un pays où il y avait tant d'Indiens, tous guerriers, et de si grandes villes, alors que nous étions si peu, malades pour beaucoup, fatigués d'aller d'un lieu à l'autre depuis des mois, et démunis, maintenant que nous avions confié toutes nos richesses au navire qui venait de partir.

Cortés laissait dire ; il déclara que ceux qui voulaient partir n'avaient qu'à se faire connaître ; des mains se levèrent, avec hésitation puis fermement. Ils furent une trentaine à vouloir rentrer à Cuba. Nous sortîmes apaisés. Escalante, qui était l'alguazil, vint tous les arrêter à l'aube au nom du conseil municipal. Ils furent enchaînés, jugés pour abandon de la bannière au moment du plus grand danger, ce qui leur valait la mort pour tous. Ordaz terrifié bégayait sans que l'on comprenne ce qu'il voulait dire ; Velázquez de León voyait sa dernière heure venue du fait de sa parenté ; Escudero grommelait d'un air buté ; la plupart des autres, agenouillés, demandaient grâce. Cortés plaida la clémence, le conseil voulait un exemple ; Cortés, l'air cauteleux, concéda quelques peines. Escudero fut condamné à être pendu en public, les autres fouettés, les capitaines admonestés et mis à l'amende. Cortés en tant que justicier majeur signa les décisions, et ne baissa pas les yeux quand Escudero, jusqu'au bout, le fixa d'un air haineux sans dire un mot. On nous aligna tous devant le pilori, en plein soleil, debout avec nos armes, derrière la bannière plantée dans le sol qui s'agitait doucement sous la brise de mer. Nous regardâmes Escudero s'agiter sans un cri au bout de sa corde, puis s'immobiliser, vertical comme un fil à plomb ; puis nous comptâmes intérieurement les coups de fouet administrés sur le dos nu de ceux qui avaient désiré partir.

Lorsque tout fut fini, que les punis eurent réintégré les rangs en titubant, l'ordre fut donné de gagner la plage, en file ordonnée derrière la bannière portée par Ordaz, bouleversé et transformé, qui ferait maintenant tout ce que Cortés lui dirait. Il la planta dans le sable, les capitaines autour d'elle, les hommes s'alignèrent sur trois rangs. Nous avions le soleil dans le dos, nous voyions très bien ce qui se passait sur la mer. Les vaisseaux un par un hissèrent leurs voiles, levèrent l'ancre, et se dirigèrent droit sur le rivage ; ils prirent de la vitesse, et chacun à son tour bascula dans un horrible raclement de bois quand ils fracassèrent leur quille sur le fond de sable. Chaque secousse nous nouait les tripes, chaque fois nous sursautions. Quand il n'y eut plus un seul navire valide, tous coincés, penchés, certaines coques brisées, les marins défirent les voiles, les câbles, les ancres, et les portèrent sur la plage. Des poutres furent arrachées au bordage, tout ce qui pouvait servir fut débarqué, les vaisseaux ne furent plus que des épaves de bois flotté semées sur la plage, incapables de porter quiconque. Personne ne pourrait plus partir. « Notre salut ne dépend plus que de la fermeté de notre cœur et de notre vigueur à combattre », dit Cortés d'une voix de stentor que tout le monde entendit parfaitement. Il avait le sens de la formule fleurie, et en faisait toujours un peu trop. Alvarado aurait dit plus simplement : « Si on faiblit, ils nous mangent. » Derrière nous, derrière le piton rocheux où l'on entendait très haut crisser des vautours, derrière les montagnes couvertes de forêts qui recelaient des peuples que nous ne connaissions pas, le soleil se coucha enfin, nous laissant dans la nuit, isolés dans notre petite ville de quelques maisons posée au bord d'un monde immense qui souhaitait nous dévorer tous, et je ne voyais pas bien comment nous pourrions l'en empêcher.

CHAPITRE XIII

Surgir du brouillard les armes à la main

Par acquit de conscience López donna un dernier coup de masse sur la cheville déjà enfoncée, et les planches assemblées sonnèrent d'un son grave, sans vibrations qui seraient dues à une fente, à du jeu, à une fragilité. « Ça tiendra », dit-il. Et il redressa la roue, la fit un peu rouler sur le sol, elle tournait bien sur son axe. « Ça ira. »

« Des roues pleines, c'est lourd, non ? dit Masa. — Tu as vu les outils que j'ai ? Et puis nous avons assez de porteurs. » Il désigna les Indiens accroupis qui avaient suivi avec curiosité la découpe des planches, leur assemblage, et la fabrication d'une charrette à roues massives qu'ils tirèrent dans un sens puis dans un autre en échangeant de graves considérations dans leur langue. Le fauconneau fut soulevé par six hommes titubant sous le poids du fût de bronze, posé sur la charrette, fixé par des liens de cuir. Sur terrain plat, quatre hommes suffisaient à le tirer. Quand ce serait une pente, ce serait autre chose, mais on verrait.

Le cacique s'était étonné de cette construction. « C'est pour transporter les canons. — Je comprends, mais pourquoi transporter en plus tout ce bois ? Il y a assez d'hommes pour le porter, votre canon. »

Avec Masa et une dizaine d'autres, j'allai au bord de la rivière où se trouvaient de gros galets ronds, nous avancions baissés, lentement, en ramassant certains qui nous paraissaient convenir, Masa les vérifiait avec des gabarits de bois qu'il s'était fabriqués aux mesures de l'âme des fauconneaux. En une demi-journée de plein soleil, ruisselant de sueur, dans l'eau miroitante et tiède qui nous montait aux genoux, nous rassemblâmes un bon tas de pierres de trois livres qui serviraient de boulets, dont certaines étaient d'une rondeur si parfaite qu'on aurait pu les croire taillées tout exprès dans un atelier de Tolède. Nous en chargeâmes deux chariots, pas trop, car on trouverait partout des rivières et des pierres rondes.

Dans la ville on laissa Escalante, qui avait la tête sur les épaules, avec quelques soldats, les blessés, les malades, les marins qui rechignaient à marcher, et l'armée s'ébranla le 16 août de l'année 1519 ; car nous étions bel et bien une armée, en ordre de marche et bien rangée, nous allions du même pas, nous avions fait plusieurs semaines d'exercices sur la plage, nous savions courir lance levée, nous arrêter net, marcher épaule contre épaule sans jamais nous séparer. La file que nous formions était si longue que de là où j'étais, en tête, je n'en voyais pas la fin qui serpentait très loin derrière nous. Nous étions trois cents, mais le gros roi de Cempoala nous avait adjoint cinquante guerriers splendides, tous vigoureux et ornés d'emblèmes, le visage peint, propres à faire peur dans leur conception de la guerre ; ils étaient dirigés par un homme qui semblait s'appeler Teuctli mais que nous ne pouvions prononcer que Teuch, un noble jovial et rond dont l'embonpoint laissait entendre les ambitions dans leur conception de la royauté ; mais surtout il nous avait accordé huit cents porteurs. Ils traînaient les chariots où nous avions posé des canons, ils portaient sur leur dos les tonnelets de poudre, et les boulets dans des sacs de vannerie calés par une corde appuyée sur leur front, qui leur donnait l'air buté de bœufs de labour. D'autres portaient de la même façon la nourriture que nous avions pu rassembler, farine de maïs, poules tuées et plumées pour le jour même, poules vivantes pour les jours qui suivraient, qui pointaient la tête par-dessus le bord du panier et regardaient autour d'elles en roulant mécaniquement leur œil ahuri. Et puis ils portaient quelques biens de nos capitaines, les cadeaux des Mexicas, et rien d'autre. Car nous, pauvres soldats, nous n'avions pas besoin de porteurs. Nous n'avions rien à faire porter, nous portions nos armes et dormions avec, pique, arbalète, épée, et nous n'enlevions jamais notre armure, qu'elle soit de coton ou de fer, et nous ne délacions jamais nos sandales ; nous étions toujours sur nos gardes, prêts à combattre, nous nous enfoncions dans la multitude qui voulait nous arracher le cœur.

Nous étions répartis en compagnies de cinquante hommes, pour que chacun connaisse ses frères d'armes, son capitaine, et toujours combattre sous les yeux des autres. Cortés allait à cheval, devant ; les cavaliers servaient d'éclaireurs, ouvraient le chemin avec les hommes qui avaient un chien. Je suivais Cortés en portant nos outils d'écriture dans une sacoche de cuir, mon épée sur mon dos avec mon bouclier car sinon, trop longue, elle aurait traîné par terre. J'allais avec dix Indiens qui portaient les emblèmes nécessaires aux entrevues, le chapeau cramoisi, les chaînes d'or et les médailles, des vêtements propres et luxueux, des cadeaux à faire aux seigneurs et rois que nous rencontrerions. Et puis un manteau et un tapis, qui permettaient au Capitaine de s'étendre à l'ombre d'un arbre après le repas. « Je dois avoir l'esprit vif, Innocent, disait-il. On ne gouverne pas dans la confusion. » Et il s'endormait.

Loin de la côte, la brise de mer interrompue, l'étuve se referma. Dans les sentiers boueux qui traversaient la forêt, l'avance était pénible. Le sol visqueux cédait sous les pas, l'air était si moite qu'on devait l'écarter pour avancer, les plantes inconnues laissaient pendre des branches, des lianes souples se nouaient en travers du chemin. Le ciel était bleu au matin, blanchissait du soleil ardent, puis se voilait dans la journée.

L'air devenait un drap mouillé, il fallait le mâcher pour le respirer, comme à Cuba il pleuvait en fin d'après-midi ; et ensuite, tout le soir et toute la nuit, l'eau tombait en gouttelettes des feuillages. Nous ruisselions, dormions peu, nous reposions mal. Et chaque soir nous astiquions nos armes d'une couenne graisseuse et d'un peu de sable pour éviter qu'elles ne rouillent.

Nous traversions de vastes clairières où étaient des plantations de maïs. Nos Indiens de guerre entraient dans ces villages avec un grand cérémonial de tambours, et ils en revenaient avec des chargements de galettes et de poules. Le soir, sans que nous ayons à le leur dire, les porteurs nous faisaient des cabanes à toit de palmes, et eux-mêmes dormaient entre les arbres. Car c'est ainsi : guerriers et porteurs ne vivent pas de la même façon, ne mangent pas la même chose, ne dorment pas au même endroit. Et malheur à celui qui oserait faire ce que sa nature ne lui permet pas. En Espagne cela se paye d'une volée de gourdin, et ici de l'arrachage du cœur au sommet d'un temple.

Il y eut des collines puis des contreforts montagneux, et nous entrâmes dans les nuages. Nous ne voyions plus rien, le sentier montait, nous ne savions pas vers quoi. Nous contournions de grands rochers velus, des masses couvertes de mousses gorgées d'eau froide, que nous effleurions avec crainte car la totalité du rocher se perdait dans le brouillard, cela pouvait être le pelage d'un animal endormi. Nous suivions le sentier, nous montions ; des fantômes d'arbres apparaissaient en ombres échevelées, partielles, mouvantes, grimpant toujours plus haut ; nous montions. La nuit, nous dormions dans l'air glacé comme un linge humide, serrés les uns contre les autres, Amador roulé en boule à la manière d'un chat contre ma poitrine. Je l'enveloppais comme un manteau, il me réchauffait comme une pierre chaude : nous dormions mal. Il faisait en ces lieux un soir éternel qui ne rassurait personne. Nous ne voyions plus l'ensemble de la troupe, nous avions l'impression d'un voyage solitaire et froid. Nos alliés indiens n'en menaient pas plus large que nous, ils ne venaient jamais jusque-là, nous dit Teuch en frissonnant. C'était la route des marchands mexicas, ou celle des jeunes gens entravés qui allaient au sacrifice. Ses parures de plumes pendaient, alourdies d'humidité, il soufflait avec peine dans la montée, s'appuyant sur son espadon comme sur une canne.

Dans la brume, il n'était plus question de rangs, d'ordre, ou d'éclaireur. Les cavaliers allaient à pied, et les chiens gémissaient près de leurs maîtres. Nos armes de métal ruisselaient de buée, nous passions entre de grands pins à longues aiguilles désordonnées d'où pendaient d'immobiles lichens gris. Personne ne venait dans cette forêt hantée, personne ne nous attaquerait, nous nous perdrions tout seuls et serions engloutis par des silhouettes hérissées de poils.

Et puis le brouillard devint lumineux, nous retrouvâmes les ombres que nous avions perdues, nous émergeâmes enfin de cette bourre humide. Cortés fit compter les hommes pour vérifier que personne n'était perdu. Tous les Espagnols étaient là, et aussi tous les guerriers, pour les porteurs c'était moins sûr mais le compte semblait y être. Nous entrâmes dans la région la plus transparente de l'air où l'on voyait tout, une lumière très pure baignait le plateau immense, jusqu'à des montagnes aux lignes si nettes que nous pouvions croire les toucher en tendant le bras.

Un air léger gonflait ma poitrine, gazéifiait mes gestes, mais dès que l'on s'agitait un peu on perdait le souffle. Il fallait marcher à pas lents pendant que de joyeuses pensées gambadaient dans nos corps, pendant qu'une secrète exaltation pétillait dans tous les muscles. Nous marchions en file à nouveau, sous un ciel d'azur intense et un grand soleil éclatant et froid. Nos pas soulevaient une poussière miroitante, il n'y avait pas d'herbe, pas d'arbres, la terre caillouteuse était semée de plantes étranges que nous ne connaissions pas : des touffes dures, de petits buissons secs, des bouquets de feuilles monstrueuses et grasses, toutes munies d'aiguilles, et quelque chose qui mimait un arbuste, avec un tronc grossièrement velu qui portait une boule de pointes vertes. Cela couvrait les collines, une tache de lumière sur chaque couronne de feuilles, un cercle d'ombre sous chaque tronc : les pentes sèches apparaissaient pommelées. Avec le soir un vent glacé soufflait des sierras, des giboulées nous cinglaient brutalement, nous marchions en grelottant, et quand nous essayions de dormir, le froid était une douleur qui mordait la peau. Nous étions vêtus de coton léger et de sandales, nous n'avions pour nous protéger que des boucliers de cuir, des plastrons de métal, le dos de nos compagnons, nous nous serrions autour des chevaux. Le climat nous brutalisait, les plantes étaient agressives, ce pays nous éprouvait dans tous ses aspects. Au matin le froid était toujours là, il ne se dissipait que sous les rayons directs du soleil, tous se levaient dès les premières lueurs pour s'agiter, se réchauffer un peu, attendre que le soleil apparaisse. Quand il dépassait de l'horizon, nous étions debout, tournés vers lui, avides d'un peu de chaleur pour vivre une journée encore. Restaient allongés les corps de quelques Indiens de la côte que le froid avait fait mourir pendant la nuit. Nous les recouvrions de pierres, nous répartissions leurs charges, et nous repartions.

Une ville éblouissante apparut à l'horizon, elle semblait proche, l'air aussi clair qu'un verre de loupe permettait d'en voir chaque détail ; ses maisons, ses terrasses, ses temples, tout était si blanc sur le ciel d'azur que pendant tout le temps où nous l'approchions nous l'appelâmes Castilblanco pour nous sentir chez nous ; il nous fallut deux jours pour l'atteindre, elle semblait toujours s'éloigner. Nous marchions en file sur le plateau nu, sous le grand ciel dur de pierre bleue, levant un nuage de poussière qui retombait vite ; nous étions une lente caravane d'insectes traversant une plage, presque rien, et si nous disparaissions écrasés d'un coup de sandale, rien n'en serait changé.

La ville s'appelait Gocotlán, elle était soumise à Mexico, nous l'atteignîmes en bon ordre et sur nos gardes. Le cacique nous reçut sans cérémonie, sans faire battre aucun tambour, ce qui n'était pas un signe de paix, plutôt de neutralité temporaire, ou une discrétion vis-à-vis du lointain seigneur de ces terres, qui se tenait informé de tout.

On nous donna bien peu à manger mais nous pûmes dormir sous un toit, serrés dans des pièces vides où très vite il fit une chaleur d'étable. Le gros chien de Francisco de Lugo resta dehors, mais au lieu de se coucher en travers de la porte pour garder son maître, comme il le faisait à Cuba, il erra dans les rues sans dormir jusqu'au matin. Son aboiement était terrible, comme une plainte méchante, un regret de n'avoir rien à mordre. Aucun Indien n'osait sortir, Lugo resta couché avec nous, nous entendions son mastiff hurler dans la nuit. « Il faut bien que mon chien gagne sa part ! » riait-il.

Au matin, les caciques interrogèrent nos alliés pour savoir si cet animal était un tigre, un jaguar, un monstre dressé pour tuer les hommes. Teuch acquiesça gravement. « Vraiment ? — Vraiment. » Et il ajouta que les chevaux couraient comme des chevreuils, et qu'ils pouvaient rattraper quiconque nous leur désignions ; et que les canons écrasaient à distance qui nous voulions. « Ce sont des esprits ? » demandèrent les caciques. Teuch ne répondit rien de précis, afficha un air entendu que les autres prirent pour un acquiescement ; ou une façon effrayée de ne pas révéler le pire. « Prenez garde à ne pas les contrarier. Ni à les trahir, car ils le sauraient aussitôt, ils lisent dans les esprits. Ils ont arrêté les percepteurs du grand Montezuma, et ont ordonné qu'on ne paye plus le tribut. L'Empereur lui-même leur envoie de l'or et des étoffes. Ils ont brisé nos dieux dans nos temples, et les ont remplacés par les leurs. Cela fait réfléchir. »

« Ton chien nous empêche de dormir, mais il mérite sa part de butin », s'esclaffa Cortés quand les gens de Gocotlán offrirent des colliers, des lézards d'or, et quatre femmes pour moudre le maïs. L'une d'elles fut donnée à Lugo qui tapota avec satisfaction la grosse tête baveuse de son chien qui somnolait à ses pieds. Cortés remercia des cadeaux par de belles promesses.

« Êtes-vous le vassal de Montezuma ?
— Est-il quelqu'un en ce monde qui ne soit pas son vassal, ou son esclave ? Montezuma n'est-il pas le maître de tout ? Il siège dans sa cité qui est bâtie sur l'eau, au centre exact du monde. Chaque quartier, chaque palais, chaque temple peut devenir une forteresse entourée de canaux. On n'y accède que par des ponts que l'on peut retirer, ou par des canoës. Et dedans sont ses immenses trésors, qui viennent de son Empire, qui entrent là et n'en ressortent jamais. Ce serait une folie d'accepter son invitation ; et s'il ne vous invite pas, ce serait sage de ne pas insister. »

Au bas d'une grande pyramide passée à la chaux étaient exposés des crânes suspendus à des poutres, et des milliers de fémurs qui devaient avoir appartenu à des milliers de jambes humaines, qui avaient été vivantes, et puis dévorées comme des cuisses de porc. Il y avait tant de crânes que je ne pouvais en deviner le nombre, ils étaient bien plus nombreux que les vivants de cette ville. Trois prêtres gardaient les ossements en permanence, immobiles à côté d'eux, ils me regardèrent commencer à compter sans rien dire, mais avec cet air hostile qu'ils ont toujours, qui est dû à leur maigreur, à leur saleté, et à ce feu noir qui brûle dans leur regard. Sans doute les saints stylites et les pères du désert avaient-ils le même aspect, et les mêmes yeux insoutenables. Je me troublai et ne terminai pas le compte, il me sembla qu'il devait y en avoir au moins cent mille.

Sous la dictée de Cortés j'écrivis avec soin, d'une écriture régulière ornée de beaux paraphes tourbillonnants, une lettre aux caciques de la république de Tlaxcala. Le gros roi totonaque nous avait conseillé de passer par là car c'était une ville puissante, dont les habitants étaient les ennemis des Mexicas, qui ne parvenaient pas à les vaincre. J'écrivis que nous venions en alliés, que nous leur offrions la protection de notre empereur don Carlos, le plus grand de l'univers, à condition qu'ils s'en reconnaissent vassaux; il fallait pour ça qu'ils entendent les lumières de la Vraie Foi, etc., nous leur expliquerions. J'utilisai des formules ampoulées, celles des déclarations faites au tambour sur les places publiques, je séchai l'encre, pliai soigneusement la feuille et la scellai.

« Je me demande pourquoi on leur fait porter une lettre sans personne pour la lire, dis-je tout de même à Cortés.

— Tu as raison, ils n'en comprendront pas un mot.

— Pourquoi l'écrire, alors ?

— Ton écriture, Innocent : belle, régulière, harmonieuse. Rien qu'à la voir on sent l'importance de ce qui est dit, et aussi le papier qu'ils n'ont jamais vu, et le sceau de cire rouge : je crois qu'ils n'en ont pas. Nos amis totonaques vont leur porter quelque chose qui n'existe pas dans leur pays, et ils sauront que c'est un message de nous. »

Il ajouta une toque de feutre cramoisie, à la mode des villes de Flandres, et deux Totonaques partirent pour Tlaxcala, avec pour mission d'expliquer que nous étions leurs alliés.

Deux jours passèrent et nos messagers ne revinrent pas. Les gens de Gocotlán nous nourrissaient, mais nous voyions leurs réticences. Les terres autour de la ville ressemblaient à la plaine d'Estrémadure : de grandes étendues jaunes parsemées de bosquets et de plantes grasses, qui ne suggéraient pas la fertilité. Cela leur coûtait de puiser dans leurs réserves pour nourrir notre armée, comme cela aurait coûté à un nobliau d'Espagne d'accueillir la suite d'un duc : honoré de sa visite, ruiné par sa durée.

L'armée s'ébranla, il nous fallait poursuivre. Nous allions

en bon ordre, les cavaliers en éclaireurs, les chiens à l'avant-garde, les arquebusiers et arbalétriers au centre de chaque compagnie, entourés par les piquiers qui portaient leur bouclier au bras pour être prêts à tout. En plus des Indiens que nous avions déjà, un autre millier se joignaient à nous, de bon cœur semblait-il.

Après quelques lieues nous nous arrêtâmes, la vallée que nous suivions était barrée d'un mur. L'ouvrage était puissant, un rempart de trois mètres de haut en pierres ajustées, surmonté d'un parapet qui abritait un chemin de ronde ; il allait d'une crête à l'autre, mais il ne servait à rien : il n'était gardé de personne, il aurait suffi de le contourner, et une porte permettait de le traverser, sans grille ni vantaux, une porte coudée selon l'art des forteresses, mais ouverte. Nous restâmes une bonne heure immobiles devant cette porte obscure, guettant un piège, cherchant une ruse, d'autant plus que les Indiens ne voulaient pas aller plus loin. Des vautours volaient haut, le soleil cognait sur les broussailles, rien ne bougeait, si ce n'est de petits lézards qui glissaient entre les pierres avec de brusques froissements. Nous attendions en clignant des yeux. Olid, exaspéré que l'on s'arrête devant une porte vide, la franchit à cheval et disparut quelques minutes ; elles nous parurent très longues, et il revint. Il agitait son épée nue, et cria : « Il n'y a personne derrière non plus ! » Alors nous franchîmes la porte. Derrière il n'y avait ni maisons ni hommes, il n'y avait rien, exactement le même paysage caillouteux parsemé de plantes grasses et de buissons secs, comme si le mur n'était qu'un miroir et qu'en traversant la porte coudée nous ayons fait demi-tour. Mais de ce côté, les branches des buissons frémissaient de longues banderoles blanches couvertes de dessins. Le chemin serpentait à travers ce maquis dans un froissement continu de papier agité. Les Indiens ne voulaient pas s'engager entre ces signes, et beaucoup d'entre nous n'en menaient pas large non plus. Nous savions tous que nouer des sorts peut attirer les plus grands malheurs sur celui qui s'en moque. Alors frère Díaz avança en tête, brandissant la croix de Notre-Seigneur, en chantant de sa voix grêle un cantique, tandis que deux hommes tête nue le suivaient, l'un portant une image de la Vierge, et l'autre balançant au bout d'une corde un encensoir où brûlait du copal. De la poitrine ils rompirent les fragiles bandes de papier, ce qui rassura tout le monde ; les Indiens parce que nous avions remplacé leurs signes par les nôtres, et nous tous parce que le passage de la Vraie Croix nous assurait que ces diableries n'auraient pas d'effets sur nous. Nous dépassâmes avec méfiance ces buissons agités de maléfices, soulagés de les laisser derrière nous.

C'est là que nous retrouvâmes les messagers que nous avions envoyés à Tlaxcala. Ils se traînaient pieds nus sur le chemin, ils étaient en fuite, l'air épuisés, terrorisés, dépouillés de tous leurs ornements de plumes, ne portant plus que le linge dont ils nouaient leurs parties honteuses, et celui-ci était sale et déchiré. En nous voyant ils firent de grands gestes, coururent jusqu'à nous, dépensèrent leurs dernières forces, s'effondrèrent en haletant aux pieds de Cortés. Marina traduisait ce qu'ils racontaient dans un récit entrecoupé de sanglots et de halètements. Ils s'étaient présentés à l'assemblée des caciques, avec notre cadeau, notre lettre, et notre message. Mais ils n'avaient pas plutôt dit qui les envoyait qu'on les avait saisis, dépouillés de leurs insignes, battus et enfermés dans la cage aux sacrifices en bas de l'escalier du Grand Temple, celui du dieu auquel on sacrifie avant d'aller en guerre.

« C'est parce que nous sommes de Cempoala, et que nous marchons avec les gens de Gocotlán, tous tributaires de Montezuma qui est leur ennemi. Ils ont dit qu'il s'agissait d'une ruse des Mexicas pour s'introduire dans leur pays et le ravager. Alors ils se sont préparés à la guerre, ils ont fait jouer des tambours, rassemblé une armée, et ils dansaient autour de la cage du sacrifice en criant : "Nous allons voir s'ils sont si vigoureux ces nouveaux alliés de Montezuma. Nous allons les abattre. Les sacrifier. Les dépecer. Manger leur chair avec du piment."

« Nous avions beau insister, pleurer, hurler, leur dire que vous étiez le contraire des Mexicas, ils montraient leurs armes, dansaient, buvaient de grandes quantités de pulque et revenaient nous promettre qu'ils allaient manger notre chair. Nous avons pu nous échapper pendant la nuit car on nous gardait mal, ils étaient tout à leurs préparatifs, tous ivres et surexcités, la ville de Tlaxcala était dans la plus grande confusion, et la cage était mal fermée ; à moins qu'ils n'aient voulu que l'on s'échappe, pour que l'on vienne tout raconter, et vous effrayer. »

Quand ils eurent fini, Cortés se contenta de balayer tout cela d'un geste flou, la main ouverte balancée comme s'il jetait les dés, comme si cette horrible histoire n'était rien, ou qu'il s'y attendait. « À la bonne heure ! Puisqu'il en est ainsi, en avant ! » Il fit déployer la bannière et nous avançâmes en bon ordre. J'étais admiratif qu'il puisse jouer l'indifférence chevaleresque, chassant les peurs et remplissant de courage tous ceux qui l'approchaient. Avec un peu d'inconscience bien sûr, mais sans inconscience on ne va nulle part.

Nous les aperçûmes sur les flancs en pente douce d'une montagne qui allait si haut que son sommet portait de la neige. Sur le sol caillouteux parsemé de touffes d'herbes dures, ils étaient une quinzaine d'hommes avec leurs peintures de visage, portant des boucliers, des lances, des espadons au tranchant de pierre noire. Cortés ordonna de courir sur eux et d'en prendre quelques-uns sans les blesser : cinq cavaliers partirent, commandés par Olid qui leur faisait de la main des signes de salut. Teuch s'approcha de Cortés, voulant lui dire quelque chose à propos de ces hommes qui attendaient sans bouger les cavaliers armés qui arrivaient sur eux. « Il dit que derrière eux il y a sûrement des guerriers en embuscade, traduisit Marina. Beaucoup — Où ? — Derrière, dans des rochers, partout. — Eh bien allons-y. » Il fit crier de serrer les rangs et de presser le pas.

Au moment où les cavaliers arrivèrent au demi-galop, tous ensemble, lance levée, les Indiens qui ne bougeaient pas, qui ne montraient aucune crainte, qui attendaient qu'ils s'approchent, brusquement les criblèrent de flèches lancées avec un bâton crochu qui donnait au bras la force d'un arc. Les flèches rebondirent sur les cuirasses et les boucliers, blessèrent un cheval au flanc, et brisèrent l'élan de la charge. Alors un homme vigoureux au visage peint, portant dans son dos un panache de fibres rouges, avança en brandissant son espadon. Il fit face à Olid, seul, et frappa posément, le coup fendit comme un rasoir le caparaçon du poitrail, en entama le cuir, le cheval se cabra avec un grand cri, Olid faillit être renversé ; il fit volte-face de justesse, recula devant cet homme seul solidement planté sur ses deux jambes, grandi d'un drapeau peint, comme un preux défendant l'accès de la Vallée Périlleuse.

Nous arrivâmes au pas de course, essoufflés d'aller ainsi sur la pente, et nos cavaliers virevoltaient en essayant de placer des coups de lance, pendant que les Indiens se protégeaient de grands moulinets, lançant des flèches et des pierres de fronde, reculant pas à pas en bon ordre. Teuch essaya encore de dire quelque chose à Cortés, mais le temps qu'il le rejoigne, que Cortés le remarque, qu'il écoute et comprenne ces signes rendus confus par l'essoufflement, nous étions engagés dans un ravin bordé d'un chaos de rochers anguleux. Retentirent des sons de trompes et des Indiens jaillirent de chaque roc, des centaines, des milliers, un nombre insensé, tous peints pour la guerre, agitant des armes, nous menaçant en hurlant pendant que certains, leurs chefs sûrement, surmontés de fanions éclatants, s'étaient postés sur les rocs les plus hauts pour vociférer plus fort que les autres. Cela faisait un vacarme si terrifiant qu'il nous stoppa net dans notre course, et Teuch qui essayait de prévenir Cortés renonça à toute explication, montra ce qui nous entourait, c'était ce qu'il voulait dire.

« Si chacun nous balançait une poignée de terre, nous serions ensevelis », murmura Amador. Et posément il banda son arbalète.

Obéissant au cri déchirant des conques ils se précipitèrent, une brusque radée de pierres de fronde s'abattit sur nos boucliers levés, et le premier choc fut fatal à beaucoup d'entre eux, car ils se ruaient sans discernement, aveuglément confiants dans le spectacle et le vacarme terribles qu'ils nous offraient, pensant que nous fléchirions, que nous nous disperserions, que nous nous débanderions à leur vue, mais non, nous dressions devant eux un mur de piques aussi inébranlable que les phalanges d'Alexandre, et les premiers arrivés, les plus braves sans doute, périrent d'une pointe d'acier qu'ils fichaient d'eux-mêmes dans leurs entrailles. Une arquebusade brisa leur élan, mais ils étaient nombreux, ils nous pressaient, ils nous accablaient de coups. Les canons faisaient autant de bruit que leurs trompes, creusant à chaque décharge des brèches sanglantes dans leurs bataillons serrés, mais ils revenaient toujours. Nos alliés se battaient bravement, de cette façon confuse et lente qu'ont les gens d'ici de s'affronter : les bataillons mêlés, ils se mesuraient d'homme à homme, à grands coups amples qu'il n'était pas trop difficile d'éviter, et ainsi ils dansaient jusqu'à ce que l'un cède, impressionné, découragé, blessé, parfois tué ; mais rarement. Leur mêlée était spectaculaire mais indécise. Nous étions méthodiques, frappant d'estoc de nos rapières, que nous ramenions après chaque coup avec un paresseux filet de sang sur la rigole de la lame.

Les cavaliers avaient pour instruction de virevolter en permanence, lance baissée, côte à côte pour se venir en aide. Ils ne devaient pas donner de la pointe mais balafrer les visages sans s'arrêter, pour ne pas bloquer la lance, ni qu'un ennemi l'attrape à la main. Si cela arrivait, il fallait se dégager d'un coup d'éperon, la puissance du cheval suffisait à arracher la hampe des mains de l'Indien, ou à le renverser. Nous étions peu, ils étaient nombreux, il fallait bouger sans cesse, nous ne pouvions faire masse, il fallait être toujours en mouvement.

Mais dans la mêlée les cavaliers manquaient d'espace, ils piétinaient sur place, encourageaient leur monture de la voix, jouaient des rênes et de l'éperon, et les chevaux piaffaient, se couvraient d'écume, bavaient de la mousse de sang au coin de leur bouche, ils avaient du mal à se dégager. Les Indiens les serraient de près, l'un d'eux parvint à saisir la lance de Juan Sedano, qui était adroit mais ne put se dégager. Bloqué, il fut estafilé aux jambes et aux bras, et un guerrier à l'enseigne pourpre fit tournoyer son espadon et d'un seul coup trancha la tête de sa jument. De l'encolure ouverte jaillit un gros bouillon de sang qui éclaboussa le torse de l'homme, qui hurla de joie, le corps sans tête s'effondra avec des spasmes, entraînant au sol le malheureux Sedano, et tous se précipitèrent. Nous nous battîmes avec acharnement pour sauver le cavalier qui râlait, incapable de se défendre, les Indiens tiraient à eux le cadavre du cheval, et c'est Andrés je crois qui eut la présence d'esprit de couper les sangles pour récupérer la selle. La jument et sa tête furent emportées, disparurent dans la foule confuse. Nous étions dans une telle mêlée que nos pieds s'entrelaçaient, nous trébuchions, nos boucliers heureusement nous protégeaient mieux que les leurs, nos casques résistaient à leurs épées de pierre et nos lames aiguës leur étaient mortelles. Ils finirent par se retirer, laissant des morts sur le sol, nous avions des blessés par dizaines, et certains avaient du mal à se relever.

Le ravin devint le lit d'une rivière, et plus bas était un grand village. Nous étions épuisés, les membres rompus d'avoir tant frappé, tant amorti de coups, nous étions maculés de poussière et de sang, le nôtre, celui de nos compagnons, celui des Indiens, et nous traînions les blessés que nous avions pu relever, qui suivaient le pas en titubant.

Le village était déserté, des poules déambulaient dans les

rues et les foyers fumaient encore, mais toutes les maisons étaient vides. Cortés décida de faire étape et nous nous précipitâmes dans ces maisons qui nous permettraient de dormir à l'abri du vent froid, qui même en plein soleil sentait la neige. Des quartiers furent désignés pour chaque compagnie, mais après c'était au premier arrivé. Andrés se dirigea à grands pas vers une maison de belle apparence, joua des épaules pour entrer d'abord, et jeta ses armes dans une petite pièce au sol couvert de nattes. Je le rejoignis avec Amador, les suivants se serrèrent dans les autres pièces, sans protester. Il est utile d'avoir pour ami quelqu'un comme Andrés, à qui on ne dispute rien.

Il y avait de l'eau en abondance, nous pûmes nous laver, et les blessés nettoyèrent leurs plaies ; mais nous étions si démunis qu'ils ne pouvaient soigner leurs profondes coupures qu'en les pansant de linges pris sur les Indiens morts, après les avoir oints de cette graisse humaine que nous prenions sur les cadavres encore chauds sans plus aucun haut-le-cœur.

Nous avions faim, nous nous emparâmes des poules qui erraient et des réserves de maïs que nos femmes indiennes commencèrent à moudre pour confectionner ces galettes qui sont leur pain.

Cela allait mieux. Nous étions assis sur le seuil des maisons à attendre que les poules grillent et que suffisamment de galettes soient faites, cela sentait bon la viande et le pain, le pain fadasse qu'ils mangent, mais qui est moelleux et chaud, quand de petits chiens trottinèrent jusqu'à nous. Ils étaient dodus et sans aucun poil, et je dis chien faute d'autres mots, puisqu'ils n'avaient de chien que les griffes usées de leurs petites pattes et leurs trottinements de carlins, leurs gros yeux humides et un peu de bave au coin de leur bouche. Mais sinon ils ne ressemblaient pas à grand-chose, à des saucisses peut-être avec leur peau très lisse et leur corps cylindrique. Ils voulaient entrer dans les maisons, ils ne craignaient pas les hommes, ils nous regardaient de leurs yeux de myope sans expression, sinon un peu de mélancolie. Ils ouvraient la bouche mais n'en sortait qu'un soupir : ils n'aboyaient pas. Andrés en attrapa un facilement et l'examina. Il était lisse, muni d'une bouche à l'avant et d'un anus à l'arrière, il semblait avoir été castré. Un Indien accroupi le désigna et fit en riant le geste de manger. Je fis le même geste en prenant l'air interrogatif, il confirma, mima un air satisfait pour dire excellent, et il rit. Andrés leva le petit animal, guetta d'un bref regard une confirmation, et d'un coup sec lui brisa la nuque sur une pierre. J'en attrapai deux autres, et fis de même ; les autres ne fuyaient pas, ils cherchaient à entrer dans leurs maisons. Après les avoir vidés nous les fîmes rôtir, la chair était délicieuse et leur peau dorée était craquante, merveilleusement salée car nous avions enfin trouvé dans de petits pots de terre cuite, dans chacune des maisons, ce sel dont nous manquions.

Nous restâmes là plusieurs jours, à nous reposer, à réparer nos armes, en ayant pris soin de barricader les maisons, et d'installer un retranchement sur le temple au centre du village. Plusieurs blessés moururent dès la première nuit, et d'autres les jours qui suivirent. Plus de cinquante d'entre nous étaient morts depuis notre départ de Cuba. À ce train-là, nous risquions de n'être pas nombreux à voir Mexico.

Pour montrer que nous avions conservé nos forces, Cortés envoyait chaque jour à l'aventure un parti de cavaliers accompagné d'une centaine d'Indiens, avec pour mission de trouver des villages et de nous ravitailler. Chaque jour ils rapportaient de quoi manger, du butin, des prisonniers, des femmes et des jeunes gens, jamais aucun homme. Au loin montaient des colonnes de fumée. Je crois que nous semions la terreur ; et nos alliés nous y aidaient avec enthousiasme.

Dans la nuit froide nous dormions en paix, entassés dans les maisons, enveloppés de tissus volés, mais je fis un rêve où je vis la jument de Sedano. Elle était dépecée en quartiers, sur la table de pierre de l'un de leurs temples, et des prêtres aux cheveux sales les partageaient à l'aide de lames de silex, coupant et arrachant des lambeaux rouges qu'ils jetaient à des guerriers accroupis dans l'ombre. Ils avaient des yeux luisants et des dents aiguës qui dépassaient de leurs lèvres, et ils les dévoraient à grands coups de mâchoires, leurs joues maculées de sang. « C'est la Sainte Cène, c'est la Sainte Cène », entendis-je murmurer l'un des prêtres avec la voix de frère Díaz, et je me réveillai, étendu sur la table de pierre, nu et entouré de ces hommes hostiles qui sentaient la viande infectée. L'un d'eux avait une tête de hibou, et un autre une tête de chauve-souris, il pointait nerveusement une petite langue entre ses dents. Au bout de la table, assis face à face comme des convives, deux hommes qui se ressemblaient se disputaient en bon espagnol; l'un âgé, les yeux clos, voulait la paix, et l'autre jeune, vigoureux et agité, voulait en découdre. Le visage du plus âgé semblait la version vieillie du plus jeune, et il ne le regardait pas vraiment, ses yeux blancs ne voyaient rien et ne clignaient jamais. « La nuit, ils perdent leurs pouvoirs », disait-il, et les prêtres à têtes d'animaux acquiesçaient en me maintenant collé sur la table. En effet quelque chose manquait dans mes entrailles, mon cœur ou mon foie, toute énergie m'était ôtée et je ne pouvais plus bouger, plus me lever, plus parler. Je fis un effort considérable, bougeai mes paupières et tout s'alluma, je m'éveillai brusquement. Le réveil précédent n'avait été qu'un rêve de plus, j'étais dans la pièce où nous dormions, éclairée d'une violente lueur de lune qui se répandait par la fenêtre. Je sortis d'un bond, les sentinelles somnolaient à l'abri du vent, j'allai secouer Olid par l'épaule. Il se redressa, me vit, eut l'air ahuri. Je lui murmurai : « Dehors ! », et sans comprendre il coiffa son casque, brandit son épée et sortit dans la rue en hurlant « Santiago ! ». Tout le monde se précipita hors des maisons, chaussé et en armes car nous dormions ainsi, et les flèches enflammées traversèrent le ciel nocturne, s'abattirent sur les toits. Une masse d'Indiens surgit de la nuit à grands cris, en courant, mais une volée de carreaux les stoppa, et l'arquebusade les décima, nous les voyions tomber dans les éclairs des coups de feu. Il y eut une brève mêlée, mais nous voyant réveillés et résolus, ils firent retraite ; ils furent poursuivis par les cavaliers qui les voyaient nettement au clair de lune.

« Heureusement qu'on t'a réveillé, Cristóbal. Il n'y a que toi pour crier aussi fort. Tu avais entendu quelque chose, Innocent ?
— Non. J'ai rêvé qu'on nous en voulait. Ça m'a réveillé.
— Rêvé qu'on nous en voulait ? Tu parles, c'est pas un rêve, ça. »

Le matin lumineux et froid nous trouva découragés. La mêlée de la nuit n'avait tué qu'un homme, blessé deux cavaliers, mais nous l'avions échappé belle. Nous étions fatigués. Nous vivions pire que des bêtes de bât, car elles au moins posent leur charge, elles dorment la nuit, insouciantes, sûres d'être nourries le matin et de repartir du même pas. Nous dormions sans délacer nos cuirasses, toujours éveillés, vivant de pillage. Comment espérer arriver jusqu'à Mexico alors que les gens de Tlaxcala nous mettaient déjà dans cet état ?

Pour chacune des compagnies les femmes indiennes allumèrent de petits feux, frottèrent entre leurs mains le maïs qu'elles avaient cuit la veille dans une eau mêlée de cendres, et elles l'écrasèrent sur les meules de pierre qu'elles portaient toutes avec elles. Cela durait, nous les regardions faire, c'était comme ça chaque jour. Agenouillées devant les flammes, elles aplatissaient la pâte jaune d'or en disques grands comme la main, et les déposaient sur une plaque de terre cuite au-dessus du feu jusqu'à ce qu'ils se couvrent de taches brûlées. C'était chaud et bon, et nous fîmes un grand massacre de petits chiens pour nous donner du courage.

Les hommes murmuraient. Plusieurs capitaines vinrent dire à Cortés que cette entreprise dépassait nos forces. Les

Indiens étaient sans nombre, nous étions seuls, sans ressources ni renforts, nous finirions sacrifiés à leurs idoles.

« Revenons à Villa Rica, nous avons des alliés et une forteresse. Reconstruisons un navire, allons chercher du secours auprès de Velázquez. Malgré notre courage, des navires seraient utiles.

— Messieurs, pourquoi parler de courage ? Nous faisons notre devoir, mais c'est Notre-Seigneur qui est notre soutien. Je m'en remets à lui. Car si nous reculons, les Totonaques changeront de camp. Nous avons perdu des hommes ? Les guerres ont pour habitude de faire périr les hommes et les chevaux. Nous ne pouvons faire autrement que continuer. Et s'il le faut, mourons avec honneur. »

Nous incendiâmes d'autres villages.

Un éclaireur arriva au galop. « Ils viennent ! » Deux fauconneaux chargés furent braqués sur la route. Nous attendîmes retranchés dans les maisons, ce n'étaient que des porteurs menés par un seul cacique aux atours modestes, sans plumes ni bijoux. Ils entrèrent dans le village d'un pas ferme, portant de grandes charges de pain de maïs et de fruits, poussant devant eux sans douceur quatre vieilles femmes qui avançaient en clopinant. C'étaient des hommes vigoureux vêtus sans ornements, leurs cheveux simplement relevés sur la nuque. Devant Cortés le cacique désigna les paniers de nourriture, les vieilles femmes, et une petite coupe où étaient une gemme de copal et des plumes de perroquet.

« Nous sommes la parole et les cadeaux de Xicotencatl, général des armées de Tlaxcala. Il vous envoie ceci pour manger.

« Si vous êtes des dieux et que vous buvez du sang, sacrifiez ces femmes, brûlez leur cœur, mangez leur chair ; si vous êtes des hommes, mangez ces pains et ces fruits ; si vous êtes des dieux bienveillants, nous vous offrons la fumée du copal et la couleur des plumes de perroquet. »

Il se prosterna la face contre le sol et attendit la réponse.

Marina traduisait, et Cortés ne pouvait s'empêcher de sourire. Ces hommes-là étaient très raisonnables, et très fous.

« Nous ne sommes pas des dieux. Nous n'avons pas l'habitude de manger nos semblables. Mais si nous voulons les tuer, nous le pouvons. Nous vous remercions de ces vivres, et nous espérons que vous vous déciderez à vivre en paix avec nous. »

Ils laissèrent leurs offrandes, renvoyèrent les vieilles femmes, s'installèrent familièrement au bord du village. Des messagers allaient et venaient, on nous apportait chaque jour de quoi manger, les porteurs restaient. Leur campement grossissait comme un faubourg autour de notre cantonnement.

Les Totonaques nous alertèrent. « Ces porteurs ne sont pas des porteurs, fit longuement expliquer Teuch. Leurs vêtements sont pauvres, parce que Tlaxcala est pauvre. » Ces hommes étaient trop vigoureux, ils avaient l'œil trop vif, le dos trop droit pour être des hommes de bât. Ils allaient et venaient en regardant tout : ils comptaient nos forces et se préparaient à nous broyer.

Dans un village où ils étaient allés rafler des provisions, les Totonaques avaient entendu que l'armée tlaxcaltèque campait pas très loin, elle attendait, elle tomberait sur nous par surprise, pour nous tuer tous. Ils avaient pris ça pour une bravade, une malédiction de ceux que l'on dépouillait brutalement ; mais maintenant, en suivant les déplacements des messagers, en observant ceux qui allaient dans notre camp sans motif, ils prenaient la menace au sérieux.

Cortés fit saisir quelques porteurs, la plupart s'enfuirent, il les fit comparaître devant lui. Il s'était assis entouré des capitaines, comme pour tenir tribunal. Il les fit agenouiller à côté d'un billot qui nous servait pour fendre le bois. Il désigna Olid.

« Tranche-leur la main.

— Hernán !

— La gauche si tu veux, mais tranche. Tu as vu où on est ? Si nous sommes faibles, nous mourons. »

Olid trancha dans un silence sépulcral, nous entendîmes le sifflement de la lame, le craquement de l'os, le choc sourd sur le billot, et un gémissement étranglé. La main tomba par terre avec un bruit infime, ce n'est pas bien lourd une main toute seule, elle se contracta une dernière fois comme une araignée morte. L'Indien ne cria pas, ces hommes-là méprisent leur propre douleur, mais il avait du mal à respirer. Les autres suivirent. J'essayais de lire quelque chose sur la grosse face d'Olid, mais il n'avait que la bouche tordue qui lui est habituelle, et l'air concentré sur la seule préoccupation de frapper juste.

« Vous voulez faire couler notre sang ? Nous versons le vôtre. Que votre général vienne avec de meilleures intentions, nous l'attendrons deux jours, ensuite nous irons le chercher dans son propre camp pour le détruire. »

C'est un pays de sang et de signes. Nous parlions leur langue atroce, dont les noms sont des corps, les adjectifs des nuances de rouge, et les verbes des meurtres.

Les Mexicas vinrent d'abord, dans un déploiement d'émouchoirs de plumes tendrement agités, d'étendards brodés de couleurs vives, de pétales de fleurs lancés autour des émissaires. Ils étaient nobles et arrogants, enveloppés de manteaux doublés de duvet, et derrière eux un parti de tambourinaires en sueur faisait retentir un tonnerre énorme que nous entendîmes longtemps à l'avance : les ambassadeurs de Mexico arrivèrent dans un tourbillon de sons, de couleurs et de parfums. Ils avançaient tête haute, en manipulant de grosses fleurs entre leurs doigts, ils mimaient l'indifférence mais remarquaient tout.

Cortés les accueillit entouré des cavaliers en armure bien frottée, qu'elle brille, impressionnants du haut de leurs chevaux qui secouaient les oreilles au vacarme des tambours, piaffant, cognant le sol du sabot, les frémissements de leurs jambes maîtrisés d'une main ferme par des rênes raccourcies.

Des porteurs se précipitèrent, déroulèrent une natte et vidèrent brusquement le contenu de précieux paniers : c'étaient des figurines d'or, des coiffures de plumes, des pierres polies de couleurs extraordinaires. Un murmure parcourut nos alliés totonaques, mêlant émerveillement, envie et stupeur : dans ce pays la puissance du cadeau rejaillit sur celui qui l'offre, pas sur celui qui le reçoit. Avec arrogance ils demandèrent combien don Carlos souhaiterait que Montezuma lui offre comme tribut, pour devenir son plus brillant vassal. Et ils regardaient avec mépris le trésor à leurs pieds comme si ce n'était rien, quelques épluchures, rognures, débris, qu'ils offraient comme une gifle.

« Il y en a pour trois mille piastres d'or, murmura Ordaz.

— Leur ville doit être toute en or, dit Velázquez de León.

— Nous devrions aller voir », rit Alvarado.

Cortés remercia, dit qu'il lui fallait réfléchir, et pour cela rencontrer l'Empereur en sa ville de Mexico.

« Nous vous porterons le tribut jusqu'à la côte, vous le chargerez sur vos navires, vous l'emporterez à votre roi. Ce n'est pas que notre seigneur refuse de vous recevoir, mais son pays est stérile, et vaste, et dangereux, il ne pourrait assurer ni votre confort, ni votre sécurité. »

Cortés remercia encore, laissa à Marina le temps de longuement broder ses remerciements, il fit dire qu'il ne pouvait donner une réponse immédiate. Il souffrait des fièvres, et s'était purgé la veille avec de petites pommes venues de Cuba, qui sont excellentes pour qui sait en faire bon usage, mais qui n'agissent qu'au bout de quelques jours. Il pria les ambassadeurs de rester.

« Je sais que tu as un peu de fièvre, mais c'est quoi, ces pommes ? murmura Alvarado. — C'est du temps, Pedro, juste un peu de temps. »

L'ambassade de Tlaxcala arriva dans l'après-midi, en courant. Nous les vîmes de loin, deux colonnes d'hommes sur le chemin, sans bannières ni tambours, au petit trot dans un ensemble impressionnant, tous du même pas rythmé, balançant ensemble leurs épaules, martelant leur course de cris graves violemment expirés, tous ensemble. Ils ne portaient pas d'armes, étaient tous vêtus du même manteau, mi-blanc mi-rouge, comme les armoiries de nos ordres militaires. De près, nous vîmes qu'il ne s'agissait pas de coton, mais de fibre d'aloès, expliqua Aguilar, un vêtement modeste dont on habille les esclaves. Un capitaine posa la main sur le sol et baisa ses doigts, il balança au bout d'une corde une coupe où fumait du copal. Il était large et bien bâti comme tous les guerriers qui le suivaient, ne portait ni bijoux ni plumes, ils n'avaient d'autres parures que les muscles bien dessinés qui apparaissaient sous la peau brune de leur torse. Il se présenta comme Xicotencatl, fils d'un grand cacique, il était prince de sang et général des armées de Tlaxcala. Il n'avait que peu à nous offrir, car Montezuma encerclait leurs terres et il ne leur permettait pas d'en sortir. Ils ne pouvaient se procurer ni or, ni plumes, ni coton, ni même de sel, rien de ce qui jaillit à foison dans les rivières, les forêts, les bords de la mer dont ils avaient entendu parler mais qu'aucun d'entre eux n'avait jamais vue. Ils ne possédaient qu'eux-mêmes, leur force et leur courage, leur obstination à ne jamais plier. C'était un peuple pauvre et brave, qui ne survivait que par son courage.

Les ambassadeurs mexicas les regardaient avec un sourire de biais, ils affichaient leur mépris en agitant devant leur nez, faisant tinter leurs bijoux, une grosse fleur fraîche comme pour se protéger de remugles. Xicotencatl ne les regardait pas, et continuait de s'adresser à Cortés sans détourner les yeux de Marina ; il l'appelait par son nom indien, qui était Malinche pour ce que nous en comprenions.

« Malinche, pardonne-nous. Pardonne-nous si nous avons pris les armes contre vous, c'est que nous vous prenions pour des alliés de Montezuma, nous vous avons pris pour un nouveau déguisement des chiens de Montezuma, car Montezuma veut toujours notre perte, et les troupes du Grand Perfide ont recours à des ruses, à des tromperies, à de fausses paroles pour entrer dans notre pays, pour le mettre à sac et emporter notre seule richesse : des jeunes gens et des jeunes filles, qu'ils rapinent pour les sacrifier à leurs dieux mauvais.

« Nous croyions nous défendre du malfaisant. Si nous avions su qui vous étiez, nous serions venus vous chercher jusqu'au bord de la mer, nous aurions balayé les chemins devant vos pas. Venez à Tlaxcala, nous mettons nos personnes à votre service. N'écoutez pas les Mexicas, dont toute parole est fausse.

— Je vous pardonne le passé, car il est sans remède, dit Cortés. Don Carlos, mon maître, accepte votre amitié. Décidons la paix ; et si celle-ci n'est pas respectée, nous détruirons votre ville, et votre peuple. »

Les Mexicas s'agitaient, Marina traduisait à voix forte pour qu'ils entendent bien. L'un d'eux s'avança.

« La paix, avec les gens de Tlaxcala, c'est une plaisanterie comme en font les traîtres. Ils veulent que vous veniez dans leur ville, et là ils fermeront les portes, et vous massacreront. Ils simulent, car le Tlaxcaltèque ment. Il ne fait pas la paix, il ne saurait qu'en faire, il n'a aucun sens des raffinements de la paix, ceux que nous cultivons comme personne, il n'y a qu'à voir comment ils s'habillent. Le Tlaxcaltèque ne fait rien d'autre que la guerre, et sans aucune élégance. »

Et ils remirent des trésors sur la natte, dix mille piastres d'or, dit Ordaz qui commençait à avoir l'œil.

« Peu importe que l'on nous attaque, la nuit ou le jour, en rase campagne ou en ville : nous tuons nos ennemis.

— Notre maître s'étonnera que vous parliez à ces rustauds, qui ne sont même pas bons à être esclaves tant ils sont menteurs et violents. Ils sont à peine bons à être sacrifiés aux dieux, et ensuite leur viande jetée aux bêtes. Si le Grand Empereur ne les écrase pas, c'est pour les conserver comme un élevage de cailles dans la grande cage de leur ville : il veut les avoir à disposition pour les fêtes. Voici les cadeaux de notre Empereur. Gardez-les bien, car vos hôtes risquent de vous assassiner pour vous piller, c'est bien dans leurs manières. Prenez plutôt par la ville de Cholula, qui est de nos amies ; on vous y fera un meilleur accueil que dans cette bourgade pouilleuse qu'ils appellent Tlaxcala.

— La ville de Cholula est infecte. C'est le chef-lieu des manœuvres sordides de Montezuma. Les Cholultèques sont les plus perfides des voisins, Montezuma y envoie secrètement des capitaines, qui se déguisent la nuit et viennent faire des massacres dans le pays de Tlaxcala. Nous résistons, beaucoup d'entre nous succombent, mais ils repartent. Malgré tous leurs guerriers, leurs ruses, leurs richesses, à chacune de nos défaites beaucoup de nos ennemis restent morts, et les autres hésitent à aller plus loin. Nous connaissons leurs préparatifs et nous les attendons. Leurs alliés combattent sans entrain et s'enfuient au premier choc. L'or n'est qu'une parure de femmes, les plumes s'envolent au premier souffle, ne restent alors que les vrais guerriers, et sur le champ couvert de morts il ne reste debout plus que nous. »

Un grognement sourd sorti de dix poitrines salua le bel envoi. Ils parlaient comme ça, devant nous, les Tlaxcaltèques et les Mexicas, pleins de haine les uns pour les autres, et en étendant la main ils auraient pu s'effleurer du doigt. Ces hommes ont la passion du verbe, et pour eux, dans l'ordre du verbe, tout est possible : on s'injurie, on se maudit, on se dit des horreurs dont la millième partie aurait précipité un hidalgo sur son épée. Tel est l'art du discours dans les Indes inconnues : somptueux et violent, interminable, mais on l'écoute sans frémir, on reste assis jusqu'à son tour de répondre. Et on répond par de nouvelles tirades.

« Heureusement qu'ils se détestent tous. Il leur suffirait de s'entendre pour nous submerger.

— Et pourquoi s'entendraient-ils ? Les Hollandais s'entendent-ils avec les Espagnols ? Ici ils n'ont même pas de mot pour dire *Indien*. »

La grande ville de Tlaxcala fit notre admiration, avec ses rues blanches très propres, mieux ordonnées qu'à Séville. On vint nous accueillir, des guerriers, des caciques, des prêtres mais aussi des femmes et des enfants, des curieux qui venaient voir qui nous étions, et des jeunes filles nous apportèrent des bouquets de roses, qu'elles offrirent à ceux qui leur paraissaient des gens de distinction, surtout les cavaliers avec leur armure qui brillait au soleil. Dans les rues une foule assistait à notre passage, une masse de gens silencieux et dignes, qui n'exprimaient ni crainte ni joie, seulement une curiosité qui nous faisait tenir bien droits et marcher bien en rang. Les femmes regardaient sans baisser les yeux, elles portaient des enfants au regard sérieux dont aucun ne pleurait, les hommes bien découplés étaient vêtus d'un manteau d'aloès noué sur l'épaule, qui leur donnait des manières de Romains. Le tissu rêche était orné d'un décor de couleurs vives, selon des dessins que l'on voyait se répéter d'un groupe à l'autre, comme s'il s'agissait des blasons de différentes seigneuries.

Nous fûmes logés dans un vaste palais qui dépendait d'un temple, par des prêtres en robes blanches munies de capuchons. Ils nous encensèrent, ils saignaient des oreilles car ils avaient fait sacrifice d'un peu de leur sang avant de nous accueillir. On nous répartit dans des pièces aux murs nus et au sol couvert de nattes, on nous fit asseoir, on nous apporta de quoi manger. Le grand cacique de cette ville était aveugle, il était le père du général qui s'était acharné à nous vaincre, ils portaient le même nom. Il se fit amener jusqu'à Cortés, et lui posa la main sur la tête, tâtonna, caressa sa barbe, parcourut du doigt les traits de son visage, suivit la cicatrice qui soulignait sa lèvre, et ainsi ses épaules, sa poitrine, tout son corps. Cortés se laissait faire en souriant, le cacique fit de même avec les autres capitaines, Ordaz rougissait et se dandinait d'un pied sur l'autre, Ávila impatient ronchonnait comme s'il allait en découdre, et Alvarado riait à gorge déployée d'une si inhabituelle ambassade mais il s'y prêtait de bon cœur.

Frère Díaz expliqua quelques vérités de la Vraie Foi, il était là pour ça, ils écoutèrent poliment. Il fut question d'abandonner leurs idoles, de ne plus sacrifier ni tuer leurs semblables, ne plus faire les saletés qui étaient dans leurs habitudes, ne croire qu'en un seul Dieu véritable. Le vieux cacique et le vigoureux capitaine qui était son fils écoutaient en hochant la tête, ils s'adressaient parfois l'un à l'autre, les yeux blancs du vieil homme se tournant vers son fils dont les yeux flamboyaient de colère contenue, et brusquement j'eus le sentiment terrifiant de voir les personnages de mon rêve, celui qui voulait la paix, et celui qui voulait la guerre. Ils étaient sortis de mon songe, devenus tangibles, et de ce qu'ils décideraient devant nous dépendrait vraiment notre vie. Dans ce pays, le rêve n'est jamais vraiment clos. « Celui-ci veut la paix, mais celui-là ne renonce pas à la guerre, murmurai-je à Cortés. — Comment tu sais ? — Je les ai vus cette nuit. » En homme raisonnable, Cortés ne négligeait pas les signes.

On leur fit voir une image de Notre-Dame avec son précieux Fils. On leur expliqua que cette dame enfante Dieu qu'elle tient dans ses bras, en restant vierge, avant, pendant, et après l'enfantement. S'ils croyaient, ils verraient tout le bien qu'il leur en résulterait : outre une bonne santé et des saisons heureuses, leurs âmes voleraient au ciel pour y jouir de la gloire éternelle ; sinon, s'ils continuaient les sacrifices à leurs démons, ceux-ci les emporteraient aux enfers où ils brûleraient pour toujours au milieu des flammes.

Ils écoutèrent jusqu'au bout, Marina traduisait, ils hochaient perplexement la tête. Quand frère Díaz se tut, que Marina eut fini, ils restèrent un moment silencieux.

« Seulement croire ? — Oui. » Cela les rendit plus perplexes encore.

Puis Xicotencatl l'ancien prit enfin la parole. « Malinche,

nous croyons bien que votre Dieu et cette dame sont excellents. Mais comment penser qu'un dieu à qui on n'offre rien soit bienveillant ? Nos dieux nous disent que si nous oublions, ne serait-ce qu'un jour, de leur sacrifier des hommes et de leur offrir notre sang, la famine, la peste et la guerre s'abattront sur nous. Mais peut-être n'avons-nous pas compris ce que vous nous expliquiez. Il nous faudra du temps.

— Je crois qu'ils ne sont pas encore prêts, soupira frère Díaz.

— Laisse, dit Cortés. Ce n'est pas toujours simple à comprendre. »

Ils acceptèrent de bonne grâce de nous céder l'un de leurs temples pour que nous puissions y installer une croix. Un dieu de plus parmi ceux qui avaient déjà un temple, cela ne prêtait pas à conséquence. Ils acceptèrent aussi d'être vassaux de don Carlos, le grand empereur d'au-delà des mers. Ils étaient si hostiles aux Mexicas qu'ils étaient prêts à tout.

À Tlaxcala, on nous offrit des princesses. Il y eut douze filles de caciques qui n'avaient jamais été mariées, et avec elles quatre cents jeunes esclaves belles et bien parées qui leur servaient de suite. Le vieux Xicotencatl qui les gouvernait dit que son peuple nous donnait les plus belles de ses filles, pour que nous en fassions nos femmes, que nous en ayons des enfants, et ainsi nous serions frères entre hommes valeureux.

Cela fut prononcé devant tous ; et quand elles arrivèrent, toutes ces jeunes femmes propres et gracieuses, il y eut un trouble, des sifflets, puis un silence. Quatre cents, c'était une foule impressionnante, et uniquement de jeunes femmes serrées les unes contre les autres, vêtues d'une robe blanche, c'était une apparition merveilleuse, on aurait cru les onze mille vierges de sainte Ursule qui venaient à nous, sauf que celles-là voulaient bien se marier, ou tout au moins ne le refuseraient pas. Elles étaient des cadeaux, car l'homme sert à tout, de monture, de nourriture, et de cadeau. Elles étaient quatre cents, chacun aurait la sienne. Chacun eut la sienne. Même Amador, à qui on donna la plus petite que l'on put trouver, et elle le dépassait encore de deux têtes, ce qui les fit rire tous les deux. Tout le monde eut la sienne, sauf Andrés qui ne touche pas aux femmes, et quand on lui demanda pourquoi, il rougit avec une telle férocité qu'on ne lui reposa pas la question.

J'eus la mienne. Elle avait la peau très pure, le visage lisse dessiné comme un galet de rivière, les yeux fendus d'un seul trait. J'étais troublé de cette situation stupéfiante : cette femme m'appartenait. Il fallait que j'en prenne soin car on n'abîme pas les cadeaux, mais ce que je lui dirais de faire, si elle me comprenait, elle le ferait. Elle resterait avec moi tout le temps que j'en aurais le désir, sa volonté ne comptait pas. De ça, je n'avais aucune habitude, et j'eus ce bref enivrement de puissance que doivent éprouver les nobles véritables, ceux qui ont des paysans, des domestiques et des troupeaux.

Je la détaillai d'un air probablement avide, fixant ses cheveux plus noirs que tout ce que j'avais jamais vu, hormis l'encre d'une écritoire, ses lèvres larges et bien dessinées comme des bijoux de chair, relevées de part et d'autre d'une légère virgule qui lui faisait un sourire impalpable, je scrutai la couleur brun clair de sa peau sans défaut, ses yeux sombres et patients ; et brusquement elle éclata de rire.

Elle rit d'un coup, comme un jaillissement qu'elle ne pouvait plus retenir, en cachant ses merveilleuses dents blanches derrière sa petite main élégante aux doigts fins ; elle rit sans me quitter des yeux.

C'est un problème que j'ai toujours : je ne fais pas assez peur. Je le regrette un peu, je regrette d'apparaître comme l'un des moins dangereux de notre troupe de soudards dépareillés, et de n'avoir pas le réflexe de porter la main à mon épée dès que je crois que l'on rit de moi.

Je rougis violemment, je sentis la chaleur monter à mes joues, je brûlais, je devais luire, je ne savais que faire ; et ce mélange de modestie et d'insolence, ce regard ironique et joyeux qu'elle n'aurait jamais dû oser porter sur moi, elle mon esclave, et moi le guerrier ceint d'une épée encore encroûtée de sang, me l'attachèrent brutalement pour toujours, alors que nous ne savions même pas prononcer un mot qui serait compris par l'autre.

« Conquérant ! fit Alvarado en éclatant de rire, me tapant sur l'épaule. Vous avez fait connaissance ! »

Lui avait eu pour sa part une princesse hautaine et parée, qui ne laissait jamais voir sur son beau visage aucune expression. Elle était d'un tel air royal qu'Alvarado à ses côtés en était anobli, il se tenait plus droit, et il la couvait des yeux, comme Lancelot quand il était en présence de Guenièvre.

Nous avions bien fait de traverser l'océan, et d'affronter tant de dangers, car où donc en Espagne nos désirs auraient-ils pu être ainsi exaucés ? avec une munificence dont nous n'aurions même pas rêvé !

Je tendis la main, lui saisis délicatement le poignet, l'attirai avec douceur hors du groupe de quatre cents jeunes filles qui se répartissaient entre nous, elle vint, et ses yeux amusés ne quittaient pas les miens. Elle était une esclave, un cadeau, un bien, elle était un tribut versé, elle était ma propriété le temps que je le souhaiterais. Mais elle était ma princesse indienne, qui me regardait avec curiosité, et qui m'intimidait. Il est étrange ce pays où les hommes peuvent être aussi bien des dieux que des meubles.

Le soir, frère Díaz les baptisa toutes pour que nous ne vivions pas dans le péché, chacun lançait un nom pour son Indienne et il lui était affecté dans un signe de croix. Ma princesse tlaxcaltèque s'appela Elvira.

Xicotencatl l'ancien se faisait raconter la cérémonie au fur et à mesure, et avec bonne humeur il se prêta au jeu, il fut chrétien sous le nom de don Vicente. Et en riant il poussa un autre cacique à faire de même, qui fut donc don Lorenzo plutôt que Maxixcatzin, qui signifiait en leur langue

« Seigneur anneau de coton », ce qui est plus simple à prononcer, même si, à sa grande déception, son nouveau nom ne voulait rien dire de spécial, c'était simplement un nom pour désigner quelqu'un, pas un signe qui serait le début d'une histoire. Ils trouvaient chez nous certaines choses un peu bêtes. Le reste de la soirée les deux caciques s'amusèrent à s'appeler par leur nouveau nom, qui devenait foisonnant, coloré et confus, qui changeait de nature dans leur gorge apte à des glougloutements et à des claquements de langue que l'espagnol ignore. « Cela les amuse beaucoup », dit Marina à Cortés. Pour sceller l'alliance nous avions fait apporter de Cempoala les cadeaux que nous y avions laissés, des manteaux, des draps, des plumes, du sel, que les Tlaxcaltèques acceptèrent avec joie : ils manquaient de tout.

Cette nuit-là, dans les salles jonchées de nattes où nous cantonnions, il y eut des soupirs étranglés, des gémissements, des jurons graveleux ; il y eut des grognements de bêtes et de petits cris d'oiseaux jaillissant des mêmes gorges, des frottements de peaux humides, toute une agitation dont personne ne voyait rien, chacun occupé dans l'obscurité de ce qui était à portée de ses bras, parfois se cognant du pied ou du coude à des corps agités dont on ne savait pas à qui ils appartenaient. Nous n'avions pas de chandelles et l'obscurité était moite, grumeleuse, ardente, germinative, odorante et chargée d'ombres serpentines enlacées. La nuit remuait. J'aimais Elvira.

La fleur, le chant
Chronique de la Grande Cité
Sise à l'ombilic de la lune.
Treizaine Chien de Notre Seigneur l'Écorché de l'année Un-Roseau

L'Empereur est occupé. Chacun de ses gestes est nécessaire. Il préside aux fêtes, il exécute les rites, il tire le sang de son mollet, de son oreille, de sa langue, il offre sa douleur. Un faux pas et les monstres squelettiques de la destruction s'abattront sur le monde. Il convient de tout faire pour que cela n'arrive pas, il convient d'agir de façon juste; il convient de repousser inlassablement les assauts du néant.

L'Empereur a une grande responsabilité. Il est plus qu'un homme, il est placé au nombril du lac, il est placé au centre du Centre du Monde, qui est le lieu des apparitions et des présages.

Il doit comprendre, rien ne doit lui échapper.

Il ne doit rien ignorer et rien ne doit lui résister.

> *Entourée d'anneaux de jade,*
> *l'eau, la montagne,* huiya,
> *resplendissante comme une plume de quetzal,*
> *ici se trouve Mexico,* huiya.

*En ce lieu,
une brume fleurie
se répand sur tous*, ohuya.

*Oh ! C'est bien là ta demeure,
toi, Celui par qui l'on vit.
Oh ! C'est bien ici que tu commandes.
C'est lui notre vénérable père*, aya,
sur tous il se répand, ohuya.

L'Empereur est responsable du gouvernement des hommes, de la fécondité des femmes, du bon déroulement de la guerre et de l'obéissance des enfants, de la correction de la langue et de la conservation du savoir, de la beauté de la poésie, de la bonne orientation des temples, de l'arrivée de l'eau potable et de la croissance du maïs, du vol des oiseaux, de l'agrandissement de l'Empire, de la stabilité du sol, de la droiture des arbres, de l'abondance des pluies et du ruissellement des eaux, de l'ardeur du soleil et du retour régulier des matins. Personnellement responsable. Il doit observer les rites nécessaires à toute chose, fournir au soleil la quantité suffisante d'eau précieuse sans laquelle la délicate machinerie du monde cesserait de fonctionner. Les dieux ont donné leur sang pour régénérer la vitalité cosmique ; les hommes ne peuvent faire moins. Ils doivent aider à ce que ce monde si fragile échappe à la destruction.

*Je ferai résonner en chantant
L'instrument sonore et harmonieux,
Toi, en jouissant des fleurs,
Danse et célèbre le dieu puissant.
Profitons de la gloire présente ;
Puisque la vie est passagère.*

L'Empereur est occupé à la fête du balayage des routes, il le faut, c'est nécessaire, car après commencera l'hiver et ses pluies, qui est la saison de la guerre. Pour cette fête, la déesse mère Coatlicue, déesse de la terre à la jupe de serpents, balaye la maison de son fils Huitzilopochtli, le dieu de la guerre et du soleil, du côté gauche et du séjour des morts.

Pendant quatre jours on danse dans la Maison du Chant, on danse en cercle autour de la jeune femme parfaite et parée qui pendant quatre jours est la Mère des Sauvés, Toci notre grand-mère.

Quatre jours ! Dans le grondement continu des tambours monoxyles, elle accepte avec un sourire lointain tous les hommages.

Quatre jours ! Les nobles guerriers aux chevilles entourées de sonnailles lui font des compliments, lui déclament des vers humoristiques, tournent autour d'elle en un vaste tourbillon sonore, elle est au centre de tout, elle écoute vaguement, elle salue de petits gestes, les yeux vides et le sourire vague.

Quatre jours ! On la taquine, on la pare, on la sacrifie. On l'écorche et sa peau d'un seul tenant est revêtue par un prêtre qui la porte comme un vêtement. Le visage féminin lui fait un masque, les mains vidées ballottent à ses poignets, ce qui fut l'enveloppe de ses pieds pend à ses mollets. Ainsi vêtu, il poursuit les nobles guerriers, qui à grands cris, en roulant des yeux, miment l'effroi.

La dame Toci est patronne des devins, des médecins, des peintres et des professeurs, la même chose, tous font la même chose, elle est patronne de ceux qui interprètent les signes, de ceux qui soignent par les signes, de ceux qui peignent les signes, de ceux qui enseignent les signes, elle est protectrice de la propreté et de la maternité. Si les signes sont bien observés, bien lus et bien interprétés, bien agis et bien suivis, le monde est en ordre et il est fécond. Il faut y travailler avec soin et constance, car la fécondité n'est jamais acquise.

Mais dans l'Empire les désordres se multiplient, la terre tremble, la surface du lac s'agite d'un tumulte mystérieux sans qu'il y ait de vent, les dieux s'agitent. Ils préviennent toujours avant de détruire.

> *Le Dispensateur de la vie se fiche bien de nous...*
> *Nos cœurs cherchent une consolation*
> *Mais lui, à la vérité, il s'en fout.*

Le mois du balayage des routes a été correctement inauguré, il pourra se dérouler tout entier sans que le monde s'effondre. L'Empereur offre des insignes aux chevaliers-aigles et aux chevaliers-jaguars, nobles guerriers qui n'ont d'autres activités que la noblesse de la guerre. Le corps n'est rien, sinon un porte-signes, la hampe de l'étendard, la toile de la bannière; ils viennent un par un jusqu'à lui, les grands guerriers qui ont déjà capturé tant d'ennemis, il les décore, il les marque, il les distingue.

> *Avec la bravoure de l'Aigle,*
> *avec la bravoure du Jaguar,*
> *donnons-nous l'accolade,*
> *mes princes.*
> *Le bruit des boucliers a retenti,*
> *la compagnie va faire des prisonniers,*
> *y ahua ya o ahua yaha ohuaya.*
>
> *Au-dessus de nous pleuvent les fleurs de la bataille.*
> *Ainsi, on réjouit*
> *le dieu unique,*
> *le dieu père des hommes.*
> *Le bruit des boucliers a retenti,*
> *la compagnie va faire des prisonniers,*
> *y ahua ya o ahua yaha ohuaya.*
>
> *Là où bouillonne le sang versé,*
> *Là où flamboie l'incendie,*
> *on s'honore,*
> *on s'illustre avec son bouclier.*
> *À l'endroit des sonnailles et de la poussière,*
> *on se rassemble,*
> *ohuea !*

Cela prend du temps, mais c'est nécessaire, la guerre n'est bien menée que si les chemins sont balayés, si les circonstances sont éclair-

cies, si les signes sont perçus et interprétés, si les rites sont réalisés dans leurs moindres détails, et si la beauté est partout présente.

*Allez, lève-toi, frappe
notre tambour !
Que soit ressentie l'amitié !
Que les cœurs soient
captivés !*
Ohuea !

*Lève-toi, mon ami,
viens prendre tes fleurs auprès des tambours !
Abandonne ta peine,
pare-toi !
On a seulement offert
de précieuses fleurs,
offre maintenant ton sang,
offre ta douleur !*
Ohueya ohuya !

La mère des dieux avait donné naissance à la lune et aux étoiles, qui occupaient le ciel nocturne au-dessus d'elle. Alors qu'elle balayait le temple, une boule de plumes s'envola et lui toucha la poitrine ; elle la glissa dans son corsage, continua de balayer, et engendra Huitzilopochtli, dieu du soleil et de la guerre. Sa fille et ses quatre cents fils furent offensés que leur mère engendre ainsi, si tardivement, et décidèrent de la tuer. Mais le dieu issu d'une boule de plumes naquit tout armé, il brandit un serpent de turquoise, un bouclier de jade, et il tua ses quatre cents frères qui devinrent les étoiles, tua sa sœur qui devint la lune, et dont il jeta le corps démembré hors du temple, qui roula jusqu'au bas des marches. Huitzilopochtli est le Colibri gaucher, issu d'une boule de plumes posée sur le sein de sa mère, il est rapide comme l'oiseau-vif, il regarde les morts et le ciel nocturne, il se lève chaque matin, boit le sang du sacrifice, et fait disparaître les étoiles. Chaque mois, la *lune lentement se démembre et se reconstitue, le dieu agit en permanence.*

Jour après jour le dieu de la guerre protège la fécondité, il tue ceux qui voudraient décapiter sa mère, et leurs corps roulent jusqu'à la statue démembrée de la lune posée au bas des marches. Ils sont démembrés à leur tour, et mangés. C'est très sage, très précis, très utile. Et ainsi le monde continue, un jour de plus ; et une année de plus.

CHAPITRE XIV

Tuer tout le monde

« Cholula ? C'est un nid de serpents. S'ils vous invitent, allons-y ensemble ; nous serons la main, vous serez le bâton, c'est comme ça qu'on écarte les serpents de son chemin. » Xicotencatl l'ancien parlait avec bonhomie sans regarder personne, ses yeux blancs ne s'arrêtaient sur rien, il parlait comme s'il disait à la cantonade les pensées qui le traversaient, et il mêlait ornements, menaces et décisions, qu'il n'était pas facile de discerner.

Cholula était sur le chemin de Mexico, nous partîmes avec nos mille porteurs de Cempoala, deux mille hommes de guerre de Tlaxcala, et les porteurs de ces hommes de guerre, car si un guerrier voyage il faut des hommes pour le suivre, qui portent les armes, les bagages, et les vivres, et des femmes pour cuire le pain ; et puis Marina et les vingt femmes mayas, et les douze princesses de Tlaxcala, et leurs centaines de suivantes, où était Elvira. Je lui fis un signe timide, qu'elle me rendit avec un sourire. Certaines des jeunes femmes avaient le visage tuméfié, les autres ouvraient leurs rangs pour qu'elles y trouvent un abri, et elles disparaissaient sans plus de traces, on ne les revit plus. Parmi mes compagnons certains avaient un air de triomphe mauvais, d'autres avaient l'air simplement satisfaits, et d'autres encore indifférents. Nous étions maintenant une troupe considérable, une foule, un peuple en migration qui s'étendait sur deux lieues de route, et nous soulevions en marchant un grand nuage de poussière dorée.

Cholula apparut splendide, très étendue, parsemée de temples dont le plus haut dominait l'étendue de maisons blanches, aussi imposant qu'une colline qui serait faite d'un seul galet lisse, taillé en pointe ; il était dans le monde des hommes le reflet de la montagne épurée qui dominait la ville, barrait l'horizon, et indiquait la direction de Mexico.

Tout se sait ici, les buissons doivent avoir des yeux, ou bien les oiseaux qui volent haut dans le ciel viennent rendre compte de ce qu'ils voient dans un temple qui leur est consacré ; quand nous arrivâmes tout était déjà prêt, des caciques en costumes somptueux vinrent nous accueillir dans un nuage d'encens. Ils nous invitèrent à entrer avec nos alliés de Cempoala, et sans même les regarder ils indiquèrent d'un geste aux Tlaxcaltèques un terrain caillouteux semé de nopals ; qu'ils s'y établissent, eux n'entreraient pas. Nos alliés coupèrent les buissons hostiles, élevèrent des tentes, allumèrent des feux : ils s'installeraient là avec nos femmes. Nous entrâmes dans la ville.

L'atmosphère dans Cholula fut aussitôt étrange, on nous regardait passer dans le plus grand silence, une multitude d'hommes remplissaient les rues, des femmes se penchaient aux terrasses des maisons, ils formaient un flot dense que les cavaliers en tête devaient repousser pour avancer, faisant aller le poitrail de leurs chevaux contre la poitrine des curieux, tête en l'air, qui ne s'écartaient qu'au dernier moment. Nous allions à gué dans un fleuve humain, si puissant de tant de milliers d'hommes qu'un courant involontaire aurait pu nous écraser, et nous engloutir tous. Nous entendions le pas des chevaux, leurs sonnailles, les grincements des chariots, et de temps à autre, tranchant sur l'inquiétant silence, une exclamation brève qui nous semblait adressée et dont nous ne savions pas identifier le ton, un rire sur une terrasse, vite interrompu.

On nous logea dans de grandes salles vides auprès d'un temple, et on ferma l'enceinte qui l'entourait.

L'atmosphère fut aussitôt étrange car en ce pays où tout est si cérémonieux on ne vint pas nous voir, on ne vit aucun cacique ni aucun prêtre, et on ne nous porta pas de nourriture. Les portes de l'enceinte s'ouvraient, entraient quelques vieillards chargés d'un peu d'eau et de bois, qu'ils nous jetaient sans aucune des marques de respect avec lesquelles d'habitude tout se fait. « Nous aurions besoin de nourriture, disait Marina. — Il n'y a plus de maïs. » Et ils repartaient, nous voyions par la porte ouverte de petits groupes qui nous observaient avec curiosité, qui restaient à distance, et il nous semblait les voir rire, se moquer de quelque chose qu'ils savaient et que nous ne comprenions pas. Cortés fit placer les fauconneaux devant la porte, prêts à tirer, et les arquebusiers veillaient à tour de rôle sur les terrasses. Derrière l'enceinte nous entendions la rumeur de la ville indienne.

Deux ambassadeurs vinrent sans cadeaux, vêtus d'un manteau blanc ; sans s'agenouiller et sans beaux discours ils nous annoncèrent que Montezuma ne nous accueillerait pas dans sa capitale, car il n'avait pas de vivres à nous donner. Le mépris était patent, la menace évidente. L'atmosphère tournait comme une jatte de lait frais : de tiède et douce, elle se troublait et sentait l'aigre.

Le délicat équilibre des haines permettait à nos alliés de Cempoala de circuler librement. Ils nous portaient les messages inquiets des Tlaxcaltèques, qui nous appelaient à la méfiance. En traversant cette ville dont ils ne parlaient pas la langue, ils ressentaient l'atmosphère étrange d'une menace diffuse qui prenait son temps. À leur passage on riait, on s'écartait avec trop de politesse, on échangeait tout haut des bons mots qu'ils ne comprenaient pas. Et ils virent des travaux, des tranchées que l'on creusait dans les rues, des palissades de poutres en travers du passage, la ville était une ruche qui construisait un piège autour de nous.

Brusquement on cogna les tambours, on ébranla l'air d'un grondement heurté qui n'arrêtait pas. « Venez ! Venez voir ! » Je grimpai avec quelques autres par l'échelle de bois, de la terrasse on voyait le temple proche où des hommes coiffés de plumes dansaient au sommet des marches. Le tambour était leur cœur, ils rebondissaient à chaque coup, les longues plumes oscillaient autour d'eux. Cortés et Marina nous rejoignirent. Les sacrifiés montèrent les marches, c'était très long, ils étaient sept, de petite taille et les membres graciles, ils se hissaient lentement sur les marches trop raides pour eux, c'étaient des enfants. Quand le premier arriva à la plate-forme où était la statue du dieu, nous ne vîmes plus ce qui se passait, seulement les longues plumes qui se balançaient au rythme furieux des tambours, un corps désarticulé roula au bas des marches, on l'emporta. Et un autre monta à son tour par l'escalier glissant de sang frais, levant haut les cuisses à chaque pas. « C'est lequel, celui-là ? — Le dieu de la guerre », dit Marina.

Elle nous expliqua la multitude des dieux qui avaient chacun leur domaine, un peu comme les dieux grecs dont j'avais lu les vies dans la bibliothèque du couvent, mais en beaucoup plus emmêlé. Elle n'en savait elle-même pas grand-chose, seulement assez pour ne pas faire d'erreur dans une offrande ou une demande, ne pas se tromper de jour favorable pour une action, bien choisir un nom, mais connaître les dieux, ça non, il fallait toute une vie d'étude pour y parvenir. « Les prêtres, dit-elle, en savent long, mais pas tout, car personne ne sait tout, c'est sans fin comme un tissu de plumes, on peut le broder toute une vie sans l'achever, on en laisse la suite à ses enfants qui ne finiront pas non plus. Comme les dieux sont toujours vivants, plus le temps passe, plus il y a d'histoires à raconter. »

« J'aimerais en parler avec eux », dit Cortés. Et Marina qui n'était pas timide alla jusqu'au Grand Temple pour porter des cadeaux aux prêtres, elle leur adressa des paroles affectueuses avec beaucoup de grâce, elle les invita à parler avec nous des mystères de notre Sainte Religion. Elle fit si bien qu'ils vinrent, deux hommes âgés qui étaient chez eux comme des évêques, qui inspiraient le respect par leur piété, leur observance exacte des rites et leur bonne conduite en toutes choses. Cortés les reçut amicalement, les fit asseoir avec nous dans la plus belle salle de notre logement, et ils parlèrent aimablement de choses divines. Il s'informa de Quetzalcóatl, le serpent humain, de Huichilobos l'insatiable dieu de la guerre, et de Tezcatlipoca, dieu de la tromperie.

« Celui qui gouverne la guerre, nous l'appelons Colibri gaucher.

— Il fait la guerre, avec un nom pareil ?

— Les guerriers morts deviennent des colibris, leur âme s'envole très rapidement au-dessus de leur corps, parce que l'âme du guerrier, c'est la rapidité ; et la gauche indique le sud, qui est le pays des morts. Huichilobos est un colibri qui revient à l'improviste dans le monde des vivants.

— Notre Dieu est unique.

— Il fait tout ? Comment faites-vous quand il faut rendre un culte un peu précis ?

— Il interdit de sacrifier les hommes, de manger leur chair, et interdit toute immoralité et toute turpitude. »

Ils jugèrent poliment que c'était une bonne chose d'interdire l'immoralité. Et que peut-être un nouveau temple pourrait être construit, et l'accueillir. Mais il fallait en savoir un peu plus, par exemple le replacer dans une généalogie. Pour délimiter ses domaines, il fallait savoir de qui il était le fils. « De lui-même. » La discussion marqua une pause. Les deux prêtres hochaient la tête, un peu consternés. Soit la traduction était fausse, soit ils avaient affaire à des enfants qui ne savaient rien des choses de l'enfantement.

« Qu'est-ce qui se passe en ville ? » demanda brusquement Cortés.

Les prêtres se turent.

« Pourquoi cette agitation ? Pourquoi personne ne vient nous voir ? »

Il se leva, s'approcha d'eux qui restaient assis sur leur coussin de vannerie trop bas, ils étaient trop vieux pour se relever vivement.

« Dites-moi la vérité. Vous êtes des hommes de vertu, le mensonge vous est interdit. »

Il se penchait sur eux, il leur parlait de trop près, trop fort, cela les gênait beaucoup, on ne parle jamais comme ça entre gens civilisés.

« Vous avez sacrifié sept enfants à votre dieu de la guerre. C'est le prix d'une victoire ? »

Très lentement, en les fixant dans les yeux, il détacha ces mots :

« Est-ce que l'on se prépare à nous tuer ? »

Ils se troublèrent, parler si directement et de si près était de la plus grande impolitesse et de la plus grande brutalité. Alors Cortés se redressa, leur montra dans un coin de la pièce des piles de manteaux brodés que nous avions reçus de Montezuma.

« C'est pour vous, pour récompenser votre franchise. Nul n'en saura rien, car nous partons demain. Vous pouvez nous le dire. »

La crainte de rester prisonniers, le soulagement de voir Cortés se radoucir, l'avidité devant ce qui était un trésor bien plus précieux que de l'or leur firent avouer ce qui se tramait. L'Empereur avait jeûné, sacrifié et dansé plusieurs jours devant le dieu de la tromperie et celui de la guerre, ils lui avaient conseillé de nous attaquer ici. Il avait décidé de nous tuer, de capturer qui l'on pourrait, et de ramener les prisonniers à Mexico pour les sacrifier. Vingt mille Mexicas étaient venus, ils se cachaient en ville et aux alentours, on avait creusé des pièges, accumulé des flèches et des pierres de fronde. On attendait le signal. Cela aurait lieu à notre départ.

« Nous partirons demain matin », dit simplement Cortés. D'un geste bienveillant il laissa aller les deux prêtres, en leur prêtant des porteurs pour rapporter le trésor de manteaux qu'il leur avait offert. Marina les raccompagna jusqu'à leur temple, charmante, respectueuse, rassurante. Ils remercièrent avec effusion, soulagés d'en avoir réchappé.

L'absence de Marina dura longtemps, jusqu'à nous inquiéter. Quand elle revint, affolée et furieuse à la fois, elle nous annonça que tout était vrai.

« Vrai, quoi ?

— Ce qu'ont dit les prêtres, le piège. Devant le temple une vieille femme m'a parlé. Elle m'a parlé de ma beauté, de ma jeunesse, de l'élégance de ma parure, et que ce serait dommage. J'ai pris l'air surpris, je lui ai demandé ce qui serait dommage, elle m'a proposé de venir me réfugier chez elle. Elle est la femme d'un cacique, un puissant capitaine de Cholula. L'ordre est venu de s'emparer de nous. L'Empereur a promis de laisser vingt prisonniers pour les sacrifier ici, et les autres seront envoyés à Mexico. Elle possède un palais, des serviteurs et des servantes, je serais la bienvenue, car en me voyant elle m'a trouvée à son goût et a fait le projet de me donner comme femme à l'un de ses fils. Je l'ai beaucoup remerciée. Je lui ai dit que j'allais chercher mon trésor, mes manteaux et mes bijoux avant de venir chez elle. Elle a bien compris. Elle m'attend demain matin.

— Tu as l'air furieuse, Marina. Tu ne veux pas être la femme d'un puissant capitaine ? »

Ses yeux noirs étincelèrent, elle secoua la tête avec cette implacable dignité qu'elle avait en tout, et qui nous touchait tous.

« J'ai été esclave chez les Mayas parce que j'ai été vendue ; là ce n'est pas mieux, on veut m'offrir. Je préfère parler à voix haute avec vous plutôt que d'être échangée parmi eux. »

Quand le jour se leva nous étions prêts. Les caciques qui avaient refusé nos invitations étaient venus, ainsi que des prêtres, un grand nombre de guerriers, tous avec des rires et des démonstrations de joie, ils dansaient les uns contre les autres, frappaient le sol en lançant de grandes exclamations rythmées, comme pour nous saluer, comme pour fêter notre départ, croyant en notre ignorance, attendant que nous sortions, que nous nous étirions en longues files dans les rues bondées pour nous assaillir.

« Entrez, entrez, le Capitaine veut vous saluer. » L'enceinte où nous logions était vaste, et quand beaucoup furent entrés, toute une foule massée dans cette cour entourée de murs, nous fermâmes les portes derrière eux. Cortés apparut à cheval, portant Marina en croupe. De là-haut il paraissait furieux, gigantesque, les yeux étincelants.

« Pourquoi souhaitez-vous nous massacrer ? »

Marina traduisait d'une voix forte, et ils firent tous silence.

« Nous n'avons rien fait d'autre que de vous recommander de ne pas sacrifier vos semblables et de ne pas manger leur chair.

« Pourquoi ces pièges, pourquoi ces guerriers dans les maisons ? Pourquoi préparer une trahison plutôt que de nous affronter à découvert, en gens d'honneur ?

« Le sacrifice des enfants que vous avez fait ne servira à rien, car votre idole vous trompe. Elle vous jette dans l'erreur et elle ricane de vous voir tomber en enfer. »

Cortés parlait fort pour qu'on entende bien sa colère, et Marina traduisait d'un ton féroce, ses charmants sourcils plissés sur ses yeux effilés d'où jaillissait une foudre noire. Elle invectivait avec plaisir la superbe des chefs ornés de plumes, l'arrogance des guerriers en armes, et les prêtres qui portaient comme une gloire leur maigreur et leurs cheveux sales. Elle parlait par-dessus l'épaule de Cortés, tenant sa ceinture d'une main ferme, ils formaient tous deux un terrible centaure à deux têtes proférant des menaces en deux langues.

« Les lois de notre seigneur don Carlos exigent que de pareilles trahisons ne restent pas sans châtiment. Le crime que vous avez commis mérite la mort. »

Il leva brusquement son bras prolongé de son épée, il y eut un coup d'arquebuse qui était le signal et tous les canons tirèrent ensemble, un tonnerre résonna dans la cour et l'envahit de fumée, les arquebusiers tirèrent une salve qui faucha leurs rangs dévastés par les boulets, les cavaliers se ruèrent dans la masse en faisant cabrer leurs chevaux. Ils taillaient à grands coups d'épée dans les membres et les entrailles, entretenaient un désordre panique dans la foule pressée des Indiens, assourdis, enfumés, déchiquetés, éclaboussés de sang et de fragments de cervelle, qui ne pensaient ni à se relever, ni à fuir, ni même à se défendre. Au loin dans la ville, nous entendîmes les hululements de guerre de nos alliés tlaxcaltèques, au bruit de la canonnade ils s'étaient répandus dans les rues et massacraient tous ceux qu'ils trouvaient. Cela dura moins d'une heure, et toute la ville de Cholula fut jonchée de corps. La surprise, le tonnerre brutal, la panique avait empêché toute résistance, les palissades et les tranchées dans les rues avaient été fatales à ceux qui les avaient installées, ils s'y écrasaient, ils y tombaient, y mouraient. Ce fut un massacre, un grand abattoir, et le plus difficile fut de calmer nos alliés qui étaient partis pour raser la ville et en déporter toute la population. Ils pillèrent, firent des prisonniers, se servirent en esclaves.

Ils nous apportèrent des filets lestés de pierres rondes, et des brassées de longues perches où étaient fixés des colliers de cuir. « C'est quoi ? — Pour vous capturer, vous lier, et vous envoyer à Mexico comme prisonniers. Vous auriez fait le chemin attachés à ces perches. » Ils apportèrent des jarres de terre cuite qu'il fallait deux hommes pour porter. « Et ça ? — Regardez. » Dedans était un mélange de sel, d'ail et de tomates qui sentait bon, une sauce appétissante où flottaient des piments. « C'est pour préparer votre chair. — Vraiment ? — Nous faisons comme ça avec les sacrifiés. »

Alors ils utilisèrent les colliers de cuir pour entraver leurs prisonniers, ils les ramenèrent en longues files vers Tlaxcala, ils emportèrent aussi les jarres qu'ils firent porter par les prisonniers, et je les regardai s'éloigner avec des sentiments mêlés, soulagement et écœurement, d'être encore en vie et de le devoir à un immense massacre, dont le plus sordide était encore à venir.

« Nous les avons débarrassés d'une cité rivale.

— Je sais, Innocent. Et nous avons montré qui nous sommes. Nous avons versé beaucoup de sang ensemble ; nous sommes liés, maintenant. »

Le Grand Temple était si haut, son escalier si raide, que je dus m'arrêter plusieurs fois le souffle court, mon cœur battant à l'intérieur de mes oreilles. Les marches étaient encroûtées d'un sang noir, et au sommet était l'oratoire, la pierre d'autel qui servait à leur monstrueuse parodie d'eucharistie, et deux prêtres se tenaient devant la porte, leurs cheveux emmêlés et grumeleux, entourés d'un vrombissement de mouches. Ils ne disaient pas un mot, faisaient comme si je n'étais pas là, ils me barraient le passage au cas où j'aurais voulu entrer.

Je ne fis pas attention à eux, je regardais au-dessous de moi s'étendre la grande ville de Cholula, la plaine parsemée d'arbres et de tours, plus d'une centaine mais je me perdis dans les comptes. Lentement le soleil se couchait, le ciel d'émail bleu devenait violacé, bordé de rose, et au loin je voyais les montagnes qui nous séparaient de Mexico, deux masses de velours bleu découpées sur le ciel, deux sommets harmonieux qui encadraient un col, l'un à la forme confuse et couvert de neige, l'autre triangulaire comme un tas de sable, et celui-là fumait. Une colonne épaisse s'élançait sur le ciel de cuivre, avec une telle force que les vents ne la faisaient pas fléchir. Le ciel s'éteignit, et je vis le reflet de flammes qui rougeoyaient à la base du panache.

Je restai longtemps à regarder l'immensité de cette ville,

l'immensité de cette plaine, la netteté de cette sierra qui nous montrait la direction que prendraient nos pas, à regarder dans la nuit cette montagne dont l'intérieur devait flamber et qui crachait de la fumée et des lueurs de poêle. Les prêtres n'avaient pas bougé, ils veillaient sur l'oratoire obscur, veillaient à ce que je ne transgresse aucune règle, que je ne provoque pas la colère du dieu. Je rentrai à la nuit noire, regrettant d'avoir tardé, car cet escalier gluant devenait dans l'obscurité une falaise vertigineuse qu'il fallait descendre à tâtons, et à l'envers.

Cortés dînait avec les capitaines, quelques soldats, et des caciques de Tlaxcala. Il me fit asseoir à côté de lui, pour que je lui raconte. Il m'avait demandé d'observer et de lui rapporter ce que l'on pouvait voir du haut du Grand Temple. Je mangeais des galettes chaudes et du petit chien au piment, et Marina traduisait les paroles pour les caciques. Je racontai cette montagne qui crache des flammes, et un vieux soldat qui avait été à Naples rapporta que là-bas on voyait aussi de telles montagnes. « Et c'est comment, en haut ? C'est creux, avec un grand feu ? » Le vieux soldat ne savait pas, il avait été là-bas pour combattre les Français, pas pour s'intéresser aux montagnes ; il ne s'en était pas approché, on le lui avait raconté, alors il racontait à son tour. Ordaz écoutait avec intérêt.

« Je me demande comment c'est, murmura-t-il.

— Va voir. Et toi, Innocent, va avec lui, tu me raconteras. » Les Indiens, une fois qu'on leur eut traduit, nous le déconseillèrent. La montagne couverte de neige était une femme endormie, celle qui fume un guerrier furieux. On lui avait annoncé sa mort : on ne voulait pas qu'il l'épouse, elle en était morte de chagrin ; et depuis, agité d'une colère permanente, il veillait sur elle. Si nous montions, la Montagne qui fume ferait trembler le sol sous nos pieds pour nous jeter par terre, nous précipiterait dans des crevasses, et nous lancerait des pierres. Cela me fit sourire, mais j'avais tort.

Dans la forêt qui recouvrait les flancs de la montagne, ce fut une promenade agréable qui sentait la résine de pin. Puis les arbres disparurent, ce furent des prés d'herbes dures en pente raide, et nous voyions le sommet se découper sur un ciel pur, crachant une colonne de fumée sale. Puis l'herbe disparut à son tour et nous marchâmes à grand-peine dans une désolation de pierre grise qui cédait sous nos pieds, rendant chaque pas pénible. Nous étions affreusement hors d'haleine, comme si nous avions couru, alors que nous nous traînions. Nous sentions des grondements dans le sol, il tremblait en secousses qui agitaient nos entrailles, nous les entendions sans savoir d'où ils venaient, de partout, de dedans, de dehors, nous nous arrêtions craintivement avant de repartir, des bouffées de flammes illuminaient par-dessous la fumée opaque qui fusait à gros bouillons. Des volées de pierres jaillissaient du sommet et retombaient sur les flancs, des pierres friables qui roulaient et rebondissaient, dans une pluie de cendres impalpables. Le sol pulvérulent rendait notre avancée incertaine. « Ils avaient raison, pour le sol et les jets de pierres », murmura Ordaz essoufflé.

La montagne respirait comme un vieillard qui tousse, avec des à-coups et des silences, elle se calma. Nous continuâmes de monter, de monter, c'était sans fin, nous allions à tout petits pas en cherchant de l'air, les poumons brûlés par le froid qui nous pinçait le visage, qui nous tenaillait les mains ; il y eut de la neige, une neige salie de poussière, suffisamment gelée pour que nous ne nous y enfoncions pas trop, et enfin nous arrivâmes au sommet. Il y avait un grand cirque aux bords verticaux, et on n'en voyait pas le fond, dissimulé sous les tourbillons de cendres qui en jaillissaient, qui montaient droit dans le ciel avec un vrombissement continu, un bruit qui faisait vibrer le sol, et nous croyions que la montagne entière allait s'écrouler. Une affreuse odeur de pourriture soufrée nous entourait. Je fus pris d'une nausée irrépressible et je vomis violemment, presque rien, mais il me sembla me retourner comme un gant.

« Regarde », dit Ordaz. Je m'essuyai, je suivis son geste, et je vis l'autre côté, je vis la plaine que nous avait cachée la montagne, je vis notre but. Dans l'air glacé, transparent comme le verre le plus pur, si clair que les lointains en semblaient grossis, nous aperçûmes un lac, et autour de ce lac une multitude de villes blanches dont nous distinguions les temples; et au milieu du lac, flottant sur l'eau, était une ville énorme, ornée de pyramides et de jardins, comme un bijou précieux et ouvragé posé sur un plat d'argent. Le volcan grondait à mi-voix, de là où nous étions nous ne distinguions aucune trace de présence humaine; on ne voyait rien bouger dans la ville, on ne voyait que son étendue, sa splendeur, un mirage de cristal apparu aux yeux du chevalier aventureux, comme dans le roman d'Amadis que j'avais tant aimé. « Elle est grande », murmurai-je. Ordaz acquiesça en silence, fasciné. Il n'y avait pas grand-chose de mieux à dire.

Le soir venait, il faisait de plus en plus froid. Ordaz ramassa une des pierres jaunes qui encroûtaient les rochers et luisaient comme un or pâle. Nous descendîmes facilement, entraînés par la pente, courant dans le sol friable, traînant derrière nous des nuages de cendres et des effondrements de sable noir; nous fûmes dans la forêt au moment où la nuit tombait.

Nous montrâmes ce que l'on trouvait en haut, des glaçons qui n'avaient pas encore fondu, une pierre criblée de trous qui s'effritait sous l'ongle, et cette croûte boursouflée, jaune pâle, qui était comme de l'or mal fait. Les Indiens nous expliquèrent que l'or était l'excrément des dieux. Ils venaient le poser dans le cratère, on en sentait l'odeur, et une fois séché cela devenait de l'or, dont on devait faire des bijoux pour les leur offrir. Ce n'est pas que l'or ait de la valeur, mais il venait des dieux, alors il devait être recueilli, honoré par le travail, et leur revenir. Nous restâmes perplexes, mais je confirmai avoir senti l'odeur exécrable que dégageait la montagne, et entendu les bruits d'entrailles qu'elle faisait en permanence. Masa regarda le conglomérat jaunâtre, il le flaira, il le gratta, cela s'effrita. « Diego, c'est du soufre. — Ah ? — Excellent d'ailleurs. Parfait pour de la poudre à canon. »

Ordaz avait l'air déçu, un peu gêné de s'être montré crédule.

« Sinon, je crois que nous avons vu Mexico.
— Eh bien allons-y », dit Cortés.

La fleur, le chant
Chronique de la Grande Cité
Sise à l'ombilic de la lune.
Treizaine Vautour de l'année Un-Roseau

Ils venaient, sans que l'on sache comment les arrêter.
On leur envoya encore de l'or, et ils semblaient s'en réjouir à l'excès. Ils se jetaient sur ces pauvres bijoux comme des singes, ils en étaient ravis, satisfaits, repus. Ils étaient affamés d'or, ils le désiraient comme de petits chiens frétillants quand on leur jette des miettes, ils se le montraient en jacassant, ils en riaient sans honte en ouvrant grand la bouche, ils ne parlaient aucune langue humaine et ne cherchaient pas à en apprendre, ils ne faisaient que baragouiner tous ensemble sans prendre le temps de faire des phrases complètes, sans jamais prendre le temps d'écouter les autres, comme des enfants qui se disputent en jouant. Ils ne dansaient pas.
On leur envoya un grand seigneur vêtu comme Montezuma, il avait pour mission de leur faire croire être le Grand Seigneur lui-même, qu'ils soient satisfaits en leur demande, émerveillés de le voir devant eux, tremblants de reconnaissance qu'il daigne se montrer, et qu'ils s'en aillent. Mais la racaille de Tlaxcala les accompagnait, et eux devinèrent qu'il ne s'agissait pas de Montezuma, et ils ricanèrent en montrant le grand seigneur qui ne savait porter les

attributs de l'Unique avec la majesté nécessaire. Et par cette femme sans vergogne qui parlait pour eux, ils eurent des mots frustes et brutaux, insultants, déplacés. « Pour qui nous prenez-vous ? Vous ne pouvez nous mentir ! Montezuma n'est pas un oiseau qui peut s'envoler ; nous le verrons, nous le regarderons en face, nous le forcerons à nous écouter. Et nous entendrons ce qu'il a à dire. »

On leur envoya des magiciens qui multiplièrent les sorts, mais leurs habits de métal, dirent-ils, les rendaient insensibles aux maléfices et aux cauchemars.

Au retour de leur mission ratée, les enchanteurs et nécromanciens rencontrèrent un ivrogne au torse entravé de huit cordes qui marchait à leur rencontre sur la route de Mexico. Il s'arrêta devant eux, les regarda en silence. « Que voulez-vous ? — Montezuma a commis une grande faute, il a abandonné le peuple ordinaire, il a détruit les gens. Fuyez ! Il n'y aura plus de Tenochtitlan, elle est partie à jamais. » Ils se retournèrent et virent les temples, les palais, les maisons s'effondrer dans les flammes. Partout on combattait, partout on mourait, tout brûlait. L'ivrogne fit sauter un à un les huit nœuds qui l'entravaient, les cordes tombèrent sur le chemin, c'étaient des serpents qui se glissèrent entre les pierres. Il disparut. C'était Tezcatlipoca, le dieu trompeur qui dit parfois la vérité.

Le Grand Seigneur prit conseil auprès des rois de Texcoco et de Tacuba. Le roi de Texcoco raconta qu'un lièvre était entré dans sa cité, avait pénétré jusque dans son palais, que ses serviteurs l'avaient poursuivi, jusqu'à le coincer dans une chambre, ils voulaient le tuer mais il s'était interposé : c'est l'annonce de la venue d'autres gens, d'une autre nature, qui entreront par les portes, sans rencontrer de résistance. Comment expliquer que nous méritions ce sort ? Qui sont ces hommes qui sont arrivés sans prévenir ? D'où viennent-ils ? Qui leur a montré la route ? Nous devons endurcir nos cœurs pour supporter ce qui va arriver, car ils sont à nos portes, et nos portes sont ouvertes.

Ils tirèrent du sang de leurs oreilles, de leurs bras, de leurs mollets, et l'offrirent aux dieux.

On leur envoya le message que la nourriture manquait, que la route était épouvantable, qu'il était dangereux de venir. On leur envoya la promesse d'un tribut. Mais ils s'obstinaient à vouloir venir.

L'Empereur se retira dans sa chapelle intime où personne d'autre que lui ne peut venir. Les murs en sont noirs, il n'y a pas de fenêtre, elle n'est éclairée que des lueurs vacillantes d'un pot de braises, la fumée en est évacuée par un conduit invisible. Il tira un peu de sang de son sexe, en jeta les gouttes sur le brasero qui grésilla. Dans le chuintement et la fine odeur de la chair quand elle cuit, Huitzilopochtli lui parla. Tout doucement. Il était seul au fond de lui-même, il pouvait entendre le moindre souffle, le plus petit signe. S'ils veulent venir, qu'ils viennent. La ville ensuite se refermera.

CHAPITRE XV

Entrer par la porte

Aller à Mexico ne va pas de soi. On discuta. On trouva qu'il était téméraire de s'introduire dans une si grande ville alors que nous étions si peu nombreux. C'était une façon honorable de dire que nous avions peur, une façon polie de lui dire qu'il nous conduisait à un affreux massacre, une façon respectueuse de lui faire remarquer qu'il déraisonnait. On l'en prévenait avec les précautions que l'on prend pour réveiller un somnambule. Il écouta ceux qui avaient quelque chose à dire, et quand tous eurent parlé, simplement il secoua la tête, et dit : « Non. » Tout le monde soupira, découragé, le pire était certain.

« Il n'y a pas possibilité de faire autre chose. Nous sommes seuls, il n'y aura aucun secours et aucun refuge, nous ne pouvons ni rester sur place ni reculer. Et notre plan a toujours été de voir Montezuma. Tout autre avis est déplacé. »

Les gens de Cempoala ne voulurent pas venir avec nous, ils étaient persuadés qu'ils y perdraient la vie. Ils avaient refusé de payer le tribut, Montezuma les châtierait un jour ou l'autre, ils préféraient se réfugier dans leur ville et attendre les représailles, ou alors les secours de ce don Carlos dont Cortés leur avait parlé, et qui devait être un bien grand empereur pour envoyer une armée si loin de ses propres terres, dont personne ne savait où elles étaient. On eut beau le prier, Teuch voulait rentrer. J'écrivis une lettre à Escalante, où il lui fut demandé d'achever la forteresse, de rester sur ses gardes, de ne faire aucune injustice à nos alliés, et de les défendre contre les Mexicas. Cortés confia la lettre cachetée à leur capitaine, avec quelques cadeaux, et de bonnes paroles très souriantes. Je m'étonnais qu'il prenne si bien cette défection. « Regarde comme il est sympathique, et conciliant. C'est le meilleur des hommes, mais s'il nous arrive quelque chose, je préfère compter sur les Tlaxcaltèques : ils sont meilleurs guerriers, ils ne se nourrissent que de haine. »

Nous partîmes en bon ordre, rangés par compagnies, nos armes prêtes. Les éclaireurs découvraient le pays, les chiens protégeaient nos flancs, les cavaliers allaient par trois pour toujours se venir en aide. Au cœur de la colonne des porteurs traînaient nos canons et des chariots de boulets, d'autres étaient chargés de nos vivres et de nos trésors de plumes et de coton, et puis venaient nos femmes, portant sur leur dos la petite meule pour moudre le maïs et le plat de poterie pour le cuire. Et deux mille guerriers tlaxcaltèques nous suivaient, en bon ordre, austères et terribles, tous vêtus du même manteau rouge et blanc qui leur donnait l'air de l'ordre d'Alcántara au complet repartant pour la Reconquête. Ils multipliaient nos forces de façon considérable.

Elvira était parmi les femmes, elle marchait à petits pas, pieds nus, portant comme toutes les autres son bagage de pierre. Cortés avait été ferme : nous étions soldats et cette terre était hostile, nous devions être en ordre de bataille. Les femmes qui nous avaient été offertes devaient aller à part, et nous ne devions nous en approcher que lors des campements, une fois que la garde était solidement assurée. Mais Marina marchait au côté de Cortés, et même parfois il la prenait en croupe et devisait avec elle. Elle apprenait l'espagnol rapidement. Elle était merveilleusement parée des plus beaux cadeaux des Mexicas, une profusion de bijoux d'or, de parures de plumes, et portait un manteau de coton brodé avec la grâce d'une princesse. On racontait qu'elle était de noble naissance ; qu'elle avait été vendue aux Mayas pour une question d'héritage. Pourquoi pas. Tout le monde ici mentait, tout le monde racontait son histoire comme il le souhaitait, nul n'irait vérifier un passé laissé derrière soi, disparu pour toujours, et de toute façon l'avenir n'était pas très sûr. Alors on pouvait bien s'inventer une vie pendant qu'on le pouvait encore.

Nous gravîmes la sierra en croyant étouffer, les pentes étaient si raides que nos poumons avaient du mal à se remplir, le col si élevé que l'air en semblait absent, et quand nous fûmes arrivés en haut la neige commença à tomber. Elle couvrit le sol, les flocons flottaient dans l'air gris, l'épaississaient jusqu'à ne plus rien voir et cela amortissait tous les bruits. Le ciel très bas était d'une teinte sale, presque violette, la neige foulée sous nos pas tournait en boue, détrempait nos sandales, nous gelait les pieds. La nuit s'annonçait mal, nous descendîmes de l'autre côté pour retrouver l'abri de la forêt, et heureusement un éclaireur revint à travers les bourrasques nous annoncer qu'il y avait là de petites maisons au bord du sentier, où des vivres en abondance étaient rangés. Peut-être était-ce là une étape pour les armées de Montezuma, ou pour les caravanes de marchands qui franchissaient le col, peu importe, les placer là était d'une grande sagesse. Dans chaque maison des caisses et des ballots étaient soigneusement empilés, entourés de bandelettes de papier marquées de signes. Les Tlaxcaltèques arrachèrent ces pauvres protections en ricanant, ils les froissèrent et les jetèrent au sol, expliquèrent qu'il s'agissait d'avertissements solennels car c'étaient les propriétés de l'Empereur ; mais plus jamais les armées mexicas ne viendraient jusque-là, et nous pouvions tout manger. Serrés dans les pièces étroites, nos haleines formant de la buée, nous eûmes horriblement froid toute la nuit, j'essayais de dormir avec les mains coincées sous mes aisselles pour les réchauffer, mais mes pieds me faisaient mal. Ceux qui avaient de gros chiens avaient de la chance, ils dormaient tout contre leur pelage tiède. Elle s'approcha à tâtons, nous voyions à peine dans cette ombre où nous étions entassés, mais je reconnus Elvira à cette étincelle de vivacité dans ses yeux, qui me troublait et me faisait me sentir aussitôt attentif. Elle murmura quelque chose que je ne compris pas, je la pris dans mes bras, elle se glissa contre moi, nous avions besoin de chaleur, et la chaleur humaine est mutuelle. Elle était une femme qui servait de cadeau, j'étais un homme en sursis, je distinguais dans la pénombre son sourire tout près du mien, j'entendais sa respiration calme, la mienne ralentit et se cala sur la sienne. Je grelottais et la sentais grelotter contre moi. Tous, nous attendions qu'il fasse jour.

C'étaient des foules qui venaient nous accueillir dans les petites villes du bord du lac. Les Indiens apportaient des cadeaux, de la nourriture, et frère Díaz leur parlait avec passion des vérités de la Vraie Foi. Toujours attentifs quand quelqu'un parle avec éloquence, ils attendaient qu'il ait fini ; puis ils disaient que c'était bien mais qu'ils verraient plus tard. On leur parlait ensuite de notre empereur au nom duquel nous venions redresser les torts et supprimer les pillages. Alors on ne les arrêtait plus : ils se plaignaient amèrement de Montezuma, et de ses percepteurs qui se permettaient tout, prenaient tout, même leurs femmes et leurs filles auxquelles ils faisaient subir tous les outrages, en présence des pères, des maris, des fils, et parfois ils les enlevaient et on ne les revoyait plus, ils étaient obligés de travailler comme des esclaves, de transporter du bois, des pierres, du maïs, de prêter leurs canots et leurs bras, ils faisaient une liste de travaux qui leur étaient imposés et que Marina ne savait pas traduire, et dont nous ne voyions pas ce que cela pouvait être. Mais ils étaient furieux ; et nous étions ravis. « Ils se détestent tous », murmura Cortés avec satisfaction.

« C'est peuplé comme en Flandres », dit Ordaz qui n'en savait rien, mais on le lui avait raconté. D'une ville on voyait l'autre, le peuplement était continu, le lac était vaste comme le ciel, il reflétait un azur parsemé de nuages blancs ; Mexico s'y mirait, énorme, confuse, éclatante dans cette lumière pure.

Nous allions le long des berges, suivis d'une foule curieuse qui faisait un bout de chemin avec nous, et dans les villes que nous traversions une partie des maisons s'enracinaient dans l'eau par des pilotis de bois, une multitude de canots chargés d'hommes et de ballots ridaient la surface lisse du lac, tout le sol était cultivé, de maïs, de haricots, de courges, de piments et de fleurs, jusque dans l'eau où des jardins flottaient pour agrandir les rives, des rectangles de terre luxuriante tenus par des lattis entrelacés, où les femmes au travail relevaient la tête pour nous regarder passer.

On nous logea dans chacune de ces villes, dans des salles splendides aux toits de cèdre odorant, dans des cours ombragées de voiles de coton tendus d'un mur à l'autre. Il y avait des jardins, des fleurs, des vergers, et des portes d'eau pour entrer en canot jusque dans les maisons. Et dorénavant Marina dormait aux côtés de Cortés, dans tous les campements que nous établissions, dans une pièce à part s'ils le pouvaient, ou avec les autres s'il le fallait, en s'isolant d'une tenture en guise de paravent, qui n'étouffait pas les soupirs d'aise qu'ils poussaient tous les deux dès qu'ils étaient à peine dissimulés. Et dans la journée ils devisaient plaisamment, se cherchaient du regard et des doigts, Cortés était toujours souriant en sa présence, et dès qu'il pouvait effleurait son bras rond d'une douce caresse. Et ses yeux brillaient de fierté, de plaisir, et d'amour je crois, même si ce sentiment paraît étrange en ce pays. Et puis je regardais Elvira, et peut-être que non, peut-être l'amour existe-t-il en toutes circonstances, comme les plantes rampantes à feuilles épaisses qui s'accommodent même des cailloux, même de la sécheresse et sont toujours d'un vert éclatant à la moindre pluie rafraîchissante.

Peut-être avait-elle décidé que je lui convenais ; pour ma part elle me convenait pleinement.

Avec méthode elle entreprit d'apprendre ma langue pour pouvoir me parler. Elle était d'une vivacité d'esprit que j'étais loin de partager, elle me montrait ce qu'il y avait à voir, me le décrivait par gestes, par mimes, par quelques mots, et puis par de plus en plus de mots. Elle riait de me voir comprendre si lentement, et patiemment elle recommençait, comme si nous montions une pente, elle en gambadant, moi suant et soufflant, et se moquant sans méchanceté, elle voulait bien m'attendre de temps en temps. Je ne savais pas ce qu'elle me trouvait, à part mon attachement. Mais peut-être, quand on n'est qu'un objet, un bien, un meuble, était-ce ce qu'elle avait de plus précieux, cette admiration dans mon regard. Quand je voyais la brutalité de certains d'entre nous, je m'en rendais compte. Pourquoi n'étais-je pas brutal envers les femmes ? Peut-être parce que j'étais brutal partout ailleurs ; peut-être parce que j'avais lu tant de récits de princesses à conquérir par le soin et les belles paroles ; et peut-être parce que la vive ironie d'Elvira désarmait toute tentation de brutalité, son sourire était contagieux, me donnait seulement envie de la prendre dans mes bras, qu'elle continue à sourire ainsi.

On nous installait, on nous nourrissait, et puis on venait en délégation se plaindre. Ils avaient entendu dire que les Totonaques ne payaient plus le tribut au Grand Seigneur, et que nous avions saisi, battu et sacrifié ses percepteurs, que nous avions mangé leurs membres avec des piments, pendant un grand festin que nous avions partagé avec nos vassaux. Nous confirmions, sauf le festin, en précisant que nous ne sacrifiions pas, mais cela les décevait un peu, et ils ne voulaient pas nous croire. Cortés n'insistait pas pour les détromper.

Depuis la ville d'Iztapalapa, une très longue chaussée traversait le lac, parfaitement égale et pavée, elle menait en ligne droite jusqu'à Mexico posée sur l'eau, à deux lieues de là. Elle était large d'une dizaine de mètres, bien bâtie comme un pont romain, mais bien plus longue et plus large qu'aucun pont romain ne l'a jamais été, pour ce que j'en sais. Quand nous serions engagés sur cette voie, nous serions au-dessus des eaux, seuls, peut-être perdus. « On y va quand même ? — On y va. » Cortés eut son sourire de joueur, celui-là même qu'il prenait en misant une mine d'or sur une carte douteuse, et parfois il gagnait. Il leva la main, fit un geste élégant, négligent, qui pointait vers l'avant, et nous nous mîmes en route sur la chaussée qui traversait les eaux.

Nous étions bien parés pour la guerre, quatre cavaliers allaient en tête et nous conduisaient, Alvarado, Olid, Ávila et Velázquez de León, leur armure étincelante car ils l'avaient briquée le matin même, leur lance dressée ornée d'une flamme en coton peinte d'une croix à l'encre rouge ; et venait ensuite Bernal Díaz qui portait la bannière, qu'il agitait en dansant, la faisant tournoyer pour qu'elle gonfle et qu'elle se montre tout entière et éclate au soleil, la jetant et la rattrapant sans cesse, élégant et raide comme un scorpion qui marche ; il était suivi des chiens qui grondaient et haletaient en laissant pendre leur langue, ils trottinaient sur le dallage et l'on entendait le petit crissement de leurs griffes. Ordaz à la barbe majestueuse dirigeait un contingent de fantassins, ceux qui avaient plastrons et casques d'acier, leur épée nue portée sur l'épaule attrapant des éclats de soleil. Puis venaient les arbalétriers bien en rang, un plumet identique à leur casque, et des piquiers et des arquebusiers, et enfin Cortés entouré d'étendards que nous avions fabriqués avec les manteaux de coton que l'on nous offrait, portant Marina en croupe parée comme une princesse maure, suivi du reste des cavaliers dont les chevaux soufflaient fort, hennissaient, faisaient un bruit de grelots et de sonnailles, ils se couvraient d'écume et les cavaliers avaient peine à les tenir, et leurs sabots faisaient résonner la chaussée comme si elle était creuse. Derrière venaient les Tlaxcaltèques peints pour la guerre qui avançaient tous ensemble comme quand ils dansent, pliant le genou puis bondissant, agitant la tête, frappant leurs lèvres pour glapir des hululements terribles, brandissant leurs épées de pierre, portant des carquois remplis de flèches, soufflant dans des trompes, ils allaient à la guerre en chantant. Et derrière eux les porteurs tiraient vivement les bombardes sur leurs charrettes de bois, des centaines de porteurs, et les femmes, qui avançaient au même pas chaloupé au rythme du chant. C'était un spectacle de nous voir ainsi à trois mètres au-dessus de l'eau, allant d'un pas décidé vers Mexico, et des milliers d'Indiens se pressaient pour nous voir, encombrant le passage, et des centaines de canoës glissaient à notre rencontre, nous suivaient à distance, chargés d'hommes debout, curieux, qui pagayaient rêveusement pour nous accompagner.

Ils s'écartaient à notre passage, regardaient avec étonnement les dogues qui trottinaient en flairant le sol et les chevaux qui piaffaient en secouant leurs grelots, nous approchions de la ville qui semblait dépourvue de remparts, elle n'en avait pas besoin encerclée de tant d'eau, la chaussée s'interrompait régulièrement et le vide était franchi par un pont de grosses poutres que l'on pouvait relever. Mais aujourd'hui tous les ponts étaient baissés, nous pouvions aller sans encombre jusqu'au cœur de leur Empire.

Alors arriva à notre rencontre la caravane ahurissante de l'Empereur.

Il approchait entouré d'une suite innombrable qui occupait toute la largeur de la chaussée, avançant d'un pas lent qui maintenait sa litière parfaitement droite, sans roulis ni tangage, comme une barque glissant sur le courant d'une eau calme. Cortés alla à sa rencontre avec les quatre cavaliers en armure, leur ventail baissé, c'était ce que nous avions de plus impressionnant, et avec Marina toute parée, et puis moi, qui n'étais ni impressionnant ni paré mais je portais les humbles outils de l'écriture, en compagnie de Díaz qui agitait toujours la bannière. La litière était sommée d'un dais de plumes vertes qui luisaient de reflets changeants, les montants étaient en or serti de jade, ils ruisselaient de fleurs fraîches dont nous sentions les parfums mêlés. Dix Indiens somptueusement vêtus la portaient, des caciques au port noble, vêtus d'un manteau blanc au nœud parfait, le nez et les oreilles traversés de pierres précieuses ; d'autres grands personnages balayaient le sol devant la litière à mesure qu'elle avançait. L'Empereur se redressa, il mit pied à terre et s'avança vers nous chaussé de sandales d'or, et on jetait sous ses pas de luxueux tissus de coton pour qu'il ne soit jamais en contact avec la vulgarité du sol. Deux seigneurs l'entouraient en lui tenant le bras, et un serviteur le suivait en le couvrant d'un dais de plumes. Derrière marchaient des guerriers à large carrure, portant le lourd espadon à tranchant de pierre, enveloppés d'un vêtement de plumes qui mimait la peau du jaguar ; et ils étaient coiffés d'un casque en forme de tête de jaguar, gueule ouverte, dont les crocs descendaient sur leur front.

La foule sur la chaussée était telle, et l'Empereur si spectaculaire, et ses guerriers si impressionnants, face à nous si seuls au milieu des eaux, que je me dis à cet instant-là, en regardant cette ville colossale où nous nous apprêtions à entrer, que nous étions allés trop loin, et qu'à force de jouer habilement avec de mauvaises cartes Cortés finirait un jour par perdre ; et ce jour était peut-être arrivé, ce serait aujourd'hui, ou alors demain.

Mais Cortés mit pied à terre et alla familièrement vers l'Empereur, bras ouverts et souriant, pour lui donner l'accolade. Et les guerriers à tête de jaguar s'interposèrent. Un noble personnage dit sèchement quelque chose que Marina traduisit : on ne touche pas le Grand Seigneur, ni des mains, ni des yeux, ni du nez. Et je remarquai qu'aucun d'eux ne le regardait, tous avaient le regard baissé, le visage détourné, les narines pincées, sauf quelques seigneurs qui se tenaient autour de lui, et dont certains lui ressemblaient, bien que je mesure mal la ressemblance entre les Indiens.

« Êtes-vous celui que nous cherchons ? fit demander Cortés.
— Oui, je suis Lui, fit-il répondre. Je m'incline devant vous, je vous baise les pieds. »

Il n'en fit rien, ce devait être une façon de dire. Sa lèvre était percée d'un labret de pierre bleue, ses oreilles et son nez étaient traversés de fines barres de turquoise, et un grand diadème de plumes vertes l'entourait comme une mandorle frémissante.

Cortés ôta de son cou un collier de perles de verre parfumées de musc et le lui tendit. Montezuma ordonna d'un signe à un serviteur de lui remettre un collier de corail rouge et de petites crevettes d'or. Chacun mit autour de son cou le collier de l'autre, Cortés avec une révérence et un grand sourire, Montezuma sans rien donner à voir, se laissant parer de notre cadeau comme un mannequin de bois. Alors il fit demi-tour, remonta dans sa litière, et nous entrâmes dans Mexico à sa suite.

Hommes, femmes, enfants se massaient dans les rues, sur les toits plats, sur les canaux, ils venaient voir passer ce cortège inouï, l'Empereur, le Grand Empereur des Mexicas suivi de notre troupe étrange et minuscule, comme un gros scarabée qui entrerait dans une fourmilière, escorté de toutes les fourmis agitant leurs dangereuses mandibules.

Intérieurement je rendais grâce en tremblant à Notre-Seigneur de nous avoir prodigué à ce point la force, l'habileté, et la chance d'entrer dans une telle ville tout au bout du monde, au-delà même de ce que nous croyions en être le bout ; et je me demandais s'il Lui restait encore un peu de ces qualités à nous offrir, pour que nous puissions nous en sortir. J'en doutais un peu ; et je me rassurais en pensant que les ressources de Notre-Seigneur sont infinies, Il prodigue ce qu'Il veut, en quantité qu'Il veut, à qui Il veut, et jamais Il ne manque. Mais je craignais, pauvre pécheur que nous étions, en proie au doute et à la peur, que cela ne suffise quand même pas.

On nous logea dans un palais, il était immense, il était pour nous. Il fallut pour ça traverser toute la ville, et une heure durant nous dûmes marcher dans les rues sans en voir le bout, sans que s'interrompe jamais l'alignement continu des maisons, des palais, des temples, entrecoupé seulement d'autres rues perpendiculaires, de grands jardins plantés d'arbres, de canaux où les Indiens debout sur des barques allaient comme dans des rues. Sur les ponts de poutres qui les franchissaient, nos chevaux faisaient un vacarme de tambour, et les canons passaient dans un grincement de bois.

Le Grand Temple se voyait de loin et il grandissait à mesure que nous avancions. Il était énorme, montagne géométrique et peinte, au milieu d'une place si vaste qu'on aurait pu y loger tout entière une ville d'Espagne, et ce n'était là qu'une seule place, comme celles qui sont devant les cathédrales. Je dis ça, mais de ville, je n'avais connu que Séville, qui m'avait paru la plus grande chose qu'un esprit humain puisse concevoir. Marcher dans Mexico si remplie d'hommes faisait exploser ma pauvre conception de ce que les hommes pouvaient construire.

Autour de vestibules et de patios se distribuaient une multitude de chambres aux murs blancs tendus de toiles de coton peintes, meublées de lits recouverts d'étoffes, de coussins brodés, de sièges de vannerie. Nous nous sommes répartis, nous avions de la place, chacun eut un coin, je m'appropriai une sorte de lit de sangles recouvert d'une paillasse confortable, et un bout de natte où je posai mes armes, les objets d'écriture, et Elvira la petite meule de pierre qui lui servait à moudre. Les Indiens qui nous accompagnaient se répartirent dans les chambres et les patios selon des hiérarchies subtiles qui régissaient leur vie.

On nous apporta de la nourriture, du bois, de l'herbe pour les chevaux. Les chiens mangèrent avec nous sous l'œil inquiet et dégoûté des serviteurs du palais qui s'occupaient de tout, que l'on voyait partout, en tel nombre que l'on fit des tours de garde devant les chambres où nous étions installés.

Montezuma vint après dîner, il s'enquit du confort de Cortés.

« Malinche, dit-il, tu es dans ta maison, ainsi que tes frères. Repose-toi. Tu dois être las, mais te voici arrivé dans ta ville. Tu diras à ton roi que je suis son serviteur très humble et très obéissant. Vous êtes sur votre terre natale, dans votre propre maison. Reposez-vous.

« Les gens de Tlaxcala avec qui vous êtes liés vous racontent que je suis un dieu, et que tout dans mon palais est de cet or que vous cherchez. Mais j'espère bien que vous ne les croyez pas, que vous prenez ça pour ce que c'est : des moqueries, d'un peuple méprisable qui nous envie et nous hait. »

Il souleva son vêtement et montra son ventre, pinça sa chair : « Je suis un mortel, je ne suis pas un dieu. » Et il gratta le mur blanc, fit tomber un peu de poussière de chaux : « Et les murs de ce palais ne sont pas d'or, mais de bois, de pisé, et de plâtre.

« Je suis un grand roi, mais prenez ces folies comme je prends ce que l'on raconte sur vos tonnerres et vos éclairs : des fantaisies que l'on aime raconter, mais dont les hommes raisonnables ne se soucient pas pour gouverner. »

Incrédules, nous écoutions Marina traduire le discours de l'Empereur, qu'il débitait avec des effets de voix comme un acteur déclamant une tirade. Mais ce n'était qu'une façon un peu longue et compliquée de nous souhaiter la bienvenue. Alors Cortés fit répondre un peu dans le même genre.

« Ayez confiance, Montezuma, ne craignez rien. Nous vous aimons grandement. Notre cœur est à l'aise aujourd'hui, car nous nous voyons enfin face à face, nous vous entendons enfin. Nous avons souhaité vous voir depuis longtemps, vous entendre parler en personne, et vous parler à cœur ouvert. »

C'était bien étrange, cet assaut de politesses ampoulées dans cette salle éclairée de braseros et de torches qui jetaient des lueurs tremblantes sur tout ce qui pouvait attraper un reflet, les bijoux, les pièces de métal, les armures, les labrets de turquoise, les yeux de tous qui dans la pénombre se scrutaient les uns les autres. Les visages lisses des Indiens semblaient taillés dans des galets de basalte indestructibles, et nos visages anguleux et pâles, mangés de barbe, semblaient taillés dans des branches de bois flotté envahies d'algues noires.

Marina parlait, traduisait dans les deux sens, c'est elle qui parlait le plus, elle était le centre et tout le monde l'écoutait. Et je voyais toujours la surprise dans le regard des Indiens, la surprise de voir parler une femme, et l'agacement de devoir lui parler et de devoir l'écouter, car chez eux les femmes se taisent, baissent les yeux, et font du pain. Elles passent leurs journées dans leur maison à tisser les étoffes dont on fait des vêtements, des parures, des échanges, et elles-mêmes sont monnaie d'échange, de plus ou moins de valeur selon leur naissance. Et toujours aussi je sentais le frisson de plaisir de Marina au moment où elle s'adressait à ces nobles personnages qui devaient l'écouter avec respect, et attendre qu'elle ait fini pour répondre. Je sentais l'expression ferme de sa voix, et le frémissement de sa nuque qui se redressait, et lui donnait un si majestueux port de tête. Quand elle parlait, tous se taisaient, aussi bien les capitaines d'Espagne que les nobles Indiens, et on ne s'adressait à elle qu'avec un titre de princesse, et les Indiens maintenant s'adressaient à Cortés en la regardant et en l'appelant par son nom.

Cortés la sentait, cette gêne de ses interlocuteurs, et aussi le plaisir de Marina à la provoquer, et il en jouait, c'était l'une de ses cartes, comme la brillance des armures, le tonnerre des canons, ou l'énormité de nos chiens. Négocier la guerre et la paix par l'intermédiaire d'une femme ajoutait encore au trouble que nous provoquions, et les Indiens comprenaient encore un peu moins qui nous étions, ce que nous voulions. Ils faisaient depuis toujours des guerres mesurées où l'on épargne les vaincus pour leur imposer de faire des cadeaux, comme ces combats de chevalerie que j'avais lus dans les romans et dont le but n'était que la prouesse et la rançon ; ils n'imaginaient pas que nous voulions tout : leurs terres, leurs corps, leurs âmes. Et que pour ça, nous pouvions les tuer jusqu'au dernier.

CHAPITRE XVI

Partager les gains

Nous étions arrivés, nous étions rassasiés, nous étions à l'abri, et cette première nuit à Mexico je dormis d'un sommeil sans rêve aux limites nettes, entre le moment où je fermai les yeux et le moment qui sembla aussitôt le suivre où je les ouvris d'un seul coup ; retentit alors un long son de conque qui venait du dehors, la nuit commençait à pâlir ; puis ce fut un tambour qui battit lentement, grave et assourdi comme un cœur, il devait être énorme, je le percevais par les vibrations de ma peau plus que par mon ouïe, qui ne l'entendait qu'à peine tant il était grave.

Nous étions le 9 novembre, je m'éveillais heureux, reposé, accompli, dans une couverture de plumes tiède comme un souffle, en tenant dans mes bras une jeune femme qui voulait bien se laisser appeler Elvira, dans l'une des chambres innombrables d'un palais posé sur l'eau, comme le sont les rêves, les reflets, et les cygnes. J'avais une épée, une bourse emplie d'une poignée d'or, et dans mon esprit encore engourdi de sommeil tournaient les récits de nos héroïsmes, tels que je pourrais plus tard les raconter ou les écrire.

Les toits étaient des terrasses, j'y montai. Alvarado était là torse nu, il regardait le soleil se lever les poings sur les hanches, avec son sourire irrésistible qui faisait peur. Le soleil montait, s'égouttait de son sang, devint d'un or éclatant qui ne pouvait plus se regarder en face. Quand le disque intense se détacha de l'horizon, le tambour cessa de battre.

« Et voilà ! Ils l'ont aidé à sortir, et maintenant à lui de se débrouiller pour traverser le ciel. » Il rit, se tourna vers moi, sa chevelure blonde éclatait de reflets dorés. « Tu sais comment ils m'appellent, les Indiens ? C'est Marina qui me l'a dit : Tonatiuh, le soleil. J'aime bien. Quelle ville ! Quelle ville ! Tu imagines tout l'or qu'il y a dedans ? »

Notre palais donnait sur la grande place où étaient bâtis les temples, dont le plus grand, énorme et abrupt, écrasait tout de sa masse. Il était une montagne, flanqué de deux autres plus petits, il faisait face à un temple rond et à une dizaine d'autres constructions très étranges. C'était grand, éclatant, cela donnait une impression d'ordre et de précision, tout ici paraissait inconcevable, mais nous y étions. Où ? Au centre exactement, à notre but, et prisonniers d'une ville de deux cent mille âmes. On pouvait en effet traduire tous ces sentiments mêlés par l'exaltation d'une quantité d'or à prendre.

Le ciel devint d'un bleu de faïence, l'air était doux. Ici novembre n'a pas cette teinte de carton mouillé qu'il prend en Europe, ce détrempement du ciel qui le prépare au gel : il est d'azur éclatant, il est transport et légèreté, il est enthousiasmant. Froid la nuit, laissant voir toutes les étoiles, mais tiède et vif pendant le jour. Nous étions dans le pays enchanté de l'éternel printemps, il ne nous restait plus qu'à rapporter l'or qui devait y pousser comme de l'herbe, qui devait grossir dans le sol comme germent les petits cailloux.

À travers le marché de Tlatelolco, le Grand Empereur nous emmena jusqu'au temple de Huichilobos. Il nous précédait dans une litière, Cortés allait à cheval à ses côtés, suivi de plusieurs capitaines et de cinquante soldats, armés comme nous l'étions toujours, jour et nuit, comme si nous n'avions d'autres vêtements que des armures, d'autres bonnets que des casques, et que faute de bâtons de marche nous n'ayons que nos piques pour assurer nos pas.

Ce marché était plus grand, plus animé et plus achalandé que tout ce que j'avais pu voir, mais je n'ai pas vu grand-chose. Il y avait là plus de monde encore qu'à Triana quand revenait une caravelle des Indes, mais sans désordres, sans cris, sans toute la violence contenue du port de Séville qui brusquement déborde sans que l'on y puisse rien, sinon l'alguazil qui arrive toujours trop tard et fait distribuer des coups de bâton au hasard. Ici, sur une place bordée d'arcades on vendait tout, mais absolument tout ce que produisait l'Empire. Et l'on venait acheter, et l'on venait se promener pour jouir du spectacle de la richesse, de l'abondance et de la beauté.

De sa litière, l'Empereur était à la hauteur de Cortés à cheval, et il lui désignait familièrement telle ou telle curiosité, les lui commentait en sa langue sans se préoccuper de faire traduire, et Cortés acquiesçait en souriant, sans comprendre un seul mot. Tous s'écartaient à leur passage, s'immobilisaient, baissaient le regard, car personne ne peut contempler son visage, qui brûle du même éclat que ce soleil affamé qu'il nourrit chaque jour de versements de sang.

Nous passions devant des esclaves attachés par le cou à de longues perches, des tissus blancs pliés en piles impeccables, des peaux de tous pelages, du gibier couvert encore de ses plumes, de ses poils, de ses écailles, des pots de terre peints, des légumes frais brillant de différentes sortes de vert et de rouge, des fruits que nous n'avions jamais vus, du bois en petits fagots, des gâteaux de maïs qui sentaient bon, des serpents qui peut-être se mangent, des oiseaux vivants et des oiseaux morts, du tabac, de la cochenille, et des pierres de couleur. Un peu à part, on vendait sur un canal des sacs de merde humaine, qui a tant d'usages dans les jardins. Des fabricants de couteaux d'obsidienne se montraient au travail, ils détachaient des lames tranchantes d'un habile coup de percuteur sur des blocs de verre noir, on vendait du pain d'écume de lac qui a le goût de fromage durci, des ouvrages en duvet d'oiseau délicats comme des peintures, des livres de papier couverts de dessins en couleurs, et de l'or en grains dans des tubes de plume, assez transparents pour que l'on voie la quantité qu'ils contenaient.

Il n'y avait là nulle monnaie, nulle balance, nul prix, on échangeait des objets entre eux, on comptait en quantité de manteaux, on complétait de quelques fèves de cacao si cela semblait ne pas tomber juste. On s'accroupissait pour estimer la valeur, on négociait sans aucun cri, dans un calme et un ordre admirables. Elvira m'avait expliqué que parler fort était signe d'impolitesse, et parler beaucoup signe d'arrogance. Dans de petits pavillons de bois surmontés d'une légère bannière de plumes étaient établis les juges du commerce, qui veillaient à ce que personne ne soit blessé, injurié, floué, ni même dédaigné.

Dans la cour du temple, l'Empereur descendit de sa litière, fit signe aux cavaliers de l'imiter, et c'est à pied que nous pénétrâmes dans l'ombre de l'édifice, précédés de deux seigneurs brandissant un bâton cerclé d'or, signe que le Grand Empereur était là. Il n'y avait plus que nous, l'Empereur, sa suite, nous allions en silence dans cette cour pavée de pierres blanches. Les sabots des chevaux les firent tellement sonner que Cortés les renvoya à la porte de l'enceinte. Le sol était aussi propre que si on venait de le laver le matin même, avec le soin que l'on prend pour nettoyer une chambre. Montezuma marchait devant nous, deux de ses proches lui donnaient le bras, et il fut accueilli sans un mot par plusieurs prêtres en robe noire qui se déplaçaient à gestes lents. Avec eux, il monta les marches de l'escalier terriblement raide qui menait au sommet de la pyramide. J'en comptai cent quatorze jusqu'en haut ; et dès le quart nous ralentîmes, le souffle court tant elles étaient raides, ne regardant pas derrière pour ne pas souffrir du vertige. Deux seigneurs descendirent pour aider Cortés, lui prendre le bras comme ils le faisaient avec l'Empereur, c'était une politesse je crois, mais il ne le permit pas et il les repoussa brutalement. Il continua de monter par lui-même, maîtrisant son souffle, respirant par le nez à grand bruit. En haut était un oratoire, une énorme colonne représentant un dragon, et d'autres horribles figures que je distinguais mal parce que je n'osais pas les regarder en face. Devant était la pierre où cela avait lieu, l'horrible pierre nue éclaboussée de sang ancien et de sang frais. Tout bourdonnait de mouches.

« L'ascension a dû vous fatiguer, seigneur Malinche, fit dire Montezuma.

— Ni moi ni aucun de nous ne sommes jamais fatigués, quelle qu'en soit la raison », fit-il répondre, sèchement.

Ce qui étonna l'Empereur, que l'on réponde par une vantardise à une politesse. Il le prit tout de même affectueusement par la main, s'approcha du vide, et lui montra. De si haut, on voyait la ville, le lac, les autres villes et tous les villages qui en parsèment les rives, et les deux volcans gigantesques qui semblaient peints sur le ciel d'émail bleu. Mexico était bien une île, trois chaussées la reliaient aux berges, entrecoupées de ponts à bascule. Une multitude de canoës traçaient de fines ridules sur la surface lisse, aussitôt évanouies. Le brouhaha du marché montait jusqu'à nous comme un bourdonnement d'abeilles dans un buisson de fleurs.

Nous entrâmes dans l'oratoire où se trouvaient deux autels, sur chacun était un géant obèse. L'un était leur dieu de la guerre, le visage large et les yeux épouvantables, exorbités et roulant sur eux-mêmes, le corps recouvert de perles. Il tenait un arc, des flèches d'or, sa poitrine ceinte de serpents. De son cou pendaient des visages et des cœurs, des vrais et d'autres en or. Trois cœurs frais brûlaient dans une cassolette et commençaient à sentir la viande carbonisée. Les murs étaient recouverts d'une croûte qui exhalait une odeur répugnante.

L'autre dieu aussi était gros car ils étaient frères, il avait des yeux de miroir. Il était dieu des enfers celui-là, dieu des tromperies, et sur son corps enroulé de guirlandes dansaient de petits diables. Autour de lui étaient des flaques noires, comme un abattoir jamais nettoyé. Et les mouches vrombissaient dans cette salle, leurs vols entrelacés résonnaient, empêchaient toute parole. Il fallut sortir, pour respirer enfin, aller dehors, ne pas avaler les mouches qui se posaient sur notre visage, des mouches molles et obèses, trop nourries, qui agitaient lentement les ailes et se cognaient à tous les obstacles. Les prêtres nous regardaient sans rien dire, leur visage émacié sans d'autre expression que le feu de leur regard, les cheveux collés au front, les oreilles déchiquetées et couvertes de plaies. L'air du dehors était une bénédiction, les mouches ne nous suivaient pas, elles ne sortaient jamais de cette ombre puante qui était le domaine des démons, et qui les nourrissait. Sur la plate-forme était un énorme tambour, le plus large, le plus profond, le plus haut peut-être sur toute la terre, dans sa caisse on aurait pu loger un cavalier debout. Il était tendu, nous dit-on, d'une peau de serpent, dont je n'ose pas imaginer la taille.

Nous étions tremblants et près de vomir, de dégoût, d'angoisse, de vertige, et Cortés parla avec colère, lui d'habitude si caressant.

« Je ne comprends pas qu'un grand seigneur comme vous ne voie pas que ces idoles ne sont pas des dieux. Laissez-nous élever une croix, et vous verrez la crainte qu'elle inspirera à ces démons.

— Si j'avais su que vous alliez dire des choses si déshonorantes, je ne vous les aurais pas montrés. Ils nous donnent pluies, récoltes, et victoires. Ne dites plus un mot qui ne soit en leur honneur. »

Il répondait durement, lui si aimable.

« Il est l'heure que nous partions.

— Je dois faire certains sacrifices, pour qu'ils me pardonnent ce manque de respect. »

Nous descendîmes avec précaution par les marches raides, en proie au vertige. Nos cuisses crispées nous lançaient, nous cherchions du bout du pied la marche suivante, dans la crainte de basculer.

En descendant mon esprit s'agitait, car il s'affole toujours quand mon corps s'inquiète, on pourrait croire que c'est au mauvais moment mais l'inquiétude est un alcool pur, qui me brûle, m'anime et me donne le sentiment de comprendre toutes choses dans un accès de terreur ; et je m'étonnais qu'une ville si incroyablement propre, que des balayeurs nettoyaient chaque jour, ait en son centre le pire cloaque que l'on puisse imaginer, et que justement c'en soit le lieu le plus sacré. Et je m'étonnais que ces gens si soigneux de leur corps, qui prenaient comme les Maures un bain chaque jour, aient des prêtres d'une saleté que l'on ne trouve pas même chez les cochons, et que ce soit en eux qu'ils voient la vertu de ce monde. Nous marchions sur un étrange miroir, nous étions de l'autre côté, à l'envers, la tête en bas. Je m'en ouvris à Cortés et il secoua la tête d'un air agacé, il soufflait avec colère. « C'est une belle pensée, Innocent, bien symétrique, tu aurais dû aller à l'université plutôt que de courir les Indes. Mais ce que je vois c'est que nous sommes dans une ville trop grande pour nous, et à la moindre faute c'est nous qui serons couchés sur la pierre, et c'est notre cœur qui sera brûlé, et c'est notre sang qui éclaboussera les murs, pour aller épaissir encore cette pourriture. J'ai bien pensé que je pouvais mourir en partant à l'aventure, mais pas comme ça, Innocent, pas comme ça. »

Les marches étaient gluantes, nous craignions de glisser et de les dévaler jusqu'en bas, où était un bas-relief montrant un corps désarticulé. En montant nous avions marché dessus sans le voir. Même Alvarado ne souriait pas, Ordaz marchait voûté en marmonnant, et Olid se taisait, renfrogné, ses doigts blanchis sur la poignée de son épée.

Au bas de l'escalier s'élevait une maison dont la porte figurait une gueule ouverte, entourée de grosses dents pour avaler les pauvres âmes. Les murs étaient gravés de groupes diaboliques enlacés avec des serpents, tout ça plein de sang et noirci par la fumée. On voyait par terre, dans le plus grand désordre, des ossements humains mêlés à des jarres, des marmites, des cruchons, des coutelas posés sur des billots, et des tas de bois à brûler qui entouraient des foyers englués d'une suie grasse. Sur ce sol ignoblement sale on faisait cuire les sacrifiés pour les servir au repas des prêtres. Je ne peux appeler ce lieu autrement que l'enfer, car je ne connais pas d'autre mot qui dise ce qui s'y passait.

Andrés ne dormait pas. Il s'allongeait sur sa natte, restait les yeux ouverts, son épée posée à côté de lui, la poignée à hauteur de sa main. Je m'en inquiétai, et il dit sèchement qu'ici il n'y a que les imbéciles qui dorment, enivrés par le doux éclat de l'or, sans voir la mort qui nous guette et qui n'attend qu'un signal pour nous emporter tous. Quand il s'agit de dire les choses clairement, Andrés a souvent raison. Avec d'autres, quelques soldats de bon sens et les capitaines les plus avisés, nous allâmes parler à Cortés pour le prier de voir enfin dans quel piège il nous avait menés. Dans toutes les villes que nous avions traversées, on nous avait dit que Huichilobos avait conseillé à Montezuma de nous laisser entrer pour nous massacrer. Et quand nous voyions l'immensité de la ville, l'abondance de son peuple, ses seules sorties par d'étroites chaussées à travers le lac, nous comprenions combien le piège était parfait. « Ils nous accueillent bien, dit-il avec une naïveté qui nous stupéfia. Et ils nous couvrent de cadeaux. » Nous le priâmes de se reprendre, de réfléchir à l'inconstance du cœur des hommes, particulièrement chez les Indiens. Il leur suffirait de nous couper les vivres et de lever les ponts pour nous faire disparaître. Nous devions nous emparer de la personne de Montezuma.

« L'Empereur ? Et comment on fait pour le prendre ?
— On l'invite chez nous, on lui dit qu'il est prisonnier ; et s'il crie, on le tue. »

Alvarado accompagna son plan de mouvements de l'index : dressé à *s'il crie*, pointé puis piqué à *on le tue*. Cortés le regarda, incrédule.

« On parle d'un empereur dans sa capitale, Pedro.

— Et alors ? Moi je parle de six pouces d'acier en travers de sa gorge. »

Cortés ne répondit rien, hocha pensivement la tête, admiratif je crois de cette sainte simplicité, qui débouche sur le pire, ou le meilleur ; c'est selon. Il médita à propos du *selon*.

Deux Indiens de Tlaxcala arrivèrent avec une lettre de Villa Rica qui nous annonçait qu'Escalante avait péri avec six autres soldats, ainsi que son cheval. Les villages ne donnaient plus de vivres, plus d'aide pour achever la forteresse, et même les Totonaques ne nous considéraient plus comme des dieux, ils restaient retranchés dans leurs murs et attendaient la suite. Nous remarquâmes que depuis deux jours on montrait moins d'empressement à nous nourrir, les majordomes se perdaient moins en politesses, les esclaves n'étaient plus envoyés qu'en petit nombre à notre service. Ils avaient appris la nouvelle avant nous.

À ça aussi j'ai assisté, car j'ai assisté à tout. Cortés voulait que je voie, j'étais toujours avec lui, à pied quand il allait à cheval, derrière lui quand il allait à pied, et ainsi, avec quatre capitaines et Marina, nous allâmes jusqu'au palais de l'Empereur. Cortés était en simple pourpoint noir, mais les quatre avaient mis leur armure complète, et à cheval ils entrèrent dans la salle d'audience, dans le cliquetis des tassettes sur leurs cuisses et le piétinement sonore des sabots sur les dalles, leurs chevaux énervés tenus à bride courte qui secouaient la tête et soufflaient à grand bruit. Montezuma recevait, mais Cortés abrégea les politesses, et lui parla très directement d'un ton dur que Marina sut très bien rendre.

« Je suis étonné que vous ayez donné à vos capitaines l'ordre de prendre les armes contre mes Espagnols. »

Il y eut un grand silence, et nous vîmes de quoi ils parlaient. Devant l'Empereur étaient une pique brisée, un lambeau de bannière où était grossièrement peinte une image de Notre-Dame, et dans un linge blanc, à ses pieds, la tête d'Escalante, sa tête barbue, noire, frisée, les yeux ouverts, qui nous regardait fixement.

« Seigneur, il y a là une trahison et un blasphème. Seule l'amitié que j'ai pour vous m'empêche de commencer à détruire votre capitale. Mais il serait mieux que vous veniez dans nos logements, en silence et sans esclandre. Si vous tentez le moindre scandale, vous tomberez mort immédiatement sous les coups de mes officiers. Ils se sont armés pour cette tâche. »

Montezuma déclara qu'il enverrait chercher les responsables de l'attaque de notre ville, et leur infligerait un juste châtiment. Il brandit comme preuve le sceau de Huichilobos dont il se servait pour appuyer les ordres les plus graves. Mais il refusa de nous suivre. Il n'y avait aucun garde autour de lui, ses serviteurs étaient à genoux et ne le regardaient pas, il ne serait venu l'idée à personne de menacer l'Empereur dans son palais. Les dieux eux-mêmes l'auraient empêché.

Ávila s'énerva tout de suite, et d'une voix menaçante qui résonnait étrangement dans son casque fermé, se demanda à quoi bon bavarder : « Le choix est simple, ou nous repartons avec lui, ou nous sommes sacrifiés. Enlevons-le ! Et s'il crie, on le perce ! » Montezuma était stupéfait, il suivait des yeux les propos colériques, ne comprenait rien, mais jamais on ne criait ni on ne s'agitait en sa présence, jamais on ne lui parlait ainsi en le regardant de face. Il demanda à Marina ce qui se disait de façon si brutale. « Seigneur, ce que je vous conseille, c'est d'aller avec eux sans faire de bruit. Vous serez honoré, on vous traitera en grand seigneur, notre Capitaine a la plus grande amitié pour vous. Sinon vous tomberez mort ici même ; voyez leurs armes et leurs chevaux, ils sont venus pour ça. »

Il fit apporter une litière et nous suivit. On organisa son service, avec ses femmes, ses bains, vingt grands seigneurs de son entourage, les conseillers et les capitaines. On venait toujours lui demander audience mais maintenant il recevait dans une pièce de notre palais, entouré de ses serviteurs et de ses familiers, mais aussi de nos hommes en armes devant la porte et dans la salle. Les yeux baissés, les solliciteurs entraient et faisaient trois révérences en murmurant : « Seigneur, mon seigneur, grand seigneur », et ils attendaient face contre terre qu'il les interroge, alors ils exposaient leur supplique à mi-voix. Personne ne parlait fort en sa présence ; personne ne lui parlait directement.

Les officiers des garnisons de la côte arrivèrent, convoqués par un ordre marqué du grand sceau. Ils confirmèrent l'ordre : recouvrer le tribut, châtier les Totonaques, tuer les Espagnols. Ils décrivirent l'embuscade qu'ils avaient tendue, la faible colonne des Espagnols derrière la grande dame peinte qui devait leur donner du courage, mais cela n'avait servi de rien, les chevaliers-jaguars avaient fondu sur leur proie et rapporté leurs têtes. Les Totonaques acceptaient de payer à nouveau.

Montezuma tenta de se disculper mais Cortés n'en crut rien et prononça une sentence de mort. « Notre roi commande que celui qui fait périr doit périr. » On établit un bûcher avec des fagots de flèches pris dans l'arsenal du palais, et pendant la durée de l'exécution il fit mettre l'Empereur aux fers, ce qui le fit hurler de désespoir pendant que dans la cour on brûlait vifs ses officiers.

Qu'est-ce que ça peut puer un homme qui brûle ! Heureusement il ne crie pas, il étouffe dans la fumée et s'effondre avant que les flammes ne le dévorent ; mais quel spectacle atroce quand la chair se racornit ! C'est la seule grande atrocité dont nous disposons pour les impressionner. Les Indiens croient aux cérémonies cruelles et spectaculaires, ils arrachent les cœurs, jettent les corps dans l'escalier, et dansent tous ensemble en martelant des tambours. Nous avons quoi, nous, à part les beaux actes de foi de la Sainte Inquisition ?

Quand le brasier fut éteint, Cortés vint lui-même enlever les fers de l'Empereur, et de ses propres mains il lui massa les chevilles, il lui dit qu'il le tenait pour frère.

J'ai vu tout ça. Nous l'avons fait, et on l'oubliera si je ne le raconte pas, personne ne le croira quand il le lira, mais nous l'avons fait. Traverser la mer inconnue, vaincre des armées, détruire nos navires, entrer dans cette ville, nous emparer du grand Montezuma, faire périr ses capitaines pendant qu'il est aux fers, et survivre. Ces grands faits incroyables, nous en sommes les acteurs, mais Dieu seul les préparait sur notre route. Car quels hommes oseraient imaginer tout ça ? Et quels hommes oseraient l'accomplir ? « Nous, Innocent, nous. Dieu si tu veux, mais Il ne m'a rien dit, j'ai tout osé seul, et nous tous l'avons fait. »

Ortega, le petit Ortega, était le plus jeune d'entre nous, bien trop jeune pour traîner comme ça dans ces îles dévastées, dans ces jungles et ces montagnes sauvages où les hommes sont pires que les fauves. Mais il endurait tout avec courage, n'avait personne au monde, venait d'on ne sait où en Espagne, il ne savait pas lui-même. Il avait tout du page : son visage lisse où aucune barbe n'avait jamais poussé, des yeux immenses qui se troublaient d'humidité, et un sourire de jeune fille qui fleurissait à la moindre éclaircie. Alors on l'appelait Orteguilla le page, et dans cette compagnie rugueuse d'hommes détachés de tout, sauf de leurs gains et de leurs plaisirs, on le taquinait avec parfois un peu d'insistance. Mais Gonzalo de Sandoval l'avait pris sous son aile en toute camaraderie, comme un grand frère attentif et juste, ce qu'il était en tout ce qu'il faisait. Auprès de Marina, qu'il regardait avec une vénération de petit garçon, il avait appris un peu de leur langue, avec la rapidité de sa jeune cervelle aussi tendre et malléable que sa peau. Il avait poursuivi son apprentissage auprès des Tlaxcaltèques, et en arrivant à Mexico il était devenu un interprète tout à fait convenable.

Sortant des fers, humilié et triste, Montezuma le remarqua pour sa frêle stature et son joli visage souriant, sa façon déterminée et touchante de porter lui aussi une arme et les quelques mots de nahuatl qu'il prononça devant lui. Même le mot qui désigne leur langue est difficile à prononcer, mais lui il s'en tirait bien, il enchaînait des phrases entières sans trébucher sur les *tl* qui embrouillaient les mots. Tout cela l'émut, il demanda à Cortés la permission qu'il soit attaché à sa personne parmi toute sa suite, Orteguilla voulut bien et Sandoval accepta.

Mais Orteguilla pleurait d'inquiétude quand il nous racontait ce qu'il voyait chaque jour, quand de grands personnages venaient respectueusement demander à leur maître la permission de nous détruire, et chaque jour il refusait. Orteguilla voyait bien, à la légère hésitation que Montezuma marquait avant de répondre, qu'il suffirait d'un hochement de sa tête pour que la ville referme ses mâchoires, et que nous soyons brisés comme une noix.

Nous étions prêts, nous dormions avec nos armures, nos gorgerins, nos guêtres, ôtant seulement nos casques, l'épée nue allongée à côté de nous, les piques dressées. Dans l'ombre, nous essayions de deviner à travers les murs les glissements, les craquements, les frottements, tout ce qui pourrait indiquer que l'on s'approchait et que l'on nous envahissait, tout ce qui pourrait signaler un danger, mais ce n'était que l'un des nôtres qui se retournait en soupirant, ou ceux qui nous gardaient qui faisaient quelques pas pour se dégourdir les jambes. Quand le gros tambour commençait à battre au matin, nous avions l'impression de ne pas avoir dormi.

Ce palais était si grand que nous n'en connaissions pas toutes les pièces, et si richement décoré que s'y promener était un enchantement. López, qui savait les mesures et les angles, fut chargé de l'arpenter et d'en faire le plan, que nous sachions comment on y entre, comment on en sort, comment on pourrait le fortifier pour en rendre l'attaque impossible et la défense efficace. Je l'aidai. Il s'était fait une corde à nœuds, une équerre droite, il m'annonçait les mesures que je reportais sur une feuille que j'avais soigneusement quadrillée, cela prit plusieurs jours, et quand j'eus tout mis au propre il semblait y avoir au cœur du palais un mur carré qui faisait dix mètres de côté, une sorte d'énorme pilier dont López se moqua : « Un raconteur d'histoires, ça raconte bien mais ça compte mal », riait-il, et il refit les calculs. Mais au milieu du plan était toujours un mur carré, énorme, impossible. Nous retournâmes sur les lieux pour explorer le mur, le tapoter, passer la paume sur l'enduit peint, et sous les doigts nous sentîmes une grosseur invisible mais sensible, qui formait un cadre, comme une porte qui aurait été murée, et couverte d'un plâtre que l'on aurait très bien lissé. « Il y a une pièce », murmura López. Nous l'ouvrîmes à coups de pique, le plâtre céda, puis le lattis dans un nuage de poussière, elle était obscure, sans fenêtre, et quand nous y introduisîmes une torche elle scintilla de reflets d'or, d'un or qui la remplissait tout entière, bijoux, feuilles, disques, des objets d'or entassés par terre et montant le long des murs, comme ces trésors dans une grotte où dort un dragon.

Nous n'étions que quelques-uns à savoir, nous promîmes de ne rien dire, la porte fut refermée et dissimulée par une tenture, et le plan qui en révélait l'existence ne fut consulté que par Cortés et quelques capitaines de confiance. « Tant d'or dans une cave scellée ? — C'est pour les morts, expliqua Marina. C'est le palais du père de l'Empereur, c'est son trésor, c'est sa place parmi les dieux. — Eh bien si on le prend, ça ne manquera à personne ! » s'esclaffa Alvarado.

« Mais où donc trouvez-vous tout cet or dans votre Empire ? » dit Cortés sur le ton de la conversation amusée, dans une exclamation d'admiration, un soir où l'Empereur nous faisait à nouveau le cadeau de quelques figurines grimaçantes dont nous sentions, le cœur battant, la pleine densité au creux de notre main. Il fit apporter une carte peinte sur une longue bande de papier replié, et quand il la fit ouvrir, pli par pli, nous découvrîmes le dessin des côtes et des fleuves. Ordaz pointa l'îlot de San Juan de Ulúa, et après un peu d'hésitation montra un cube qui pouvait être une forteresse, à côté duquel se tenait un petit bonhomme barbu monté sur un animal qui ne ressemblait à rien, mais qui devait être un cheval : « Villa Rica, dit-il, elle est déjà sur leur carte. — Et je ne sais même pas si don Carlos le sait, qu'il a une ville ici. »

À l'aide d'une baguette, Montezuma montra un fleuve où l'on lavait la boue avec des baquets pour trouver les petits grains d'or dont on lui faisait tribut. Ce fleuve ne coulait pas dans son Empire, mais venait de territoires belliqueux qu'il devait contenir par des garnisons. Ordaz proposa d'aller voir, si on lui fournissait quelques soldats, et des Indiens pour le guider et lui servir d'ambassadeurs. Il partit avec une petite troupe, redescendit vers les forêts humides de la côte, et quarante jours après il revint chargé d'or en grains. En riant il nous raconta qu'il avait trouvé au bord du fleuve une ville que les habitants appelaient Guilonemiqui, ce qui signifiait d'après eux « Lieu où l'on tua ces crapules de Mexicas », en souvenir d'une bataille où les armées de l'Empereur n'avaient pu aller plus loin. Là-bas on savait que nous étions alliés des Totonaques qui ne payaient plus de tribut, et on se souvenait de Grijalva. On se plaignait des garnisons.

Le partage de l'or faillit mal tourner. Il faut dire que nous étions venus pour ça, nous avions quitté l'Espagne sans idée de retour, risqué la mer, risqué d'affreuses batailles, supporté l'étuve et le gel, toutes les hostilités possibles du climat, des plantes et des hommes, dans ce seul but : prendre l'or et rembourser nos dettes, panser nos plaies, devenir riches. Nous étions venus pour ça, sauf peut-être Orteguilla qui allait là où on l'adoptait, et moi-même qui ne faisais que fuir et suivre, et puis certains qui rêvaient de gloire ; et peut-être quelques-uns étaient-ils mus de curiosité, mais très peu sûrement, on ne s'endette pas et on ne s'embarque pas par simple curiosité. On le fait comme un travail, en espérant des gains. Ordaz, peut-être, avait-il cette curiosité, je ne sais pourquoi. Il faisait partie de ceux qui voulaient aller voir comment c'est ailleurs, et il me raconta dans le détail son voyage vers les sources de l'or, bégayant beaucoup, s'interrompant de longs silences où il regardait dans le vague, rêveur ; plume levée, j'attendais sans impatience qu'il poursuive. Nous rêvions de conserve, sur ce qu'il venait de dire, et que je notais au fur et à mesure.

Le partage faillit mal tourner, bien que le tas fût énorme. Il y avait les cadeaux de Montezuma, ce que nous avions trouvé dans la pièce secrète, ce que nous étions allés chercher dans les villages. C'était énorme, mais bien trop hétéroclite pour effectuer un partage. On se mit à l'œuvre pour tout fondre à l'aide de joailliers indiens, à qui il fallut expliquer longuement que nous voulions transformer tous les bijoux en lingots de taille égale. Ils se firent répéter plusieurs fois, demandèrent confirmation à l'Empereur lui-même, et pendant plusieurs jours on alimenta de furieux braseros où tous les bijoux disparurent. Nous apportions des paniers de charbon de bois, nous ruisselions de sueur dans l'atelier, et l'or coulait. Nous n'en avions jamais vu autant, c'était une source miraculeuse, une rivière de métal fondu. Cortés fit fabriquer un poinçon de fer pour timbrer les lingots des armes royales, et l'on pesait le tout avec des poids approximatifs, car nous n'en avions pas ; les Indiens non plus car ils n'utilisaient pas de poids, ils jugeaient de la valeur à l'aspect des choses, et en discutaient longuement. On pesa environ six cent mille piastres.

On préleva d'abord le quint royal, un lingot sur cinq, dont on enregistra soigneusement le nombre. Cortés fit mettre à part un autre quint pour lui, égal à celui de Sa Majesté, car sur la plage nous l'avions proclamé capitaine général et grand justicier de notre ville de sable. Et ensuite il réclama d'être remboursé des frais que lui avait occasionnés à Cuba l'équipement de la flotte ; et puis les frais d'armement, d'équipements, de nourriture, et puis les frais pour l'envoi d'émissaires en Castille ; et puis pour un cheval qu'il avait perdu. Il y eut aussi double part pour frère Díaz, pour les capitaines, et les propriétaires de chevaux. Et aussi pour les arquebusiers, les arbalétriers, les maîtres d'un chien, pour Aguilar qui savait une langue et moi qui savais écrire. De ce fait le tas se réduisit, et quand on partagea le reste entre les soldats qui n'avaient rien d'autre que leurs deux bras pour tenir une pique, ils n'eurent chacun qu'une centaine de piastres. Certains n'en voulurent même pas. D'autres protestèrent. Non pas directement, car ceux qui n'ont ni nom ni fortune peuvent finir au bout d'une corde, mais cela murmurait et l'on vit dans les regards des éclairs de méfiance et de haine. Un petit homme anodin nommé Cardenas, qui n'avait jamais fait parler de lui, en tomba malade de tristesse. Il ne quitta plus sa couche, sa couverture de plumes remontée jusqu'au menton, sa barbe pardessus, il restait les yeux ouverts et gémissait en permanence, enchaînant de longues plaintes comme un délire de fièvre mais nous savions que ce n'était pas un délire. C'était de recevoir ses cent piastres qui avait tout déclenché : « Comment voulez-vous que je ne sois pas malade en voyant Cortés prendre tout ? Un cinquième comme s'il était le Roi, tant pour le navire, tant pour les armes, tant pour sa cassave pourrie, et tant pour son cheval qu'il n'a pas réussi à protéger. Si j'avais eu ma part, mes fils et ma femme ne seraient pas dans la misère en Espagne. Il nous a fait signer l'engagement d'abandonner notre part à Sa Majesté, et tout l'or gagné par nos efforts est parti en Castille, nous laissant comme des cons sur la plage, nous pauvres gens qui sommes occupés à batailler, avec la plus horrible des morts à la fin, quand ceux qui nous accueillent se soulèveront. Car comment veux-tu qu'ils ne se soulèvent pas avec ce qu'on leur fait ? » Cortés allait de l'un à l'autre, rassurait à bon compte en promettant tout. Il donnerait. De façon équitable. À qui en aurait besoin. Et tout ce que nous avions acquis jusqu'à maintenant n'était rien, si on considérait les grandes villes que nous allions conquérir, les mines dont nous allions être les possesseurs. Et secrètement il donnait à ceux qui se plaignaient le plus, assurant à chacun qu'il ne donnait qu'à lui, en lui faisant promettre le secret. Cardenas reçut trois cents piastres, et un sourire. Il arrêta de se plaindre et se releva de sa couche.

Velázquez de León se fit fabriquer des chaînes énormes par des artisans indiens. Il les portait pendantes sur la poitrine, l'une faisait même trois tours et il l'avait appelée la Fanfarona. Elles produisaient un cliquettement soyeux quand il marchait, et il prenait alors un air de fierté béate, qui le faisait ressembler à son parent le gouverneur. Gonzalo Mexía, qui jouait le rôle de trésorier, finit par lui demander une part de ses chaînes, car il n'en avait pas prélevé le quint. « Un anneau sur cinq ? » Velázquez de León répondit qu'il ne donnerait rien. C'était un cadeau personnel de Montezuma, rien à voir avec l'expédition, le contrat, quoi que ce soit. Ils s'échauffèrent et en vinrent à tirer l'épée, Velázquez de León prétendait que l'insistance du trésorier était suspecte, il devait détourner pour son compte, accusation qui le fit rougir, colère ou confusion, on ne sut pas bien. Ils se battirent, se blessèrent bêtement, l'un à la main l'autre au bras avant qu'on ne les sépare, Cortés les fit mettre aux fers tous les deux.

Il fit libérer Mexía rapidement pour qu'il poursuive sa tâche de comptable. Et il alla voir discrètement Velázquez de León pour lui demander d'accepter de rester deux jours de plus enchaîné. Il était son ami, mais il fallait montrer qu'il rendait justice. Il lui laissa ses chaînes d'or, lui en offrit une autre, Velázquez de León accepta de faire comme s'il était puni, dans une salle voisine de l'appartement de Montezuma. Il se promenait en grommelant et en traînant ses fers, cela faisait un bruit dont Montezuma s'inquiéta. « Pourquoi emprisonner un si vaillant capitaine ? » Cortés le rassura, lui expliqua en riant qu'il était devenu fou, et qu'il fallait l'enfermer afin qu'il n'aille pas mettre les rives du lac à feu et à sang pour s'emparer de plus d'or encore. Montezuma demanda grâce pour lui, assura qu'il lui offrirait assez d'or pour qu'il se calme et n'en désire plus. Cortés feignit d'éprouver du regret et promit qu'on le libérerait pour lui faire plaisir. Montezuma lui fit porter plusieurs très beaux bijoux.

Sans que nous comprenions comment, puisque chacun assura n'avoir rien dit à personne, le trésor dans la chambre secrète commença de disparaître, chaque fois que nous y allions il en manquait un peu plus. Tout le monde détournait, tout le monde cachait ce qu'il pouvait dans ses maigres bagages, dans les plis de ses vêtements, certains doublèrent le fond de leur casque ou leur plastron de fer de plusieurs feuilles d'or, ce qui les rendait un peu étroits, assez malaisés à porter, mais l'ivresse que produisaient tant de trésors à portée de main faisait agir sans que l'on y réfléchisse, les mains avides prenaient toutes seules comme on se goinfre, sans y penser.

Et moi, comme tous, je transgressais les ordres et les règles, je détournais des bijoux aux formes barbares pour qu'ils ne finissent pas dans le creuset où l'on fondait tout, que ces parures ouvragées pour honorer les dieux ne deviennent pas des lingots muets qui n'honoreraient personne, et je les offrais à Elvira. Elle les mettait à ses oreilles, autour de son cou, à ses poignets et ses chevilles, les délicats pliages de feuilles d'or luisaient comme des baisers sur sa peau brune, et elle se regardait ainsi parée dans un miroir d'obsidienne. Sur le fond noir son visage apparaissait comme une ombre veloutée, entouré d'un couchant éclatant, d'une nuée d'étoiles, de flammes que je pouvais toucher du doigt. Et cela la faisait rire, d'être ainsi parée, car dans sa ville de Tlaxcala, si pauvre de métaux et de plumes, seules les princesses portaient un peu d'or, et aussi les dieux qui favorisaient la guerre, à qui on offrait ce que l'on avait pu arracher, couvert de sang, aux guerriers mexicas que l'on avait pu vaincre. « Eh bien tu es princesse, et idole, et je te couvre de ce que j'ai pris par la guerre. — Plutôt par le vol », rit-elle. Mais cela me faisait rire avec elle, car elle n'avait jamais tort, elle était plus sage que moi, et je lui offrais encore d'autres trouvailles, pour l'aimer, pour la décorer, et qu'elle porte sur elle ma part du trésor. Tout à la fois.

Car elle était beaucoup, elle était mon seul trésor, j'aimais sa beauté inattendue que rien dans ma vie ne m'avait préparé à connaître, et peut-être aimait-elle cette lueur de naïf émerveillement dans mon regard, ce qu'ici personne n'ose, ce que la pudeur de son peuple interdit, et aussi la raide arrogance des hommes. Aux yeux des Indiens, j'étais au mieux un enfant, aux yeux des Espagnols un puceau enivré, peu importe, cette naïveté me permettait de l'aimer, de l'admirer, de jouir de sa beauté toujours étrange, et de le lui montrer sans mesure ni vergogne.

J'avais tout mon temps pour cela dans le palais où nous étions enfermés, contempler, admirer, rêver, car nous ne faisions pas grand-chose sinon attendre. Nous n'osions sortir, nous étions entre nous, chacun tripotait ses armes par désœuvrement et les femmes chaque jour broyaient le maïs et faisaient le pain. Je regardais Elvira agenouillée devant sa petite pierre, sa nuque délicatement tendue, ses cheveux glissant le long de son oreille, une petite goutte de sueur perlant à sa tempe, mais sans couler. Elle se laissait regarder, puis s'arrêtait, se redressait, essuyait son front et plongeait ses yeux dans les miens. Elle m'accordait ce merveilleux sourire qui me serrait le cœur, et j'espérais reconnaître en son regard cette confiance dont j'étais avide.

« Tu sais ce qu'on dit aux enfants, quand ils naissent ? Quand c'est un garçon, on lui annonce qu'il se fera tuer dans la guerre fleurie, qu'il reviendra comme un colibri, et que c'est très bien comme ça. Si c'est une fille, la sage-femme lui explique que tout ira mal.

Écoute-moi ma fille :
La Terre n'est pas un lieu agréable.
Il ne peut y avoir de plaisir que mêlé de fatigue.
Mais il nous fut offert
Le rire, le sommeil
Le chant, la force et l'excitation
Le plaisir charnel et le jet de semences.
Tout cela enivre, et empêche de pleurer.

« Tu vois, on est prévenu de tout ! », et elle éclatait de rire devant mon air ahuri, devant la rougeur qui m'envahissait les joues comme au confessionnal, quand de belles lèvres s'entrouvraient pour me révéler de violentes crudités, mais maintenant c'était dit par une femme que j'embrassais chaque nuit ; et tout en parlant elle aplatissait à petites tapes les boules de pâte jaune, d'un geste sûr jetait les rondelles sur la plaque brûlante, où elles grésillaient en tremblotant.

Ce monde était violent, et beau, et drôle, elle m'en ouvrait de petites fenêtres où un instant il me semblait brusquement le comprendre ; mais hélas nous nous dyscomprenions. J'aimerais que ce mot existe comme une action à part entière, l'acte résolu de ne pas se comprendre, de se heurter sans presque se voir, comme l'arme d'obsidienne s'abat sur le fer sans l'entamer, et comme l'acier aiguisé traverse le coton sans qu'il puisse le retenir.

Chaque jour des Indiens mouraient au sommet du Grand Temple. Nous les voyions monter en file, et leurs corps roulaient le long des marches en laissant derrière eux une traînée luisante. Cela avait lieu chaque jour pour que le soleil se lève. « Il se lèverait bien sans ça, non ? — C'est l'offrande de sang qui donne au soleil la force de se lever. Chaque matin en est la preuve. » Cortés désapprouvait, autant pour l'affreux principe que pour l'effet que cela avait sur notre moral.

Il s'en ouvrait à Montezuma, qui l'écoutait toujours poliment. « Mes hommes voudraient l'autorisation de placer une croix sur ce temple pour que cessent les sacrifices. Il n'y a que moi qui les retienne, ils risquent d'agir à leur idée, et je craindrais pour la vie de quelques prêtres. — Malinche, vous voulez troubler ma capitale ! » Montezuma soupirait vaguement, répondait qu'il traiterait du cas avec ses prêtres. Et le lendemain une file d'Indiens montait encore au temple, et leurs corps ouverts roulaient sur l'escalier. Le soleil se levait, aidé des battements du gros tambour.

« Si on n'y va pas, ça ne risque pas de cesser. » Alors Cortés partit avec Ávila et Olid comme pour se promener, suivi d'une trentaine de soldats, dont moi, qui devrais raconter l'histoire si nous devions à nouveau envoyer une lettre jusqu'en Castille. Nous passâmes à côté de l'ossuaire où les crânes percés aux tempes s'alignaient en rangées régulières sur de longues poutres, nous gravîmes les marches en soufflant mais d'un pas ferme. Ávila de son épée nue écarta le rideau de chanvre orné de clochettes qui fermait la porte du sanctuaire, leur tintement troubla les mouches comme une version céleste de leur bourdonnement gras. Dedans était la statue aux yeux exorbités, au cou orné d'une tête humaine, langue tirée, les yeux ouverts. C'était le dieu de la beauté. De lui venaient les fleurs, les chants. Il était aussi dieu de la pluie, car la pluie amène les fleurs, tout son corps n'était qu'une épaisse croûte de sang. Des prêtres alertés par les clochettes nous entourèrent en silence sans oser s'approcher. Nous faisions cercle, serrant nos piques.

« Nettoyez ce sang. Et débarrassez… ça. »

Quand Marina eut traduit, sur leurs faces blêmes et sales apparurent des sourires qui fripèrent leur peau, mais ils ne firent aucun bruit et ne bougèrent pas, ils rirent en silence, à petites secousses. Alors Cortés s'empara d'une pique et frappa la statue de pierre, il frappa, frappa encore, de la lame et du talon de fer, cela produisait des étincelles et des tintements cristallins, il faisait un effort surhumain, transpirait, ahanait sous nos yeux stupéfaits, jamais nous ne l'avions vu hors de lui, et les Indiens horrifiés n'avaient jamais vu quelqu'un frapper un dieu. « Il... faut... faire... quelque chose... pour... le... Seigneur ! » hurla-t-il essoufflé, et il brisa sa pique, il ne put entamer la pierre noire dont sont faits ces démons. Tout en bas, la litière de Montezuma traversait la place, et l'Empereur monta hâtivement toutes les marches, soutenu comme toujours par deux de ses parents. Il arriva hors d'haleine, demanda à Cortés ce qui lui prenait.

« Chaque jour des hommes meurent à cet endroit. Je vous ai demandé d'arrêter, et cela continue. » Il était rouge, sa pique brisée à la main, bredouillait un peu. Montezuma abasourdi lui répéta doucement qu'il fallait honorer les dieux.

« Ce n'est que de la pierre. Croyez en notre Dieu, et vous saurez qui est le maître ! »

Montezuma proposa que l'on fasse une place à nos dieux d'un côté du temple. Le pluriel exaspéra Cortés, qui refusa tout net.

« Il faut que je parle à mes prêtres. »

Cortés se calma, jeta son fragment de bois qui ne servait plus à rien, et nous descendîmes tous.

Le lendemain quand la nuit s'éclaircit arrivèrent plusieurs centaines de prêtres, une affreuse procession de gnomes maigres tous vêtus de la même robe noire. Ils portaient des rouleaux de cordes, des rondins, des nattes roulées. Ils emballèrent avec soin les idoles, les lièrent, puis les firent descendre sur des rondins placés entre les marches. Ils agissaient tous ensemble avec des gestes lents, sans un bruit, ce qui était stupéfiant car ils ne font rien d'habitude sans trompes ni tambours. Ils retenaient les cordes de leurs mains frêles, il en fallait dix là où deux hommes vigoureux auraient fait l'affaire, mais ils étaient nombreux, disciplinés, ils agissaient avec une harmonie étrange dans la lumière grise du petit matin, qui durerait tant que l'on n'aurait pas battu le tambour pour autoriser le soleil à se lever. Quelques morceaux de statue se détachaient parfois, et ils les recueillaient avec respect, les enveloppaient de manteaux comme de saintes reliques, et les emportaient. Les énormes statues emballées de nattes furent hissées sur des litières portées par cinquante hommes, elles disparurent dans les rues, vers un but inconnu, on aurait dit une armée de fourmis qui transportaient leurs larves pour les mettre à l'abri d'une inondation.

Ils n'avaient laissé qu'une effigie fabriquée de graines collées de sang, qui se désagrégea dès que nous essayâmes de la bouger. Nous brûlâmes tous les débris, nous nettoyâmes le sol et les murs, nous installâmes sur le piédestal vide une croix de poutres. Lors de la première messe, des Indiens nous regardèrent de loin. Quand nous fûmes rentrés dans nos logements quelques-uns vinrent déposer des tiges de maïs flétries, qui étaient plus une demande qu'une offrande. Et la Providence fit que dès le lendemain il plut.

Il faut un peu d'inconscience pour jouer ; et lorsqu'on est engagé, toujours poursuivre.

Enfermés, nous essayions de passer le temps. La ville autour de nous sentait le feu de bois, la viande grillée, et les fleurs. Nous la regardions en montant sur la terrasse, et nous redescendions dans les chambres, nous restions à dormir, à polir nos armes, à bavarder sans fin, à rêver des trésors que nous posséderions, et l'on protestait à mi-voix contre le peu qui nous était attribué ; car qu'est-ce qu'un trésor que l'on peut tenir dans ses mains, que l'on peut porter sans effort ? Cent piastres, ce n'est quand même pas lourd. Alors qu'il faudrait un chariot pour déplacer la part que s'était attribuée notre Capitaine.

Médire passait le temps, et le temps s'écoulait trop lentement, un long temps d'oisiveté épais comme du miel. Nous avions chacun un peu d'or, rien d'autre à faire que le compter, le recompter, et se plaindre de le compter si vite. Alors nous jouions gros jeu.

Pedro Valenciano était dessinateur, un artisan qui avait appris son métier dans le royaume d'Aragon où l'on aime encore les livres anciens, ceux que l'on illustre de petites scènes coloriées. Il avait vu les livres de papier plié que font les Indiens, couverts de figures de couleurs vives qui doivent leur être comme une écriture. Il fit demander des encres, des plumes, de petits pinceaux. Et sur des peaux de tambour raides comme du carton, il peignit des cartes à jouer, aussi belles et précises que celles que l'on trouve en Espagne. Il en fit un petit commerce.

Amador lui acheta un de ces jeux pour son poids d'or. Pendant qu'il le brassait avec habileté, je m'étonnai du prix qu'il avait accepté d'y mettre. « Avec ça, répondit-il en riant, je peux dépouiller l'Empereur de ses terres, don Carlos de sa couronne, et notre cher Capitaine de sa part, avec ses bateaux remboursés, et son cheval perdu. » D'un seul geste il déploya son jeu en un éventail parfait. « Ces cartes sont excellentes, murmura-t-il. Elles glissent parfaitement. »

Il organisa une partie dans notre chambre, il invita qui voulait, pour s'amuser un peu, passer le temps, faire quelque chose avec cet or qui ne nous servait à rien de ce côté du monde, puisque ces gens-là ignorent l'idée de monnaie. Il faisait rire, il laissait espérer une soirée agréable, personne n'aurait eu l'idée de se méfier de ses mains d'enfant aux doigts courts. Moi qui le connaissais, jamais je n'aurais joué à quelque jeu que ce soit avec lui.

Cela dura des heures, jusque tard dans la nuit, on brûla des chandelles, on se pressait en rond, et dans la pénombre vacillante on misait des rondelles d'or, des grains irréguliers, de petits objets qui avaient secrètement échappé à la collecte, on les jetait sur le tapis avec un geste de grand seigneur, on perdait tout sens de la valeur, risquant le prix d'une maison sur un coup de tête, perdant un château sans un tremblement, on finissait par jouer des reconnaissances de dette, à valoir sur les futures conquêtes, que les Indiens payeraient. Amador perdait un peu, avec des soupirs et des gémissements dont je ne pouvais m'empêcher de sourire, et il gagnait discrètement beaucoup plus. Sa part gonfla au fil des jours jusqu'à ce que tout le monde comprenne qu'il ne fallait pas jouer avec le nain. D'aucuns auraient voulu récupérer leur mise un peu brutalement, mais Amador logeait avec nous, Andrés allongé sur le dos sans jamais fermer les yeux veillait à tout. Son amitié avec un maître d'armes ombrageux, et un proche de notre Capitaine, le protégeait de toute exigence de remboursement.

Notre Capitaine jouait aussi, mais comme il se doit avec l'Empereur. Alvarado marquait les points, et tour à tour ils lançaient de petits palets d'or sur un tissu marqué de cases. Il fallait viser habilement, lancer, accumuler des marques, on perdait des pièces, et quand tout était bien compté l'enjeu était ramassé. Alvarado additionnait allègrement, rajoutait ce qu'il fallait de points pour que ça tombe juste, poussait plus vite aux gains que ne le permettait le jeu. Montezuma s'en apercevait et il voulait bien en rire, il lui signalait chaque petit débordement d'une plaisanterie à laquelle Alvarado répondait par une autre, sans jamais rougir, baissant de bon cœur la somme de quelques points avec l'aplomb d'un garnement pris la main dans le sac, qui prétend sans rire que cette main n'est pas la sienne. De toute façon Cortés offrait ses gains aux familiers de Montezuma, tandis que Montezuma offrait les siens aux soldats qui montaient la garde autour de lui. Et la soirée passait, en aimables tricheries et plaisanteries que les traductions ne permettaient pas toujours de comprendre. Orteguilla apprenait à lire les petits dessins des livres indiens, Marina resplendissante se trouvait aux côtés de Cortés, et quand la nuit était bien avancée chacun se retirait, Montezuma entouré de ses femmes, de ses serviteurs et de nos gardes, et j'allais rejoindre Elvira sous la très douce couverture de plumes qui caressait si agréablement la peau nue, et je l'aimais avec volupté, volupté que je voulais croire partagée, car son ventre tremblait de petits spasmes, elle murmurait quelques soupirs contre mon oreille, dont j'espérais que ce soient des mots tendres. Il est drôle, ou triste, que les seuls mots tendres que j'aie jamais entendus dans ma vie aient été dits dans une langue que je ne comprenais pas. L'amour est un malentendu qui parfois se passe bien.

CHAPITRE XVII
Manquer disparaître

Un Indien de Cuba, serviteur de Sandoval, traversa la grande ville en courant. Il était essoufflé, il avait froid, il en avait plus qu'assez de ce ciel sans limites, de cet air trop sec, de ce soleil sans filtre, de ces étendues sans repères où l'on piétinait sur place en croyant courir, il en avait assez de ces peuples guerriers, de ces rites sanglants, de ces villes où l'on pouvait se perdre car d'un bord on n'en voyait pas l'autre, il en avait assez de tout car lui habitait une maison de palmes bien à l'abri dans l'étuve de la forêt, mais il était serviteur de Sandoval qui gouvernait maintenant Villa Rica de la Vera Cruz, le seul des capitaines espagnols qui traitait tout le monde avec bienveillance et égalité d'humeur, alors sur son ordre il traversait à nouveau le pays hostile pour porter un message. Une flotte était arrivée, dix-neuf navires avaient mouillé au large. Sandoval avait cru à des renforts venus d'Espagne. Puis ils avaient débarqué, s'étaient fait connaître, ils venaient de Cuba.

Diego Velázquez, le gouverneur que nous avions un peu oublié, était furieux. Il avait appris que nous avions envoyé le soleil et la lune à Sa Majesté, avec des grains d'or, des coiffures de plumes, des livres peints, toutes choses admirables et précieuses, montrées directement à la cour d'Espagne par son misérable petit employé lié par contrat. Il avait rassemblé une flotte, équipé une armée, et l'avait envoyée tout spécialement pour pendre Cortés, ce traître, qui l'avait volé de toutes les dépenses qu'il avait faites pour cette expédition dont il avait eu la faiblesse de lui confier le commandement.

Il y avait tous les chevaux de Cuba, près d'une centaine, et mille quatre cents soldats, l'île avait été vidée de ses hommes valides. L'ordre était de nous exterminer, et de rapporter les trésors que nous gardions pour nous. Les choses n'allaient pas pour le mieux : nous étions en sursis dans une ville de deux cent mille âmes qui voulaient nous arracher le cœur, et arrivaient des hommes quatre fois plus nombreux que nous qui ne souhaitaient qu'une chose : nous tuer et se partager ce que nous avions ramassé.

Et puis arrivèrent à Mexico six Espagnols ahuris, serrés dans des hamacs, attachés à une perche, portés par des Indiens qui s'étaient relayés pour franchir la distance en quatre jours. Ballottés, entravés, mais les yeux grands ouverts, ils allaient d'ébahissement en éblouissement, à voir les villes, les foules, et la rapidité avec laquelle on les transportait. Suspendus à l'horizontale, bercés, immobiles, ils pouvaient croire dormir, rêver peut-être, ou être dupes d'un enchantement. Aux portes de Mexico, on les attendit avec des chevaux pour qu'ils n'entrent pas dans la ville en prisonniers. Quand ils virent la cité, la lagune, nos soldats tous pourvus d'or si bien installés dans un palais luxueusement orné, ils furent remplis d'admiration. Cortés leur fit la promesse de nouvelles conquêtes.

Une lettre très détaillée de Sandoval accompagnait les prisonniers. La forteresse inachevée n'était gardée que par de vieux soldats, des blessés et des malades, mais ils avaient tous juré fidélité, et avaient aussitôt établi un gibet bien en vue pour que personne ne change d'avis. Pánfilo de Narváez, le commandant de la flotte, avait envoyé une délégation, et Sandoval l'avait prise de haut. À celui qui voulait lui notifier les actes qu'il tenait du gouverneur de Cuba, il demanda s'il était notaire royal. Et exigea ses diplômes. L'autre se troubla car il ne l'était pas, et l'aumônier qui commandait l'ambassade s'emporta : « Allez-vous écouter ces traîtres ? Vous n'avez rien à justifier ! Notifiez-lui les actes du gouverneur, et qu'il se soumette ! » À ce mot de *traîtres*, comme à celui de *soumette*, Sandoval s'emporta à son tour, ordonna qu'on les arrête, et ils furent ficelés dans des hamacs et portés à Mexico. Il conclut que l'expédition n'était soudée que par l'avidité, l'envie, et comprenait quelques amis. Il suffirait de peu pour qu'elle se disloque.

Nous connaissions ce Narváez, c'était une brute avide. Sous la dictée, je lui écrivis une lettre qui l'assurait de notre fidélité, de notre amitié, de la richesse du pays, tout en lui demandant comme une grâce que les Indiens ne soupçonnent aucun désaccord entre nous. Nous étions ses humbles serviteurs, conclus-je. Frère Díaz porta la lettre, avec quelques cadeaux en or pour Duero qui était venu avec eux. Il ne devait plus rester grand monde à Santiago.

Frère Díaz revint, Narváez n'avait pas daigné répondre. Il ne voulait pas de nous, même comme serviteurs. Cristóbal de Salvatierra, un de ses capitaines, avait déclaré bien fort qu'il allait marcher contre nous, n'en épargner aucun, couper les oreilles de Cortés comme on le fait des traîtres, parjures, voleurs, les griller sur la braise et s'en régaler. Cela avait fait rire et enthousiasmé tout le monde. Mais la plupart des hommes voulaient simplement être avec nous, posséder des Indiennes et jouer aux cartes des poignées d'or.

Narváez ne partageait rien, il ne distribuait rien, il faisait compter par son majordome tous les cadeaux que lui faisaient les Indiens, pour être sûr qu'il n'en manque rien. Frère Díaz, l'air de rien, racontait discrètement les libéralités de Cortés, qui donnait à qui en avait besoin, et n'était pas regardant sur les petits arrangements de chacun.

Montezuma savait aussi. Un coureur lui avait remonté de la côte un rouleau de papier où l'on voyait les dix-neuf navires dessinés avec soin, les hommes, les chevaux, les canons, chacun associé à une petite figure qui en disait le nombre.

« Seigneur Malinche, voilà les navires qui vous manquent. Vous allez pouvoir retourner en Castille. »

Cortés secoua la tête d'un air accablé, l'air de celui qui hésite à expliquer une douloureuse histoire de famille à quelqu'un qui de toute façon ne comprendrait pas.

« Seigneur Malinche, je vous vois inquiet... Orteguilla m'assure que vous vous apprêtez à la guerre contre vos frères. Des messagers m'ont appris qu'ils portent des croix, ils se disent vassaux du même don Carlos dont vous êtes serviteurs. Ils disent que vous êtes sortis de Castille en fuyards, abandonnant votre roi, trahissant son gouverneur, volant bateaux et armes.

— C'est nous que notre roi a envoyés en ambassade. C'est un grand roi, et il possède plusieurs royaumes. Nous venons de Vieille-Castille, et ceux-là qui arrivent sont du pays des Basques. Ils sont un peu comme ces peuples alliés que vous utilisez dans vos guerres parce qu'ils ne sont bons qu'à ça, courageux mais frustes, parlant des langues que personne ne comprend, capables de rien s'ils ne sont pas commandés. Et celui qui les commande est un bandit, qui leur fait croire qu'il possède une lettre qui lui donne du pouvoir, et comme ils ne savent pas lire, ils le croient. »

Là-dessus, ils s'embrassèrent. Marina interpréta tout le discours d'un ton soucieux, mais digne. Alvarado resterait avec quatre-vingts soldats, et nous partîmes à la légère, sans rien d'autre que nos armes.

Les Tlaxcaltèques ne nous accompagnaient pas ; se battre comme des Indiens, ils voulaient bien, mais contre d'autres Espagnols, avec des bombardes et des chevaux, eh bien, que nous voulions bien leur pardonner de ne pas accéder à notre demande, mais ils nous laissaient nous arranger entre nous. Ils envoyèrent vingt charges de poules pour notre voyage.

Je me mis nu et Andrés fit de même. J'ai le visage rond et lisse, lui un nez aigu et les yeux sombres. Nous sommes bruns de peau, et hâlés par ce soleil que ne filtre pas le ciel transparent, nous avons des cheveux lisses et très noirs, il suffit de les attacher au sommet du crâne pour que nous puissions passer pour deux Indiens. On nous aida à nouer le linge autour des hanches, et le manteau sur l'épaule droite, les sandales décorées de petites pierres de jade. « Voilà nos deux espions ! » Je n'y croyais pas beaucoup à cette ruse, seule la présence d'Andrés me rassurait un peu. Parce que sinon, se présenter nus à ses ennemis, c'est se livrer à lui sans défense ; non ? « S'il a ramassé tout le monde à Cuba, forcément il y a des types que l'on connaît. — Ne t'en fais pas, personne ne regarde les Indiens. En tout cas jamais au point de les reconnaître. »

Nous partîmes avec deux paniers de prunes pour les vendre au camp de Narváez. Ils étaient nombreux, le camp était chaotique, mal rangé et mal gardé, on nous regarda à peine. Nous allâmes droit à la tente de Salvatierra, luxueuse, décorée, encombrée de meubles, de coffres et de serviteurs. Il traînait sur un lit de corde, nous accueillit avec indifférence, eut devant les prunes une molle étincelle de curiosité qui s'éteignit aussitôt. Il nous acheta nos fruits pour quelques perles de verre jaune, et nous demanda par gestes, cela dura longtemps, d'aller chercher pour son cheval de l'herbe fraîche au bord d'un ruisseau. Nous revînmes avec des brassées de foin frais, nous nous approchâmes du cheval avec ce qu'il faut de crainte respectueuse pour faire indien, mais lui ne s'y trompa pas. Il vint confiant et mangea sans façon, en nous donnant quelques coups de nez affectueux. Puis nous restâmes là, accroupis sur nos talons, en silence. Personne ne nous remarquait vraiment, c'était étrange d'être ainsi invisibles, comme des cailloux que l'on évite sans vraiment les voir. Duero passa devant moi, son regard hésita comme si mon visage lui rappelait vaguement quelque chose, mais il passa son chemin. C'est extraordinaire comme l'indifférence dissimule mieux qu'un masque.

Des Indiens de Cempoala venaient avec de la nourriture à vendre, eux nous voyaient, mais d'un léger sourire, d'un geste de la main, nous les persuadions de n'en rien dire. Ils comprenaient qu'il y avait là une affaire entre Espagnols, un peu compliquée sûrement, et qu'il ne fallait pas s'en mêler.

Salvatierra parlait haut, il tenait conseil en permanence avec ceux qui allaient et venaient autour de sa tente, à la fois désœuvrés et nerveux. Avec surprise nous vîmes passer deux des nôtres, de ceux qui étaient partis à la recherche de rivières pleines d'or, sans rien rapporter. Ils avaient considéré la flotte, l'armée, l'énorme cavalerie, et fiévreusement ils étaient venus s'y joindre. Nous n'étions pas loin de la tente, nous les entendions parler fort, des Indiens circulaient dans le cantonnement et tout le monde s'en moquait autant que du sautillement de moineaux sous une table. « Seigneur Salvatierra, s'exclamaient-ils, heureux que vous êtes ! Et vous aussi, seigneur Narváez ! Cortés a entre ses mains six cent mille piastres, qu'il a confisquées à ses compagnons. Vous nous en délivrerez, vous nous rendrez notre dû, car avec Cortés nous n'osons pas une parole, nous avons la mort continuellement sous les yeux, partout où il va la première chose qu'il construit est un gibet. — Six cent mille piastres ! Ils vont nous rendre riches ! » Et tous de ricaner, de se resservir à boire, de se rêver cousus d'or, de se promettre d'aller prendre leur part. Quand la nuit fut complète nous prîmes la selle et la bride posées à côté de la tente, nous allâmes vers les chevaux. Celui de Salvatierra nous reconnut, il vint vers nous, nous avions encore un peu d'herbe mêlée de fleurs. Pendant qu'il mangeait, je le sellai, le bridai, et le montai. Andrés en prit un autre qu'il monta à cru, le dirigeant de simples pressions des genoux. Au petit trot nous sortîmes du camp, et quand nous fûmes assez loin, seuls sous les étoiles, éclairés par la lune, nous éclatâmes de rire et regagnâmes notre camp au galop.

Ávila eut l'idée de nous armer de lances, plus longues que nos piques. Serrés les uns contre les autres, hérissés de ces pointes, nous serions impénétrables à la cavalerie de Narváez. Il suffirait de tenir ferme le manche, de ne jamais perdre le contact des épaules, et ils n'avanceraient pas, ou bien s'empaleraient. Cortés l'envoya les faire fabriquer par des Indiens, en remplaçant le fragile tranchant d'obsidienne par des lames de cuivre. Il trouva les manches, des bijoutiers habiles à façonner l'or martelèrent les lames, et il revint avec des porteurs ployant sous des fagots de lances neuves. Il nous distribua les armes à fer roux, impressionnantes par leur taille et leurs reflets rougeâtres, comme de l'or déjà tout sali de sang.

Duero nous rendit visite discrètement, eut une entrevue avec Cortés où il fit la liste de ceux qui étaient venus, en donnant les raisons et les faiblesses de chacun. Clairement il demanda sa part, et elle lui fut promise.

« Juan Velázquez de León... Tu es parent avec cette crapule de gouverneur...
— On ne choisit pas sa famille.
— On ne lui échappe pas non plus. D'après ce que Duero rapporte, Narváez raconte à tout le monde que si tu passes de son côté, c'en est fait de moi. Et comme tu as le sens de la famille, c'est comme si c'était fait.
— Hernán...
— Je sais. Va le voir. Et emporte de l'or à distribuer, et tes chaînes, surtout la grosse. Emmène Ordaz avec toi. »

Velázquez de León partit avec une belle bourse et la Fanfarona, sa grosse chaîne assez longue pour faire trois tours et pendre encore sur sa poitrine. Quand il revint, le récit de son ambassade nous fit une joyeuse soirée.

« Narváez nous a accueillis à bras ouverts, il nous a promenés dans le camp, il nous a montrés à tout le monde et il disait : "Vous voyez, Cortés est lâché par ses capitaines !" Il m'a quand même demandé pourquoi j'étais resté si longtemps avec ce traître, qui a soulevé la flotte contre son maître, qui est quand même mon cousin.

— Et ?

— Eh bien je lui ai dit qu'il ne fallait pas confondre trahison et se mettre directement au service du Roi. Cela lui a plu, et il m'a fait mille promesses, il m'a proposé d'être son second, et j'approuvais toujours, l'air de ne pas dire non, mais sans dire oui. Et tous venaient me voir pour lorgner la chaîne, la Fanfarona a fait le tour du camp, elle mérite son nom. Pendant ce temps Ordaz parlait à l'un et à l'autre et discrètement leur montrait l'or, il leur en laissait à chacun, un peu, s'excusant de ne pas en avoir plus, mais il aurait fallu une colonne de porteurs.

— Personne ne se rendait compte de rien ?

— L'or éblouit. Ils sont tellement avides qu'ils ne savent même plus qui trahir pour en avoir. Narváez m'a demandé de servir d'intermédiaire pour que tu te rendes. J'ai accepté, un peu à contrecœur pour qu'il ne soupçonne rien, et Ordaz a proposé sans rire que l'on passe en revue l'artillerie, les cavaliers, les escopettiers et les arbalétriers, tous les soldats et tous les chiens, tout le monde. Que nous puissions intimider Cortés par ce que nous avions vu.

— Et il l'a fait ?

— Tu parles. Avec empressement. Ils croient naïvement à leur nombre. J'ai pris l'air très impressionné, j'ai compté, je l'ai félicité. "Votre Grâce est d'une grande force, je lui ai dit. Que Dieu vous l'augmente."

« Mais le soir au dîner il y a eu un esclandre qui a failli mal tourner. Ils ont avec eux un neveu de Velázquez, donc vaguement cousin à moi, qui s'appelle Diego comme son oncle. Il a commencé à parler haut, et dire que Cortés et ceux qui le suivaient n'étaient que traîtres, voleurs, parjures. Je lui ai répondu qu'on ne parle pas comme ça d'hommes qui servent loyalement Sa Majesté. Il a insisté, répété, et ajouté que ceux qui le défendent sont aussi traîtres que lui. Il fallait en finir avant que les autres dessaoulent et réfléchissent un peu. J'ai porté la main à mon épée, j'ai dit que je me tenais pour meilleur gentilhomme que lui, et que son oncle, et que tous les autres Velázquez, ces incapables qui vivent du travail des autres, et que j'étais prêt à le lui prouver, si le général Narváez daignait le permettre. Alors on s'est interposé avec des rires d'ivrognes et des tapes dans le dos, on a tâché de nous calmer, on s'en moquait bien de comprendre quoi que ce soit tant qu'il y avait de l'or. C'était gagné. J'ai terminé avec : "Par ma barbe, je jure que je saurai un jour si votre bras est aussi fort que votre langue." J'ai été très convaincant. Et nous sommes partis. »

Il racontait en mimant, en roulant des yeux, en imitant Narváez dépassé, Salvatierra furieux, le pauvre Diego qui avait compris qu'on les roulait, mais trop impulsif pour le dire clairement. Il nous réjouissait par son récit, nous étions au spectacle. Nous étions moins de trois cents, et le lendemain nous livrerions bataille à ceux de Narváez cinq fois plus nombreux. Pour rester vivants nous n'avions d'autre issue que de les vaincre au premier choc.

Dans ces basses terres il fait chaud, tout le temps, et humide. Il plut. Ils se mirent en ordre de bataille pendant une journée, et puis trempés ils renoncèrent. Ils restèrent dans leurs quartiers, n'ayant que quelques sentinelles dans les chemins. Ils se gardaient bien mal.

Aux heures chaudes, nous fîmes la sieste près d'une rivière qui nous séparait de leur camp, et au soir Cortés nous parla comme au théâtre. « Souvenez-vous : nous avons été tant de fois près de périr. Souvenez-vous de la pluie, de la neige, du froid. Souvenez-vous de la fatigue, souvenez-vous de ceux qui sont déjà morts, et des marmites préparées pour nous cuire, et du grand péril de la ville de Mexico. Nous avons regardé la mort de tout près, et Narváez qui n'a rien fait nous injurie et veut notre bourse. Notre vie est en jeu, et notre honneur. Je suis parti de Mexico en mettant ma confiance en Dieu, mais j'attends tout de vous. »

Nous l'acclamâmes.

Il confia à Pizarro de prendre l'artillerie, à Sandoval de prendre Narváez, à Velázquez de León de régler son compte avec son cousin Diego.

« Allons-y à l'improviste. »

Il se remit à pleuvoir, la nuit tombait ; les discours s'arrêtèrent là.

Pizarro, qui était un homme simple, nous exposa son plan : attaquer lances en avant jusqu'à être maîtres des canons. Puis les retourner sur les logements de Salvatierra. Cela avait la vertu d'être énergique. Nous aurions tous souhaité avoir un morion, un gorgerin et une cuirasse de bon acier, quelque chose qui protège. Sous la pluie, en pleine nuit, ce fut très confus. Et brutal, comme prévu.

Nous traversâmes la rivière, les pierres du fond glissaient. Nous voyant sortir de la pluie les sentinelles crièrent aux armes et quatre pièces eurent le temps de faire feu, tuant trois hommes, mais ensuite tous s'enfuirent. Les cavaliers voulurent les reprendre, mais la terre mouillée cédait sous les sabots, et nous fîmes un buisson impénétrable de nos longues lances. Sandoval gravit les marches du temple où Narváez s'était retranché, et malgré les coups d'arquebuses, les tirs d'arbalètes, il montait toujours, il baissait la tête aux détonations, aux brusques trémulations des carreaux, il montait encore, quelques hommes blessés dévalaient les marches glissantes. Les lucioles dans la nuit ressemblaient aux mèches des arquebuses, nous semblions une multitude toujours en mouvement, nous donnions l'impression de les cerner. Ils agitaient leurs épées dans la nuit sans savoir qui frapper, enfermés dans l'oratoire ils paniquaient, López mit le feu à son toit de chaume. Narváez finit par crier « Santa Maria ! Venez à mon aide ! On m'a tué ! On m'a crevé un œil ! ». Il avait pris un coup d'une des longues lances de cuivre que nous balancions au hasard, harponnant les ombres. Nous nous mîmes à crier : « Victoire ! Narváez est mort ! » Et la résistance mollit, Sandoval gravit les derniers degrés en criant « Vive le Roi ! Narváez est mort ! ». Cortés, hors d'haleine, ruisselant de pluie, arriva. On lui montra le vaincu accroupi, gémissant, qui tenait son visage ensanglanté. « Enchaînez-le. » Salvatierra se rendit, Velázquez de León revint en essuyant son épée, Andrés de Duero sortit de la tente où il se cachait et nous rejoignit.

Cortés s'enveloppa dans un manteau blanc orné de broderies rouges, il s'assit sur un fauteuil pris dans la tente de Salvatierra, nous nous rangeâmes derrière lui, et tous sous la pluie vinrent un par un lui baiser la main. « Vous vous trouvez dans un pays où l'on peut rendre des services à Dieu et à Sa Majesté tout en s'enrichissant, promettait-il. Il faut saisir cette occasion. » On ôta les gouvernails et les boussoles des navires, que personne n'aille porter la nouvelle à Cuba.

Mais personne ne nous aurait suivis s'ils avaient su ce qu'était Mexico. La nouvelle arriva au moment où nous nous disposions à partir : des Indiens coureurs de Tlaxcala arrivèrent de leur petit trot infatigable qui les avait fait franchir la sierra, le plateau, descendre jusqu'à la côte humide, pour nous apprendre qu'Alvarado était assiégé dans le palais. On l'assaillait, on lui avait déjà tué huit hommes, blessé de nombreux autres, on mettait le feu à ses logements. Le retour fut sinistre. Nous allions à marche forcée, à travers la forêt brumeuse, les étendues salées, le plateau semé d'affreux feuillages. Le pays semblait désert, dans les villages nous ne voyions plus personne, ni accueil ni cadeau, ni rien : tout le monde se terrait à notre approche, nous allions à grands pas, le plus vite que nous pouvions, nous arrêtant le moins possible. Les hommes de Narváez cachaient mal leur déception. On leur avait annoncé un pays doré où les gens s'empresseraient de les couvrir de cadeaux, et ils traversaient des montagnes aussi sèches que celles de Castille, où tout paraissait abandonné et les distances infinies. Cortés souriait, allait de l'un à l'autre, encourageait, susurrait, justifiait, enveloppait à lui tout seul notre armée d'un tourbillon de promesses qui nous faisaient avancer quand même, vers Mexico qui avait commencé de se refermer.

Dans Mexico déserte, les façades étaient ornées de guirlandes de fleurs jaunes, le pas des chevaux résonnait dans les rues vides, nous voyions quelques canoës rider la lagune, très peu, très loin, dans le plus grand silence. Il y avait des mouvements discrets sur les terrasses, derrière les fenêtres, des têtes qui brusquement disparaissaient. On nous observait. On nous laissait venir.

« C'est le deuil, dit Alvarado. Les fleurs jaunes sont utilisées pour le deuil. »

Les alentours du palais étaient jonchés de débris et de pierres, de lambeaux de linge et de flèches. Les murs étaient noircis, certains ouverts de brèches. Mais il n'y avait personne, on referma soigneusement les portes derrière nous.

« C'est le deuil, insista Alvarado. Nous leur avons tué du beau monde, et ça les calmera pendant un temps. Quatre-vingts jours, j'ai cru comprendre. »

Il n'avait pas l'air inquiet, plutôt l'air satisfait de celui qui a surmonté une épreuve un peu difficile, mais qui est derrière lui maintenant.

« Les Indiens ont fait une fête. Montezuma avait humblement demandé la permission de célébrer leurs dieux. — Humblement ? — Presque. Il avait demandé plusieurs fois, la fête semblait importante. Toxcatl, ils disaient. Il répétait le mot comme si nous savions ce que c'était. C'est une fête qui va avec la pluie, car il paraît qu'il va pleuvoir, tout va reverdir et le lac va monter. Ils voulaient honorer le Colibri gaucher et le Miroir fumant, ce n'était pas très clair, ils insistaient. J'ai dit oui, à condition qu'on ne sacrifie personne.

« Nous sommes allés voir la cour du Grand Temple, les femmes préparaient les graines d'amarante. Elles les broyaient, les liaient avec du sang, et cela faisait une pâte qu'elles collaient sur une armature de bois. Ils nous ont expliqué : l'amarante est la nourriture des hommes, et le sang est la nourriture des dieux ; pendant la fête les hommes et les dieux peuvent partager un repas, et ce repas est le corps de leur dieu. Elles le modelaient, et puis le décoraient, et puis l'habillaient. Le dieu avait des boucles d'oreilles, un nez en or, un manteau d'ortie. Il portait une coiffure de plumes jaunes, une tunique décorée de crânes et d'os en dessous du manteau d'ortie, et une bannière teinte de traînées de sang. Il portait quatre flèches et un bouclier, c'était le dieu de la guerre, et c'est lui qui soufflait aux prêtres et à l'Empereur le désir de nous manger.

« La cour du temple était ombragée de voiles de coton peint tenus par des mâts en bois, et devant le temple était un mât plus gros que les autres. Un de nos Indiens m'a dit en riant que ces pieux serviraient à nous lier tous pour le sacrifice, et le gros servirait à me lier moi. Moi, le Soleil, lié devant le Grand Temple jusqu'à mon sacrifice. — Il riait en disant ça ? — Tu sais, les Indiens, on ne sait jamais pourquoi ils rient. Mais les femmes préparaient aussi les marmites, les billots et les coutelas. — Tu les as vus ? — Bernal Díaz me l'a dit, c'était dans un coin de la cour. — C'étaient les cuisines… — Ici, quand tu vois une marmite, tu n'es jamais sûr de ne pas finir dedans. Hernán, je t'assure, ils préparaient quelque chose. — Oui, une fête… — Tu connais leurs fêtes. J'avais l'impression d'un orage qui s'accumulait, même poids, même étouffement. Ils venaient par milliers dans la cour, tous déguisés.

« Le jour prévu, ils ont joué des tambours, les gros qui font trembler l'air, et aussi les tambours de bois qui énervent, qui rendent fou à moins qu'on ne danse, et eux ils ont commencé à danser, des centaines de danseurs avec des bijoux dans le nez, les lèvres, les oreilles, des coiffures de plumes et des bracelets de grelots. Ils formaient un serpent au milieu de la foule qui regardait en se balançant, ils chantaient tous et ça faisait comme la mer, des vagues qui se brisent, sans s'épuiser, qui revenaient toujours. Ils se tenaient par la main, ils dansaient en cercle autour des tambours, si sauvagement que c'en était stupéfiant, sans aucune fatigue, et quand un flanchait, quand un quittait le serpent, des prêtres le frappaient avec des gourdins, ils le ramenaient à la danse. Le vacarme était terrible, la foule était terrible, ce qu'ils faisaient, et surtout ce qu'ils allaient faire, était terrible. Alors nous y sommes allés. — Où ? — Dans la danse. Armés. Tous. Ils ne nous remarquaient même pas, ils continuaient de danser, ils nous regardaient avec leurs yeux fixes comme si nous étions déguisés, comme eux, nous aurions pu prendre leur main et danser, comme eux, pendant des heures jusqu'à tomber de fatigue, ils ne nous en auraient pas empêchés, ils nous auraient remis dans la danse à coups de bâton comme les autres, et à la fin, quand nous aurions été épuisés, ils nous auraient mangés.

« Alors j'ai crié : "Qu'ils meurent !", et nous avons commencé à les tuer. C'était une moisson, Hernán. Tous ces types couverts de plumes tombaient comme des blés. Les premiers ne comprenaient pas ce qui se passait, ils tombaient, et les suivants venaient s'offrir à la lame. Ils ne se défendaient pas, nos boucliers servaient à repousser les corps qui basculaient. Et puis nous avons tranché les mains des joueurs de tambour, la musique s'est arrêtée, la danse s'est défaite, et ils ont couru dans tous les sens, ils tentaient de fuir, et nous les tuions tous. Nous percions les ventres, nous fendions les têtes, nous tranchions les membres, en avançant pas à pas comme des moissonneurs. Ils fuyaient, ils se bousculaient, ils rampaient les uns sur les autres en traînant leurs entrailles, mais nous avions bloqué les portes. Ça sentait le sang chaud, la sueur de terreur, la merde fraîche. Ils fuyaient en escaladant les murs, et bientôt il n'y eut plus que nous et les morts. Alors nous sommes rentrés.

« La nuit, des femmes sont venues dans la cour pour chercher leurs maris, leurs frères, leurs parents, une foule de femmes qui portaient des torches, c'était effrayant. Elles reconnaissaient les morts, elles se jetaient sur eux et pleuraient, elles se lamentaient si fort que cela nous plongeait dans la crainte. Depuis que nous sommes ici, je n'ai jamais eu si peur qu'en entendant leurs lamentations dans la nuit. »

Il y eut un silence, un long silence, Cortés regardait Alvarado fixement, sans répondre, sans rien dire, sans expression particulière sinon un peu d'incrédulité, et Alvarado finit par en être mal à l'aise.

« Je suis tombé sur eux pour les dissuader de tomber sur nous. Pour leur foutre la trouille, Hernán. Comme à Cholula. Qui commence gagne, tu le sais bien. Nous avons gagné quatre-vingts jours.

— Tu es un imbécile, Pedro. Tu penses avec ta bite.

— Tant mieux, c'est fait pour ça. Avec quoi tu veux que je pense ? Avec mon cul ? C'est pas mon genre. Et puis on tient toujours l'Empereur. Leur deuil dure quatre-vingts jours, je te dis. »

Cortés secoua la tête, accablé. Mais il avait toujours été incapable de réprimander Alvarado. Et Alvarado le savait, qui le regardait en souriant, lumineux avec sa crinière blonde.

« Par contre on ne nous apporte plus à manger.

— Ça t'étonne ?

— On a retrouvé plusieurs de nos serviteurs pendus. Plus personne ne vient. Nous avons creusé un puits dans la cour, l'eau est un peu salée mais buvable. »

Nous étions trop nombreux pour un palais assiégé. Ordaz fut chargé avec quatre cents hommes d'aller au marché, de rapporter tout ce qu'il trouverait, de l'acheter s'il le fallait, et sinon de le rafler. Ils n'allèrent pas loin.

Ils s'équipèrent avec le plus grand soin, se rangèrent bien serrés, les arquebusiers avaient leur mèche allumée, les arbalétriers un carreau sur leur arc tendu, la colonne méfiante s'éloigna à pas lents dans la grande rue qui menait jusqu'à Tlatelolco, et ils n'avaient pas dépassé le premier canal, à moins de trois cents mètres, qu'une grêle de pierres et de flèches tomba des terrasses. Une armée d'Indiens sortit des maisons avec des hurlements de trompes, et ils se ruèrent sur eux en renversant les premiers, les autres firent front, une salve leur donna un répit et ils purent reculer, ils revinrent pas à pas, ils serraient les rangs, ne lâchaient pas pied, reculant, bataillant, jusqu'au palais dont nous pûmes de justesse refermer les portes. Ils étaient décomposés, épuisés autant que choqués de cette lente retraite. Il manquait une vingtaine d'hommes, des dizaines étaient blessés, dont certains ne passeraient pas la nuit.

Les Indiens donnèrent l'assaut avec violence. Ils envoyèrent à la fronde des pots qui se brisaient au sol en répandant une huile enflammée qu'il fallait recouvrir de manteaux mouillés. Il pleuvait des pierres et des flèches, ils firent une brèche dans le mur mais nous y portâmes des couleuvrines, ils n'entraient pas. Ils se précipitaient et les boulets les broyaient, leurs corps entassés colmataient les brèches. Ils revenaient à la charge. Ceux qui avaient survécu à des guerres, en Italie ou contre les armées du Grand Turc, n'avaient jamais vu de combat si furieux, tant d'acharnement à attaquer toujours, serrant les rangs, revenant encore, écartant leurs morts pour nous frapper encore, et dans les temples les prêtres se déchaînaient à frapper leurs gros tambours. Les hommes de Narváez étaient terrifiés, ils n'avaient jamais eu affaire à de tels Indiens, ils maudissaient Velázquez de les avoir envoyés ici, alors qu'ils vivaient tranquillement dans leurs propriétés de Cuba. Ils tombaient par dizaines, certains avant même d'avoir porté un coup, ils n'avaient pas l'habitude de se battre. Les Tlaxcaltèques combattaient furieusement, avec cette joie qui est la leur quand ils sont dos au mur, sans espoir, sans autre issue que d'entraîner beaucoup d'ennemis dans leur propre mort ; devant les brèches qui vomissaient des flots de

Mexicas ils étaient Spartiates, ils ne reculaient pas, se couvraient de sang, et s'effondraient un par un. Les porteurs qui étaient des hommes humbles s'étaient rassemblés dans la cour la plus intérieure du palais, et ils restaient assis contre les murs, ils attendaient en silence, sans trembler ni gémir. Les femmes étaient à l'abri dans des salles où le vacarme du combat n'arrivait qu'assourdi. Je m'y précipitai, dans la pénombre elles étaient assises et parlaient à mi-voix, leurs yeux luisaient dans l'ombre et je la cherchais en murmurant : « Elvira, Elvira. — Ici », dit-elle, et je me précipitai jusqu'à elle, elle me saisit la main. « Ça va aller », lui dis-je. Son sourire s'élargit, elle était amusée, et aussi reconnaissante que j'essaye de la rassurer avec des propos absurdes. Elle me serra la main un peu plus fort, je me penchai vers elle, et dans l'ombre où étaient réfugiées des centaines de femmes, je fis ce que personne ne fait ici, je l'embrassai tendrement sur les lèvres, le bout de sa langue caressa la mienne. « Ça va aller », pensai-je. Et je repartis combattre ceux qui voulaient nous détruire.

Dehors, au-delà des murs, dans les rues, dans les maisons autour du palais, ils hurlaient, car ils ne font pas la guerre sans provocations ni poésie : « Nous avons goûté votre chair et elle est amère, nous l'avons jetée aux aigles et aux serpents. Si vous ne libérez pas l'Empereur, nous vous tuerons, et nous vous cuirons dans du chocolat. Vous avez touché l'Empereur de vos mains répugnantes. Il est notre seigneur, notre dieu, il nous nourrit. La terre va s'entrouvrir, le lac vous engloutira, vous qui maltraitez les dieux d'autrui. »

On alla chercher Montezuma. Il ne voulut rien entendre. « C'est à cause de toi, Malinche, que je suis dans cet état, assiégé dans le palais de mon père par mon propre peuple. » Olid, Velázquez de León, Ordaz vinrent le voir, avec des marques de respect, des paroles affectueuses. « Je n'obtiendrai pas qu'ils cessent la guerre. Ils se sont donné un autre roi, et ils ont juré de ne laisser vivant aucun d'entre vous. Vous allez tous mourir dans cette ville, et je n'y peux rien. »

Orteguilla vint lui parler dans sa langue, en larmes, alors il accepta de monter sur la terrasse, d'avancer jusqu'au parapet, entouré de plusieurs soldats qui le couvraient de leur bouclier. Quand il apparut, fatigué, sans ses ornements, simplement lui, il se fit quand même silence, les projectiles cessèrent de voler, c'était un spectacle prodigieux de voir les bataillons entiers qui nous donnaient l'assaut s'immobiliser en un instant, là où ils étaient, interrompant leur geste, se taisant tous. Quatre seigneurs s'approchèrent jusqu'au bas de notre mur pour lui parler.

« Seigneur, notre grand seigneur, combien vos souffrances nous inspirent de regrets. Nous vous faisons savoir que nous avons pris un autre souverain, qui est votre frère. Maintenant, il faut en finir. »

Et puis un autre s'approcha, un jeune homme ardent et furieux qui regardait Montezuma droit dans les yeux. « Cuauhtémoc, mon cousin, dit l'Empereur, je suis là de mon plein gré, il n'est pas besoin de faire la guerre. — Mais que dis-tu, crapule ? putain des Espagnols ! Avec ton âme de femme tu te mêles de la guerre, tu te mêles de parler de cet empire auquel tu as renoncé, par peur. Nous ne t'obéissons plus. Tu n'es plus notre empereur, et nous devons te châtier pour ce que tu es : un homme lâche, qui a perdu sa virilité dans le palais de son père, transformé en prison par notre ennemi. »

Alors les pierres, les flèches et les javelines criblèrent la terrasse, rebondissant sur les boucliers que les soldats tenaient comme un toit au-dessus de lui, mais il fut touché à plusieurs reprises, par des pierres et une flèche. On le fit rentrer, on l'étendit, on voulut le soigner, mais il refusa, il repoussa les soins et ferma les yeux, accepta seulement qu'Orteguilla lui tienne la main, et le soir même il était mort. Ses blessures n'étaient pas si graves, mais le Grand Empereur n'était plus rien, sa peau ne retenait plus son sang, sa poitrine s'était faite indifférente à l'air, et il mourut étendu sur une natte, pendant que dehors l'assaut continuait.

Nous déposâmes son corps devant la porte pour le rendre aux Mexicas ; au matin il n'était plus là. Les rues se hérissaient de défenses, ils savaient descendre dans les canaux pour échapper à la cavalerie, courir pour nous entraîner trop loin, et déverser brusquement des pierres à notre passage. Nous n'avions plus grand-chose à manger, des morts plein les patios, des blessés gémissants dans les chambres, et nous buvions l'eau salée que donnait le puits, qui nous brûlait la gorge et aggravait la soif. La nuit ils n'attaquaient pas, ils reprenaient au matin avec le grand tambour, nous dormions mal, assoiffés, affamés, entre les plaintes, les colères et les cauchemars, terrés dans l'obscurité des chambres car nous n'avions plus rien pour nous éclairer.

Cortés dormait sur une terrasse, enveloppé d'une couverture de plumes, il ne voulait pas être enfermé. Il devisait avec Alvarado, Ávila, Ordaz, parlait longuement avec Marina, il plaisantait avec elle jusqu'à la faire rire, et alors il s'endormait d'un sommeil paisible. Botello osa venir le voir, un de ces soirs où les capitaines épuisés essayaient de savoir quoi faire, tandis qu'autour d'eux dans la nuit palpitaient les milliers de feux de cette ville, et que luisait le lac infranchissable, jusqu'aux montagnes qui se découpaient en ombres brutales sur le ciel parsemé d'étoiles.

« Je suis un peu médecin, mais surtout instruit en lettres latines, et j'ai vécu à Rome, dit-il.

— Voilà de beaux souvenirs, sourit Cortés. Je crois que c'est le moment de revivre nos souvenirs. »

Ils rirent tous et Ávila lui demanda un peu brusquement de les laisser.

« Je suis un peu nécromancien.

— Et alors ?

— J'ai un démon familier qui me souffle l'avenir. C'est à Rome que l'on m'a enseigné à comprendre ce qu'il dit.
— Pour nous, l'avenir c'est simple : pâté, jambon, ragoût, s'esclaffa Alvarado.
— Tais-toi Pedro. Et alors ?
— Regardez le ciel. »
Il lui montra les planètes. Mars et Jupiter proches, Vénus était couchée.
« Dans quatre jours nous pourrons partir, mais ce sera la seule nuit. Si nous la manquons, personne n'en sortira vivant.
— Messieurs, puisque le démon le dit... »

López fit arracher les poutres des plafonds et avec des cordes fabriqua un pont portable, assez long pour remplacer ceux qui avaient été relevés sur la chaussée qui traversait le lac. Quatre cents Indiens et cent cinquante soldats devaient le porter, le mettre en place et le garder. Deux cents Indiens et cinquante soldats tireraient l'artillerie. Olid, Velázquez de León, Ávila avec deux cents soldats ouvriraient la marche. Alvarado avec vingt cavaliers et cent soldats la fermerait. Les autres iraient comme ils pourraient.

On chargea l'or sur des chevaux, une jument transportait la part royale, en lingots marqués de ses armes. Et quand cela fut fait, il resta de l'or. « S'il est des soldats qui veulent prendre de l'or, je le leur donne. » Les soldats de Narváez se chargèrent de richesses. Piocher librement dans un tas d'or est un plaisir auquel on ne résiste pas. En porter le poids est un inconvénient auquel on pensera plus tard. Les lingots plats pouvaient être glissés sous une armure. Je pris quelques pierres, petites et légères, de grande valeur pour les Indiens. Les Tlaxcaltèques prirent les plumes de quetzal.

La nuit était obscure, il y avait un peu de brouillard et il bruinait.

Il n'est pas minuit ; on pousse les portes du palais en essayant de ne pas faire de bruit, on entrouvre les grosses portes de bois fêlées par tant de coups, lors de tant d'attaques. La place est vide et on n'entend rien. Ils ont emporté les corps, il ne reste que des débris, des linges déchirés, des pierres rondes. Les canons sortent, sur des chariots aux essieux bien graissés. Le pont de poutres avance avec précaution, porté par une file d'hommes épaule contre épaule, ils marchent à petits pas en glissant les pieds, tâtant le sol dans la nuit, sans un mot. Le trésor s'enfuit, le quint du Roi dans deux couffins qui oscillent sur le dos d'une jument qui boite. Le pas des chevaux est étouffé par des linges noués autour de leurs sabots. Il bruine. Les dalles sont mouillées, elles glissent, les chevaux sont tenus à bride courte, ils font de brefs écarts, ils secouent la tête avec un soupir, ils tremblent continûment. Nous allons dans les rues vides, noirs comme des fantômes, nous voyons seulement le dos de celui qui nous précède, tout se fond dans l'air épais, obscur, mouillé de bruine, nous n'entendons rien que notre propre respiration, le battement de notre propre cœur, sur lequel se détache le tintement bref d'une épée qui heurte le sol, le grommellement de deux hommes qui se heurtent, le juron étouffé de celui qui trébuche. Nous quittons Mexico.

La chaussée s'interrompt, le pont a été relevé, la tranchée est nette, et en bas luit l'eau immobile dont on devine le reflet. Le pont de poutres est posé, il est de la bonne longueur. Il est solide, il tient, López connaît son métier. On passe. Le bois grince sous les pas pressés, sous les sabots, sous le poids des chariots qui portent les canons de bronze, la chaussée se perd ensuite dans la nuit, tout droit à travers le reflet du lac jusqu'à la terre ferme. Cela prend du temps. Une pluie fine continue de tomber. Un cri déchire le silence de coton mouillé, un cri de femme aigu dans l'air imbibé d'eau froide, tout le monde sursaute. Elle appelle longuement. « Venez ! Venez ! hurle-t-elle. Ils profitent de la nuit ! comme des fuyards ! Nos ennemis s'en vont ! » Alors derrière nous le grand tambour du temple commence à battre, celui qui aide le soleil à se lever. Il bat en pleine nuit comme un organe, le cœur monstrueux d'un ogre qui se réveille. Tout se réveille, d'autres tambours, des conques, et puis des piétinements, des cris qui se rapprochent, le vacarme des Indiens qui courent à la guerre avec des cris rythmés qu'ils lancent tous ensemble.

Le pont est étroit, les hommes se bousculent. Nous sommes des milliers à devoir passer. Soldats, cavaliers, Tlaxcaltèques en armes, serviteurs indiens, porteurs de provisions, femmes, prisonniers, otages, tous ensemble se pressent sur le pont étroit au-dessus de l'eau. Et l'eau du lac s'agite sous nos pieds, elle se met à respirer par de petites vagues qui se précipitent contre la chaussée. Des éclaboussures battent la surface, des milliers d'éclaboussures rythmées qui s'approchent. Des canoës de guerre hérissés de boucliers et de lances jaillissent de la nuit. Ils filent sur l'eau, ils longent la chaussée, et avec un grand froissement soyeux les flèches s'envolent et retombent. Elles se plantent avec un choc profond dans les poutres de bois, avec des claquements de cailloux quand elles rebondissent sur les dalles de pierre, elles se plantent avec un impact mou, au hasard, sur la foule qui franchit le pont. Tout le monde fuit, personne ne se protège, on trébuche, on se bouscule, les premiers corps tombent dans l'eau. Ils sont transpercés de flèches pour certains, blessés, déjà morts, d'autres sont intacts et simplement maladroits, ils tombent en criant, en pestant, en agitant les bras, ils tombent dans l'eau avec des chocs liquides de plongeons, ils essayent de ne pas couler, ils se débattent dans le lac, beaucoup ne savent pas nager. Tous portent des armes, des protections de fer, et des parts du trésor dans des sacs ou sous leurs vêtements. Ils essayent de s'en débarrasser, ou pas, ils s'agitent et ils crient, ils coulent. Les canoës glissent sur l'eau, les guerriers debout leur brisent le crâne, ils les harponnent, ils les saisissent intacts et ils crient plus fort. Au secours ! Je me noie ! On me tue !

On tue dans l'eau, on tue sur la chaussée, les chevaux

glissent et paniquent et tombent, les Indiens arrivent en courant dans des rugissements de conques. On s'empoigne dans l'eau, on s'empoigne sur les dalles de pierre, il en vient sur le pont et à coups de hache ils tranchent les cordes. Les poutres glissent, elles basculent, elles tombent dans la tranchée avec des grappes d'hommes, de chevaux, d'Indiens, de femmes, les chariots se disloquent, les canons se détachent et coulent, les paniers se répandent, l'or brille un instant et disparaît. Les Indiens sautent dans l'eau, mais eux ils nagent. Certains de nos soldats en se débattant s'accrochent à eux, criant dans le noir, dans l'affolement ils croient trouver une épaule secourable, ils s'appuient, et voient brusquement devant eux, posé à la surface de l'eau, assez près pour l'embrasser, le visage terrible d'un Indien qui hurle, car toujours ils font la guerre en hurlant, et il tient à la main un couteau de pierre aussi tranchant qu'un rasoir.

Chacun va comme il peut sans aider personne, mais j'ai Elvira avec moi, je la tiens solidement par le poignet. Elle ne s'éloigne pas. Amador est devant moi, sa tête bouclée à hauteur de ma poitrine, Andrés est à côté, le visage furieux, je le vois hésiter à faire demi-tour pour en découdre, mais le chaos est tel qu'il mourrait sans honneur dans la déconfiture de tous, alors il renonce, nous suivons Cortés et les capitaines à cheval. Nous franchissons la tranchée, nous filons vers la terre ferme.

L'eau du lac n'est pas si profonde, deux mètres, trois mètres, nous ne l'avons jamais mesurée mais là nous le voyons. Les cadavres s'entassent, des corps d'hommes et de chevaux, et aussi les chariots et les paniers, rien ne coule plus, tout s'empile, tout comble la tranchée, les hommes essayent de la franchir en marchant sur les corps dont certains bougent parce qu'ils vivent, d'autres parce qu'ils glissent. Ils se tiennent aux madriers effondrés, ils escaladent les débris du pont, ils sortent de l'eau, ils se sauvent de la noyade, ils en éprouvent du soulagement, et tombent dans la nuée de guerriers mexicas qui sont partout, qui les abattent d'un coup de casse-tête, de grands coups d'espadon, qui les capturent et les lient avec les cordes qu'ils emportent toujours à la guerre. Ils ont des lances faites de nos épées ramassées dans les combats, les lames sont fixées au bout de longues perches, ils crèvent les flancs des montures, empalent les hommes comme s'ils pêchaient au harpon. Dans la mêlée les chevaux trébuchent, ils se cabrent et s'affolent, ils sont percés de dizaines de coups par les Indiens qui les entourent comme des sables mouvants. Collés contre leurs flancs, ils les lacèrent jusqu'à ce que leurs entrailles se répandent et qu'ils s'affaissent sur le sol.

Velázquez de León reste longtemps à cheval, le torse entortillé de ses chaînes d'or, il fait tournoyer son épée autour de lui, et il disparaît comme aspiré par un tourbillon, on voit briller un instant la Fanfarona, puis plus rien; il réapparaît, son corps étendu, allongé sur le dos, soulevé en l'air par des Indiens qui l'emportent en courant vers la ville, vers la grande pyramide, où devant le tambour qui n'arrête pas de battre les prêtres sacrifient sans répit tous ceux qu'on leur ramène.

Combien sommes-nous encore? Cinquante, autour de Cortés. Nous arrivons sur la terre ferme. Les cavaliers retournent sur leurs pas. Alvarado apparaît enfin, ébouriffé, blessé, boitant, s'appuyant sur une pique.

« Où est l'arrière-garde?

— C'est moi, l'arrière-garde, Hernán.

— Comment tu t'en es sorti?

— J'ai couru, comme tout le monde. J'ai plongé la pique dans le fossé et j'ai sauté. J'ai basculé et je me suis retrouvé de l'autre côté.

— C'est vrai?

— Comment veux-tu que je te raconte quelque chose de vrai? J'étais perdu, et je suis là. Il faut bien que j'invente une façon de m'en sortir. Ne me demande rien, je ne sais pas comment mais je suis là. »

Cette nuit est un cauchemar implacable. Beaucoup sont

restés en deçà du pont effondré. Les canoës glissent sur l'eau en les criblant de flèches. Ils n'osent pas passer par l'enchevêtrement de corps emmêlés, ils font demi-tour, vers le palais, ils disparaissent dans la nuit. Botello, dont le démon familier nous avait persuadés de partir, a disparu.

Sur la rive les survivants arrivent par petits groupes hébétés, nous nous rassemblons dans un village que ses habitants ont fui, un arbre énorme pousse à côté d'un temple. Nous nous retranchons dans le temple, nous prenons du repos, recroquevillés les uns contre les autres. Cortés est assis sous l'arbre, adossé au tronc, il attend ceux qui viendront encore, les survivants de l'horrible mêlée nocturne. La pluie ruisselle sur son visage immobile. Et puis plus personne ne vient. Il entend les Mexicas arriver. Il vient dans le temple, la voix nouée. Il réveille tout le monde.

« López, le charpentier, il a survécu ? — Il est là. — Eh bien allons-y, rien ne nous manque. — Et tous les autres ? — Tous sont ici. Ceux qui manquent, oubliez-les. »

Quand le jour se lève nous sommes dans des champs détrempés. Quatre cents hommes peut-être, quelques centaines d'Indiens, des éclopés, des blessés, des hommes effarés, quelques femmes encore, et autour de nous des Mexicas en bataillons serrés. La bataille reprend. Nous formons un hérisson de lances. Nous allons tous disparaître.

Sur une petite éminence un seigneur entouré de sa suite dirige les assauts. Il étend le bras, on agite de grands emblèmes et les bataillons suivent ses ordres. Il brandit quatre flèches d'or, est coiffé d'une couronne de plumes bleues, et il est surmonté d'une bannière teintée de sang. « Messieurs, s'il faut une dernière charge, que ce soit contre celui-là. » Et les cavaliers qui nous restent se rassemblent, baissent leurs lances, et piquent les flancs de leurs chevaux épuisés. Ils partent au galop. Ils enfoncent le bataillon, le traversent, montent sur la petite éminence, le poitrail du cheval de Cortés renverse le seigneur orné de plumes, sa bannière tombe. Sandoval arrache son panache de plumes bleues, il l'agite à la vue de tous, le remet à Cortés. Alors leur ardeur fléchit, ils plient et se retirent. Ils se dispersent, ils nous laissent seuls. De très loin, glissant sur les eaux du lac comme un orage qui s'éloigne, nous entendons les tambours de Mexico.

Ce qui restait de nous prit la route de Tlaxcala.

CHAPITRE XVIII

Revenir pour tout prendre

Les navires démontés franchirent la sierra sur un fleuve continu de dos humains lubrifiés de sueur. Les souffleurs de conque ouvraient le chemin d'un pas chaloupé, ils avançaient lentement, et plus nous montions sur les flancs de la montagne, moins il y avait d'air, et ils soufflaient avec toujours autant de force, ils ne respiraient plus, ils expiraient de longs hurlements qui déchiraient le calme de la forêt, ils annonçaient notre procession entre les grands pins régulièrement alignés, dans les sous-bois envahis de fougères ; ils étaient rouges, congestionnés, suffocants, ils marchaient tous du même rythme souple, ils ne faiblissaient pas, ils n'arrêtaient jamais de souffler, la grande colonne d'hommes avançait en dansant. Les batteurs de tambour marchaient le long de la file des porteurs, les gros tambours tendus de peau produisaient un grondement qui secouait l'air, et les tambours de bois fendu, martelés de maillets de caoutchouc, émettaient un roulement qui harcelait le crâne, un zonzonnement agaçant d'insectes piqueurs. Les porteurs allaient, pas après pas, soufflant avec peine, huit mille porteurs serrés les uns contre les autres, et les constructions de poutres sur leurs épaules montaient lentement sur le sentier, les navires sans voiles ni équipage glissaient sur le fleuve humain, emportés de son courant régulier, sans jamais de rapides ni de tourbillons. Les hommes avançaient le pied, assuraient leur prise dans la poussière, lançaient l'autre pied ensuite, tous ensemble selon le rythme qu'ils savaient discerner dans le battement des tambours, et les bateaux s'élevaient dans la montagne. Tout le poids des constructions de bois reposait sur leurs épaules protégées d'un manteau plié, ils baissaient la tête, le visage crispé, leur dos brun luisait comme du cuir mouillé, mais ils avançaient tel un seul corps. Les treize brigantins que nous avions construits franchissaient la sierra qui sépare Tlaxcala de Mexico, à force d'obstination, de flots de sueur, et de hurlements de conques.

Pendant des semaines les forêts sur le flanc des montagnes avaient résonné du choc des haches, et du grand craquement des arbres qui tombent; des caravanes d'hommes avaient descendu les troncs ébranchés sur leurs épaules, jusqu'au lac où ils avaient été façonnés en poutres. López avait dessiné ce qu'il lui fallait comme pièces pour assembler les membrures de nos barques à voiles, et j'avais soigneusement recopié ses plans, pour que chaque équipe ait le sien. À un maître charpentier indien, habile à construire des échafaudages et des canoës, on confia une hache à tranchant de fer. Il l'examina sans rien dire, la soupesa, passa un doigt sur le fil jusqu'à ce qu'un peu de sang perle sur le gras de son pouce, et il acquiesça. On lui montra les plans, où les pièces de bois étaient numérotées avec un système de bâtons, facile à lire. Marina lui expliqua que nous voulions tailler les troncs d'une certaine façon, et en les assemblant cela formerait une grande barque plus grande que ce que l'on pourrait obtenir en ne creusant qu'un seul tronc, comme ils ont l'habitude de le faire pour leurs canoës. Il voulut essayer la hache, on lui apporta une bûche de pin. Il hésita, il se balançait d'un pied sur l'autre, il réajusta plusieurs fois sa prise sur le manche, nous attendions en souriant qu'il trébuche, qu'il rate son coup, arrache bravement une minuscule lanière d'écorce, et un coup foudroyant nous fit sursauter. Il fendit la bûche en deux parties parfaitement égales qui tombèrent de chaque côté de la lame plantée dans le sol. Il sourit, dégagea la hache, se rassit devant nous. « Il accepte, dit Marina. Mais ensuite il veut garder les haches. »

Treize brigantins d'une dizaine de mètres furent construits, munis de voiles, d'un gouvernail et de rames, et à l'avant d'un fauconneau de bronze. Ils allaient plus vite que les canots des Indiens, ils pouvaient les foudroyer de loin, et les éperonner en cas de choc.

Ils furent essayés sur le lac des Tlaxcaltèques, où ils voguèrent avec aisance ; ils furent démontés sur la rive, et une foule de porteurs fut rassemblée dans un grand frisson d'étendards de plumes, et alors : conques ! tambours !, les pièces de bois furent soulevées avec des acclamations et emportées à grand vacarme vers la sierra, comme les processions qui apportent les sacrifices au Grand Temple.

Cortés suggéra que l'on avance discrètement jusqu'à Mexico. Marina essaya de trouver un mot qui traduise ce qu'il voulait dire par *discrètement* ; mais quand elle eut expliqué ce que Cortés voulait dire, les capitaines indiens eurent l'air surpris, et même incrédules. Discrètement ? Mais pourquoi ? Ils ne voyaient pas pourquoi. Au contraire, non ? Il faut se montrer plus gros que nous sommes, il faut lui montrer, à l'ennemi, lui montrer, à l'empereur exécré, lui montrer ce qui vient, et que tous en soient terrorisés, abasourdis par ce vacarme, et qu'ils en perdent leurs moyens, qu'ils en pissent sur leurs sandales avant le premier assaut, et qu'ils se débandent aux premières pierres. « On fait la guerre, non ? » Cela fit éclater de rire Alvarado, qui trouva que ça lui allait bien de faire comme ça, conques et tambours, et d'agiter des bannières pour dire qu'on arrivait. On fit comme ça.

Ils n'avaient pas tort. Les villes du lac se soumirent sans que nous demandions rien. Notre colonne interminable descendait de la montagne, de grandes barques à dos d'hommes, des cavaliers, des soldats luisant d'éclats métalliques, trente mille guerriers de Tlaxcala bruissant de plumes écarlates, et voyant cela qui venait vers eux comme un de leurs monstrueux lézards, un serpent divin couvert de plumes qui rampait dans la montagne en écrasant les arbres, la bouche grande ouverte hérissée de dents, déplaçant les rocs, un dieu furieux qui allait à Mexico chercher son dû, reprendre tout ce dont il avait été spolié, voyant cela, ils envoyaient d'humbles délégations, des chargements de nourriture, ils proposaient leur aide et se plaignaient amèrement des Mexicas, de cet empereur qui est une sangsue, de cette ville détestée de tous qui brillait au loin sur le miroir du lac. Rien qu'en faisant beaucoup de bruit, nous gagnions une foule d'alliés.

L'émerveillement, voici l'arme ; et puis la terreur. Nous l'avions compris dans la douleur, car nous étions tremblants et piteux en revenant à Tlaxcala. Ils ne nous trahirent pas. Ils nous accueillirent avec un peu de condescendance. Combien étions-nous encore ? Quatre cents peut-être, le quart de ce que nous avions été, éclopés, ruinés, ayant perdu nos compagnons, nos armes, et notre or au fond du lac. Ils nous accueillirent quand même. Le vieux Xicotencatl assis sur un trône de vannerie attendait que nous approchions, ses yeux blancs ne cillant pas, attendant que Cortés soit tout proche, et il lui caressa le visage avec affection, il le reconnut du bout des doigts, suivit le tracé des cernes sous les yeux, les plis amers au coin de la bouche, les marques de la fatigue et du dépit sur le visage de notre Capitaine, il tapota affectueusement la cicatrice de sa lèvre. « Que Votre Seigneurie soit très bienvenue. Je vous avais dit la vérité avant votre départ pour Mexico, et vous n'aviez pas souhaité m'écouter. Mais à présent vous êtes chez vous. Reposez-vous, remettez-vous de vos épreuves. »

On apprit plus tard que des ambassadeurs mexicas étaient venus leur proposer une alliance perpétuelle, mais le vieux cacique avait déclaré qu'il ne serait pas juste de trahir des hommes auxquels il venait de jurer amitié, au moment où ils étaient dans le besoin. Et les ambassadeurs étaient repartis discrètement.

Tlaxcala nous aiderait. À condition que nous leur donnions Cholula. Et qu'ils puissent construire une forteresse à Mexico. Et que le butin que nous ferions serait partagé avec eux. Et qu'ils ne payeraient plus jamais de tribut à qui que ce soit. Et que nous leur laisserions la libre disposition de tous les prisonniers qu'ils feraient à la guerre. Cela prononcé dans la plus grande salle du palais toute pavoisée de plumes, emplie de guerriers tout enveloppés de leur manteau rouge et blanc, devant ce qui restait des capitaines, pendant que nous étions assis dans la cour, la plupart blessés, et que nous mangions comme des goinfres ce que l'on nous apportait, nourriture que nous aurions payée de son poids d'or tant nous avions faim. Cortés accepta toutes les conditions, il en aurait même accepté d'autres, mais cela leur suffisait.

Il nous vint des renforts, heureusement, des bateaux de la Jamaïque que le gouverneur Francisco de Garay envoyait explorer à son tour les îles de la Terre Ferme. Il avait lancé diverses expéditions dont certaines s'étaient perdues, d'autres simplement égarées, et elles avaient fini par nous rejoindre à Villa Rica de la Vera Cruz, cette ville qui avait été un nom tracé sur du papier, et qui maintenant était le port salvateur des expéditions perdues. Il en vint qui étaient malades et blessés, qui s'étaient fait écharper le long d'un fleuve entouré de jungle, ils étaient fiévreux, tremblants, ballonnés, et nous les appelâmes en riant les *verts pansus*, mais ils nous apportaient des chevaux et de la poudre. En vinrent d'autres, solides et bien portants car ils n'avaient encore débarqué nulle part, que nous appelâmes alors les *râblés*, et d'autres encore, équipés d'une lourde armure de coton à l'épreuve des flèches mais qui les faisait transpirer, que l'on appela alors en pouffant les *bâtés*. Nous eûmes à nouveau des canons, des arquebuses, toutes les pièces de fer et les cordages nécessaires à construire des bateaux.

Et puis la maladie est venue; par un seul homme, qui l'avait apportée de Cuba où elle avait tué beaucoup d'Indiens, ne laissant plus personne pour ramasser l'or dans les rivières. Il eut de la fièvre, des pustules, des rougeurs sur tout le corps, et il mourut à Cempoala. Puis moururent les Indiens qui vivaient dans la maison où il logeait; et puis ceux qui vivaient dans la rue, et puis dans toute la ville, et dans d'autres villes aux alentours. La maladie se répandit dans l'île de Cozumel, dans la jungle des Mayas, elle monta sur le plateau où vivaient les Mexicas, elle se répandit autour du lac, et ravagea Mexico. Leur empereur à peine couronné mourut, remplacé aussitôt par un autre, ce Cuauhtémoc qui avait lancé des pierres sur Montezuma, nous dit-on.

Nous ne mourions pas. Quelques-uns eurent un peu de fièvre et s'en relevèrent en trois jours. Les Indiens nous regardaient avec effroi. Elvira me confia qu'ils se moquaient beaucoup de nous, depuis toujours, de nos barbes dégoûtantes, de nos dents qui manquaient, de nos chiens qui ne savaient pas rentrer leur langue, de notre bêtise permanente dans les choses de la courtoisie, de notre goût absurde pour cette pauvre chose qu'est l'or, de notre pâleur maladive, de la laideur de nos chevaux, de notre déesse pâlichonne et de notre Dieu malingre sacrifié n'importe comment, et puis de notre puanteur, que nous ne semblions pas sentir puisque nous ne nous lavions pas. Leur admiration n'allait qu'à nos armes, sinon ils riaient de tout. Mais autour de nous, comme frappés d'un châtiment, ils se couvraient de pustules, ils se consumaient de fièvres, s'effondraient et mouraient en grelottant tandis que nous restions droits et intacts, d'une pâleur constante mais debout. Cela paraissait la punition d'un dieu, qui choisissait ses victimes et épargnait ses élus. Tout tremblants de fièvres ils interrogeaient leurs prêtres qui essayaient de comprendre ce qu'ils avaient fait, et ce qu'ils devaient faire, mais ils ne savaient à quel dieu demander: à Tlaloc, qui envoyait les maladies de peau ? à Chalchiutotolin, qui en envoyait d'autres ? Cette maladie, ils ne la connaissaient pas, ils ne savaient pas à qui l'attribuer, et donc pas comment la soigner. Tlaloc était le dieu des eaux, et l'on devrait alors se soigner par des bains, tandis que l'autre était l'envoyé de Tezcatlipoca, le dieu trompeur, et le soin consisterait donc à porter un miroir devant les malades. Cela nous faisait rire, ces remèdes, et raisonnablement nous fîmes une messe en grande pompe, et une procession autour de Tlaxcala. Quelques-uns d'entre nous furent souffrants, sans gravité, et nous les cachâmes jusqu'à ce qu'ils soient présentables. Cela nous sauva, sans doute, en ravageant les villes qui nous étaient hostiles, et en rassemblant les autres autour de nous ; car d'être indemnes prouvait notre force, notre élection, et la justesse de notre cause. Je ne me prononce pas sur cet événement. Mais je sais que le Père, plus vindicatif que son aimable Fils, peut lancer la peste sur ses ennemis et ainsi les décimer. La Bible en parle, je ne sais plus où, mais cela me paraît indiscutable ; une maladie aussi précise dans sa cible ne peut avoir qu'un sens précis : il ne saurait y avoir de hasard si adapté à nos desseins.

La terreur, voilà l'arme, et il en fallait pour montrer que nous étions toujours là. Les Tlaxcaltèques nous indiquèrent la ville de Tepeaca et nous partîmes en guerre contre eux. Leur armée fut vaincue, leur ville prise, leur population massacrée, sacrifiée, vendue. Ce fut, le soir même de la bataille, le grand festin des Tlaxcaltèques qui mangèrent tous les hommes. Les femmes et les enfants furent répartis et emmenés. La chair humaine était si abondante qu'elle fut vendue au marché pour presque rien. Quelques-uns d'entre nous l'ont goûtée, mais ils étaient poussés par la faim. Il y a trop peu de viande dans ce pays, des animaux trop petits, seulement de grosses poules et de petits chiens dont nous étions très las. Elvira m'apporta un bras enveloppé dans un linge. Elle le fit cuire avec des piments, et me proposa de manger avec elle. Je n'en mangeai pas, j'en fais le serment. Je ne fis que goûter. Je n'allai pas plus loin. C'était bon. J'avais faim.

Les esclaves non plus ne valaient plus rien tant ils étaient nombreux. Dans cette ville où n'était pas d'or, où il n'était rien de précieux, ce fut notre part. Ceux qui allaient aux Espagnols furent marqués au fer sur le visage de la lettre G, abusés et maltraités car un esclave n'est rien qu'un animal. Les plus belles femmes ne furent pas défigurées, on les faisait passer pour des servantes libres. Car ainsi étaient les préoccupations de notre bande armée jetée sur cette partie du monde : en dehors de l'or, chacun s'occupait surtout de se munir de quelques Indiennes. Certains avaient la réputation d'être des gentilshommes, et elles restaient, d'autres les traitaient mal, et elles s'enfuyaient, disparaissaient, et leurs maîtres les cherchaient dans tout le cantonnement avec des mines de maris trompés qui faisaient rire tous les autres, mais elles étaient déjà loin, dans la campagne de ce vaste pays où nous ne pouvions aller, personne ne nous aiderait à les retrouver. Les esclaves qui allaient aux Indiens furent parfois mangés, mais sinon traités honorablement, comme des cousins, ou des joueurs qui auraient perdu la partie, comme des voisins obligés de rendre service. Je voyais les banquets de chair humaine avec horreur, et Elvira me dit son horreur de voir que nous humiliions et marquions au fer ceux qui n'étaient somme toute que d'honorables prisonniers, des perdants au jeu de la guerre. Chacun regardait le monstrueux traitement qu'infligeait l'autre à ses esclaves, et se demandait avec quels barbares il s'était allié. Mais l'intérêt soudait nos destins.

La terreur, voilà l'arme. La terreur soigneusement administrée nous précédait. Les cités au bord du lac se soumettaient, nous n'avions pas à nous battre. Nous revînmes en maîtres dans celle où nous nous étions abrités lors de notre fuite. Nous montâmes sur le temple pour y établir une forteresse. De là nous voyions le lac où glissaient des canoës innombrables. Dans l'ombre puante de l'oratoire, entre ces murs couverts de grimaces de pierre, pendait le cuir entier de deux chevaux encore ferrés. Tendus sur des baguettes, suspendus à des fils, ils oscillaient dans la pénombre au moindre courant d'air. Devant le brasero qui éclairait par-dessous l'affreuse idole étaient offerts les selles, les freins, et deux visages sans yeux, barbus, tannés comme de la fine peau de gants. Les lueurs rougeâtres du pot de braises faisaient onduler des ombres sur leurs traits reconnaissables, nous pouvions murmurer leur prénom avec effroi, et cela leur faisait comme une dernière respiration. Un prêtre nous regarda entrer, il nous laissa approcher sans aucun geste de recul, sans crainte, sans expression, nous nous sentions avec lui une étrange familiarité ; quand nous fûmes tout près nous réalisâmes qu'il ne portait pas son visage, mais celui d'Orteguilla qui avait disparu lors de la triste nuit où nous faillîmes succomber, qu'il avait ôté de son crâne pour l'enfiler comme un masque. C'était effrayant de voir le visage juvénile de notre compagnon nous regarder avec des yeux qui n'étaient pas les siens. Il nous tendit un couteau de silex et nous indiqua sa poitrine, à l'emplacement de son cœur où il passa son doigt plusieurs fois. Mais nous sortîmes sans rien faire, pour respirer, fuir l'odeur et le vrombissement des mouches.

Nous aurions pu les châtier tous, mais nous avions besoin de leur alliance. D'autres seraient punis, dont nous avions moins besoin ; car ainsi va la terreur : elle n'a ni vérité ni justice, elle est un théâtre qui s'exhibe, elle n'est efficace qu'à se montrer, il lui faut seulement une scène et des figurants, n'importe lesquels.

Nous entrions dans les villes dans un impressionnant cortège. Les cavaliers devant, la troupe rangée comme à l'exercice, et ensuite venaient les Tlaxcaltèques ornés pour la guerre, qui agitaient leurs bannières où était le grand oiseau blanc aux ailes déployées, ils marchaient en balançant les hanches tous ensemble, et criaient « Castilla ! Castilla ! Tlaxcala ! Tlaxcala ! Viva don Carlos qui est notre seigneur ! ». Ce qui faisait, accompagné du trot des chevaux, des grincements des chariots, des halètements et des grondements des chiens, des pas rythmés frappant sur le sol, du cliquetis des armes, un tonnerre de voix d'hommes du plus terrible effet.

Les treize brigantins furent mis à l'eau, leurs voiles déployées, et ils filèrent sur l'étendue lisse qui reflétait parfaitement le ciel. Dans chaque navire étaient montés des arbalétriers et des arquebusiers qui ne ramaient pas, ainsi que des artilleurs pour s'occuper du fauconneau. Et puis douze rameurs pour manœuvrer plus finement qu'à la voile. Mais personne ne voulait ramer. Les marins voulaient bien manœuvrer la voile, mais pas les rames. Il fallut le leur ordonner, et comme il n'y en avait pas assez, il fallut chercher parmi nous tous ceux qui avaient pu être marins, ceux qui venaient des bords de l'eau, qui avaient séjourné à Palos, à Moguer, à Triana, partout où ils avaient pu seulement apercevoir un bateau ; à ceux-là, on indiqua de prendre place sur le banc de nage. Ils protestèrent en se prétendant hidalgos, ne voulant pas manier autre chose que leur épée. Deux qui parlaient fort furent pendus. Les autres ramèrent.

Le même jour, Cortés me dicta un règlement qu'il me fit lire devant tous. Il y interdisait le blasphème, les mauvais traitements à nos alliés, de sortir du campement, de s'endormir autrement qu'habillé et armé, de jouer son cheval ou ses armes aux jeux de hasard, que ce soit par cartes, par dés, ou tout autre jeu indien connu ou encore inconnu. Cela fut lu devant les deux hommes qui oscillaient au bout d'une corde en tirant leur grosse langue morte, et la menace d'une exécution immédiate, ce par quoi commençait chaque article du règlement, fut prise pour ce qu'elle était : une promesse qui serait tenue. La terreur, voilà l'arme.

Ils avaient relevé les ponts. Nous nous parlâmes de part et d'autre de la tranchée par-dessus l'eau calme et infranchissable. Plusieurs princes de Mexico étaient venus en costumes somptueux, suivis de chevaliers-aigles et de chevaliers-jaguars, ils avancèrent jusqu'au bord dans le martèlement pressé des tambours de bois fendu. Cortés à cheval les toisait, les arquebusiers derrière lui étaient en ligne.

« Y aurait-il parmi vous un seigneur auquel je puisse parler ? demanda-t-il.

— Nous sommes tous des seigneurs, tu peux parler à n'importe lequel d'entre nous.

— Souhaitez-vous être détruits ? Vous mourrez de faim.

— Quand nous aurons faim, nous viendrons nous servir, nous mangerons vos cuisses et vos bras. »

Les tambours redoublèrent et ils se mirent à danser selon un pas sauvage où ils frappent le sol tous ensemble. Cortés les regarda longuement, puis d'une traction brusque sur les rênes fit volter son cheval. Nous revînmes sur la rive. Le siège commençait.

Combien cela dura-t-il ? Cela dura le temps que durent les cauchemars, un temps incertain et répétitif dont les détails se confondent, un temps imprégné d'une horreur continue dont je ne peux rendre compte par le récit, car on s'y perdrait, on n'y comprendrait rien, on laisserait tomber le livre par écœurement, dégoût, malaise du recommencement à l'identique, chaque matin baigné de la même terreur qui toujours a le même goût et qui dure. Il me faudrait pour raconter chacun des jours qui durèrent trois mois une prolixité sans fin à la manière des livres d'Amadis que j'ai tant aimé lire, et qui maintenant me dégoûtent et m'effraient à être véritablement vécus. Cela est bien un roman de chevalerie, empli de coups d'épée, de princesses et de châteaux, mais rien n'y ressemble à ce qu'il est d'usage d'en raconter. Il faudrait le dire autrement.

Pendant trois mois il fallut se tenir là, qu'il pleuve, qu'il vente, ou qu'il gèle, blessé et baignant dans la boue, il fallait se tenir là en mangeant des pains de maïs aussitôt refroidis et des figues de Barbarie dont il restait toujours quelques-unes de leurs épines qui venaient se glisser sous nos ongles, il fallait chaque soir traiter nos blessures avec des linges imprégnés d'huile chaude, et avec des prières. Frère Díaz passait parmi nous pendant la nuit, nous lui ouvrions nos plaies et il les traitait par des signes de croix et quelques enchantements qu'il savait quand même, puis nous les refermions ; et au matin nous retournions à l'attaque, blessés et couverts de bandages.

Nous comblions les tranchées dont les Indiens avaient pendant la nuit interrompu la chaussée, nous les remplissions de gravats et de poutres pris dans les décombres des maisons que nous incendiions une par une, nous les entassions sous une grêle de pierres et de flèches, nous les franchissions, ils reculaient, ils formaient des bataillons hérissés de lances qui ne nous laissaient pas approcher, ils se jetaient à terre lors des arquebusades et des volées de carreaux, et ils se jetaient à l'eau lors des charges de nos chevaux épuisés qui glissaient sur la pierre, ils remontaient dès qu'ils tournaient bride, et chaque soir nous reculions car nous ne pouvions rester là et nous défendre pendant la nuit, et ils déblayaient à nouveau la tranchée que nous avions comblée, et au matin il fallait recommencer. Trois mois cela dura, trois mois de mêlées féroces, quatre-vingt-dix jours où nous voyions mourir celui avec qui nous avions mangé la veille, celui avec qui nous avions parlé le matin même, trois mois pendant lesquels l'on se voyait succomber chaque nuit, et l'on était étonné et nauséeux de se réveiller au matin.

Combattre revenait à combler des trous, à remuer des pierres, des madriers, des briques cassées, et on s'en plaignit. Certains vinrent protester auprès de Cortés qu'ils étaient hidalgos et qu'ils étaient là pour combattre, pas pour terrasser, que les Indiens pouvaient bien le faire ; mais les Tlaxcaltèques protestèrent, ils étaient des guerriers et voulaient en découdre avec leurs ennemis, rien de plus, pas creuser, pas s'occuper à des tâches d'esclaves. Il aurait fallu en capturer et les surveiller, alors Cortés décida d'un roulement : les différentes compagnies ferrailleraient ou terrasseraient selon les jours.

Malgré tout nous avancions, fiers de notre lent triomphe, et nous parvînmes enfin au marché de Tlatelolco où le sol ferme et les rues larges permettraient à nos chevaux de charger en ligne, à nos bombardes de tirer, et quand nous eûmes pris pied sur la place, Ávila qui commandait la compagnie devant combler les tranchées, exaspéré de terrasser, impatient d'en découdre à l'aise, s'écria : « En avant, caballeros ! » Et tous se précipitèrent, nous croyions être arrivés, nous croyions prendre la ville, et qu'enfin ils se débanderaient. Mais jamais ils ne cèdent, ces hommes-là, jamais. Des guerriers vêtus de plumes et coiffés d'un casque d'aigle se battaient sur le temple de Huichilobos que nous essayions de gravir pas à pas, l'un d'eux qui portait dans son dos une bannière décorée d'un monstre abattit coup sur coup deux hommes devant moi, c'était mon tour, je sentis venir la nuit et bêtement je fermai les yeux, mais Andrés me passa devant ; et d'un moulinet de son espadon le chevalier-aigle lui trancha le poignet droit, la main tenant l'épée tomba dans un bruit de ferraille jetée sur la pierre, mais de son autre main il lui plongea sa dague dans la gorge. Puis avec la pointe de sa dague il ramassa sa main comme une pièce de viande coupée sur la bête, la regarda fixement, puis la jeta dans le brasier où l'on faisait brûler les cœurs. Il regarda sa main se crisper, noircir, et il s'évanouit d'avoir perdu trop de sang par son poignet coupé. Je sauvai sa main noircie et je le descendis sur mes épaules, le plaçai sur un cheval qui boitait dont le propriétaire faisait demi-tour, pour sauver l'animal qui lui octroyait une part de plus. Ils nous attaquèrent encore, et si violemment que nous dûmes rebrousser chemin, en désordre, sur la chaussée étroite et glissante, et nous ne pûmes franchir la tranchée que nous avions omis de combler, et ce fut une bousculade folle, une débandade, une fuite de tous qui se fit chacun pour soi.

Les Mexicas s'emparaient de nous, car c'est ainsi qu'ils pratiquent la guerre ; ils auraient pu nous percer de coups, fracasser nos crânes, nous trancher la nuque et les mains, mais ils laissaient leurs armes et se jetaient sur nous. Nous étions saisis par les cheveux, par les bras, de plusieurs poignes fermes de guerriers hurlant leurs cris d'encouragement et de défi. Cortés fut saisi lui-même, et sauvé par Cristóbal de Olea qui le dégagea à coups d'épée avant de succomber, et puis par Cristóbal Guzmán qui lui apporta un cheval, lui permettant de s'enfuir piteusement, avant d'être saisi à son tour et emporté ; ces deux hommes disparurent en lieu et place de Cortés, et il ne reste d'eux que leur nom dans mon récit. J'étais dans l'eau jusqu'à la taille, j'essayais de ne pas glisser sur le fond encombré de poutres et de corps, j'essayais de fuir sans me tordre les pieds dans ces gravats entassés qui faisaient comme un gué, je fus attrapé par plusieurs Indiens, ils s'emparèrent de moi en grimaçant, en hurlant de joie, leur bouche grande ouverte devant mes yeux et je voyais leurs dents ; je me débattis, je glissai, je tombai dans l'eau bourbeuse où je ne voyais plus rien, j'étouffais, je sentis leur poigne glisser sur mes bras couverts de boue, ils ne pouvaient pas me saisir, je ne sentis plus rien, je nageai comme un chien, et m'éloignai ; j'avais réchappé, je me hissai hors de l'eau, et je courus en titubant avec les autres, je fuyais, je pouvais à peine tenir debout, épuisé par la terreur que j'avais éprouvée et par tout le sang que j'avais perdu. Je me retournai et vis Amador hurlant de fureur sur l'épaule de deux hommes hilares, comme un porcelet emporté au festin. Ils finirent par refluer, en ayant enlevé plus de soixante des nôtres.

Nous revînmes jusqu'à la rive, dans notre campement où nous étions en sûreté. Sandoval et Alvarado arrivèrent aussi, soulagés de voir Cortés vivant, car là où ils s'étaient battus les Indiens leur avaient jeté plusieurs têtes espagnoles en chantant que notre général était pris, et cela les avait fait fléchir, et cela avait fait refluer nos alliés dont un certain nombre avaient disparu.

Se fit entendre le grand tambour de Huichilobos qui produisait un grondement de séisme, accompagné d'une multitude de tambours frénétiques, et de déchirantes conques marines. Nous voyions au loin le Grand Temple d'où venait cet affreux fracas, et nous vîmes monter les silhouettes des nôtres, nus et peints de bandes rouges et blanches, poussés, bousculés, frappés par les guerriers qui les menaient jusqu'à l'oratoire où les attendaient des prêtres immobiles. On les coiffa de couronnes de plumes, et avec un éventail de papier à la main ils furent forcés de danser devant la statue de leur dieu de la guerre, et ensuite ils furent saisis et couchés sur la pierre, sacrifiés en un instant sous nos yeux, et leurs corps jetés sur les marches, roulant jusqu'en bas, hors de vue. Nous savions bien ce qu'ils devenaient. On leur mangeait les bras et les jambes, leur cœur était offert aux dieux, leur sang répandu, leur tête exposée, et leur tronc et leurs entrailles étaient jetés aux animaux de la ménagerie de l'empereur. « C'est ainsi que vous mourrez tous ! » hurlaient-ils. Nous voyions ; ils étaient trop loin pour que nous reconnaissions chacun, mais c'étaient bien eux. Je vis une courte silhouette, haute comme celle d'un enfant, mais plus trapue, c'était Amador sans doute, je vis qu'on le poussait vers la pierre, mais il refusa la couronne, il la jeta à terre, il ne dansa pas devant la statue malgré les coups. Il mourut bien droit, mon ami, sous mes yeux.

La nuit nous rempennions nos carreaux ramassés par terre, arrachés des corps où ils étaient plantés, et eux en face faisaient de grands feux, ils battaient ce maudit tambour dont les sons lugubres portaient au loin, ils jouaient aussi d'autres instruments qui faisaient entendre leur musique infernale, et ils poussaient de grands cris, c'était l'heure où ils faisaient monter au temple quelques-uns des nôtres, qu'ils gardaient vivants pour en sacrifier chaque jour. Ils nous lançaient flèches et pierres au hasard, sans règles, cela ne tuait personne mais empêchait toute détente et tout repos. Ils ne lâchaient jamais.

Ils envoyèrent des têtes d'hommes et de chevaux à nos alliés pour les faire fléchir, des mains et des pieds grillés dans les rangs des Tlaxcaltèques pour les impressionner, ils leur chantaient tout le mal qu'ils allaient nous faire, ils leur décrivaient notre impuissance, notre faiblesse, et notre bon goût de chair cuite, mais à ces bordées d'injures et de moqueries ils répondaient de même, ils voulaient la peau des Mexicas, réellement. Ils restaient avec nous. Nous n'aurions pas pu survivre, sans eux.

Cela aurait pu s'arrêter comme ça, Cortés blessé, réchappé de justesse, qui s'était enfui comme un chien mouillé, Sandoval et Alvarado qui avaient reculé, nos armes jetées par terre qui jonchaient la chaussée, nos brigantins qui s'empalaient sur des madriers plantés dans l'eau peu profonde, deux qui brûlèrent après une embuscade dans la roselière, nos hommes capturés qui montaient chaque jour sur le temple, leurs vêtements arrachés, leur peau nue peinte en rouge, sacrifiés à la vue de tous, la moitié d'entre nous déjà morts et la ville qui n'était toujours pas réduite : cela aurait pu finir là. Nous n'étions plus des dieux et nos alliés des bords du lac commençaient à nous regarder comme les petits chiens castrés qu'ils aimaient à manger. Mais c'était trop tard, déjà trop tard. Dans la ville ils vivaient d'eau de pluie, ils creusaient le sol pour un peu de saumure qui leur brûlait la gorge, ils ne mangeaient plus que l'écorce des arbres, les oiseaux de passage, et l'écume du lac faite d'algues bleuâtres et d'œufs de moucherons. Trop tard. Mais ils nous couvraient d'injures sans jamais se lasser : « Lâches, fuyards, vous êtes si méprisables que votre chair est infecte, d'un goût de fiel si fort qu'il est impossible de l'avaler. Vous n'êtes bons qu'à être des esclaves, nous vous prendrons, vous reconstruirez ce que vous avez détruit, et ensuite vous planterez du maïs. » Les tambours ne relâchaient jamais leur martèlement, les conques hurlaient et tous poussaient des cris terribles. Ils nous attaquaient encore et au milieu de la masse des combattants apparut un géant hérissé de plumes vertes qui brandissait des armes d'obsidienne bordées d'un filet d'or. Il atteignit les rangs des Tlaxcaltèques, et de grands gestes de sa lame il les faucha, une terreur irrépressible rompit leurs rangs, il avançait en balançant ses plumes irisées qui changeaient de couleur à chaque pas et il les abattait de mouvements réguliers. Les Tlaxcaltèques refluèrent, ils avaient le visage déformé de terreur car c'était le guerrier-hibou qui venait, la parure d'Ahuitzotl l'empereur guerrier, conservée dans le trésor du palais, l'arme sacrée qui fait fléchir les plus braves, le dieu de la guerre lui-même qui avance avec ses plumes déployées et montre leur éclat changeant, on croirait une montagne qui explose et qui s'écroule et détruit tout sur son passage. « Tire, tire ! » hurlai-je à un arquebusier. Il pointa avec soin et fit feu, rien n'eut lieu, le guerrier géant continuait d'avancer. Incrédule il le regardait, et regardait son canon fumant, « Je ne rate jamais, murmura-t-il. — Eh bien là, tu as raté, recommence ! ». Il rechargea, visa, tira, et rien ne se passa non plus, comme si la balle s'était évaporée sur le trajet.

Alors Alvarado ôta son casque et secoua sa chevelure blonde qui éclata dans la lumière, « Je suis le Soleil ! » hurla-t-il, il se dressa du plus haut qu'il put sur les étriers de son cheval, il leva son épée et ordonna que l'on charge, et que l'on avance quoi qu'il arrive. Il chargea et les Tlaxcaltèques le suivirent, je voyais sa crinière blonde étinceler, la mêlée fut confuse, le guerrier-hibou disparut, dissous dans la mêlée, il n'en restait rien.

Les Mexicas reculèrent, et on voyait combien ils étaient maigres, sales et fatigués ; et l'on se rendit compte en avançant dans la ville que les guerriers qui nous lançaient des pierres de la terrasse des maisons étaient des femmes, vêtues de parures d'hommes pour nous donner le change. Nous brûlâmes les maisons. Quand elles s'effondraient, nous poussions les décombres dans les tranchées, cela les comblait, ils n'avaient plus la force de les dégager. Nous avions voulu prendre une ville bâtie sur un lac, et nous la détruisions avec méthode, nous reconstituions la terre ferme, nous conquérions un désert de gravats.

Le 13 août de l'année 1521 l'empereur tenta de fuir. Son canoë fut coursé par un brigantin, rattrapé, abordé. Le capitaine avait reconnu de loin qu'il s'agissait d'une bonne prise, à la tente luxueuse qui abritait les passagers, à la bannière qui flottait à l'avant, et aux chevaliers-jaguars debout entre les rameurs. Sous la tente était Cuauhtémoc, le jeune homme inflexible qui dirigeait la guerre, et sa femme d'une beauté de roman qui était fille de Montezuma. Les guerriers s'interposèrent mais il se leva et se nomma, il demanda qu'on ne fasse plus de mal à personne, et il monta de lui-même sur le brigantin avec son impératrice. Dignement assis sur une natte, ombragé d'une tente, entouré de ses serviteurs, il fut amené à Cortés.

Quand on eut pris l'empereur, un silence brutal se fit, dont nous restâmes abasourdis, comme si nous étions demeurés enfermés pendant trois mois dans un clocher avec le fracas perpétuel du carillon de bronze, et que brusquement tout se soit tu. Les Mexicas faisaient la guerre dans le vacarme, injures, rodomontades, hululements d'enthousiasme, les femmes sur les terrasses encourageaient les hommes à grands cris, et elles martelaient jour et nuit des pierres pour en faire des projectiles, les incendies grondaient, les maisons s'effondraient, on traînait des pierres et des poutres, et puis aussi tambours, timbales, cors, conques, flûtes. Quand il fut pris, tout cela cessa brusquement. Et la nuit suivante eut lieu un grand orage jusqu'à minuit, tonnerre, éclairs et pluie. Le 14 au matin l'air était frais et propre, tout était silencieux.

Les édifices effondrés et les barricades étaient emplis de corps morts, emboîtés entre les poutres, ils faisaient partie de la construction. Des cadavres flottaient dans la lagune qui sentait comme une fosse, elle que nous avions vue porter des canoës emplis de fleurs. Cela puait affreusement, nous avancions avec des linges serrés sur notre visage. Le sol était remué partout pour trouver des racines, et les arbres étaient privés d'écorce. J'avais lu au couvent le récit du massacre de Jérusalem par les premiers croisés, mais ceci était plus monstrueux encore, la ville était plus grande, et le désastre plus profond, elle avait compté deux cent mille âmes, et nous n'entendions plus personne. Les décombres étaient jonchés de corps amaigris, verdâtres, souillés de chiasse liquide. Mais tous étaient intacts, à aucun il ne manquait de membres, ils ne se mangeaient pas entre eux quelle que soit la faim. Les têtes de nos compagnons et celles de leurs chevaux étaient exposées avec des milliers d'autres au bas du Grand Temple. Je trouvai la tête d'Amador, il me sembla que ses cheveux étaient plus longs que pendant sa vie, et je l'emportai.

Pendant trois jours ils sortirent, ceux qui avaient survécu, ils sortirent d'un pas incertain, en files continues, maigres, sales, jaunes, infects, des femmes, des enfants, des vieillards, des hommes amaigris et blessés. Nous étions en armes et les laissions passer devant nous, eux qui avaient été si beaux, si propres, si fiers de leur prestance et de leurs manteaux blancs, ils marchaient en tremblant, vêtus de haillons sales, leurs jambes et leurs pieds maculés de chiures vertes. Les Tlaxcaltèques se servaient en esclaves, nous nous servions en Indiennes, il suffisait de désigner qui nous voulions, et ceux-là sortaient du rang, un brasero maintenait les fers au rouge dont nous leur marquions le visage. Je n'ai pris personne. J'étais là, je les voyais passer, et j'avais dans un sac de coton blanc la tête d'Amador et la main brûlée d'Andrés. Les femmes les plus belles, les plus nobles, marchaient tête baissée, elles essayaient de ne croiser aucun regard, elles s'étaient frotté le visage de boue pour que l'on n'ait pas envie d'elles. Ce peuple était dissous. Nous ne trouvâmes presque pas d'or. Nous ne savions que faire de leurs ornements de plumes.

« Où est l'or ?

— L'or, ce sont les entrailles des dieux qui se vident. Quand les dieux s'en vont, il se transforme à nouveau en merde. La ville en est pleine. Ramassez-la.

— Où est l'or ?

— C'est vous qui l'avez pris, et perdu. Il est au fond du lac. »

Aucune torture ne leur en fit dire plus. Dans le lac on ne trouva rien.

CHAPITRE XIX

Jouer encore, et perdre

De loin je les regarde s'activer autour des monstrueuses touffes de maguey. Ils creusent dans les feuilles épaisses qui sont dures comme du cuir et bordées de dents, terminées d'une pointe qui traverserait leur main aussi facilement qu'une alène d'acier. Dedans c'est spongieux, liquide et frais, ils en tirent un miel qui fermente comme du raisin écrasé, et cela donne un vin gluant, dont ils s'enivrent. Ils ne boivent jamais seuls, ils en offrent à leurs dieux, et ils dansent.

J'y ai goûté. Le monde devient plein, et joyeux, on a le ventre gonflé. On n'a pas une impression d'ivresse mais de réconciliation, le monde devient sensible comme si l'air qui le remplit devenait tendre, tout est à l'écoute, tout pourrait parler, on répondrait.

Peut-être faudrait-il interdire ce vin, arracher ces plantes, et imposer de ne boire que du vin qui viendrait d'Espagne, et dont nous ne leur donnerions que quelques gouttes pour tremper leurs lèvres, chaque dimanche pendant la messe où nous leur demanderions d'être là, où nous contrôlerions qui est là ; il faudrait, il faudrait, il faudrait contrôler tout ça. Mais ce pays nous échappe.

Elvira parle l'espagnol aussi bien que moi, elle l'a appris avec une rapidité stupéfiante, elle me demandait les mots pour tout et les retenait tous. « Je me les répétais en marchant », disait-elle, comme s'il ne s'agissait pas d'un effort, comme si cela ne lui coûtait rien. « Tout le monde peut devenir esclave en terre étrangère, alors parler la langue du maître, c'est survivre, on ne finit pas tout de suite dans la marmite. » Elle connaissait ma langue, en maîtrisait d'autres, et j'étais incapable d'aligner trois mots dans la sienne.

Elle m'a appris un poème, un seul. Cela a pris du temps pour que je me souvienne de ces mots qui avaient pour moi si peu de sens, je les répétais en les déformant, en les mélangeant, elle riait, je faisais des jeux de mots involontaires dont je ne soupçonnais rien, et elle riait, riait. « Allez, recommence. » Elle m'apprit à le dire en marchant, elle m'apprit à scander les vers, à insister sur le premier mot qui se répète comme une rime à l'envers. Car ici on insiste sur l'élan, et quand je lui dis qu'en espagnol on insiste sur l'aboutissement, que l'on fait rimer entre eux la fin des vers, cela lui parut très étrange, et très risqué. « Si on doit se taire au milieu, si on n'arrive pas au bout du vers, alors la poésie est perdue ? »

Cela disait :

> *Aman mixco' notech nemi',*
> *un mixco' cualtzin,*
> *un mixco' celic quen ce miltzintli cuac ixua',*
> *mixco ce miltzintli' celic.*
> *Celic, celic, celic.*

J'essayais de bien prononcer et ça me chatouillait la gorge, ma langue dérapait, ça sortait n'importe comment, et puis à force j'y arrivais. Ce que cela signifiait, elle ne me le révéla qu'à la fin, quand je réussis à tout apprendre sans savoir, alors elle me le dit, et je sus :

> *À présent, ton visage est contre le mien.*
> *Ton joli visage.*

*Ce visage aussi tendre qu'un petit champ de maïs au printemps,
ton visage est un tendre petit champ de maïs,
tendre, tendre, tendre.*

Je ne m'attendais pas d'avoir appris ça, elle me sourit tendrement, et m'embrassa. Dans ce monde si dur qui n'était qu'ordres militaires et prescriptions religieuses, la poésie était une bouffée de fraîcheur, un tendre baiser, une fleur qui en un instant embaume, et puis se fane.

Cela ne troublait pas Elvira d'être princesse sur mes terres, et de régner sur une foule indienne qui travaillait autant pour elle que pour moi. Elle ne saisissait pas exactement ce que nous voulions dire par *Indiens*, il n'y avait pour elle que des princes et des serviteurs, et on pouvait être l'un ou l'autre au cours de sa vie, et changer, car rien n'est stable et tout passe. Cela lui fut une vraie surprise quand des femmes espagnoles commencèrent d'arriver, et que les conquérants préférèrent les épouser plutôt que les concubines indiennes qui les accompagnaient jusque-là. La Couronne avait décidé que l'on peuple, et l'on ne pouvait posséder de terres qu'en s'y mariant. Elvira se voyait princesse, jusqu'à ce que les saluts se fassent plus rares, les révérences moins appuyées, lui montrant sans jamais lui dire qu'elle n'était qu'une servante affublée des atours d'une maîtresse, en attendant que celle-ci arrive et les reprenne. J'ai épousé Elvira. Ils sont rares ceux qui ont fait comme moi, mais je n'y ai aucun mérite. Quand elle me regarde, plus longtemps que ne le permettent l'étiquette, les usages, les convenances, mon cœur bat, je suis le plus attentionné des hommes. Elle est ma princesse indienne aux lisses rondeurs, à la peau douce et élastique, que je ne me lasse pas d'effleurer. Quand je vois ses lèvres amples au dessin précis, je me dis que toutes les autres femmes n'ont comme lèvres qu'une petite moue tremblante. Quand je vois ses paupières fendues d'un trait net, qui s'ouvrent d'un coup sur ses yeux de verre volcanique, je me dis que toutes les autres femmes n'ont pour cacher leur regard que des draperies de peau qu'elles peinent à vraiment ouvrir. Quand elle m'écoute et me regarde, quand elle sourit à me voir et à m'entendre, en me montrant ses dents blanches dans un soupir amusé et cruel, je me dis que personne d'autre ne sait rire si tendrement de moi. Quand elle me parle, c'est sans détours, car elle ignore les usages, les dissimulations et les politesses que l'on apprend aux femmes d'Espagne. Ici, on pratique les mêmes politesses, les mêmes dissimulations, voire pire, mais elle ne sait pas les dire en espagnol, et elle n'essaye pas : cette langue qu'elle parle avec moi est la langue d'une vie nouvelle. Quand je la vois, quand je l'entends, quand je l'embrasse et que je l'étreins, je me dis que nous nous sommes trouvés, qu'il me fallait une Indienne, qu'il lui fallait un Espagnol, qu'il nous suffisait de franchir un océan et de traverser des montagnes, de faire disparaître dix armées dans l'atroce mêlée, et d'incendier cent villes pour enfin nous aimer. Enfin je crois. J'aime à le croire, j'espère désespérément le croire, et je l'embrasse encore.

Et il en venait sans cesse d'Espagne, de Terre Ferme, de Cuba, il venait des hidalgos, des moines, des commerçants, des miséreux, des aventuriers et des curieux qui avaient entendu parler du soleil d'or et de la lune d'argent, des fabuleux cadeaux de l'Empereur que de longues files d'hommes portaient sur leur dos, et des richesses qu'il suffisait de saisir pour qu'elles vous appartiennent ; et si jamais un Indien s'y opposait, d'agiter une épée sans même savoir s'en servir suffisait à le mettre en fuite. Alors ils venaient, avides, nombreux, impatients. Les pauvres, comme ils étaient déçus ! Les Indiens étaient malades, les villes se dépeuplaient, les palais menaçaient ruine et nous détruisions les temples pour les remplacer par des églises et des couvents qui ressemblaient à des forteresses.

Des corvées de paysans rebâtissaient Mexico, en plus petit car nous l'avions beaucoup détruite, et vidée de sa population par le combat, la famine et l'esclavage. Des émissaires venaient de lointaines provinces pour vérifier que Mexico était bien en ruine, ils se faisaient accompagner de leurs enfants pour leur montrer les décombres, et leur dire : « Ici fut la ville », comme peut-être les peuples barbares venaient voir la capitale incendiée pour dire : « Ici fut Carthage, Troie, Rome. » Les grandes villes déchues se ressemblent, elles sont réduites à des pierres dispersées, à des fragments de statues réutilisés pour bâtir autre chose, et elles subsistent encore longtemps à l'état de légende.

Mais alors, il était passé où, tout cet or ? Très vite, il n'y eut plus de lingots à fondre. Dans le lac, nous n'avions retrouvé que des breloques. Les plongeurs tâtonnaient dans la boue à l'endroit où tant d'hommes avaient coulé plutôt que de lâcher leur part, et ils ne trouvaient rien. Quelques bijoux parfois, un casque boueux, une arme déjà rouillée, mais rien de précieux. Comme si tout avait été nettoyé par des poissons gobeurs, ou aspiré par un tourbillon qui nettoierait en permanence le fond du lac. Et pourtant dans notre fuite, pendant cette nuit d'enfer où nous faillîmes tous périr, nous étions chargés d'assez de trésors pour acheter la cour d'Espagne, et aussi celle du roi de France, et tout l'empire d'Allemagne. Cela n'avait pas d'explication.

Cortés s'était installé à Coyoacán dans un palais épargné, entouré de murs blancs. C'était si beau et si intact que cela jasait chez les survivants. Parce que cet or disparu, où était-il passé, si ce n'était là ? Ceux qui avaient vu le trésor de leurs yeux en exagéraient l'étendue, de récit en récit leur souvenir s'amplifiait, alors où était-il ? Dans la part royale, dont on n'était pas sûr qu'elle soit bien parvenue en Espagne, dans la part de Cortés, égale à celle du Roi, et augmentée de tout ce dont il se remboursait ; et puis dans la part des capitaines qui s'étaient bien servis, et dans ce qu'avaient détourné les équipages de brigantins, qui pendant le siège débarquaient dans les maisons qui donnaient sur le lac, les pillaient et ne partageaient rien. Quand on fit la répartition de ce qui restait, quand on connut la valeur des lots, on soupçonna que quelque chose était caché.

Sur les murs blancs du palais de Coyoacán, chaque nuit on écrivait avec du charbon des plaintes et des protestations parfois très bien tournées :

> *Tout a son cours en ce monde,*
> *dont la règle a été fixée ;*
> *et si hors de ce qui est limité,*
> *on a l'orgueil de se pencher,*
> *on tombe.*

« Dommage que le dernier vers soit si court, souriait Cortés. Mais cela tombe bien. »

Nous ne sommes pas les conquérants de la Nouvelle-Espagne, nous sommes les conquis de Cortés.

« C'est déjà pas mal, non ? » riait Cortés.

Que mon âme est triste jusqu'à ce que ma part vienne.

« Voilà qui est bien envoyé, mieux que ce simple *Cortés voleur !* qui revient trop souvent, avec des fautes d'orthographe, et des lettres maladroites. Les plaintifs manquent toujours de savoir et d'imagination, ce sont des esprits faibles. »

Et encore, encore, chaque nuit les murs étaient gribouillés de grosses lettres charbonneuses, chaque matin une corvée d'Indiens les nettoyait, personne ne voulait monter la garde. Quand on désigna quelques soldats pour le faire, ils n'entendirent rien, assurèrent n'avoir rien vu, et plusieurs *Cortés voleur !* dont les lettres avaient taille d'homme fleurirent sur le mur blanc. Combien étions-nous de survivants ? Si peu. Personne n'allait dénoncer ceux qu'il connaissait pour des propos dont tous savaient qu'ils étaient vrais.

Martín López lui-même finit par écrire tout ce qu'on lui devait, en colonnes serrées, détaillées, bien alignées au vu de tous, il ne signa pas mais il s'agissait des frais de fabrication des brigantins, dont il avait fourni les ferrures. Il avait été débouté de toutes ses demandes de remboursement, polies, fermes, agressives, raisonnables, alors il écrivait sur les murs, et le matin on effaçait.

Murs blancs, papiers d'imbéciles…, alla écrire Cortés sur son propre mur, un soir où tout cela l'agaçait, où il ne voyait pas comment en finir. Au matin, sans que l'on sache qui, on avait ajouté : … *et bannière de vérité quand le papier vient à manquer. Car tout manque au royaume des voleurs.*

J'ai eu ma part, plus que les autres car j'étais la plume du Capitaine, dont les lettres et contrats avaient raconté, suggéré et obligé ; j'ai eu des terres, des Indiens, une part des lingots dont on avait martelé les poinçons. J'offrais à Elvira des robes venues de Flandres, de velours rouge brodées de fils d'or, qui découvraient ses épaules et s'accordaient à son onctueuse peau brune, à ses cheveux d'un noir liquide, à la ligne pure de sa nuque tendue comme une voile gonflée de brise. Mais il fallait trop de temps pour en lacer les cordons, pour ajuster le corset et elle s'empêtrait dans la jupe de tissu trop raide, trop vaste, qui traînait par terre. Tout cela était lourd, tout cela était long, elle le faisait pour la lueur d'émerveillement qui brillait dans mes yeux quand je la voyais paraître ; elle voulait bien de cet émerveillement comme un jeu, mais que ça ne dure pas trop longtemps.

Vêtus comme des princes nous venions au palais de Coyoacán, où Cortés distribuait cadeaux et divertissements, avec prodigalité. Nous avions de la musique, des rôtis et du vin, le palais était éclairé par des forêts de bougies dont au matin les serviteurs ramassaient la cire fondue à la pelle, les tonneaux semblaient ne pas avoir de fond, et certains camarades, des hommes frustes encore étourdis de ce qu'ils avaient vécu, pas totalement revenus des rêves qui les avaient amenés jusqu'ici, marchaient en vacillant, ne savaient trouver la porte et faisaient sur les tables et contre les murs ce qui est destiné aux basses-cours. Ils disaient en hurlant qu'ils achèteraient des selles d'or à leurs chevaux, et qu'ils ne tireraient plus que des carreaux à pointes d'or, empennés de plumes de paon, et ils roulaient dans les escaliers, ne se relevaient pas, et ceux qui restaient debout dansaient tout armés, entre eux, sous le regard dégoûté de quelques femmes venues ici pour se marier, et qui se demandaient bien, à voir ça, avec qui.

« Olid m'a trahi : Olid ! Tu imagines ? » La voix de Cortés devenait pâteuse, il se maîtrisait moins qu'avant. Dans la grande salle où tout le monde faisait n'importe quoi dans un grand désordre et un grand vacarme, il me parlait de trop près, ses épaules courbées, penché sur moi, portant le poids de son règne instable et menacé. Il distribuait ce qu'il avait pour gagner du temps, il jouait les uns contre les autres, il rêvait d'aller en Chine pour se refaire, mais il fallait trouver la route. « Olid, l'intrépide, le fidèle, mieux fait pour recevoir des ordres que pour en donner... c'est ce qu'on disait. Je l'ai envoyé s'emparer du Honduras. Il n'était pas volontaire, mais tu sais qu'avec moi il est inutile de dire : Monsieur, permettez que je me repose, je suis fatigué de servir. Où je dis d'aller il faut aller, par force. Tu le sais, ça, Innocent ?

— Je le sais.

— Je lui ai donné des bateaux, des chevaux, des canons, et un parti de soldats qui sont de vrais bandits, trop turbulents pour se tenir tranquilles à regarder pousser du maïs, même si c'est le leur, même en grande quantité. Et sous leur influence, cet homme qui est un molosse, une force de la nature toujours en quête de son maître, a été aveuglé par l'ambition de commander, et il s'est couronné lui-même.

« Olid, le pauvre Olid, est devenu roi quelque part dans la jungle. Tu y crois, toi ?

— Eh bien renversons-le. »

Il y eut un silence. Notre Capitaine boit trop, il réfléchit moins vite, il s'enhardit plus lentement; mais ce soir-là, pendant que l'on dansait très mal sur une musique discordante, où les cris, les borborygmes et les vomissures faisaient un vacarme où il était difficile de s'entendre, l'esprit du joueur se ralluma. « Oh oui ! dit-il. Allons dans la jungle, et renversons-le ! Écris, Innocent, écris ! »

Nous nous mîmes à l'écart, je débarrassai une table, il fit apporter une plume, du papier, et dans la lueur tremblante d'une bougie, dans le brouhaha confus d'une fête où tout le monde était ivre, il me dicta d'une haleine imprégnée de vin une lettre pour don Carlos, César invaincu, notre maître à tous de l'autre côté de l'océan, indifférent à ce que nous faisions, mais tout-puissant sur une moitié de la Terre, capable d'écraser nos destins d'un haussement de son sourcil.

« À don Carlos, roi d'Espagne, de la Terre Ferme et des îles, empereur d'Allemagne et du Mexique,

« Ce sont là des choses que Votre Majesté doit savoir, car il n'est rien que je fasse que je ne doive aussitôt faire connaître à Votre Majesté, car je suis à son service et je ne fais rien qui soit hors de son regard, et rien qui ne soit pour sa gloire. Je dirai ces choses du mieux que je pourrai, ne sachant assurément pas les dépeindre exactement comme elles se sont passées, car les mots toujours manquent à la réalité. »

« Très bien, Innocent, très bien. Tu y mets ce qu'il faut de fidélité flagorneuse, avec une pointe de modestie qui montre ta bonne connaissance de la nature des choses, à laquelle on ne peut rien. Les conseillers qui te liront apprécieront : parce que le Roi lui-même, ce n'est même pas sûr qu'il ait cette lettre entre les mains, il n'entend que le français et le flamand, on dit qu'il ne parle espagnol qu'à son cheval, parce que c'est le seul à ne pas rire de son accent. Continuons. Disons-lui ce que nous allons faire.

« Il y a longtemps que j'étais oisif et que je n'avais rien

accompli pour le service de Votre Majesté. J'ai alors résolu d'entreprendre quelque chose.

« Si la conquête a été rapide, la pacification de la Nouvelle-Espagne se fait dans le plus grand désordre, tout le monde se veut maître d'un royaume, tout le monde rêve d'un empire qui serait établi au plus près des sources de l'or, et tout le monde part à l'aventure sans règles, ni préparation.

« Et ils reviennent brûlés par le soleil, hirsutes et nus, couverts de nippes rongées par le sel, sur des débris de barque, des radeaux de planches qui flottent grâce à des tonneaux. Ceux qui reviennent ont l'air d'hommes sauvages, ils ont comme perdu la parole, hébétés de terreur et de déception, ils se sont perdus dans des jungles molles, dans les mangroves où les arbres boivent directement l'eau de la mer, dans des marais sans fond ni surface, des déserts sans fin, des plages vides. La plupart du temps, quand on cherche, il n'y a rien. Ils partent au hasard, sur la foi de rumeurs, de signes dans le ciel, de plaisanteries d'Indiens, et ils se perdent. Beaucoup ne reviennent pas, engloutis, malades ou dévorés. Il faut que cela cesse. Les biens et les hommes de Votre Majesté sont gaspillés ; et pendant que chacun joue au chevalier errant, ses domaines de Nouvelle-Espagne ne sont plus cultivés, ni entretenus, ni même surveillés.

« L'exploration doit se clore, l'ordre revenir, que l'on ne cherche plus à s'attribuer ce noble nom de conquérant dont il n'y aura dorénavant plus d'exemple, faute d'autres mondes à découvrir. Il est temps que votre nom soit le seul à résonner en ces terres, et comme je l'ai toujours fait, je continuerai d'être le champion de Votre Majesté pour qu'on la respecte, qu'on l'honore, et qu'on lui fasse parvenir la juste part des trésors qui lui sont dus ; moi-même ne désirant rien. J'agis et j'écris dans le seul but d'approcher mon souverain maître, car je sacrifierais tout au noble désir d'être admis en votre royale présence. »

Il était lancé, je ne l'arrêtais plus, je griffonnais du plus vite que je pouvais au rythme de son enthousiasme, modulant simplement de quelques politesses les envolées de son lyrisme. Les beaux discours lui faisaient toujours un excellent effet, ils l'enivraient tout en le guérissant de l'ivresse du vin, de l'ivresse du découragement, de l'ivresse froide de la mélancolie ; les beaux discours l'exaltaient comme si toute son âme était baignée d'une eau vive, et il redevenait ce qu'il avait été : notre Capitaine.

Le Roi lui avait accordé le titre de Marquis de la Vallée, mais nous ne le connaissions que comme notre Capitaine, dont on pouvait entendre la majuscule quand nous la prononcions, nous autres, les survivants. Et il aimait que nous l'appelions ainsi, car toujours il avait eu de grandes aspirations, en ses rêveries il imitait Alexandre de Macédoine qui avait étendu son empire jusqu'à ce que les déserts ne puissent plus être traversés, que les fleuves soient trop larges pour être franchis, et ses ennemis trop innombrables pour être vaincus, jusqu'à tourner en rond et mourir d'alcoolisme et de fureur, ce que Cortés ne souhaitait pas.

Le gâteau avait été dévoré, il ne restait que des miettes ; mais il était d'autres peuples, d'autres empires sûrement, les Indiens nous les décrivaient avec des détails qui ne pouvaient pas être inventés, et les plus vigoureux d'entre nous repartaient à l'aventure, vers le Michoacán, le Chiapas, le Guatemala. Mais vers le sud le climat devenait infect, la forêt était d'une luxuriance insupportable, là-bas tout poussait mais rien ne pouvait se cultiver. Vers le nord, c'était une désolation d'une autre sorte, les buissons devenaient plus bas, plus rares, et enfin disparaissaient, laissant libres des étendues de cailloux brûlants où erraient des bandes féroces de Chichimèques, comme des chiens affamés sur la piste d'une proie.

Dans Mexico restaient ceux qui ne voulaient pas mourir dans l'humide ou dans le sec, ils restaient dans cette ville dépeuplée qui avait perdu sa magnificence, dans cette capitale désertée où régnaient l'avidité et le soupçon. Cortés survivait comme il le pouvait, en éloignant ses capitaines, en donnant des fêtes, en distribuant de l'or, des terres, des Indiens, pour calmer les appétits de ceux qui venaient d'Espagne tenter leur chance dans le nouveau royaume de l'or.

Qu'est-ce qu'on fait quand on a conquis un empire ? On règne ?

Allons donc ! On continue !

On nous avait rapporté que la province du Honduras était bien peuplée et riche, siège d'un royaume qui dépassait celui de Mexico, au point que les filets des pêcheurs étaient lestés de petits poids d'or. Et là-bas était le détroit qui permettrait de passer à l'océan du Sud, celui où poussent les épices, le chemin que l'on cherche depuis trente ans et que l'on ne trouve pas.

Mais la contrée était chaude et malsaine, infestée de vampires, de moustiques, et même de punaises. Nous ne le savions pas. Nous ne voulions pas le savoir.

Nous rassemblâmes une armée considérable pour déloger Olid de la clairière où il s'était nommé roi, où il devait passer son temps à se gifler pour écraser les moustiques.

Allons-y ! Allons-y à nouveau vers de nouvelles terres ! Mais cette fois comme un vice-roi de Nouvelle-Espagne, comme un Darius qui transporte son palais, sa suite et son armée géante pour détruire comme on écrase une mouche ceux qui osent se hausser du col, ceux qui osent parler sans y être invités, ceux qui osent d'eux-mêmes se donner un nom. Allons renverser Olid.

Il y avait une multitude de soldats et de cavaliers, des arbalétriers, des artilleurs et des arquebusiers, des moines, un majordome, mais aussi un maître d'hôtel et un sommelier, un maître de service qui savait y faire avec la somptueuse vaisselle d'or gardée par un domestique particulier. Et puis un chambrier, un médecin, un chirurgien, plusieurs pages. Huit garçons d'écurie, deux fauconniers, un grand écuyer. Ortiz et ses instruments, cinq joueurs de hautbois, un danseur de corde, un escamoteur qui aussi montrait des marionnettes. Et des mulets conduits par des muletiers espagnols, un grand troupeau de porcs pour servir de nourriture. Et puis Cuauhtémoc, le dernier empereur des Mexicas que Cortés gardait toujours prisonnier de crainte de son caractère inquiet, et le roi de Tacuba, et trois mille Indiens armés pour la guerre, tous leurs porteurs et serviteurs, des batteurs de tambour, des souffleurs de conque, et des femmes pour moudre le maïs.

Sur tout le parcours il y eut fêtes et réceptions, et les nouveaux arrivés de Castille, ceux qui n'avaient encore rien, ou ceux qui avaient été mal pourvus de domaines, ou ceux encore qui les avaient perdus au jeu, ou de mauvaise gestion, se joignaient à l'expédition. Notre armée considérable grossissait d'étape en étape, devenait de plus en plus lente et désordonnée, mais Cortés était à l'avant, entouré de sa cour et diverti par ses jongleurs et musiciens, il ne s'apercevait de rien. Les contrariétés commencèrent au passage d'une large rivière, l'eau était brune, le flot puissant, trois barques chavirèrent et nous ne pûmes sauver personne car le fleuve était plein de caïmans. Mais cela ne comptait pas, nous étions tant.

Nous avancions lentement. On nous avait dit ce pays riche, il n'était couvert que de forêts où les Indiens récoltaient du cacao. Ils nous en offraient des fèves dont nous ne savions quoi faire, ils venaient à notre rencontre et sortaient des poignées de graines brunes, lisses et savonneuses, de sacs de coton huileux. Cela allumait dans le regard des Indiens qui nous accompagnaient une lueur d'émerveillement et d'avidité. Mais qu'avions-nous à faire de graines ? Qu'avions-nous à faire d'une monnaie qui se boit ? Nous demandions de l'or, et ils nous donnaient une poignée supplémentaire de cacao.

Ce pays était de marécages et de méandres, de rivières contournées que nous devions franchir plusieurs fois, nous construisions des ponts, nous construisions des barques que nous liions deux à deux pour qu'elles ne se retournent pas, les Indiens pagayaient avec vigueur pour nous faire franchir la coulée d'eau brune, nous abordions la rive, et parfois elle basculait, le premier qui mettait pied à terre s'enfonçait brusquement jusqu'aux genoux, jusqu'à la taille, toute la berge tremblait car elle n'était qu'un radeau de branches tombées où l'herbe poussait déjà. Avancer, c'était couper du bois, c'était abattre des troncs pour franchir les rivières, c'était tailler des chemins avec nos épées à travers les buissons qui sans cela ne nous auraient pas laissés passer. Et ils se vengeaient en nous griffant d'épines, en nous arrosant d'un latex qui rongeait la peau. Nous laissions derrière nous une piste dévastée, des tronçons d'arbres coupés, des moucherons piqueurs nous accompagnaient. Nous avions faim.

Nous débouchions sur des clairières où étaient des villages, que nous vidions de tout ce qu'ils contenaient de mangeable, et nous exigions que l'on nous guide pour trouver la province du Honduras. Ils acceptaient mais ils ne savaient pas où aller, ils ne connaissaient pas d'autre chemin que celui qui menait au village suivant, ils vivaient dans un monde recouvert par la forêt. Ils nous guidaient quand même, un jour, deux jours, puis ils s'arrêtaient. Ils étaient perdus. Des hommes montaient aux arbres les plus hauts, mais ils ne voyaient rien, que des feuilles tout autour, le monde avait été englouti de verdure. Ils ne voyaient que le ciel, des oiseaux colorés en vols lourds, et une étendue ondulée de feuillages, ils étaient comme des marins tombés à l'eau qui nagent au milieu de l'océan, qui ne voient pas l'horizon, seulement les vagues molles et mouvantes qui les entourent et qui vont les recouvrir. C'était encore plus effrayant que de ne rien voir, alors ils descendaient jusqu'au sol et les guides prenaient la fuite.

Cortés avait apporté une boussole et une carte. Il se penchait sur la carte et indiquait la route, une direction très précise entre deux troncs à peine visibles dans la pénombre verte, et il disait : « C'est par là. » Les Indiens le regardaient faire, c'étaient des Mexicas des hauts plateaux, des hommes d'horizons et de grands cieux qui étaient aussi perdus que nous, ils se demandaient comment il pouvait s'y prendre. On ne leur expliqua rien. Il regardait la carte, tapotait la boussole, et indiquait une direction. Ils pouvaient croire qu'il consultait un miroir d'obsidienne où apparaissait le reflet ordonné du monde. Cortés ne les détrompait pas, le moindre mystère pouvait nous protéger un peu. Les Indiens lui demandaient alors de regarder dans la boussole combien ils lui étaient dévoués, car ils pensaient que c'était par là qu'il devinait tout.

Nous marchions lentement, le sol cédait sous nos pieds de façon brusque, il faisait à chaque pas un bruit humide, un baiser flasque, il retenait nos sandales, il nous fallait les lui arracher, et recommencer.

Chaque soir Cortés faisait monter sa tente, et les gens de sa suite organisaient son dîner. Au début il dîna en plein air, aux yeux de tous, pendant que les musiciens jouaient, et puis ils ne jouèrent plus, l'humidité détendait les cordes et les peaux, trois d'entre eux moururent des fièvres. Cortés dîna en silence dans sa tente, les pans rabattus, à l'abri des regards. Nous avions faim.

Nous ne savions pas où était passé le troupeau de porcs. « Derrière, disait le majordome. Ils nous suivent. » Un porcher nous rattrapa, il était seul. Le troupeau était réduit à presque rien, dit-il. Les bêtes mangeaient n'importe quels fruits et mouraient, étaient dévorées par les caïmans au passage des rivières, se perdaient dans les buissons ; il n'eut plus rien à garder, et avait préféré nous rejoindre plutôt que d'essayer de rentrer seul à Mexico.

Ortiz continuait de jouer, cela faisait pester tout le monde. Dans l'ombre verdâtre de la forêt sa vihuela désaccordée sonnait très mal, quelque chose d'étouffé et de grinçant comme les glapissements d'un renard pris au piège, cela déchirait les oreilles, glaçait la poitrine, et finalement faisait peur.

On mourait des fièvres. Les hommes se dépenaillaient, maigrissaient, on voyait leurs yeux flamboyer à travers leur barbe emmêlée, ils se couchaient en tremblant et mouraient dans la nuit. Le premier Espagnol à mourir était originaire des Canaries, nous trouvâmes dans sa poche une petite bourse avec cinq dés en os, et un papier amolli d'humidité qui disait son nom, de qui il était le fils, et de quoi il était propriétaire à Tenerife. On lui creusa une tombe dans l'humus, on y posa une croix, nous le laissâmes derrière nous. J'emportai le papier mouillé où était noté tout ce qui restait de lui.

Il y en eut d'autres, des pages, le marionnettiste, des serviteurs, des Indiens, des soldats ; ceux venus le plus récemment de Castille mouraient d'abord.

Nous avions faim. Quand une corvée apportait du maïs, des poules, des fruits volés dans les villages, tout lui était arraché dans une bousculade affolée, sans partage, et chacun s'éloignait avec ce qu'il avait pu attraper pour le manger à l'écart. « C'est pour Cortés ! » disait le majordome, et on lui répondait que Cortés avait mangé secrètement les porcs pendant que tous nous crevions de faim. Il n'insistait pas. Cortés entrait dans une grande colère, il fulminait comme le font les vieillards en restant assis, répétait les mêmes malédictions, menaçait de châtier les pillards, puis se calmait. Il criait dans le désert, la faim ne connaît pas de loi. Heureusement les hommes mouraient, et nous avions moins de besoins.

Sur le tronc des grands fromagers au centre des villages, tous abandonnés de leurs habitants qui reviendraient quand nous serions passés, nous gravions des croix dans l'écorce, et la date, et nous notions que l'infortuné Cortés était passé par là. Car si d'autres personnes partaient à notre recherche, prenant le risque de se perdre dans le dessein charitable de nous sauver, elles sauraient que nous étions dans cette direction, plus loin ; en gravant le bois, j'avais l'impression de graver la pierre d'une tombe.

Les Mexicas restaient entre eux, rangés en bon ordre, ils

allaient en file régulière sur les sentiers humides, sous l'autorité inflexible de leurs capitaines. Ils campaient à l'écart, leurs porteurs débroussaillaient un sous-bois, accrochaient des hamacs dans les branches, et chaque soir une partie de la forêt ressemblait à un verger chargé de gros fruits. Les femmes s'agenouillaient devant leur meule et broyaient du maïs, les porteurs allumaient de petits feux pour cuire des galettes, mais ils n'en mangeaient presque rien. Dans ces campements éphémères, Cuauhtémoc régnait encore, entouré de déférence, servi avec respect, assis sur un trône de vannerie qu'un porteur avait pour seule mission de poser le soir au milieu de la halte, et de reprendre au matin pour lui faire traverser la forêt comme il pouvait. Il répondait du trône sur sa vie.

Ils capturaient des Indiens dans les villages, ils leur rasaient le crâne et ne leur laissaient qu'un pagne, ils les dissimulaient parmi les porteurs. Comme ils ployaient sous leur charge, ne montrant jamais leur visage, nous ne faisions pas attention à combien ils étaient. Ensuite, à l'écart, ils creusaient un four qu'ils garnissaient de pierres, ils tuaient un prisonnier, le rôtissaient et le mangeaient. Quand Cortés l'apprit, il convoqua les chefs des Mexicas, il menaça de les châtier tous, il prononça une sentence de mort contre l'un d'eux, qu'il fit brûler vif. Il fit semblant de croire qu'il n'y avait qu'un seul coupable, et nous continuâmes.

Il y eut des marécages où les chevaux s'enfonçaient jusqu'aux genoux, ils tiraient leurs jambes une à une de la glu qui les aspirait, et ils s'enfonçaient encore, ils avaient de la boue jusqu'au ventre, jusqu'aux épaules, et leurs efforts les enfonçaient davantage, ils soufflaient par les naseaux et secouaient leur crinière, ils auraient voulu se cabrer mais la boue empêchait leurs mouvements, ils ne pouvaient plus que secouer la tête, rouler des yeux et gémir. Nous les aidions en jetant des brassées de joncs pour affermir le sol, qu'ils aient un appui, qu'ils comprennent que nous étions autour d'eux pour qu'ils s'en sortent. Ils finissaient par remonter sur une berge à peu près ferme, recouverts jusqu'aux flancs d'une boue puante, vivants mais si fatigués que de toute une journée ils ne pouvaient avancer. Il fallait attendre autour d'eux, qu'ils reposent.

À mesure que nous nous dissolvions, la discipline des Mexicas apparaissait menaçante. Les moustiques ne les épargnaient pas plus que nous, leur poitrine habituée à l'air vif du plateau s'engluait de la molle atmosphère tiédasse qu'il fallait se résoudre à respirer, ils grelottaient de fièvres, mais ne mouraient pas tant. Ils serraient les rangs, suivaient les ordres, marchaient en files silencieuses. Chaque soir, leur campement impeccable était installé et chaque matin débarrassé. Pendant les nuits, nous grelottions en désordre sous les arbres.

Cortés, fiévreux, en conçut une inquiétude. Avec Cuauhtémoc, ils échangeaient des propos polis et des regards méfiants. Et puis on lui rapporta un conciliabule, où le roi de Tacuba avait glissé à Cuauhtémoc qu'il vaudrait mieux mourir tous d'un coup, plutôt que de crever comme ça un par un dans cette étuve infernale, sous les yeux de tous les autres. Et ce qui restait de l'empereur des Mexicas, assis sur son trône de vannerie, avait acquiescé.

Cortés entra dans une grande fureur, je ne le reconnaissais plus, il les fit saisir et leur demanda si cela avait été dit. Comme ils l'avouèrent, il donna l'ordre de les pendre tous les deux. Cuauhtémoc ne discuta pas, il ne baissa pas la tête, il s'adressa à Cortés dont les yeux rougis n'étaient plus capables de regarder en face, erraient sur le sol, sur les branches, plus jamais à hauteur d'homme. « Je savais que tu me réservais la mort. Mais pourquoi maintenant ? Pourquoi ne pas m'avoir tué quand tu es entré à Mexico ? Je serais mort avec honneur, avec les autres. » Il parlait d'une voix douce, il faisait part de sa réprobation, il ne résista pas quand on le saisit et que l'on apporta une corde. Je me souvenais de son courage et de sa grandeur au moment où il s'était rendu pour que le siège cesse, et de le voir ainsi pendre à cet arbre recouvert de mousse, dans la pénombre grésillante d'insectes, nous désola tous. Ensuite leurs rangs se firent moins réguliers, leurs campements moins organisés, le bel ordonnancement des Mexicas se défit comme un fagot dont on coupe la ficelle. Ils moururent au même rythme que les autres.

Notre armée fondait. On mourait de fièvres, de flèches jaillies de la forêt, enlisés dans la boue liquide qui empêche de respirer, engloutis brusquement d'une simple flaque recouverte de lentilles d'eau. Les arbres entrelaçaient leurs branches pour tresser des barrières ; nous les tranchions, nous passions en titubant, et elles repoussaient derrière nous.

Cela dura plusieurs mois dont nous ne tenions plus le compte, nous arrivâmes enfin en ce lieu que la carte et la boussole désignaient comme notre but. Nous trouvâmes le long du chemin des ossements de chevaux déjà blanchis, et des armes espagnoles si rouillées qu'elles se désagrégeaient quand nous les ramassions. C'était un bourg abandonné de ses habitants, entre des collines couvertes de champs de maïs. Il y avait là une eau merveilleuse, enfin claire, qui jaillissait en plusieurs sources recueillies dans des fontaines, et un arbre géant qui rafraîchissait le cœur par son ombre épaisse. Un homme seul nous accueillit, barbu, assis sous ce grand arbre, vêtu d'une longue tunique blanche. C'était un Espagnol, le dernier.

Sur cette place, sous cet arbre précisément, Olid avait été égorgé par ses soldats, qui s'étaient ensuite entre-tués, ou avaient tenté par divers moyens de retourner à Mexico, à laquelle sûrement aucun n'était parvenu. C'était il y a plusieurs mois, déjà. Lui était resté.

Cortés amaigri et fiévreux l'écoutait avec indifférence. Il n'y avait plus personne de tous les serviteurs qui l'avaient entouré, la tente avait été perdue dans un marais, la vaisselle d'or abandonnée à la traversée d'un fleuve, la table, les chaises, les instruments de musique avaient été laissés dans l'humus où tout ce qui était en bois nourrissait aussitôt une armée de vers. J'étais à côté de lui sous cet arbre, j'écoutais comme lui le récit de cet homme qui avait atteint l'extrémité de son chemin, et je portais son dernier bagage : la robe de franciscain, de bure brune, avec une ceinture de corde, dont il voulait que je l'enveloppe au moment où nous le mettrions au tombeau. Il n'y avait plus personne. Il semblait tomber de l'épais feuillage une très fine rosée qui réconfortait. Nous étions partis pour rien.

CHAPITRE XX

L'invasion des cochons noirs

Dans l'obscurité de la cale ils grouillent, toute une bande flanc contre flanc, ils s'agitent et grognent pendant plusieurs semaines, nourris de glands qu'on leur jette à seaux et qu'ils fouillent dans leurs excréments qui recouvrent le sol de planches. On ne voit rien, à peine le reflet des soies de leurs dos si on ouvre la trappe, mais on les sent aussitôt, merde, musc et sueur, en une bouffée asphyxiante, et on referme la trappe ; on les entend. En permanence, partout dans le navire, ils sont là par leurs grognements, leurs cris, par le choc des corps qui se heurtent, des dents qui rongent le bois, le grattement permanent des sabots sur les planches. Leur bruit s'entend nuit et jour, on a hâte d'arriver à Cuba, on ramerait pour aller plus vite, on soufflerait sur les voiles pour accélérer l'allure, mais les voiliers vont sur l'eau à la vitesse du vent, pas plus. Le débarquement est terrible, il faut les attraper, il faut les porter, ils se débattent, ils cherchent à mordre, ils couinent, on les jette sur la plage. Dans la cale il en reste qui sont morts, à demi dévorés par les autres, décomposés pour certains, d'autres blessés, ou simplement apeurés, mais ceux-là ne bougent pas plus que s'ils étaient morts, dans le coin où ils ont été relégués pendant tout le voyage. Il faut sortir les corps et les brûler, égorger les blessés pour les manger rapidement, attraper les terrorisés pour les jeter avec les autres en groupe serré qui grommellent sur la plage, flairant l'odeur de palmes tièdes, levant leurs yeux myopes vers ces doux balancements qu'ils ne comprennent pas, perdant l'équilibre sur leurs pieds fins qui s'enfoncent dans le sable. Avec des claquements de mains et des coups de bâton, il faut les diriger vers la forêt. Et là ils mangent, les cochons noirs, ils mangent tout ce qu'ils trouvent. Ils grossissent, engraissent, se multiplient. Ils se répandent dans la forêt, ils mangent les jeunes pousses mal enracinées dans le sol léger, et puis ils trouvent les jardins dans les clairières, les buttes de terre meuble où sont semées les graines de maïs et de courges. Ils fouillent, déterrent, mastiquent, c'est bon, c'est tendre et sucré, c'est rafraîchissant, ils dévastent toutes les cultures et aucun Indien n'a le droit de les déranger. Ils sont les bêtes à viande dans des îles où il n'est rien d'autre à manger que de petits singes et des oiseaux à la chair dure. Les cochons pullulent, et les Indiens disparaissent.

J'élève des cochons noirs. Toute une bande à la belle peau luisante, aux cuisses rebondies et à l'œil torve, ils ravagent le sol de leur groin en poussant des grognements même pas joyeux, des grognements d'avidité inquiète, jamais satisfaits, et ils laissent derrière eux le sol nu, ils engraissent, à la fin je les mange. Les Indiens meurent.

« Tu écris ce que nous avons vécu, me dit Elvira. Mais pour quoi faire ? Il n'en reste rien.
— Justement. Raconte-moi. »
Et à mesure que j'écrivais, ses nuits se faisaient de plus en plus longues.

Je dors mal. Et pourtant d'en avoir tant vu aurait dû m'endurcir, comme sont endurcis la plupart des nôtres, pour qui se couvrir de sang n'est pas plus impressionnant que de s'éclabousser de vin, un peu d'eau et on se débarbouille, ça sent mais c'est une odeur d'homme, et l'odeur de l'homme est forte. Je dors mal car je suis hanté d'images, poursuivi par la sensation de la mort que l'on accueille couché sur le dos, la poitrine ouverte qui laisse échapper le cœur jeté dans les flammes, je suis hanté par la petite silhouette d'Amador qui refuse de se coucher et que l'on doit saisir et tenir jusqu'à ce qu'il ne bouge plus, je revois la main coupée d'Andrés grésiller dans les flammes, et je me demande pourquoi pas moi. Dès que je ferme les yeux je suis glacé par la peur d'une si cruelle mort. Combattre, saisir une arme, et même simplement la voir m'envahissent d'une forme de tristesse et d'effroi qui me ferait me coucher et me laisser mourir, si je ne luttais pas chaque jour contre cette mollesse par une violence dont je décide, une violence réelle que je maîtrise, qui soit plus grande que celle que je crains. Les Indiens en payent le prix.

Je contemple mes terres qui se désagrègent et je n'y peux rien. Je trépigne de dépit, et l'on meurt. Dès le matin, j'entends le tambour étouffé, et j'en frémis d'horreur ; c'est à cause du souvenir, mais ce n'est que Mauricio Ortiz qui possède la propriété voisine de la mienne, il la cultive paresseusement et seul, préférant faire le travail des Indiens plutôt que le leur ordonner en hurlant, et les punir quand ils n'obéissent pas ; moyennant quoi il récolte à peine de quoi se nourrir mais il n'a fouetté personne. Il vit avec une toute petite Indienne au visage de chat, ils ne connaissent chacun pas un seul mot de la langue de l'autre, pour ça ils vivent paisiblement. Et il passe le reste de son temps à jouer de la harpe, une harpe qu'il a faite lui-même, dont il joue en compagnie d'un vieil Indien qui chantonne des airs, qui s'accompagne d'un gros tambour dont le battement m'est insupportable car il me rappelle le martèlement qui a duré pendant tout le siège de Mexico. Qui fut la plus horrible, la plus terrifiante et la plus inhumaine bataille à laquelle je pris part, et la nuit je m'en souviens en des rêves affreux, et le jour par de brusques bouffées de puanteur, chairs brûlées, eaux stagnantes, sanies corrompues, qui me remplissent sans prévenir et envahissent mon corps tremblant incapable d'aucun geste pendant de longues minutes où des gouttes de sueur glacée roulent sur mon front, ma nuque, mon dos. « Ortiz, Ortiz ? Tu ne voudrais pas arrêter ? » Mais il me regarde d'un air pensif en continuant de jouer, et il a l'œil si triste que je repars sans insister, sans exiger de lui qu'il arrête son hideuse musique. Il a souffert aussi, je ne peux lui demander qu'il abandonne une consolation, s'il l'a trouvée.

« La vie ne peut pas continuer ainsi », soupire Cortés.
Je le sais, avant qu'il ne le dise. Son visage s'est alourdi, ses traits fluent, sa barbe claire ne dissimule rien. Nous avons vingt ans de plus, la cinquantaine l'accable et l'inquiète.
« Regarde ce qu'on découvre dans mes murs, Innocent. Dans les caves de mon palais, entre les pierres, à peine caché par un peu de mortier. » Il me montre de petits objets anodins et horribles, des poupées de chiffon où sont brodées des grimaces à gros points, des bandes de papier roulées, et quand on les déroule elles sont peintes de figures grotesques, des momies de chauves-souris dont on a remplacé les yeux par de petits rubis luisants. « On a mis ça autour de moi pour que je flétrisse. » Il me le dit dans un souffle tremblotant, avec ce vibrato fragile d'une anche de basson qui serait fendue. Il a la bouche inquiète, et les yeux humides bordés de rouge.
J'en ressens toujours une brusque bouffée de colère. Mais à quoi ça sert d'avoir commandé une flotte, d'avoir incendié une ville, d'avoir enchaîné un empereur et écrit à un roi, pour à la fin trembler devant des poupées grossièrement cousues, et qu'il n'aurait pas trouvées s'il ne les avait cherchées ?
« Je ne sais pas qui a piégé mon château », continue-t-il sur ce ton plaintif qui ne lui ressemble pas, qui le dessert tant, et dont il ne se rend pas compte. Ce n'est pas Cortés qui me parle, je ne sais pas qui c'est.
« Ce sont peut-être les ouvriers, les serviteurs, des espions. Je n'ai personne à châtier, ils sont déjà morts. Tu crois que

les maléfices continuent d'agir quand ceux qui les ont lancés sont morts ?

« Je dors mal, j'étouffe, je passe les nuits à m'agiter sans raison et les jours à somnoler sans but. L'air n'entre pas entre ces murs, ici tout est fait pour me défendre. Mais si j'ouvre davantage, je ne sais pas ce qui entrerait, d'autres maléfices sans doute.

« Nous sommes harcelés de fantômes, Innocent. Harcelés. Il y a tant de morts autour de nous, et ceux qui savaient dire les mots qui les apaisent sont morts également. Alors ils errent. Ils errent autour de nous, et nous harcèlent. »

Et toujours quand il parle de fantômes Cortés se lève, il tourne dans la pièce d'un pas impulsif mais aussi mal assuré, et puis il sort, j'entends ses pas qui s'éloignent dans les couloirs étroits, leurs claquements résonnent sur la pierre nue. Je reste seul, j'attends, il reviendra. Il tourne en rond dans son palais fortifié, et il revient s'asseoir devant moi. Il se laisse tomber dans son fauteuil avec un long soupir décroissant comme une outre qui se dégonfle. Un feu crépite dans la cheminée, nous n'entendons que ça, c'est lui qui nous éclaire.

Il a changé. Il a perdu le charme et la chance, il a perdu ce avec quoi il entraînait les hommes et surmontait les obstacles. On joue, on gagne, et puis on perd, puisque toujours on perd. Il a brûlé sa chance et son charme dans notre affreuse aventure.

Mais je viens le voir, toujours, je fais le voyage jusqu'à Cuernavaca, et durant tout le chemin je me répète comme une consolation que je vais lui sourire, et qu'il va m'ouvrir les bras, que je vais enfin oser dire ce que je voudrais lui dire : « Emmenez-moi, Capitaine, emmenez-moi avec vous. » Et il dirait oui.

Mais quand j'arrive dans son palais fermé comme une huître de pierre, quand j'entre dans les salles voûtées où la lumière entre par des puits, quand je suis enfin devant lui, il n'y a pas assez d'air pour que je prenne mon souffle pour le lui dire, et il ne s'aperçoit de rien. Il bavarde d'une voix frêle, il me raconte qu'on lui en veut, il soupire. Je ne dis rien. Nous nous asseyons près du feu, nous buvons pendant toute la nuit.

« Tu sais qu'on a brûlé mes navires ? »
C'était reparti.
« C'est Mendoza, le vice-roi, cet imbécile. J'en suis sûr : tout ce qu'il fait, c'est contre moi. J'avais construit des navires à Tehuantepec, pour aller en Chine par l'océan du Sud. Cent mille castellanos, quatre expéditions, et pour l'instant rien. Mais au bout il y a des trésors, alors Mendoza, ce jaloux, ce parasite, a fait brûler mes navires. »
Je savais sa lubie, je n'y avais pas participé. Il se ruinait pour ces bateaux, à les construire, les équiper, les remplir, et il les chargeait d'hommes assez démunis pour accepter d'aller encore plus loin.
« Nous avons trouvé une île, et je l'ai appelée Californie, sourit-il.
— Comme Calafia, la reine sorcière dans le roman d'Amadis ?
— Comme celle-là. »
Cela me fit sourire avec tendresse qu'il se souvienne de nos lectures. Je suivais rêveusement les petites flammes qui couraient en craquetant le long des bûches de cèdre.
« Dans Amadis, on dit que l'île de la reine sorcière est proche du Paradis terrestre.
— Alors ce n'est sûrement pas celle-là ! » Il éclata de rire, dans les lueurs du feu ses traits se transfigurèrent, il retrouvait élan et fermeté.
« On dit encore, continuai-je, qu'elle est peuplée de femmes et qu'on n'y trouve aucun homme. On dit qu'elles ont de beaux corps, de la fougue, du courage, et que leur île est difficilement accessible car tout entourée de falaises. On dit aussi que leurs armes sont en or, ainsi que leurs vêtements et le

harnais des bêtes sauvages qu'elles dressent pour les monter, car dans toute l'île il n'y a pas d'autre métal que l'or. »

Il y avait longtemps que je n'avais pas pensé au roman d'Amadis, mais par le nom de Calafia, tout me revenait.

« Je sais tout ça, Innocent, tu me l'as raconté ; mais nous n'avons trouvé personne. J'ai appelé cette île Californie parce que c'est une île sorcière : elle est sèche et brûlante, ce sont des montagnes désertiques qui plongent dans la mer. Les buissons n'ont pas de feuilles, mais des pointes, l'air tremble en permanence, et il n'est presque pas d'animaux ; les seuls que l'on aperçoit sont des souris sauteuses, et les serpents camouflés qui les chassent. Il y a aussi des vols d'oiseaux de mer, qui sont immangeables tant ils sentent le poisson, et des baleines qui viennent jouer autour des bateaux. Nous avons aussi vu des sirènes.

— Des sirènes ?

— Elles sont décevantes, bien moins belles qu'on ne le dit, car elles ont quelque chose de masculin dans le visage. Nous n'avons rien trouvé d'autre. Seulement l'océan, et des terres stériles, sans or et sans hommes. Mais il y a la Chine. Je ne sais pas exactement où, mais c'est la direction. Mendoza a fait brûler mes navires pour que je ne trouve pas. Ils étaient prêts à repartir, il les a fait brûler. »

Il parle de plus en plus lentement, il se répète, il flambe comme un feu de brindilles, et il ne reste plus que des cendres. Le Marquis de la Vallée avait suivi ses désirs, il en changeait pour continuer de les suivre, c'était une forme de raffinement dans ces îles peuplées de miséreux sans imagination et de ratés brutaux. Il avait été joueur, séducteur, et ces talents de cour par lesquels il aurait brillé en Europe, par les hasards de ces années-là il les avait appliqués à la conquête d'un empire. Mais ensuite ?

On ne donne pas la responsabilité d'un royaume à un aventurier, on ne laisse pas les affaires sérieuses entre les mains d'un brillant dilettante. Mais il ne le sait pas, il ne veut pas le savoir. Et on en était là, à boire du vin au coin du feu, à ressasser des ressentiments toute la nuit d'une voix de plus en plus pâteuse, à déplorer que l'on s'empare maintenant de terres et d'Indiens sans même se battre, par des intrigues, des contrats, des complots, par des arguties juridiques qui vous mènent à la corde avant même que vous ayez pu les voir, et encore moins les dénouer. C'était bien la peine, tout ça.

« Je vais partir, Innocent.

— Où donc, Capitaine?

— En Espagne. Je vais emporter ce que tu as écrit, je vais à la Cour, avec des lettres, des contrats, je vais défendre auprès du Roi nos terres et nos titres, ce que nous avons conquis et que l'on veut nous prendre. Viens avec moi si tu veux.

— Mais qu'est-ce que j'irais faire en Espagne?

— Tu te souviens de ce que je t'avais dit, avant de savoir ce qu'il y avait derrière l'horizon? Je dînerai dans de la vaisselle d'or, au son des trompettes, ou bien je périrai sur l'échafaud. Eh bien j'ai la vaisselle d'or; mais c'est un lent échafaud. Ce pays nous hait, nous sommes sa plaie. Viens. Partons d'ici.

— Doña Elvira peut se réveiller. »

Cela le fit rire.

« Le monde est plein de femmes, Innocent. Il n'y a que toi pour croire qu'il n'y en a qu'une. L'amour va de l'une à l'autre, ça ne l'empêche pas d'être chaque fois sincère. Il est comme un papillon qu'il ne faut pas serrer quand on l'attrape : on lui froisserait les ailes. On ouvre à nouveau la main, et à nouveau il s'envole, il se pose sur une nouvelle épaule.

— Et Marina?

— Marina était unique, comme toutes les autres. Et puis les temps ont changé. Je l'ai confiée à un homme qui a pris soin d'elle jusqu'au bout.

— Les temps? Les temps ont changé? »

Il haussa les épaules, regarda dans le vide, parla d'autre chose, revint à l'océan du Sud, aux cent mille castellanos pour une nouvelle flotte, à Mendoza qui le persécutait.

« J'ai peur d'être arrivé, Innocent. J'ai peur, j'ai bien peur qu'il n'y ait plus rien à trouver. »

J'aurais aimé lui donner tort, par bonté, par respect de ce qu'il fut, par pitié pour ce qu'il est, mais je n'ai que l'imagination à lui proposer. Nous bûmes toute la nuit, ses bagages étaient prêts. Je n'ai pas défait les miens, je suis reparti au matin. Ma colère et ma déception se dissipaient à mesure que je m'éloignais de Cuernavaca.

Au matin je monte sur ma tour, je contemple mes villages, et je respire ! Je respire l'air frais et sec, je respire le ciel transparent comme un bloc de verre bleu, je respire, et je perçois un léger parfum d'ordure. Cela me met en colère que mon bonheur soit gâché par ceux qui devraient s'en charger. Ils ne nettoient rien, ne travaillent pas, ils se laissent mourir pour que je meure à mon tour. C'est dans ce but que j'entretiens des chiens : la terreur. Avec une meute de molosses menée par Aurelio le molosse humain, j'enchienne les Indiens. Il s'est inventé dans notre langue un mot pour désigner quelque chose qui n'existait pas auparavant, ou alors que comme accident, et maintenant c'est une décision délibérée, qui mérite un mot. La terreur est un projet, elle est très rationnelle dans sa conception, elle n'est irrationnelle que dans son effet. Elle trouble l'entendement de celui qui y est soumis, c'en est le but.

Je sais bien ce que je suis devenu. La toute-puissance exercée par certains hommes sur d'autres qui en sont dépourvus les rend ignobles. On fait ce qu'on n'aurait jamais fait, on réalise effectivement ce que l'on n'osait à peine penser, par éclairs, et dans les mauvais jours. Ainsi, on fait dévorer des hommes nus par des chiens, et on regarde jusqu'au bout ; et jusqu'au bout ce n'est pas qu'ils aient fini de hurler, non : jusqu'au bout c'est qu'il ne reste plus rien sur les os, et que les chiens accroupis rongent en grognant les articulations disjointes de ce qui fut des hommes. Je n'aurais jamais imaginé cela avant d'arriver dans ce pays de cauchemar. Nous avons détruit les démons qu'ils prenaient pour des dieux, et pour se venger, avant de disparaître, ils nous ont changés en ce qu'ils étaient : des buveurs de sang insatiables, aux dents sales et aux yeux exorbités.

Nous avions retrouvé la part perdue de l'humanité, le continent qui manquait à notre compréhension de la Terre s'était enfin dévoilé, mais ce moment-là fut un moment de sang : à peine rencontrés, ceux que nous trouvâmes nous les tuâmes tous.

Et puis le ventre d'Elvira a très lentement gonflé sans qu'elle se réveille. J'en ai suivi les progrès en posant chaque jour mes mains sur elle et chaque jour mes mains s'éloignaient du sol, s'éloignaient l'une de l'autre, cela durait, durait, sans qu'elle sorte jamais du sommeil.

Elle a accouché les yeux clos, elle m'a donné un enfant qui ne me ressemble pas, que je regarde avec perplexité et qui me regarde avec tendresse, avec un peu de chagrin et beaucoup d'espoir. Il me tend les bras, je me serre contre lui, et lui contre moi. Quand il a su parler il m'a demandé où était sa mère, d'abord par monosyllabes, puis par un mot entier, puis en faisant des phrases, mais je ne savais pas le lui dire. Je sais raconter les choses, notre Capitaine m'a fait confiance pour ça, mais je ne sais pas raconter à mon enfant comment sa mère l'a laissé croître en elle sans s'en rendre compte, comment elle lui a donné naissance sans le voir, et comment elle l'a laissé grandir sans jamais poser les yeux sur lui. Alors je le prends dans mes bras en silence et nous restons ainsi, nous ne savons pas où est son esprit. Mon enfant est issu de cette triste histoire qui a tué tout le monde, et il ne s'en souvient pas. Il grandira, donnera naissance à une longue lignée qui peuplera ce pays, et qui ne se souviendra de rien, sinon de la violence, du désir inextinguible, et de l'abandon.

Je lui ai donné mon nom, Juan, il sera de nouveau Juan de Luna, il portera ce nom qui ne m'a pas servi en cette vie, qui n'a été souillé par rien de ce qui est arrivé, ce nom que j'ai conservé au secret pendant qu'un autre, qui n'avait pas de nom propre, accomplissait toutes ces merveilles et toutes ces horreurs ; ce nom intact, ce nom épargné, je te le donnerai comme seul héritage et tu l'emporteras hors de ma portée, hors de ma vue, loin dans le grand fleuve du temps où tu continueras de voguer après que j'y aurai disparu.

Juan de Luna, qui as les cheveux plus noirs que les miens, la peau plus brune, la bouche mieux dessinée, dors en confiance dans mes bras, et essaye de vivre mieux, mieux que le premier qui porta ce nom, même si pèsera sur toi et tes descendants tout ce que j'ai vu commettre, et ce que j'ai commis. Elvira ma princesse endormie dort encore, enveloppée d'une couverture de plumes d'une légèreté de neige, et assis à côté d'elle, tremblant de colère contenue, je fais jaillir une épaisse fumée, des flammes et des cailloux, je veille sur son sommeil en étant incapable de la rejoindre, nous sommes deux montagnes incapables de nous rapprocher malgré tous nos efforts, éternellement côte à côte, l'une qui explose et fume, l'autre qui dort, nous dessinant nettement sur un ciel d'azur profond. Toi, Juan, avec ta nombreuse descendance, tu vivras à nos pieds.

REMERCIEMENTS

À Maurice « Aguilar », qui revit à l'odeur de la tortilla, qui eut l'idée de tout, qui m'emmena au Mexique et me traduisit ce qui se dit et s'écrit en espagnol.

À Igor « el Sikh », qui sait parler aux gens, fait passer sans dommage les barrages de la Policía Estatal, et conduit sans jamais s'endormir sur les routes affreusement plates du Yucatán.

À Verónica « Malitzin », qui mit une touche de féminité dans cette affaire d'hommes.

À Bernal Díaz del Castillo, qui ne fut peut-être pas ce qu'il dit avoir été, mais laisse pour toujours un texte inextricable et prodigieux qui contient ce que l'on sait sur le sujet, que cela soit exact ou pas.

À Javier Pérez Siller, qui nous entretint de Cholula et de l'imaginaire mexicain autour de quelques mezcalitos.

Aux pêcheurs de Frontera qui nous emmenèrent exactement là où mouillèrent les bateaux de Cortés.

Au passant inconnu qui nous indiqua un buisson plein de ruines à Villa Rica de la Vera Cruz, où nous voulûmes voir les restes de la première ville de Nouvelle-Espagne.

À Alfredo Ramírez, dont le poème que je cite ne date pas du tout du XVIe siècle, mais est vraiment en nahuatl.

À Olivier Robineau, qui me fit constater au musée de l'Armée qu'une hallebarde ce n'est pas si lourd.

À tous ceux à qui j'ai parlé de ce livre, au risque d'être assommant, et qui par leur patiente écoute m'ont rendu leur obligé : je devais le finir.
Au Mexique.

Avertissement	9
Chapitre I. Pleurer ce que nous désirions	13
Chapitre II. Tuer des lapins	30
Chapitre III. Lire, tant qu'on peut	44
Chapitre IV. Fuir Séville	59
Chapitre V. Traverser sur de frêles caraques	78
Chapitre VI. Vivre dans les îles chaudes	99
Chapitre VII. Chercher la terre ferme	117
Chapitre VIII. Rêver tout un monde	132
Chapitre IX. Partir enfin	152
Chapitre X. Survivre à une grêle de pierres	169
La fleur, le chant...	187
Chapitre XI. Échanger des malentendus	192
La fleur, le chant...	202
Chapitre XII. Donner du verre et recevoir de l'or	208
Chapitre XIII. Surgir du brouillard les armes à la main	235

La fleur, le chant…	267
Chapitre XIV. Tuer tout le monde	273
La fleur, le chant…	287
Chapitre XV. Entrer par la porte	290
Chapitre XVI. Partager les gains	304
Chapitre XVII. Manquer disparaître	331
Chapitre XVIII. Revenir pour tout prendre	357
Chapitre XIX. Jouer encore, et perdre	377
Chapitre XX. L'invasion des cochons noirs	397
Remerciements	409

Composition : IGS-CP à L'Isle-d'Espagnac (16)
Achevé d'imprimer par CPI Firmin-Didot,
à Mesnil-sur-l'Estrée en septembre 2017
Dépôt légal : septembre 2017
Numéro d'imprimeur : 143098

ISBN : 978-2-07-273334-5/Imprimé en France

319377